Martin Deutsch

Drei Aktenstücke zur Geschichte des Donatismus

Martin Deutsch

Drei Aktenstücke zur Geschichte des Donatismus

ISBN/EAN: 9783743654303

Hergestellt in Europa, USA, Kanada, Australien, Japan

Cover: Foto ©Andreas Hilbeck / pixelio.de

Weitere Bücher finden Sie auf **www.hansebooks.com**

Drei Actenstücke

zur

Geschichte des Donatismus.

Neu herausgegeben und erklärt

von

Martin Deutsch,

Lic. theol., Professor am Joachimsthalschen Gymnasium.

BERLIN.

Druck von J. Dræger's Buchdruckerei (C. Feicht).

1 8 7 5.

In Commission bei W. WEBER.

Dem Donatismus wie so manchen andern Partieen der Kirchen- und insbesondere der Ketzer-Geschichte gegenüber befindet sich die unbefangene Forschung deshalb in einer schwierigen Lage, weil die Berichte und Schriften, auf welche wir zurückgehen müssen, ganz überwiegend der einen Seite angehören. Freilich ist von vielen Darstellern dieser Uebelstand gar nicht als solcher bemerkt worden, denn da sie von vorn herein dieselbe Parteistellung einnahmen wie die Berichterstatter, schenkten sie gern auch den Angaben derselben ohne Weiteres Glauben. Bei den Geschichtschreibern römischer Confession ist das am meisten natürlich. Da jede Ketzerei eine Ruchlosigkeit ist, die Ketzer nichtswürdige Menschen sind, so ist es kein Wunder, wenn man ihnen leicht in allen Stücken das Schlechteste zutraut und demnach auch alles Schlimme, das rechtgläubige Schriftsteller von ihnen erzählen, hinnimmt ohne sich eben sehr zur Kritik aufgefordert zu sehen. So Baronius, Du Pin u. A., weniger Valesius. Aber es ist bekannt, dass auch Darstellungen von protestantischen Verfassern sich von einer solchen geschichtswidrigen Einseitigkeit nicht immer frei gehalten haben. Von der neuesten ausführlichen Geschichte des Donatismus von Ribbeck (Donatus und Augustinus Elberfeld 1858) gilt das allerdings nicht. Es ist vielmehr anzuerkennen, dass der Verfasser bei umfassender Benutzung der Quellen, trotzdem dass er von vorn herein einen sehr entschieden antidonatistischen Standpunct einnimmt, dennoch ein unparteiisches Urtheil über die einzelnen Vorgänge und Personen sich zu wahren wenigstens bemüht ist. Das gewaltsame Vorgehen gegen die Donatisten, wie auch sonst diess und das in dem Verfahren ihrer Gegner findet Missbilligung, während auf der andern Seite den ausgezeichneten Eigenschaften des Donatus Magnus ihre Anerkennung nicht versagt wird. Dennoch ist die Behandlung eine nichts weniger als geschichtlich unbefangene, der Verfasser geht davon aus, den Donatismus als Typus des Separatismus überhaupt zu betrachten, und wenn dieser Betrachtung eine gewisse Berechtigung zuzugestehen sein mag, so ist doch von entschiedenem Nachtheil, dass in

1

Folge derselben sich fortwährend das theologische Urtheil in die Untersuchung und Darstellung des Thatsächlichen selbst mit einmischt. Daher giebt das Buch allerdings eine Menge thatsächlichen Materials und zugleich eine Fülle von theologischem Räsonnement, dagegen aber fehlt es nur zu sehr an einer von der Frage ob diese oder jene Seite Recht hat nicht beeinflussten eindringenden Kritik der vorliegenden Berichte und Documente, aus der allein doch erst hervorgehen kann, wie die Vorgänge wirklich waren und die somit auch für jede weitere Beurtheilung erst die Grundlage gibt. Eine solche herzustellen, ist trotz Ribbeck's ausführlicher Bearbeitung der ganzen Geschichte des Donatismus immer noch eine Aufgabe der kirchengeschichtlichen Forschung. Zu der Lösung derselben in einem einzelnen Puncte einen Beitrag zu liefern, ist die Absicht der gegenwärtigen Arbeit.

Eine für die Bestimmung der Gründe, aus welchen die donatistische Spaltung hervorgegangen, und demnach für die Würdigung der ganzen Erscheinung wesentliche Frage ist die, ob die Behauptung der Donatisten, dass Felix von Aptunga in der diokletianischen Verfolgung sich der Auslieferung der heiligen Schriften schuldig gemacht habe, begründet und ob überhaupt die Strenge gegenüber jedem nachgiebigen Verhalten in der Verfolgung, welche die Urheber jener Spaltung in der Sache des Caecilian und Felix an den Tag legten, ihnen auch sonst eigen gewesen oder gerade nur in dieser Angelegenheit hervorgekehrt worden ist. Ist das Erstere der Fall, so haben wir darin eines der hauptsächlichsten bewirkenden Motive der ganzen Bewegung anzuerkennen, ist es aber das Letztere, so ist jene Strenge nicht vielmehr als ein blosser Vorwand gewesen und die wahren Gründe haben in andern Verhältnissen gelegen. Für die Beantwortung jener Frage fehlt es uns nun nicht ganz an urkundlichem Material. Wenn nämlich die Berichte des Optatus über die Anfänge des Donatismus durchaus einseitig sind und in vollem Maasse die Parteifarbe tragen, so ist es dagegen ein sehr günstiger Umstand, dass sich eine Anzahl von Schriftstücken erhalten hat, welche den Charakter unmittelbarer geschichtlicher Urkunden haben. Dahin gehören auch ein paar ursprünglich von Optatus mitgetheilte Documente, von denen zwei gerichtliche Verhöre sind, ein Drittes Stücke aus Synodal-Acten der im Jahre 305 zu Cirta gehaltenen Synode enthält. Freilich können auch diese Documente keineswegs unbesehens als glaubwürdig angenommen werden, sondern bedürfen einer kritischen Betrachtung, aber sie ergeben doch unter einer solchen gewisse Anhaltspunkte, die sicherer sind als die blossen Behauptungen eines Parteimannes. Eben diese Schriftstücke, die namentlich für Entscheidung der oben erwähnten Fragen von Bedeutung sind, sollen im Folgenden näher betrachtet werden. Zugleich eine Ausgabe derselben zu veranstalten war schon deswegen nothwendig, weil eine auf Einzelheiten Bezug nehmende Erklärung sich

am Besten in der Form von Anmerkungen geben lässt, der Text aber, obwohl mit den
Werken des Optatus und Augustinus öfter abgedruckt, doch nicht Jedermann zur
Hand sein dürfte. Es liess sich aber auch mit Hülfe der in den Anführungen beider
genannten Schriftsteller sich findenden Varianten und durch Conjectur Manches berich-
tigen; an mehreren Stellen freilich musste ich auch ganz Unverständliches wieder mit
abdrucken lassen. Eine Vergleichung der (wenigstens früher) in Paris befindlichen
Handschrift anstellen zu können, war ich leider nicht in der Lage, weiss also auch
nicht ob eine solche zur Berichtigung des jetzt hier und da sinnlosen Textes viel
beitragen würde. Von einer vollständigen Herstellung, welche für die Kirchengeschichte
wie für die Kenntniss des africanischen Vulgärlateins von Interesse wäre, könnte natürlich nur dann die Rede sein, wenn es gelänge, noch andere Handschriften aufzufinden.

Zur Orientirung über den geschichtlichen Zusammenhang, in dem jene Schriftstücke stehen, mögen die folgenden Bemerkungen dienen.

Als in der diokletianischen Verfolgung auf Grund der kaiserlichen Edicte von den
Christen und insbesondere von den Geistlichen die Auslieferung der heiligen Schriften
zum Zweck der Vernichtung derselben gefordert wurde, fanden sich neben denen,
welche durch Gehorsam gegen dieses Gebot sich unzweifelhaft des Vergehens der
traditio schuldig machten und denen, welche dem Märtyrertode muthig entgegen-
gingen, auch in grosser Anzahl solche, die bei einem Mittelwege zugleich der Verfolgung zu entgehen und einer Verleugnung ihres christlichen Glaubens ausweichen zu
können glaubten. Zu diesen gehörte auch Mensurius, Bischof von Carthago, der
anstatt der heiligen Bücher ketzerische Schriften auslieferte und indem er damit die
zu einem milden Verfahren geneigten heidnischen Behörden beschwichtigte, zugleich die
Gemeinde vor weiterem Ungemach schützte. Als bei einem Gottesdienste ergriffene
Christen aus der civitas Abitinensis nach Carthago gebracht wurden, drängten sich Ge-
meindeglieder von Carthago in das Gefängniss um die Märtyrer zu verehren und ihnen
Erleichterungen zu verschaffen, wobei mancherlei Unordnungen vorgekommen sein
sollen. Mensurius liess durch seinen Archidiakon Cäcilian die Menge von dem
Gefängniss vertreiben, wobei dieser, wie wenigstens von Seiten seiner Gegner behauptet
wird, in sehr schroffer Weise vorgegangen sein und sich sogar der Hülfe heidnischer
Gerichtsdiener bedient haben soll. Mehrere Jahre danach, im Jahre 311, wurde an
Stelle des Mensurius, der, um sich vor dem Kaiser zu verantworten, nach Rom berufen worden, dort freigelassen, aber auf der Rückreise nach Carthago gestorben war,
Cäcilian zum Bischof erwählt, nicht ohne dass diese Wahl bei mehreren einfluss-
reichen Mitgliedern der Gemeinde Unzufriedenheit erregt hätte. Optatus nennt als
solche die seniores Botrus und Celesius (oder Celestius) und die reiche Wittwe

Lucilla und führt bei ihnen allen die Opposition gegen Cäcilian auf unlautere persönliche Motive zurück. Lucilla sei einst wegen ihrer abergläubischen Verehrung einer Reliquie von Cäcilian öffentlich zurechtgewiesen worden und habe deswegen einen Hass auf ihn geworfen, dem Botrus und Celesius aber habe Mensurius als er nach Rom abging, kostbare Kirchengeräthe anvertraut, und eine Denkschrift darüber einer alten Frau übergeben, mit der Weisung, sie, falls er nicht zurückkehre, seinem Nachfolger abzuliefern. So hätten Botrus und Celesius gehofft, wenn einer von ihnen Bischof würde die Geräthe unterschlagen zu können, da aber Cäcilian gewählt wurde und man das Depositum von ihnen zurückforderte, hätten sie sich von der Kirchengemeinschaft getrennt (communioni subduxerunt pedem). Diese Geschichte verliert schon dadurch, dass Optatus selbst sie mit einem wiederholten »dicitur« mittheilt, ihre Glaubwürdigkeit, sie kann möglicherweise daraus entstanden sein, dass die genannten Aeltesten, wenn sie den Cäcilian nicht als rechtmässigen Bischof ansahen, sich natürlich auch weigerten, Kirchengut, das sie in Verwahrung hatten, ihm zu übergeben. Viel Wahrscheinlichkeit hat es dagegen für sich, dass es eben die zu übertriebener Märtyrerverehrung geneigte Partei, die man nicht ganz mit Recht ohne weiteres als die rigoristische bezeichnet, es war, die den Cäcilian wegen seines Vorgehens gegen sie hasste und gegen ihn operirte, obwohl sich das nicht durch bestimmte Zeugnisse erweisen lässt Ebensowenig wird berichtet, warum man nicht die Ankunft der numidischen Bischöfe, denen nach der Sitte der afrikanischen Kirche die Ordination des Neugewählten zustand, abwartete, sondern dieselbe sogleich durch den Bischof Felix von Aptunga vollziehen liess, vermuthen aber lässt sich auch hier, dass man fürchtete, die Gegner Cäcilian's würden bei denselben Gehör finden. Nach Optatus freilich sind es gerade Botrus und Celesius gewesen, die »ut dicitur« bewirkt haben, dass die Wahl nur unter Zuziehung der nächstwohnenden Bischöfe stattfand, weil sie — man sieht nicht ein, warum — dann eher ein für sie selbst günstiges Resultat erwarteten. Als nun nach geschehener Ordination Cäcilian's der Primas von Numidien, Secundus von Tigisis mit 70 Bischöfen jener Provinz in Carthago erschien, erklärten sie die Weihe des Cäcilian für ungültig, weil Felix von Aptunga ein traditor sei, gingen aber auch auf das Anerbieten Cäcilian's, sich als wäre er noch Diakon von ihnen weihen zu lassen, nicht ein, sondern machten den Majorin zum Bischof; diess war der Beginn der Spaltung in der afrikanischen Kirche. Während nun ein grosser Theil der letzteren den Majorin anerkannte, so muss es Cäcilian bald gelungen sein, die angesehensten unter den transmarinen Bischöfen und wahrscheinlich besonders den Bischof von Rom auf seine Seite zu ziehen. Es lässt sich diess mit Sicherheit daraus schliessen, dass Constantin in seinem nicht lange nach dem Mailänder Toleranzedict an Cäcilian gerichteten Schreiben nicht nur diesen als unzweifelhaft rechtmässigen Bischof ansieht, sondern auch von den Gegnern desselben ganz wie von einer rebellischen Partei redet und ihm den Beistand der kaiserlichen Statthalter zur Züchtigung derselben verheisst. Hierauf richtete die Partei des Majorin im April 313 an Constantin das Gesuch, ihre Streitsache von gallischen Bischöfen, weil diese als von der Verfolgung unter den früheren Kaisern nicht betroffen, allein unparteiisch seien, untersuchen und entscheiden zu lassen. Der Kaiser gab dem soweit nach, als er allerdings drei gallische Bischöfe dazu ernannte, aber unter dem Vorsitz des römischen Bischofs Melchiades, der noch dazu eine grosse Anzahl italischer Bischöfe mit hinzuzog. Von diesem Kirchengericht wurden die gegen Cäcilian vorgebrachten Anklagen für grundlos erklärt, dagegen der Ankläger desselben, der Bischof Donatus von Casae nigrae zweier kirchlicher Vergehungen schuldig befunden, nämlich in der katholischen Kirche Getaufte wiedergetauft und Bischöfe als Pönitenten behandelt zu haben. Als die Donatisten, wenn wir sie der Kürze wegen anticipirend so nennen dürfen, sich bei diesem Spruche nicht beruhigen wollten, übertrug Constantin einer zu Arelate aus Bischöfen verschiedener Provinzen versammelten Synode die Entscheidung, die jedoch in demselben Sinne ausfiel. In einem sehr respectvoll gehaltenen Schreiben gab man dem römischen Bischofe Silvester, dem Nachfolger des Melchiades Nachricht von den Beschlüssen der Synode. Die Donatisten appellirten nunmehr an den Kaiser selbst. Dieser nahm die Berufung anund gab dem Vicarius von Afrika, Verinus, Befehl, eine Untersuchung darüber anzustellen, ob Felix von Aptunga sich der traditio wirklich schuldig gemacht habe. Da Verinus aber inzwischen erkrankte, führte der Proconsul Aelianus dieselbe. Das von ihm angestellte Verhör ist zum Theil erhalten; wir werden es unten näher in's Auge fassen (No. I.). Sowohl diese Untersuchung wie das kaiserliche Urtheil selbst fiel zu Ungunsten der Donatisten aus; von dem letzteren gibt das im November 316 an den Vicarius Eumalius erlassene Rescript Nachricht. Während nun des ungeachtet unter Donatus Magnus, dem Nachfolger des Majorin auf dem Bischofsstuhl von Carthago die Donatistische Partei, die eben von diesem bedeutenden Manne ihren Namen erhielt, immer weitere Ausdehnung gewann, folgten von Seite des Kaisers scharfe Maassregeln gegen dieselbe, welche namentlich von dem comes Ursacius mit äusserster Härte ausgeführt wurden. Zu derselben Zeit ging auch der Statthalter von Numidien, Zenophilus, gegen dieselben vor. Dieser Mann, von dem sonst wenig bekannt ist, stellte im Jahr 320 zu Cirta eine Untersuchung gegen den im Jahre 305 von Secundus von Tigisis geweihten Bischof Silvanus an, gegen welchen von einem von ihm abgesetzten Diacon Nundinarius schwere Beschuldigungen erhoben wurden,

namentlich auch die, dass er selbst ein traditor sei. Auch diese gesta apud Zenophilum sind uns zum grossen Theil erhalten (No. II.). Dem weiteren Verlauf des
Streites haben wir hier nicht zu folgen.

Das an dritter Stelle mitzutheilende Schriftstück steht seinem Ursprung nach
ganz ausserhalb des Zusammenhanges des dramatischen Streites und gehört einer früheren Zeit an, es ist aber deshalb von Wichtigkeit, weil es, wenn es ächt ist, ein sehr
ungünstiges Licht auf den Secundus von Tigisis und andere bei der Entstehung der
Spaltung betheiligte Persönlichkeiten fallen lässt.

I. Gesta purgationis Felicis episcopi Aptungitani.

Diese gesta waren jedenfalls in der leider nicht erhaltenen Sammlung von
Documenten enthalten, welche Optatus von Mileve seinem Werke de schismate Do-
natistarum als Anhang beigefügt hatte und auf welche er mehrfach Bezug nimmt.
(Optat. Mil. l. l. I, 14 harum namque plenitudinem rerum in novissima parte horum
libellorum ad implendam fidem adjunximus. ib. 26. de iis rebus habemus volumina
actorum quod siquis voluerit, in novissimis partibus legat.) In dem Werke selbst
redet er von ihnen I, 27 s. unten. Bei der collatio cum Donatistis von 414 wurden
am letzten Tage diese gesta verlesen und zum Gegenstand einer Discussion. Der
Theil der Protokolle der collatio, in welchem dies vorkam, ist nicht erhalten, aber
in den capitula gestorum collationis Carthaginensis III No. 565 heisst es: gestorum
recitatio pro Felice qui Caeciliani fuerat ordinator. Ausführlicheres darüber findet sich
bei Augustin in dem breviculus collationis cum Donatistis 24; danach erhoben die Donatisten Einwendungen gegen dieselben; wie Augustin sagt objicientes gratiam judicis
vel suppositas fuisse personas et caetera quae solent homines contra gesta quibus vin-
cuntur suspiciosa quaerimonia jactitare. Besonders wiesen sie auch darauf hin, dass
Ingentius, dessen Geständniss namentlich von Bedeutung ist, nachher noch zum Zweck
der Untersuchung der Sache vor den Kaiser gesandt worden sei. Die Katholiken entgegneten darauf: wenn die Donatisten glaubten, dass der Kaiser nach dem Verhör des
Ingentius für sie entschieden habe, so sei es ihre Sache, das mit Zeugnissen zu
belegen und Marcellinus entschied (capitula gest. III No. 568) non posse gesta quae
tanta roboravit antiquitas removeri nisi aliis posterioribus gestis e contrario recitatis.
Wir kommen auf jene Einwendungen noch zurück. — Bei Augustin werden die gesta
auch sonst oft erwähnt, besonders epist. 43, 5. 12 ss. 129, 4. 141, 10 s. de unico
baptismo contra Petilianum 28 und contra Cresconium III, 67. 80, wo das Endurtheil
des Aelian mitgetheilt ist.

Uns sind die gesta erhalten in einer Handschrift der bibl. Colbertina zu Paris, aber in sehr unvollständiger, ja fragmentarischer Gestalt, da nicht nur der Anfang, sondern, wie eine genauere Betrachtung zeigt, auch in der Mitte gar Vieles fehlt. Aus dieser Handschrift sind sie herausgegeben worden von Papirius Masson in seiner Ausgabe der gesta collationis Carthagini habitae 1596, dann von Baluzius in den miscellanea II, 81; von hier abgedruckt von Du Pin in der Ausgabe des Optatus p. 162 ff. Auch in andere Ausgaben des Optatus und in der Benedictiner-Ausgabe des Augustin im appendix zu dessen antidonatistischen Schriften finden sie sich.

Schon Baronius ann. ad a. 314, 19. hat über die Verworrenheit dieses Acten-stückes geklagt, ohne übrigens einen Versuch zur eigentlichen Erklärung desselben zu machen, da er sich begnügt hat, es stückweise zu benutzen und seinen Annalen einzureihen. Eine vollständige Aufhellung desselben wird bei dem fragmentarischen Charakter des Er-haltenen allerdings nicht möglich sein, etwas mehr Licht aber als schon durch die Anmer-kungen des Baluzius darüber verbreitet ist, lässt sich immerhin noch hineinbringen. Dazu ist aber vor Allem nöthig, die verschiedenen Bestandtheile desselben zu unter-scheiden, was auch von Baluzius nicht geschehen ist. Denn wir haben hier in dem Pro-tokoll über die vor Aelian angestellte Verhandlung noch Stücke aus den Protokollen zweier anderen, nämlich: 1) einer zu Aptunga vor den Duumvirn Gallienus und Fuscius stattgehabten; dieses Stück reicht von Anfang bis zu den Worten: domum suam tulit. 2) einer zu Carthago vor dem sacerdos Jovis und Duumvir Didymus Aurelius Speretius angestellten, beginnend mit »Volusiano et Anniano consulibus« und reichend bis »quae dixisti scripta sunt«, wovon aber später ein Stück nochmals wiederkehrt. Diese Theile, welche sich in dem vorliegenden Text gegen die Haupt-verhandlung nicht überall deutlich abgrenzen, müssen vor Allem unterschieden werden, wenn das Ganze nicht den Eindruck unentwirrbarer Confusion machen soll. Ich gebe das Nähere in den Anmerkungen, und lasse hier zunächst die betreffende Stelle des Optatus, dann das von Augustin ctr. Crescon. III, 70 und ep. 88, 4 mitgetheilte kaiserliche Rescript folgen, welche nicht unwichtige Ergänzungen zu den erhaltenen Theilen der gesta geben, darauf den Text der letzteren selbst.

1. Opt. Mil. de schism. Don. I, 27. Sed quia in ipsa causa jamdudum in Catho-lica duorum videbantur laborare personae, et ordinati et ordinatoris, postquam ordi-natus in urbe[1]) purgatus est, et purgandus adhuc remanserat ordinator. Tunc Con-stantinus ad Aelianum[2]) proconsulem scripsit ut remotis necessitatibus publicis de vita

---

1) ordinatus in urbe — nämlich Caecilian vor dem unter Melchiades zu Rom gehaltenen Gericht.
2) ad Aelianum — Optatus ist hier ungenau, der kaiserliche Befehl war vielmehr an den Vi-

Felicis Autumnitani publice quaereretur. Sedit is cui erat indictum. Inducti sunt Claudius Saturianus[3]), curator reipublicae qui fuit tempore persecutionis in civitate Felicis, et curator praesentis tunc temporis quando causa flagitabatur, Callidius Gratianus[4]) et magistratus Alfius Caecilianus, sed et Superius stationarius[5]) perductus et Ingentius scriba publicus pependit sub metu imminentium tormentorum. Responsis omnium nihil tale inventum est in vita Felicis episcopi, propter quod ordinare non potuisset. Habetur volumen actorum in quo continentur praesentium nomina qui fuerunt in causa, Claudii Saturiani curatoris et Caeciliani magistratus et Superii stationarii et scribae Ingentii et Solonis officialis publici ipsius temporis. Post quorum responsa a supra memorato proconsule haec pars sententiae dicta est: Felicem autem religiosum episcopum etc. (der Schluss der gesta).

---

2. Imperatores Caesares Flavii, Constantinus Maximus et Valerius Licinius ad Probianum proconsulem Africae.

Aelianus praedecessor tuus merito dum vir perfectissimus Verus Vicarius praefectorum tunc per Africam nostram incommoda valetudine teneretur, ejusdem partibus functus, inter cetera etiam id negotium vel invidiam, quae de Caeciliano episcopo ecclesiae catholicae videtur esse commota, ad examen suum atque jussionem credidit esse revocandam. Etenim cum jam Superium centurionem et Caecilianum magistratum Aptungitanorum et Saturninum excuratorem et Calibium juniorem ejusdem civitatis curatorem, atque Solonem servum publicum suprascriptae civitatis praesentes esse fecisset, audientiam praebuit competentem, adeo ut cum Caeciliano fuisset objectum quod a Felice eidem episcopatus videretur esse delatus, cui divinarum scripturarum proditio atque exustio videretur objecta, innocentem de eo Felicem fuisse constiterit. Denique cum Maximus Ingentium decurionem Ziquensium civitatis epistolam Caeciliani exduumviri falsasse contenderet, eundem ipsum Ingentium suspensum actis quae suberant pervidimus et ideo minime tortum quod se decurionem Ziquensium civitatis asseveraverit. Unde volumus ut eundem ipsum Ingentium sub idonea prosecutione

carius Verinus gerichtet und Aelian übernahm die Untersuchung der Sache nur wegen der Erkrankung desselben, wie aus dem unten folgenden kaiserlichen Rescript hervorgeht.

[3]) Claudius Saturianus — in dem kaiserlichen Rescript wird er Saturninus genannt.

[4]) Callidius Gratianus — in dem Rescript Calibius genannt.

[5]) stationarius — dieser Amtsname findet sich in dreifacher Bedeutung: 1) werden so die Befehlshaber der an einem bestimmten Orte stationirten Truppe genannt; 2) die Vorsteher der kaiserlichen Posthaltereien; 3) eine Art der Gerichtsdiener oder apparitores. Die letztere Bedeutung möchte man hier vorziehen, wenn nicht das kaiserliche Rescript den Superius als centurio bezeichnete; übigens geschieht auch in den Acten der abitinensischen Märtyrer (bei Ruinart 382) des miles stationarius Erwähnung.

ad comitatum meum Constantini Augusti mittas ut illis qui inpraesentiarum agunt atque diuturnis diebus interpellare non desinunt, audientibus et coram adsistentibus apparere et intimari possit frustra eos Caeciliano episcopo invidiam comparare atque adversus eum violenter insurgere voluisse. Ita enim fiet ut omissis sicut oportet ejusmodi contentionibus, populus sine dissensione aliqua religioni propriae cum debita 5 veneratione deserviet.

_____

3. . . . .

. . . . in municipio Autumnitanorum[6] Gallienus duumvir dixit: Quoniam praesens es, Caeciliane, audi litteras domini mei Aelii Paulini viri spectabilis agentis vicariam praefecturam, quid jubere sit dignatus secundum epistolam ad nos datam, 10 quae declarare te compellit et scribam quem habuisti tunc temporis administrationis tuae et tabularium. Sed quoniam tabularius ejus temporis vita functus est, et omnes actus administrationis tuae secundum fidem litterarum ejusdem mei domini tecum perferre debebis, et ad coloniam Carthaginensem cum scriba tuo proficisci necesse est. 15 Praesens est curator[7], sub cujus praesentiam vos compellimus. Quid ad hoc respondes? Caecilianus dixit, Mox[6] ad me epistolam Aelii Paulini[9] viri spectabilis agentis vicariam praefecturam pertulistis, statim ad scribam Miccium misi ut veniret et acta ipsius

_____

11 manusc. cum scripta tua.   14 manusc. misi venit ut acta.

6) Autumnitanorum — diese Form wechselt mit Aptungitani, Aptugnitani. Die Stadt lag in der provincia proconsularis wie aus Augustin brev. coll. c. Don. 16. hervorgeht, wo Augustin mit Bezug auf die durch den Bischof Felix von Aptunga geschehene Ordination des Cäcilian, Bischofs von Carthago, sagt, es entspreche der Sitte der katholischen Kirche, dass der Bischof von Carthago nicht von den Bischöfen Numidiens, sondern von denen der benachbarten Kirchen geweiht werde. Aus einer in dem gegenwärtigen Schriftstück folgenden Stelle lässt sich abnehmen, dass Aptunga den Städten Furni und Zama benachbart war.

7) praesens est curator — oben jener Calibius oder Callidius Gratianus (s. oben). Die Curatoren, eine in der Kaiserzeit allmählig entstandene städtische Behörde, werden in den Constitutionen der christlichen Kaiser als Oberbehörde vor den eigentlichen Magistraten genannt, unter welcher Benennung man zu dieser Zeit insbesondere die richterlichen Beamten, die duumviri jure dicundo, begriff. Vergl. E. Kuhn, die städtische und bürgerliche Verfassung des römischen Reichs bis auf die Zeiten Justinians I, 36 ff.

8) mox im Sinne von sobald als dem späten Latein angehörig, s. Rönsch, Itala und Vulgata S. 400.

9) Aelii Paulini. — Baluzius hat bereits bemerkt, dass der Name falsch sein müsse, da Aelius Paulinus ja nicht zu dieser Zeit, sondern viel früher während der diokletianischen Verfolgung Vicarius war, wie die gesta selbst weiterhin zeigen. Der Vicar, an welchen der kaiserliche Auftrag zur Untersuchung der Sache des Felix ergangen ist, war, wie oben bemerkt Verinus; er wird demnach auch die hier erwähnten Befehle erlassen haben.

temporis[10]) confecta mihi obtulisset[11]), et usque adhuc inquirit, quoniam non modicum tempus est ex quo duumviratum administravi, anni sunt undecim, itaque cum invenerit, parebo tanto praecepto. Gallienus duumvir dixit, tua interest jussioni parere, vides enim, jussionem esse sacram. Caecilianus dixit, devotus sum tanto praecepto. Item
5 cum paullo post scriba Miccius supervenisset, Fuscius duumvir dixit, Audisti et tu, Micci, quod et tu una cum Caeciliano necessarius es ire ad officium viri spectabilis vicarii, instructionem ejus temporis ut vobiscum perferatis. Ad haec quid dicis? Miccius respondit, Magistratus suppleto anno omnes actus suos[12]) domum suam tulit . . . . .

10 . . . . . . si in eis[13]) cera possit inveniri inquiro. Et cum quaereret[14]), Quin-

---

10 über die hier anzunehmende Lücke s. d. Anm. Die folgenden Worte lauten im Manuscript: sed in ei in cera possit. Masson. si in etc. Balus. si mei in cera possint.

[10]) acta ipsius temporis. — Was für Acten sind es, die der Schreiber Miccius dem Cäcilian vorlegen soll? Jedenfalls keine anderen als die von denen nachher derselbe Miccius sagt, dass Cäcilian sie am Schlusse des Jahres seiner Magistratur nach seinem Hause genommen habe, denn wären sie von diesen verschieden, so würde ja doch Cäcilian seine eigenen Acten hier vorlegen oder wenigstens etwas über sie bemerken. Die Sache ist also so zu denken: Cäcilian bediente sich der Dienste des Miccius auch nach seiner Magistratur und liess ihn die Aufsicht über seine Papiere führen, so dass dieser besser unter denselben Bescheid wusste als Cäcilian selbst. Deshalb liess er als er den Befehl des Vicarius erhalten hatte, den Miccius kommen, um die Acten aus der Zeit seines Duumvirats hervorzusuchen.

[11]) obtulisset — der Gebrauch des conj. plusquampf. für den conj. impf. (vgl. Rönsch Itala und Vulgata 431) ist auch in diesen Schriftstücken sehr häufig.

[12]) si omnes actus suos etc. — Apronian fragt: wenn Cäcilian alle seine Acten mit nach Hause genommen hat, wie steht es dann mit den inzwischen anderweitig bekannt gewordenen Acten jener Zeit; denn es waren ja solche in Umlauf gesetzt worden, die den Felix als Traditor erscheinen liessen, deren Echtheit wird von Apronian angefochten.

[13]) si in eis etc. — In den vorhergehenden Worten magistratus suppleto — suam tulit ist die Antwort des Miccius, soweit sie hier vorliegt, vollständig enthalten. Die folgenden, die im Manuscript sinnlos lauten: sed in ei in cera possit inveniri inquiro hat Baluzius allerdings mit dazu ziehen zu müssen geglaubt, indem er sie in: si mei in cera possint etc. veränderte und sie dahin verstand, dass Miccius hier von seinen eigenen Concepten, die auf Wachstafeln geschrieben waren, rede. Abgesehen davon, dass solche Wachstafeln von den Schreibern wohl kaum so lange aufbewahrt worden sind, kann man, wie zuvor bemerkt, unter den Acten, die Miccius dem Cäcilian vorlegen sollte, keine anderen verstehen als die des Cäcilian selbst, so dass von besonderen Acten des Miccius gar nicht die Rede ist. Cera ist aber nicht bloss die Wachstafel, sondern auch das Siegel, s. Dirksen manuale latinitatis fontium j. civ. s. h. v. Die Worte werden vielmehr zu dem Folgenden gehören und nach der im Texte vorgeschlagenen Veränderung si in eis cera possit etc. den Sinn geben: ich frage nach ob sich an ihnen ein Siegel findet, denn possit inveniri ist einfach = inveniatur wie in den gestis apud Zenophilum profertae scripturas ... ut praecepto atque jussioni parere possitis = pareatis, und so öfter. Dazu passt dann ganz wohl die Antwort des Duumvir Sisenna „quod cognovit officium respondit" d. h. „das Büreau hat geantwortet dass es das Siegel als vorhanden erkannt habe." Jene Frage gehört dann aber auch nicht mehr der Verhandlung zu Aptunga an, sondern der zu Carthage, wie schon das Auftreten eines Duumvir Sisenna darthut, während die Duumviri von Aptunga, wie das Vorhergehende zeigt, Gallienus und Fuscius

tus Sisenna duumvir dixit, quod cognovit officium respondit. Apronianus dixit, si omnes actus suos tulerat magistratus unde acta quae tunc emissa erant vel confecta tanto tempore? Et cum diceret, Aelianus proconsul dixit, Et mea interrogatio et singularum personarum responsio actis continetur. Agesilaus dixit, Sunt praeterea et aliae epistolae huic rei necessariae; interest ut legantur. Aelianus proconsul dixet, Lege Cae- 5 ciliano audiente, ut agnoscat an ipse dictaverit. Agesilaus recitavit: ⟨Volusiano⟩ et Anniano consulibus[15]) XIV Calendas Septembris, in jure apud Aurelium Didymum Sperecium sacerdotem Jovis optimi maximi duovirum splendidae coloniae Carthaginensium Maximus dixit, Loquor nomine seniorum christiani populi catholicae legis Apud maximos impera- tores causa agenda erit contra Caecilianum et Felicem qui principatum ejusdem legis 10 [omnia] connantur invadere. Contra ipsos documenta criminum ejus conquiruntur. Nam cum persecutio indicta esset Christianis, id est, ut sacrificarent aut quascunque scrip- turas haberent incendio traderent, Felix qui tunc episcopus erat Autumnos [15a]), consensum

---

6 Der Name ist von Baluzius hinzugefügt, das Manuscript hat eine Lücke.   5 manusc. duo- viru recitavit splendidae.   11 omnia viell. vor documenta zu stellen, jedenfalls vor connantur zu streichen 15 manusc. secundum sens ost. edd. secundus senex ost.

biessen. Natürlich ist dann hinter tulit eine Lücke anzunehmen, es musste hier erst noch der Schluss des in Aptunga mit Miccius aufgenommenen Protokolls und dann die sich daran anknüpfende Verhandlung in Carthago anschliessen, die hier mit den Worten si in eis cera in der Mitte anfängt. Diese Frage selbst aber wird dem Proconsul beizulegen sein, da nur in seinen Mund das inquiro passt.

14) et cum quaereret wie danach et cum diceret — derjenige welcher eben anfängt zu reden, wird, hier von Sisenna dort von Aelian, unterbrochen; dieselbe Weise, diess zu bezeichnen, findet sich in der collatio carth. III, 102. 216 u. ö.; es liegt in diesen Notizen ein Zeugniss für die Genauigkeit der Pro- tokollführung.

15) Volusiano et Anniano consulibus — Volusiano hat Baluzius mit Recht hinzugefügt, Augustin ad Donatistas post collationem 56 sagt, dass die Verhandlung vor Aelian Volusiano et Anniano coss. statt- gefunden habe, und auch sonst sind diese Consuln für das Jahr 314 bezeugt, s. Clinton fasti Rom. ad h. a. Nach Augustin aber ist das Datum der Verhandlung XV cal. Martias. Valesius hat die beiden An- gaben durch die Annahme zu vereinigen gesucht, dass Aelian die durch Verlesung vieler Actenstücke und Vernehmung einer grossen Zahl von Zeugen jedenfalls mehrere Tage in Anspruch nehmende Ver- handlung im Februar begonnen und im August fortgesetzt habe. Dagegen ist von Baluzius mit Recht eingewendet worden, dass bei der dringenden Verordnung des Kaisers ut remotis necessitatibus publicis de vita Felicis Aptungitani publice quaereretur ein solches Hinausziehen der Sache von Seiten des Pro- consuls nicht glaublich erscheine; es muss daher an einer Stelle ein Fehler vorliegen. Da nun nach Augustin's fernerer Angabe die Verhandlung im vierten Monat nach dem Urtheil des Melchiades stattgefunden hat, dieses aber im October 313 gefällt worden ist, so wird dadurch die Datirung auf den Februar als die richtige erwiesen, es ist demnach die Monatsangabe in den gestis als falsch anzusehen. Dagegen ist die Angabe des Tages nicht mit B. zu ändern, denn es ist ja nicht das Datum der Verhandlung vor Aelian, das wir hier haben, sondern einer derselben vorhergegangenen vor dem Duumvir Speretius, die demnach am Tage zuvor stattgefunden hat.

15a) Autumnos für Autumnis, aber nicht zu verändern, denn in der vulgären Sprache verdrängt der Accusativ immer mehr den Dativ und Ablativ, so in den gestis apud Zenophilum: dedit aliquos für aliquibus (s. unten S. 33).

adtulerat ut de manu Galatii scripturae traderentur ut igni concremari possent et
erat tunc temporis magistratus Alfius Caecilianus quem praesentem videre dignaris.
Et quoniam[16]) ejus temporis officium incumbebat ut ex jussione proconsulari omnes
sacrificarent et si quas scripturas haberent, offerrent secundum sacram legem, quaeso
5 secundum ⟨quod prae⟩ sens est et senem vides et non potest ad comitatum sacrum
pergere, apud acta deponat utrumne jam de pactione secundum ⟨acta⟩ ab eodem habita
litteras dederit et utrum ea quae in litteris contulerit, vera sint, ut horum actus et
fides in judicio sacro detegi possit. Adstanti Caeciliano Sperecius duumvir dixit,
Audis quae apud acta sint deposita? Alfius Caecilianus dixit, Zama ieram propter
10 lineas comparandas[17]) cum Saturnino. Et cum venerimus illo mittunt ad me in prae-
torio ipsi Christiani ut dicerent: sacrum praeceptum ad te pervenit? Ego dixi, Non,
sed vidi jam exempla et Zama et Furnis dirui basilicas et uri scripturas vidi. Itaque
proferte si quas scripturas habetis ut jussioni sacrae pareatur. Tunc mittunt in domum
episcopi Felicis, ut tollerent inde scripturas, ut exuri possent secundum sacrum prae-
5 ceptum. Sic Galatius nobiscum perrexit ad locum ubi orationes celebrare consueti
fuerant. Inde cathedram tulimus et epistolas salutatorias[18]) et ostia omnia combusta
sunt secundum sacrum praeceptum. Et cum ad domum ejusdem Felicis episcopi mit-
teremus, renuntiaverunt officiales publici illum absentem esse[19]) . . . . . . Nam cum
posteriori tempore adveniret Ingentius scriba Augentii cum quo aedilitatem administravi,
20 dictavi epistolam eidem collegae quam feci ad eundem Episcopum Felicem. Maximus
dixit: Praesens est, eadem epistola ei offeratur ut eandem recognoscat. Respondet,

---

16) et quoniam etc. — Baluzius beginnt mit quaeso einen neuen Satz, dadurch fehlt aber
dem vorhergehenden der Nachsatz, offenbar ist dieser oben in den mit quaeso beginnenden Worten enthalten, die einen vollkommen verständlichen Sinn geben, wenn man das secundum sens est des Manuscripts
in der im Texte vorgeschlagenen Weise ergänzt. Die pactio aber, von der hier die Rede ist, ist ohne
Zweifel das in dem im Folgenden gegebenen Briefe des Cäcilian und zwar in dem als gefälscht in
Anspruch genommenen Theile desselben berührte Abkommen.

17) propter lineas comparandas — da diess doch nur heissen kann: um Vermessungen anzustellen und Cäcilian als Duumvir von Aptunga dazu wohl nur in der Nähe dieser Stadt Veranlassung
haben konnte, so scheint daraus hervorzugehen, dass Aptunga der Stadt Zama benachbart war, und dasselbe wird nach dem Folgenden auch von Furni gelten.

18) salutatorias — mit Recht hat Baluzius das Wort auffallend gefunden, er bemerkt difficile
est explanare . . . . neque enim mihi hactenus probatur . . . . epistolas salutatorias esse quibus quis
alicui salutem impertit. Manifestum quippe est hic agi de Codice quodam venerando quem Alfius Caecilianus duumvir ex basilica Aptungitana sustulit. Man könnte vermuthen, dass der codex die Aufschrift getragen habe „epistolae salutatorae" womit die darin enthaltenen Briefe als ein Theil der heiligen Schrift bezeichnet wurden, und dass die Heiden, welchen der Ausdruck fremd war, das geläufigere epistolae salu-
tatoriae daraus gemacht haben.

19) absentem esse . . . . Nam etc.; es muss wohl eine Lücke angenommen werden, da der
folgende Satz nicht in unmittelbarem Zusammenhang mit dem vorhergehenden steht und namentlich das
nam ganz unpassend erscheint.

Ipsa est. Maximus dixit, Quoniam recognovit epistolam suam hanc lego et oro plena actis inseratur. Et recitavit:

Caecilianus parenti Felici salutem. Cum Ingentius collegam meum Augentium conveniret et inquisisset anno duoviratus mei an aliquae scripturae legis vestrae secundum sacram legem adustae sint[20] . . . . quam Galatius meus ex lege vestra 5 publice epistolas salutatorias de basilica protulerit. Opto te bene valere[21] — [Hoc signum quod deprecatorium ad me miserant Christiani et ipse cujus est praetorium, et dixisti tolle clavem et quos inveneris in cathedra libros et super lapide codices, tolle illos. Sane vide officiales ne tollant oleum et triticum. Et ego dixi tibi, Tu nescis quia ubi scripturae inveniuntur, ipsa domus diruitur? Et dixisti, Quid ergo faciemus? 10 Et dixi ego vobis: tollat aliquis de vestris in area ubi orationes facitis et illic ponantur et ego venio cum officialibus et tollo. Et nos illo venimus et omnia tulimus secundum sacrum praeceptum.

Maximus dixit, Quoniam ejus epistolae lectio apud acta recitata est quam ipse agnovit se misisse, quae dixit quaesumus actis haereant. Speretius duumvir dixit, 15 quae dixisti scripta sunt.]

Agesilaus dixit, Ad praesente⟨m⟩ epistolam recognovit, residuam partem quam · nunc legit, falsam esse dicit. Caecilianus dixit, Domine, usque ad hoc dictavi usque quo habet, opto te, parens carissime, bene valere. Apronianus dixit, Semper sic falsum per terrorem, per scenam, per inreligiosam mentem actum est ab his qui Catholicae 20 ecclesiae consentire noluerunt. Nam Paulino[22] hic administrante vices praefectorum, sub-

---

17 manusc. u. edd. praesente.

20) adustae sint . . . quam; zwischen diesen Worten ist, wie auch von den Herausgebern bemerkt, offenbar eine Lücke — wahrscheinlich ist der grösste Theil des Briefes hier ausgefallen.

21) opto te bene valere. — Wahrscheinlich ist an diese Worte unmittelbar anzuschliessen, was später folgt: Agesilaus dixit, ad praesentem epistolam recognovit — falsam esse dicit, denn diese Worte konnten doch offenbar nicht erst nach Verlesung des Ganzen gesprochen sein, sondern mussten dieselbe an der bezeichneten Stelle unterbrechen: zu der Bemerkung des Agesilaus aber gehört auch die folgende des Cäcilian: Domine etc. Hieran aber möchte sich statt der dann folgenden Worte des Apronian vielmehr die weiter unten folgende Rede des Aelian an Cäcilian: audi sine metu etc. anschliessen, denn auch diese hat einen rechten Sinn nur wenn nicht schon vorher eine Verlesung des gefälschten Theiles des Briefes stattgefunden hat. Erst hierauf folgt dann die Verlesung dieses Theiles, der also an die frühere Stelle überhaupt mit Unrecht gekommen ist, die Worte des Maximus und des Speretius und einer Bemerkung des Cäcilian, welche noch der Verhandlung vor Speretius angehören, dann der weitere Verfolg der Verhandlung vor Aelian bis zu den Worten Caecilianus dixit Ingentium. Dem schliesst sich dann ganz passend die Anschuldigung des Apronian gegen Ingentius an.

22) Paulino etc. — die im Folgenden erwähnten Vorgänge müssen nicht lange nach der Verfolgung der Jahre 303—305 stattgefunden haben und wenn man den Aussagen des Cäcilian glaubt, so erklärt sich, auf welche Weise Felix von Aptunga in den Verdacht gekommen ist, ein traditor ge-

ornatus est quidam privatus homo qui modum cursoris haberet, qui ad Catholicae ecclesiae
uuitatem veniret atque eos induceret et terreret. Detecta igitur factio est. Nam compone-
batur Felici religiosissimo episcopo per mendacium ut videretur scripturas prodidisse et
exussisse. Ingentius quidem, cum hoc totum quidquid agebat, obesset sanctitati et religioni
5 Caeciliani suboruatus est ut veniret cum litteris veluti Felicis episcopi ad Caecilianum
duumvirum et ei confingeret a Felice se esse mandatum. Dicat ipsa.[23]) verba quibus
hoc est confictum. Aelianus proconsul dixit, Dic. Apronianus dixit, Dic, inquit, Caeciliano amico meo quod codices accepi pretiosos deificos XI[24]) quiaque me nunc convenit
ut illos restituam, dic quod anno magistratus hic eos exusseris ne reddam illos. — Qua
10 de re igitur de Ingentio quaerendum est quatenus haec machinata sint ac fabricata,
et quatenus[25]) voluerit circumscribere magistrum ad mendacium, ut Felicem aspergeret in-
famia, dicat a quo missus sit, verumtamen (?) machinationem istam in conscientia Felicis
quo Caeciliani pudori et initio (?) derogaret. Est enim quidam qui per Mauritaniam et
Numidiam legatus missus sit ex diversa parte. Et adstante Ingentio Aelianus proconsul
15 dixit, Cujus praecepto ea suscepisti agenda quae tibi objiciuntur? Ingentius dixit, Ubi?
Aelianus proconsul dixit, Quoniam fingis te non intelligere quod interrogaris, dicam
apertius. Quis te ad magistratum Caecilianum misit? Ingentius dixit, Nemo me misit.
Aelianus proconsul dixit, Quomodo ergo venisti ad magistratum Caecilianum? Ingentius
dixit, Cum venissemus et ageretur causa Mauri ab Utica episcopi qui episcopatum
20 sibi redemit, ad urbem ascendit Autumnitanus episcopus Felix ut tractaret et dixit
Nemo communicet quia falsum admisit. Et dixi ego illic contra, Nec tibi nec illi
qui traditor es. Dolui enim causam Mauri hospitis mei quia communicaveram cum illo
in peregre quia evasi persecutionem. Exinde ibi[26]) in patria ipsius Felicis, duxi mecum
tres seniores, ut viderent an verum tradidisset an non. Apronianus dixit, Non ita

---

1 modum manusc. u. **Masson** modicum. 6 viell. ipse. 11 viell. magistratum Baluz.

weson zu sein. Garnicht erwiesen aber ist damit die Behauptung des Apronian, dass die Machinationen
des Ingentius gegen Felix auf Veranlassung der dem Bischof Cäcilian von Carthago feindlichen
(späteren donatistischen) Partei bewerkstelligt worden seien, da Ingentius selbst vielmehr einen persönlichen Grund seiner Feindschaft gegen Felix angibt.

23) dicat ipsa etc. — Apronian will, dass Cäcilian die Worte, deren sich Ingentius gegen
ihn bedient, angebe; der Proconsul aber, der die Aussage des Cäcilian nachher im Zusammenhange
hören wollte, fordert den Apronian selbst auf, sie zu sagen, und so geschieht es.

24) deificus = divinus wie unten honorificus = honestus und Aehnliches nach einem in dieser
Latinität häufigen Gebrauche. vgl. auch Rönsch a. a. O. 224.

25) quatenus = auf welche Weise, in der späteren Latinität häufig s. Beispiele bei Rönsch 401.

26) ibi = ivi; b für v in der Itala häufig, s. Rönsch 455 56. Isidor bezeichnet dies als africa-
nische Eigenthümlichkeit, es findet sich aber auch in unteritalischen Inschriften botum unibersa, probo-
easti u. dgl. s. Fröhner im Philologus XIII, 175 und selbst in römischen (christlichen) hixit, biginti
u. s. w s. de Rossi inscrr. chr. nr. 108. 111. 132. u. ö.

venit ad Caecilianum quaerere de Caeciliano.[27]) Aelianus proconsul Caeciliano dixit.
Quomodo ad te[28]) venit Ingentius? Caecilianus respondit: Domi ad me venit, prandebam
cum operariis, venit illuc, stetit in janua; Caecilianus ubi est, dixit. Respondi, Hic.
Ego dico ei: Quid est? Omnia recte? Omnia, dicit. Respondi illi, Si non fastidis
prandere, veni prande. Dicit mihi, Revertor huc. Venit illuc solus. Dicere mihi 5
coepit, ecce sic mihi curare et inquirere an adusta fuerit scriptura anno duoviratus
mei. Dico illi ego, Molestus es mihi, tu homo immissus es, laxa te hinc a me, et
sprevi illum a me. Et venit illo iterato cum collega meo, cum quo fui Aedilis. Ait
mihi collega meus, Et Felix noster episcopus misit hunc hominem ut facias illi literas,
quia accepit codices pretiosos et noluit revocari illos. Scribas illo[28a]) quod anno duovi- 10
ratus tui combusti sunt. Et dixi ego, Haec est fides Christianorum?

Ingentius dixit, Domine[29]) veniat et Augentius. Et ego honorificus sum, et honor
meus pereat, et hujus latera habemus. Aelianus proconsul Ingentio dixit, Revinceris
alio titulo. Aelianus proconsul dixit ad officium, Apta illum. Cumque aptaretur Aelianus proconsul Caeciliano dixit, Quomodo ad te Ingentius venit? Respondit, Misit 15
huc me Felix, dixit, noster, ut scribas illo quia est unus perditus nescio qui,
habens penes me codices pretiosissimos et nolo illos restituere. Itaque fac litteras
quia adusti sunt, ne revocet illos. Et ego dixi, Christiani fides haec est? Et
coepi illum corripere. Et ait collega meus: scribe illo Felici nostro. Et sic ego epistolam dictavi quae paret usque quo dictavi. 20

---

1 Caeciliano vicll. Felice.   10 manusc. u. edd. revocare.   13 hujus latera Masson:
ejus litteras.   18 manusc. u. edd. revocem.   19 Baluz. conj. illi unnöthig.

27) do Caeciliano — so wie der Satz jetzt lautet, erscheint entweder das ad Caecilianum oder
das quaerere do Caeciliano überflüssig, es sind aber wahrscheinlich an der zweiten Stelle die Namen
verwechselt und es ist zu lesen: do Felice.

28) quomodo ad te. — Die Frage erfolgt unten zum zweitenmal, und die Antwort wiederholt
nur kürzer das schon Gesagte. Man möchte annehmen, dass die Stelle der Antworten zu vertauschen sei.
Als Cäcilian nämlich in seiner Antwort wieder auf den Brief kam, von dem Aelian jetzt nichts weiter
zu hören verlangte, mag dieser die Frage wiederholt haben, um eine derselben genau entsprechende Antwort zu erhalten, und diese hat dann, wenn wir die genannte Umstellung vornehmen, Cäcilian auch
gegeben.

28a) illo als Dativ wie auch Z. 19 s. Rönsch 275.

29) Ingentius dixit, Domine etc. — Die Worte passen nicht an diese Stelle, da es sich hier ja
nicht gerade um den Brief selbst und die dem Ingentius zur Last gelegte Fälschung handelt, sondern um
die Art und Weise, wie derselbe sich bei Cäcilian eingeführt hat. Zu dem setzen die Worte schon
die Bedrohung mit der Folter voraus, denn der Sinn derselben ist doch kein anderer als: auch ich gehöre einem ehrbarem Stande an, meine Ehre würde aber durch eine solche Behandlung verloren gehen,
auch dieser (Cäcilian) könnte ebenso wohl gefoltert werden. (bei der Veränderung von latera in litteras
bleibt das honor meus pereat unerklärt). Das Verhör des Ingentius ist aber überhaupt in sehr ver-
stümmelter, ja wie wir sogleich sehen werden, sogar absichtlich gefälschter Form überliefert.

Aelianus proconsul dixit, Audi sine metu recitationem epistolae tuae, recognosce quousque dictaveris. Agesilaus recitavit: ».......... opto te, parens carissime, multos annos bene valere« Aelianus proconsul Caeciliano dixit: hucusque dictasti? Respondet hucusque, reliquum falsum est. Agesilaus recitavit: »hoc signo[30]) quod de prae-
5 torio ad me misisti nisi ego et tu et cujus est praetorium, et dixit, Tolle clavem et quos invenies in cathedra libros et super lapide codices, tolle illos. Sane vide officiales ne tollant oleum et triticum. Et ego dixi: tu nescis[31]) quia ubi scripturae inveniuntur et ipsa domus diruitur? Et dixisti, Quid ergo faciemus? Et dixi ego vobis: tollat aliquis de vobis in arcis, ubi orationes facitis, et illic ponantur. Et ego venio cum offi-
10 cialibus et tollo. Et nos illo venimus et omnia tulimus secundum placitum et adussimus secundum sacrum praeceptum. Maximus dixit, Quoniam ejus epistolae tenor etiam apud acta recitatus est, quam ipse agnovisse ac misisse dixit[32]), quaesumus hoc actis tuis haereat. Speretius dixit, Quae dixistis scripta sunt. Caecilianus respondit: Ex illo est falsum quousque est epistola mea quousque dixi: bene vale parens carissime.«[33]) Aelianus pro-
15 consul dixit, Quem dicis addidisse ad epistolam? Caecilianus dixit, Ingentium. Aelianus proconsul dixit, Professio tua actis haeret.

Aelianus proconsul Ingentio dixit, Torqueris ne mentiaris. Ingentius dixit, Erravi, huic epistolae ego addidi dolens causa Mauri hospitis.[34]) Aelianus proconsul

---

13 ex illo manusc. Cillo.

[30]) hoc signo etc. Die Worte lauten hier etwas anders als oben, sind aber weder in dieser noch in jener Form zu erklären.

[31]) tu nescis etc. — d. h. wenn nicht zuvor eine freiwillige Ablieferung der codices stattgefunden hat, sondern diese erst bei der Nachsuchung gefunden werden, wird die Kirche zerstört. Es mag das in Africa proconsularis so gehalten worden sein, das kaiserliche Verfolgungsedict selbst befiehlt die Zerstörung der Kirchen, ohne solche einschränkende Bedingung.

[32]) agnovisse ac misisse dixit. Das agnovisse ist offenbar falsch; oben stand agnovit ac misisse; das Richtige ist vielleicht agnovit ac se misisse dixit.

[33]) Diese Worte des Cäcilian sind als noch der Verhandlung vor Speretius angehörig zu betrachten, da anzunehmen ist, dass Cäcilian schon in dieser Widerspruch gegen den gefälschten Theil des Briefes erhoben hat. Zu dem Ganzen vgl. Anm. 21.

[34]) Ingentius dixit, Erravi etc. — Wie unvollständig und ungenau auch das Verhör des Ingentius überliefert sein mag: so lässt sich mit Bestimmtheit behaupten, dass diese Worte, die man freilich schon zur Zeit Augustins las, in demselben nicht gesprochen worden sein können, denn 1) hätte sonst die fernere Bedrohung des Ingentius mit der Folter keinen Sinn, zumal das freiwillig abgelegte Geständniss eines solchen Vergehens ein viel grösseres Gewicht haben musste als ein durch die Folter erpresstes. Wollte man hingegen sagen, diese Bedrohung könne ursprünglich an einer anderen Stelle gestanden haben, was bei dem Zustande des vorliegenden Schriftstücks wohl möglich wäre, so bleiben doch 2) das Geständniss vorausgesetzt, die später von dem Proconsul an Cäcilian gerichteten Worte falsa sunt quae dixisti unverständlich. Freilich enthalten diese Worte nicht die wirkliche Meinung des Proconsuls, sondern sind in dem Sinne zu verstehen: nach dem Stande der Sache erscheint das was du ge-

dixit, Constantinus Maximus semper Augustus et Licinius Caesares ita pietatem
Christianis exhibere dignantur ut disciplinam corrumpi nolint, sed potius observari
religionem istam et coli velint. Noli itaque tibi blandiri quod mihi dicas Dei cultorem [35]) te esse, ac propterea non possis torqueri. Torqueris, ne mentiaris, quod
alienum Christianis esse videtur. Et ideo dic simpliciter ne torquearis. Ingentius 5
dixit, Jam confessus sum sine tormento. Apronianus dixit, Dignare de eo quaerere qua
auctoritate quo dolo qua insania circuierit Mauritanias omnes, Numidias etiam, qua
ratione seditionem commoverit Catholicae ecclesiae. Aelianus proconsul dixit: ad Numidias fuisti? Respondit, Non, domine, sit qui probet. Aelianus proconsul dixit, Nec
in Mauritania? Respondit, Negotiari illo fui. Apronianus dixit, Et in hoc mentitur, 10
domine, nam ad Mauritaniae situm non nisi per Numidias pergitur. quatenus dicit
se in Mauritania fuisse, non fuisse in Numidia. Aelianus proconsul Ingentio dixit,
Cujus conditionis es? Ingentius dixit, Decurio sum Ziquensium.[35a]) Aelianus proconsul
ad officium dixit, Submitte illum. Quo submisso, Aelianus proconsul Caeciliano

---

3 odd. decurionem.

sagt hast, falsch; was sagst Du dazu? aber auch so haben sie natürlich ihren guten Sinn nur, wenn eine
Ableugnung, nicht wenn ein Geständniss des Ingentius vorausgegangen ist. 3) Geht dasselbe hervor
aus der Antwort des Cäcilian Domine, veniat et Augentius, denn hätte Ingentius gestanden, wozu
bedurfte es dann erst noch der Berufung auf den Augentius. 4. Ergiebt es sich auch aus dem End-
urtheile des Proconsuls, denn dieses beruft sich nur auf die Angabe des Cäcilian, aus der hervorgehe,
dass der Brief verfälscht sei, nicht aber auf das Geständniss des Ingentius, das doch vor Allem von ent-
scheidender Bedeutung gewesen wäre, wenn es wirklich vorgelegen hätte. Endlich 5. erhellt es auch aus
dem kaiserlichen Rescript an Probian (Vgl. oben S. 8), durch welches Befehl gegeben wird, den
Ingentius nach dem kaiserlichen comitatus zu schicken. Denn aus den Worten denique cum Maximos (?)
. . . . insurgere voluisse (s. oben) ist ja klar, dass Ingentius eben nicht gestanden hatte, da in
diesem Falle ein fernerer Zweifel nicht möglich gewesen und jene Fälschung nicht als blosse Anschuldigung bezeichnet worden wäre.

[35]) Dei cultorem. Mit Unrecht haben Baronius und Baluzius dafür decurionem setzen
wollen. Der ganze Zusammenhang der Worte des Proconsuls spricht dagegen, da der Sinn derselben
offenbar ist: die Cäsaren haben den Christen fromme Rücksichten erweisen wollen, doch in der Weise,
dass sie nicht dulden, dass die christliche Sittenzucht verfälscht werde; handelst du also, indem du
lügst, im Widerspruch mit dem Christenthum, so hindert nichts dich durch die Folter zum Geständnisse
der Wahrheit zu bringen. Wahrscheinlich hatte sich Ingentius in freilich nicht sachgemässer Weise
auf die Edicte der Kaiser berufen, nach denen es nicht gestattet sei, die Christen zu verfolgen. Decurionem aber kann man auch desswegen hier nicht lesen, weil die Berufung des Ingentius auf seinen
Decurionenstand den Proconsul allerdings, wie das Folgende zeigt, abhält, gegen ihn mit der Folter vor-
zugehen.

[35a]) Ziquensium — so auch in dem kaiserlichen Rescript; sonst kommt der Ortsname in dieser
Form nicht vor, wohl aber findet sich in dem Verzeichniss der im J. 484 unter dem König Hunerich
zu Carthago versammelten Bischöfe (s. Böcking notitia dign. II. 616) in der prov. proconsularis nr. 41
ein ep. Ziggensis womit wohl derselbe Ort bezeichnet ist. Du Pin vermuthet, dass auch Coll. Carth.
I, 198 für Zicenais Ziggensis zu lesen sein möchte.

3

dixit, Falsa dicis quae dixisti. Caecilianus respondit, Non, domine. Is qui scripsit epistolam, jube veniat, amicus ipsius est, ipse dicet, quousque dictavi epistolam. Aelianus proconsul dixit, Quis est ille quem venire desideras? Caecilianus dixit, Augentium cum quo fui Aedilis. Non possum probare nisi per ipsum Augentium, qui scripsit
5 epistolam, quo usque dictavi illi, ipse dicere potest. Aelianus proconsul dixit, Constat ergo falsam esse epistolam? Caecilianus respondit, Constat domine, non mentior in sanguine meo. Aelianus proconsul dixit, cum duumviratum egeris in patria tua, oportet fidem verbis tuis habere. Apronianus dixit, Nec novum est illis hoc facere. Ceterum et actis addiderunt quod voluerunt, jam artificium est illis. Aelianus proconsul dixit,
10 Ex professione Caeciliani, qui acta falsata esse dicit atque epistolae plurima addita, manifestum est qua voluntate haec gesserit Ingentius, et ideo recipiatur in carcerem, est enim arctiori interrogationi necessarius. Felicem autem religiosum episcopum liberum esse ab exustione instrumentorum deificorum manifestum est cum nemo in cum aliquid probare potuerit quod religiosissimas scripturas tradiderit vel exusserit. Omnium
15 enim interrogatio suprascripta manifestata est, nullas scripturas deificas vel inventas vel corruptas vel incensas fuisse. Hoc actis continetur quod Felix episcopus religiosus illis temporibus neque praesens fuerit neque conscientiam accommodaverit neque tale aliquid fieri jusserit. Agesilaus dixit, De his qui ad potestatem vestram instruendam venerunt quid jubet potestas tua? Aelianus proconsul dixit, Revertantur ad sedes suas.
20 *Explicit gesta purgationis Felicis episcopi Autumnitani ordinatoris Caeciliani Carthaginis.*

---

11 b. Aug. ctr. Crescon. IV, 80 falsa.   12 Aug, recipietur.   15 Ang. religiosae.
16 Optat suprascriptorum.   16 Aug. manifesta.   18 Aug. commodaverit.

Welchen historischen Werth hat nun das im Vorstehenden mitgetheilte Schriftstück? Es ist oben schon bemerkt, dass von den Donatisten gegen dasselbe, wie es damals noch vollständig vorlag, Einwendungen erhoben worden sind. Diesem Umstande
25 an sich wird freilich eine grosse Bedeutung eben nicht beigelegt werden können, denn es ist richtig, was Neander bemerkt, dass sie gegen Alles und Jedes, was ihnen unbequem war, Einwendungen zu machen pflegten. Von den Einwendungen lässt sich für die eine nämlich die in den Worten suppositas esse personas enthaltene in dem auf uns gekommenen Stücke kein Anhaltspunkt finden. Die einzige der in diesem
30 Stücke aussagenden Personen, auf welche sie überhaupt Beziehung haben könnte, ist Alfius Cäcilianus und gerade dessen Angaben und sein ganzes Auftreten machen so sehr den Eindruck der Wahrheit und Aufrichtigkeit, dass sie hinsichtlich desselben als ganz hinfällig erscheinen muss. Wenn ferner es seitens der Donatisten als Anlass

zur Ausstellung angesehen. wurde, dass Felix von Aptunga selbst bei der Untersuchung nicht anwesend war, so kann das natürlich nicht ins Gewicht fallen, da es sich ja um gegen ihn selbst erhobene Anschuldigungen handelt, also nur bei einem für ihn ungünstigen Ausgange der Verhandlung von der anderen Seite seine Abwesenheit als Grund zur Anfechtung des Resultates hätte benutzt werden können. Begründeter ist dagegen ein dritter Vorwurf, dass nämlich der die Untersuchung führende Proconsul nicht unparteiisch gewesen sei. Dass er dies wirklich nicht war, ist wie von vornherein schon wahrscheinlich — denn die Partei des Cäcilian in Carthago und des Felix war ja die vom Kaiser begünstigte — so auch aus der Verhandlung selbst, namentlich aus dem durchaus auf Einschüchterung berechneten Verfahren gegen Ingentius ersichtlich. Allein dieser Umstand für sich genügt doch nicht um das ganze Resultat der Verhandlung als nichtig erscheinen zu lassen; freiwillig abgelegte und an sich das Gepräge der Glaubwürdigkeit tragende Aeusserungen behalten ihr Gewicht auch so unvermindert. Und dasselbe gilt endlich auch gegenüber dem letzten Einwurf, von dem es nicht recht klar ist, ob und wie weit er schon von den Donatisten erhoben worden ist, nämlich von der offenbaren Verfälschung der Aussagen des Ingentius. So misstrauisch die Thatsache, dass solche Fälschungen vorkommen konnten und wirklich vorkamen, auch mit Recht machen mag, so sehr sie die Warnung enthält, sich nicht durch die blosse Form eines amtlichen Actenstückes imponiren zu lassen, so reicht sie doch nicht aus um auch anderen Aussagen ihr Gewicht zu nehmen; wie denn eine Spur der Verfälschung sich in keiner Weise entdecken lässt. Wenn demnach die Angaben des Alfius Cäcilianus als der eigentlich geschichtlich werthvolle und zuverlässige Theil des Ganzen übrig bleiben, so genügen nun auch diese schon, um den Bischof Felix als unschuldig des Vergehens der traditio erscheinen zu lassen, indem wenn er schuldig gewesen, das Cäcilian besser als irgend ein Anderer hätte wissen müssen. Ebenso machen es die Aussagen Cäcilians unzweifelhaft im höchsten Grade wahrscheinlich, dass Ingentius mit hinterlistiger Feindseligkeit gegen Felix verfahren ist. Ob aber, wie Ingentius selbst angibt, persönliche Gründe ihn zum Feinde des Felix gemacht haben oder ob er von Andern angestiftet war, muss dahingestellt bleiben. Jedenfalls ist die Behauptung des Apronian, dass Ingentius als Agent einer dem Felix und Cäcilian feindseligen Partei gehandelt habe, nicht erwiesen.

Demnach zeigt sich, wie es zugegangen ist, dass Felix in den Verdacht kam ein Traditor zu sein, und es ist begreiflich, dass die dem Cäcilian abgeneigte Partei diesen Umstand benutzte, um die Gültigkeit der Ordination des Letzteren anzugreifen. Zum Vorwurf aber muss es ihr gereichen, dass sie diese Anschuldigung, auch nachdem sie als unbegründet erwiesen war, dennoch fortwährend zu erneuern nicht aufhörte.   5*

II. Gesta apud Zenophilum.

Das im Nachstehenden mitgetheilte Stück eines Protokolles der von dem Statthalter Zenophilus über den donatistischen Bischof Silvanus angestellten Verhandlung ist ebenfalls in einer Handschrift der Bibliotheca Colbertina erhalten und stets mit
5 dem unter No. I enthaltenen herausgegeben worden. Augustin erwähnt diese gesta ep. 43, 17. ep. 53, 4. Ctr. Cresconium 3, 33; 4, 66. An der ersten Stelle sagt er, sie seien bei der collatio zu Carthago nicht verlesen worden, weil es an Zeit gefehlt habe, an den beiden letzten theilt er einige Stücke daraus mit. Ob Optatus die gesta erwähnt, ist nicht ganz gewiss, s. darüber zu No. III.

———

10   *Incipiunt gesta ubi constat traditorem Silvanum, qui cum ceteris ordinavit*
Majorinum cui Donatus successit.

Constantino[36]) Maximo Augusto et Constantino juniore nobilissimo Caesare conss. Idibus Decembribus .... Sexto Thamugadensi,[37]) inducto et applicito Victore Grammatico, adsistente etiam Nundinario diacono, Zenophilus vir clarissimus consularis[37a]) dixit, Quis

---

12 Constantino — Aug. in msec. Constantio.   13 Decembribus — Aug. decembris.
13 Sexto Thamugadensi — Aug. ex tota Mociacensi.   14 adsistente — Aug. adstante.   14 vir
clarissimus — fehlt bei Aug. hier und später.

36) Da in Handschriften Augustins Ctr. Cresc. III. 33. Constantio steht, meinte Baronius ann. 306, 38 die Verhandlung in das Jahr 306 setzen zu dürfen, was Valesius de schism. Donat. III. mit Recht als absurd bezeichnet, denn, um von andern Gründen abzusehen 1. weisen die in den Aussagen der Zeugen vorkommenden Berufungen auf Aussagen der majores darauf hin, dass zwischen der Verhandlung und den Vorgängen, auf welche sie sich bezieht (vom J. 305), eine längere Zeit liegen muss. 2. hiess Cirta damals noch nicht Constantina. 3. endlich vor Allem, wie wäre in damaliger Zeit eine solche Untersuchung vor einem kaiserlichen Beamten denkbar gewesen? Es ist das Jahr 320 s. Clinton fasti Romani ad h. a.

37) Thamugadensi — sonst auch Tamogadensis, Tamogazionsis; Thamugado war eine Stadt der Provinz Numidien am mons Aurasius nicht weit von Lambaesis gelegen. Der genannte Sextus von Thamugado ist jedenfalls nicht ein Zeuge, denn sonst würde er nicht schon zu Anfang eingeführt werden, während er doch in dem langen Stück der Verhandlung, das uns vorliegt, gar nicht befragt wird, sondern ein Beamter, vielleicht der Protokollführer. Es ist also auch nicht mit Baluzius inducto zu dem Vorhergehenden zu ziehen, was übrigens schon deswegen nicht angeht, weil inducto et applicito zusammengehören, denn so kehren Ausdrücke bei der Einführung späterer Zeugen wieder. Vielmehr ist vor Sexto eine Lücke anzunehmen, die vielleicht mit scribente oder excipiente auszufüllen ist.

37a) Unter den Provinzialstatthaltern hatten die, welche consulares waren, den höchsten Rang (s. über diese consulares notit dignit. ed. Böcking und II, 1143sqq. 1163sqq.). Die consularias jener Zeit aber ist die Würde eines Reichssenators, und eben diese Würde wird auch mit dem Titel clarissi-

vocaris? Respondit, Victor. Zenophilus V. C. consularis dixit, Cujus conditionis es? Victor dixit, Professor sum Romanarum litterarum, grammaticus latinus.[38]) Zenophilus V. C. consularis dixit, Cujus dignitatis es? Victor dixit, Patre decurione Constantiniensium, avo milite, in comitatu militaverat, nam origo nostra de sanguine Mauro descendit. Zenophilus V. C. consularis dixit, Memor fidei et honestatis tuae simpliciter designa quae causa fuerit dissensionis inter Christianos. Victor dixit, Ego dissensionis originem nescio, unus sum de populo Christianorum. Siquidem cum essem apud Carthaginem, Secundus episcopus cum Carthaginem tandem aliquando venisset, dicuntur[39]) invenisse Caecilianum episcopum nescio quibus non recte constitutum, illi contra alium instituerunt. Inde illic apud Carthaginem coepta dissensio est, et inde originem scire dissensionis plene non possum, quoniam semper civitas nostra unam ecclesiam habet,[40]) et si habuit dissensionem, nescimus omnino. Zenophilus V. C. consularis dixit, Silvano communicas? Victor respondit, Ipsi. Zenophilus V. C. consularis dixit, Cur ergo intermisso eo cujus innocentia purgata est?[41]) Et adjecit, Adseveratur praeterea te aliud certissime scire, quod Silvanus traditor sit; de eo confitere. Victor respondit, Hoc nescio. Zenophilus V. C. consularis Nundinario diacono dixit, Negat se Victor scire quod Silvanus traditor sit. Nundinarius diaconus dixit, Scit ipse num tradidit codices. Victor respondit, Fugeram hanc tempestatem, et si mentior peream; cum incursum pateremur repentinae persecutionis, fugivimus

---

mus bezeichnet, welcher (in der constantinischen Zeit) in der Stufenfolge egregius perfectissimus clarissimus die höchste Stelle einnimmt. (Vgl. E. Kuhn a a. O. I, 682 ff.)

38) Alle einigermassen bedeutenden Städte hatten öffentlich angestellte Lehrer der Grammatik und Rhetorik und schon Antonin hatte ein Edict erlassen, welches die Zahl derselben, zunächst für die Städte der Provinz Asien, bestimmte E. Kuhn a. a. O. I, 83 ff. Man unterschied Elementarlehrer litteratores; Lehrer der Litteratur grammatici, welche die mittlere, und Lehrer der Rhetorik, welche an Ansehen und Gehalt die erste Stelle einnahmen. Apul. Florid. IV, 20 Aug. conf. I, 13. Aus einer Stelle der unten folgenden Municipalacten, in der Victor ohne vorher erwähnt zu sein und ohne Nennung des Namens einfach als grammaticus bezeichnet wird, geht hervor, dass er in Cirta der Einzige seines Berufes war.

39) Victor hat wohl im Sinn, dass mit Secundus noch andere Bischöfe in Carthago waren und braucht deswegen den Plural. Der Stil in den Antworten des Victor ist überhaupt ein sehr mangelhafter und lässt den Bildungsgrad dieses Professors der römischen Litteratur in keinem glänzenden Lichte erscheinen.

40) Die Stadt war also ganz donatistisch. Später gab es indess daselbst auch eine katholische Kirche, welche im Jahre 413 den Fortunatus zum Bischofe hatte Coll. Carth. I, 65. 188. Da Nundinarius und die andern dem Silvanus ebenfalls abgeneigten Männer, die weiter unten als Zeugen auftreten, sich vermuthlich der Gegenpartei angeschlossen haben, so wird eben von dieser Zeit her die Entstehung der katholischen Gemeinde in Cirta datiren.

41) jedenfalls ist Cäcilian gemeint, wie Valesius a. a. O. mit Recht annimmt. Baluzius findet eine Schwierigkeit darin, dass Cäcilian nicht in Cirta sondern in Carthago war, allein da es in Cirta keinen Gegenbischof gab, muss ein auswärtiger gemeint sein und Victor hat ja selbst seinen Aufenthalt in Carthago erwähnt, dort wird er also mit Majorin communicirt haben.

in montem Bellouae. Ego sedebam cum Marte diacono et Victor presbyter cum ab eodem Marte quaererentur omnes codices, negavit se habere, tunc Victor dedit omnia nomina lectorum. Ventum est ad domum meam; cum absens essem, ascensum est a magistratibus et sublati sunt codices mei; cum ego venissem, inveni codices sublatos. Nundinarius
5 diaconus dixit, Tu ergo respondisti apud acta quoniam dedisti codices; quare negantur haec quae prodi possunt? Zenophilus V. C. consularis Victori dixit: simpliciter confitere ne strictius interrogeris.

Nundinarius diaconus dixit: legantur acta. Zenophilus V. C. consularis dixit, Legantur. Et dedit Nundinarius et exceptor recitavit.[42]

10 Diocletiano VIII et Maximiano VII consulib.[43] XIV calendas Junias ex actis Munatii Felicis flaminis perpetui[44] curatoris coloniae Cirtensium. Cum ventum esset ad domum in qua Christiani conveniebant Felix flamen perpetuus curator Paulo episcopo dixit, Proferte scripturas legis et si quid aliud hic habetis ut praecepto et jussioni parere possitis. Paulus episcopus dixit, Scripturas lectores habent sed nos quod hic habemus
15 damus. Felix flamen perpetuus curator Paulo episcopo dixit, Ostende lectores aut mitte ad illos. Paulus episcopus dixit, Omnes cognoscitis. Felix flamen perpetuus curator reipublicae dixit, Non eos novimus. Paulus episcopus dixit, Novit eos officium publicum[45] id est Edesius et Junius exceptores. Felix flamen perpetuus curator reipublicae dixit, Manente ratione de lectoribus quos demonstrabit officium, vos quod
20 hic habetis date. Sedente Paulo episcopo, Montano et Victore Deusatelio et Memorio

---

8 Aug.: Nundinarius respondit: legantur acta. Zenophilus consularis dixit: legantur. Et legit Nundinius exceptor.   10 Junias — Aug. Junii.   11 Cirtensium — Aug. Cirtensis.   13 ut praecepto — Aug. ut et praecepto.   15 Paulo episcopo dixit — Aug. dixit Paulo.   17 novit eos — Aug. om. eos.   19 curator reipublicae — Aug. bloss curator, ebenso a. a. Stellen.   19 demonstrabit — Aug. monstrabit.   19 vos — Aug. et vos.   20 Deusatelio — Aug. de Castello.

[42] et dedit Nundinarius etc. — Die bei Aug. sich findende Lesart scheint vorzuziehen, denn wenn sie die ursprüngliche war, erklärt sich leicht, wie zuerst ein nachlässiger Abschreiber „Nundinius" mit dem oft wiederkehrenden Nundinarius vertauschte, dann aber ein anderer, der sich über den Nundinarius exceptor wunderte, die Worte in der nun vorliegenden Weise umgestaltete.

[43] Diocletiano VIII etc. — das Jahr 303.

[44] flamines perpetui d. h. solche, denen die Priesterwürde auf Lebenszeit ertheilt war, kommen in den africanischen Städten regelmässig vor. Die Priesterwürde wurde in der Regel erst nach Bekleidung aller höheren municipalen Aemter verliehen und befreite von der Verpflichtung zu denselben (E. Kuhn a. a. O. I, 116 ff.) ohne doch, wie eben das Beispiel des Munatius Felix zeigt, die Uebernahme derselben überhaupt auszuschliessen.

[45] wie diess zugegangen, dass nämlich der Presbyter Victor die Namen der Lectoren angegeben hatte, haben wir oben gelesen, hier sehen wir, dass diess entweder nicht ohne Zustimmung des Bischofs geschehen war oder dass er wenigstens den Umstand benutzte, um sich aus der Verlegenheit zu ziehen.

presbyteris, adstante Marte cum Helio et Marte diaconis, Marcuelio Catullino Silvano et Caroso subdiaconis, Januario, Meraclo, Fructuoso, Miggine, Saturnino, Victore Samsurico et ceteris fossoribus,[46]) contrascribente Victore Aufidii in brevi[47]) sic: calices duo aurei, item calices sex argentei, urceola sex argentea, cuccumellum[48]) argenteum, lucernae argenteae septem, cereofala[49]) duo, candelae breves aeneae cum lucernis 5 suis septem, item lucernae argenteae undecim cum catenis suis, tunicae muliebres LXXXII, mafortea[50]) XXXVIII, tunicae viriles XVI caligae viriles paria XIII caligae muliebres paria XLVII coplae rusticanae XIX. Felix flamen perpetuus curator reipublicae Marcuelio Silvano et Caroso fossoribus[51]) dixit, Proferte hoc quod habetis. Silvanus et Carosus dixerunt: quod hic fuit, totum hoc ejecimus. Felix flamen perpetuus 10 curator reipublicae Marcuelio Silvano et Caroso dixit, Responsio vestra actis haeret. Posteaquam perventum est in bibliothecis, inventa sunt ibi armaria inania. Ibi protulit Silvanus capitulatam argenteam et lucernam argenteam quod diceret se post orcam[52]) eas invenisse. Victor Aufidii Silvano dixit, Mortuus fueras si non illas invenisses[53]). Felix flamen perpetuus curator reipublicae Silvano dixit, Quaere diligentius ne quid 15 hic remanserit. Silvanus dixit: nihil hic remansit, totum hoc ejecimus. Et cum apertum esset triclinium inventa sunt ibi dolia IV et orcae sex. Felix flamen perpetuus curator reipublicae dixit: proferte scripturas quas habetis ut praeceptis Imperatorum

---

1 Helio — Aug. Aelio.   1 diaconis — Aug. diacono.   1 Marcuelio — Aug. proferente Marcuelio.   1 Aug. est. Silvano.   22 Meraclo — Aug. Marculio.   22 Miggine — Aug. Miggene. 3 brevi — Aug. breve.   12 bibliothecis — Aug. apertum est ad bibliothecam.   13 orcam — Aug. arcam.   15 quaere — Aug. inquire.

46) fossores oder fossarii, griech. *Κοπιᾶται*, der niederste Grad der Kleriker; ihnen lag die Sorge für die Begräbnisse ob. Bingham origg. eccl. III, S.

47) brevis — Liste, besonders in der juristischen Sprache, s. Rönsch a. a. O. 105.

48) cuccumellum — diminutiv von cucuma. Du Cange: vas aereum in quo aqua calefit aut aliquid maceratur lato ventre instar cucumeris.

49) cereofala — Du Cange: videntur esse candelabra cereis instructa quae posterior aetas fara et phara vocavit quod instar phari lumine aedem perfunderent. Porro quos Pharos dicunt Latini, nostri *salots* appellarunt, laternas nempe castrenses . . . . . . Erit igitur cereophalum „un salot de cire."

50) maforteum — auch mavors, mafors, maforium u. s. w., eine Kopfbedeckung der Frauen.

51) Die Genannten sind oben als Subdiaconen aufgeführt; die kaiserlichen Beamten, welche den inneren Verhältnissen des christlichen Clerus keine besondere Wichtigkeit beilegen, mögen sie, da ihre Stellung auch noch eine untergeordnete war, gleichsam der Einfachheit wegen, als fossores bezeichnen.

52) orca — ein grosses Gefäss aus Thon.

53) Aug. ep. 53, 4 scheint die Worte in dem Sinne zu nehmen: wenn du die Sachen nicht zum Vorschein gebracht hättest, so hättest du darüber sterben können, ohne dass man sie gefunden hätte. Aber sie wollen vielmehr sagen: du wärest des Todes gewesen, wenn du sie nicht gefunden hättest, was im Munde des Beamten gewiss wahrscheinlicher ist als das Erste.

et jussioni parere possitis. Catulinus protulit codicem unum pernimium majorem[54]). Felix flamen perpetuus curator reipublicae Marcuclio et Silvano dixit, Quare unum tantummodo codicem dedistis? Proferte scripturas quas habetis. Catulinus et Marcuclius dixerunt, Plus non habemus quia subdiacones[55]) sumus, sed lectores habent codices. Felix flamen perpetuus curator reipublicae dixit, Demonstrate nobis lectores. Marculius et Catulinus dixerunt, Non scimus ubi maneant. Felix flamen perpetuus curator reipublicae. Catulino et Marcuclio dixit: Si ubi maneant non nostis nomina eorum dicite. Catulinus et Marcuclius dixerunt, Nos non sumus proditores, ecce sumus, jube nos occidi. Felix flamen perpetuus curator reipublicae dixit, Recipiantur[56]). — Et cum ventum esset ad domum Eugenii, Felix flamen perpetuus curator reipublicae dixit Eugenio, Profer scripturas quas habes ut praecepto parere possis. — Et protulit codices quatuor. Felix flamen perpetuus curator reipublicae Silvano et Caroso dixit, Demonstrate ceteros lectores. Silvanus et Carosus dixerunt, Jam dixit episcopus quia Edusius et Junius exceptores omnes noverunt, ipsi tibi demonstrent ad domos eorum. Edusius et Junius exceptores dixerunt: nos eos demonstramus, domine. Et cum ventum fuisset ad domum Felicis sarsoris[57]), protulit codices quinque, et cum ventum esset ad domum Victorini, protulit codices octo, et cum ventum fuisset ad domum Projecti, protulit codices V majores et minores duos. Et cum ad grammatici domum ventum fuisset, Felix flamen perpetuus curator dixit, Profer scripturas quas habes, ut praecepto parere possis. Victor grammaticus obtulit codices duos et quiniones quatuor. Felix flamen perpetuus curator reipublicae. Victori dixit, Profer scripturas, plus habes. Victor grammaticus dixit, Si plus habuissem, dedissem. Et cum ventum fuisset ad domum Euticii Caesariaoensis, Felix flamen perpetuus curator Euticio dixit, Profer scripturas quas habes ut praecepto parere possis. Euticius dixit, Non habeo. Felix flamen perpetuus curator Euticio dixit, Professio tua actis haeret. Et cum ventum fuisset ad domum Coddeonis, protulit uxor ejus codices sex. Felix flamen perpetuus curator reipublicae dixit, Quaere ne plus habeatis, profer. Mulier

---

54) pernimium majorem — dieser Ausdruck ist den mancherlei eigenthümlichen Formen der Steigerung, welche Rönsch a. a. O. 277 aus dem späteren Latein anführt, hinzuzufügen.

55) subdiacones; über diese und andere metaplastische Formen, s. Rönsch 258 ff.

56) recipiantur — nämlich in carcerem. Paulus und Silvanus weichen den Fragen des Felix aus, Catullinus und Marcuclius verweigern die Antwort direct und werden deshalb verhaftet. Aber warum lässt sich der Curator von Jenen beschwichtigen, während er bei Diesen auf die, nicht einmal nothwendige, Auskunft dringt? Man sieht wie der Willkür der die Verfolgungsedicte ausführenden Beamten ein weiter Spielraum gelassen war; ohne augenscheinliche Pflichtverletzung konnten sie treffen wen sie wollten und verschonen wen sie wollten, wenn nur die, welche sie zu verschonen geneigt waren, zu einer zweideutigen Vorsicht sich bequemen möchten.

57) sarsores sind Handwerker, welche mosaikförmige Arbeiten aus Marmor fertigten

respondit, Non habeo. Felix flamen perpetuus curator reipublicae Bovi servo publico dixit, Intra et quaere ne plus habeat. Servus publicus dixit, Quaesivi et non inveni. Felix flamen perpetuus curator reipublicae Victorino Silvano et Carozo dixit, Si quid minus factum fuerit, vos contingit periculum.

Quibus lectis Zenophilus V. C. consularis Victori dixit, Confitere simpliciter. Victor 5 respondit, Non fui praesens. Nundinarius diaconus dixit, Legimus epistolas episcoporum factas a Forte et legit exemplar libelli traditi episcopis a Nundinario diacono[58]): ›Testis est Christus et angeli ejus quoniam tradiderunt quibus communicastis, id est Silvanus a Cirta traditor est et fur rerum pauperum. Quod omnes vos episcopi, presbyteri, diacones, seniores scitis de quadringentis follibus Lucillae clarissimae feminae,[58a]) pro quo 10 vobis conjurastis ut fieret Majorinus episcopus, et inde factum est schisma. Nam et Victor fullo vestri praesentia et populi dedit folles viginti ut factus esset presbyter quod scit Christus et angeli ejus.

Et recitatum est exemplum epistolae: Purpurius episcopus Silvano coepiscopo in domino salutem. Venit ad me Nundinarius diaconus filius noster et petiit has litteras 15 deprecatorias a me ad te, sanctissime, dirigerem, ut si fieri posset, pax inter te et ipsum sit. Hoc enim volo fieri ut nemo sciat[59]) quid inter nos agatur. Si voluerit scripto tuo ⟨agatur⟩ ut et ego solus in re praesenti veniam et dissensionem ipsam de inter vos

---

6 legimus — legamus?   9 Aug. et presbyteri et diacones et seniores.   10 manusc. Lucilla consul felix — aus der Abkürzung C. F. einer früheren Handschrift entstanden (Balus). 18 agatur add. Balusius.

[58]) Die Worte exemplar libelli traditi episcopis sind aus ·Aug. ctr. Cresc. ergänzt, indess wird aus der fragmentarischen Anführung bei Augustin nicht ersichtlich, welche Worte vorbergingen, in denen aber, welche hier vorausgehen, erregt Manches Bedenken. Erstens sind unter den folgenden Briefen nur zwei von Fortis geschrieben, man möchte also zu „a Forte“ wenigstens „et aliis“ ergänzen, dann ist es aber auch auffallend, dass Nundinarius die Briefe liest, während das Vorlesen von Schriftstücken durch die Beamten zu geschehen pflegt; wenn wirklich ein exceptor Nundinius bei der Verhandlung thätig war, hat vielleicht auch hier eine Vertauschung der Namen stattgefunden und Anlass zu weiterer Corruption des Textes gegeben. Welchen Zweck hatte übrigens Nundinarius bei der Ueberreichung seines libellus an die Bischöfe? Dem Zusammenhange nach wie es scheint doch keinen andern als ihre Fürsprache bei Silvanus für sich zu gewinnen, dann ist es aber auch ziemlich unwahrscheinlich, dass er in dieser Weise (vos omnes conjurastis u. dgl.) mit ihnen sollte geredet haben. Augustin scheint das gefühlt zu haben, wenn er a. a. O. III, 32 um dieses Bedenken zu heben sagt: egerat sane hoc apud collegas ejus (Silvani) magis terribiliter ne omnia proderet quam suppliciter ut veniam mereretur.

[58a]) Lucilla war also Witwe oder Tochter eines Mannes von senatorischem Range.

[59]) Diese Geheimthuerei, die immer auf schreckliche Dinge, ohne sie näher zu bezeichnen, aber auf die compromittirendste Weise, hindeutet, ist allen diesen Briefen gemeinsam. Dabei wird jede Erwähnung des Grundes weshalb Nundinarius abgesetzt ist, sorgfältig vermieden, während man doch erwarten sollte, dass die Fürsprecher seine Schuld als nicht vorhanden oder gering oder verzeihlich darzustellen versuchen würden. Diese Umstände machen die Briefe sehr verdächtig.

amputem. Manu sua enim mihi tradidit libellum[60]) rei gestae pro qua causa fuerit tuo praecepto lapidatus[61]). Non est verum[62]) ut pater castiget filium contra veritatem et scio quia vera sunt quae in libello mihi tradito sunt conscripta. Quaere remedium quomodo poterit ibi malignitas ista extingui antequam flamma exsurgat quae post demum extingui
5 non poterit sine sanguine spiritali[63]). Adhibete conclericos et seniores plebis[64]) ecclesiasticos viros, et inquirant diligenter quae sint istae dissensiones, ut ea quae fiunt secundum fidei praecepta fiant. Non declinabis ad dextram vel ad sinistram Libenter autem aurem commodare noei malis instructoribus qui nolunt pacem. Omnes nos occiditis« *et alia manu* »vale«.

10 Item et exemplum epistolae: »Purpurius episcopus clericis et senioribus Cirtensium in Domino aeternam salutem. Clamat Moyses ad omnem senatum filiorum Israel, dixitque illis quae dominus jubeat fieri; sine consilio seniorum nihil agebatur. Itaque et vos carissimi, quos scio omnem sapientiam caelestem et spiritalem habere, omni vestra virtute cognoscite quae sit dissensio haec et perducite ad pacem. Dicit enim
15 Nundinarius diaconus quod nihil vos lateat unde haec dissensio est inter carissimum nostrum Silvanum et ipsum. Tradidit enim mihi libellum in quo omnia sunt conscripta, dixit enim et vos non latere. Ego scio quia auris non est. Bonum quaerite remedium quomodo exstinguatur haec res sine periculo animae vestrae, ne subito cum personam accipitis, in judicio veniatis[65]). Justum judicium inter partes judicate secundum gravita-
20 tem vestram et justitiam, cavete vobis ne declinetis in dexteram neque in sinistram. Dei res agitur qui scrutatur cogitationes singulorum. Elaborate nemo sciat quae sit conjuratio haec. Vestra sunt quae libello continentur; non est bonum. Dicit enim dominus: ex ore tuo condemnaberis, et ex ore tuo justificaberis.

Item alia recitata: Silvano fratri carissimo Fortis in domino aeternam salutem. Venit ad me filius noster Nundinarius diaconus et retulit ea quae inter te et illum

---

17 scio Baluz. coni. sileo.   19 veniatis Baluz. coni. ruatis.

[60]) Da der hier und im folgenden Briefe erwähnte libellus das Nähere über die Absetzung des Nundinarius enthielt, so ist er entweder von dem oben mitgetheilten ganz verschieden oder der letztere ist nur ein Theil des ersteren gewesen. Jedenfalls kann unter diesen Umständen, die Aechtheit des Briefes angenommen, aus dem in demselben enthaltenen Aeusserungen nicht die Wahrheit der Thatsachen, welche jener libellus enthält, gefolgert worden.

[61]) lapidare, schmähen, schimpflich zurechtweisen. Macrob. Saturn. II, 7. Hieron. ad. Nepotian. 2, dann in der kirchlichen Sprache auch „absetzen"; so hier.

[62]) verum = justum, aequum, auch im classischen Latein z. B. Caes. B. G. IV, 8. Livius II, 58.

[63]) ohne geistlichos Blutvergiessen d. h. ohne, dass bei dem entschedenen Aergerniss viele Seelen Schaden nehmen.

[64]) seniores plebis — die in Africa oft erwähnten Laienältesten, s. Bingham origg. eccl. II, 19, 19.

[65]) eine Aenderung ist unnöthig, da in c. abl. anstatt c. acc. bei venire und anderen Verbis in dieser Latinität nicht selten, s. Boispp. bei Rönsch a. a. O. 406 ff.

contigerunt per malivoli intercessum, qui vult animas justorum a via veritatis avertere. Cum haec audirem mente defectus sum quod talis dissensio inter vos venit, dei enim sacerdos ut ad hoc veniat[66]) quod non nobis expediat fiat. Nunc ergo petite cum ut quod potest cum ipso pax domini salvatoris Christi sit. Non ad publicum veniamus et a gentibus damnemur, scriptum est enim: videte ne dum mordetis et causamini in- 5 vicem, ab invicem consumamini (Gal. 5, 15). Ergo peto dominum ut tollatur de medio nostrum hoc scandalum, ut possit res Dei cum gratiarum actione celebrari, domino dicente: pacem meam do vobis, pacem meam relinquo vobis (Joh. 14, 27). Quae pax poterit esse ubi dissensio et aemulationes sunt. Nam cum ego a milite essem ass . . . . separatus et in illo venissem, cum injuria tali, Deo commendavi animam meam 10 et remisi tibi quia Deus videt mentes hominum et eorum (?), sive a te ad illos per- ductus sum, sed Deus nos liberavit et tecum servimus. Ergo sicuti dimissum est nobis, est vos reconciliamini paci ut in nomine Christi possimus cum gaudio pacem celebrare. Nemo sciat.

Fratribus et filiis, clero et senioribus Fortis in domino aeternam salutem. Venit 15 ad me filius meus Nundinarius diaconus vester et retulit [de] ea quae contra vos sunt gesta. Necnon utique a vobis debuit componi ne ventum esset ut talem insaniam passi a quibus lapidarentur pro veritate quod et vos et nos scimus sicuti nobis retulistis. Et scriptum est: non est sapiens quisquam inter vos qui possit judicare inter fratres? Sed frater cum fratre judicatur, et hoc apud infideles (I Cor. 6, 6) — sicuti vos nunc 20 in judicio contenditis. Sic ad hoc exilitum est, ut gentibus demus tale exemplum, ut qui per nos Deo credebant, ipsi nobis maledicant cum ad publicum pervenimus? Ergo ne ad hoc veniatur, vos qui spiritales estis, facite ut nemo sciat, ut cum pace Pascha celebremus et hortemini eos paci reconciliari et dissensio non sit, ne cum ad publicum ventum fuerit, incipiatis et vos periclitari si hoc factum fuerit et postea vobis imputetis. 25 Dabitis quam plurime tu possessor Donti[67]) presbyter, singuli Valeri et Victor qui omnia scitis actutum date operam ut pax sit vobiscum.

Item alia recitata: Fratri Silvano Sabinus in Domino aeternam salutem. Per-

---

24 singuli — viell. seniores.   26 Donti — manusc. u. edd. Donati.

66) vielleicht ist vor quod ein ut einzuschieben, wenn nicht mehr ausgefallen ist. In diesem Briefe und in den folgenden finden sich einige Stellen bei denen, da Bezugnahme auf uns unbekannte Thatsachen, uncontrollirbare Schreibweise der Verfasser und Corruption des Textes zusammenkommen, jeder Versuch einer Erklärung vergeblich scheint.

67) ein Name Donatius ist wohl nicht vorhanden, und nicht unwahrscheinlich ist jener Don- tius gemeint, der später als Presbyter in Cirta erwähnt wird; possessores heissen die selbständigen Grundeigenthümer; da diese einen angesehenen Stand bildeten (vergl. Kuhn a. a. O. I, 270 ff.), wird D. ehrend als solcher bezeichnet.

venit ad nos Nundinarius filius tuus non tantum ad me sed et ad fratrem nostrum
Fortem [fortem et] gravem querelam referens. Miror gravitati tuae sic te egisse cum
filio tuo, quem tu nutristi et ordinasti. Si enim aedificium terrae structum est, non
additur quid coleste quod per manum sacerdotis aedificatur? Sed non est tibi miran-
5 dum scriptura dicente: perdam sapientiam sapientium et prudentiam prodentium repro-
babo (Es. 29, 14. I Cor. 1, 19). Et iterum dicit: potius dilexerunt homines tenebras
magis quam lucem (Joh. 3, 19) — sicuti et tu facis. Sufficiat vobis omnia scire super
quod et frater noster Fortis tibi scripsit. Nunc petierim de caritate tua, frater benignissime ut suppleas dictum Esaiae prophetae: expellite malignitatem de animis vestris
10 et venite disputemus, dicit dominus (Es. 1, 18). Et iterum: projicite malum de medio
vestrum (I Cor. 5, 13). Sic et tu fac. Subjuga et averte seditionem qua noluerunt
pacem esse inter te et filium tuum. Sed filius tuus Nundinarius in pace tecum
Pascha celebret ne res ad publicum veniat praeterea jam omnibus nobis nota. Roga-
verim te, frater benignissime mediocritatis meae compleas petitionem. Nemo sciat.

15   Item alia recitata: Fratri Forti Sabinus in domino aeternam salutem. Quae
sit caritas juxta omnes collegas, certus sum peculiariter, tamen secundum dei voluntatem, qui dixit, quosdam diligo super animam meam, Silvanum te coluisse certus
sum. Quare non dubitavi haec scripta ad te dare quia scripta tua ad eum facta dari
fecit propter nomen Nundinarii — et qui impigre agit, semper res Dei impetu procedit.
20 Ne praetendas excusationem. Occupatio namque nos diebus istis stringit et incunctanter
commovet circa haec usque ante diem sollemnissmium Paschae ut per te fiat pinguissima
pax, ut digni cohaeredes Christi inveniamur qui dixit pacem meam do vobis, pacem
meam relinquo vobis; et iterum peto ut facias — Et alia manu: opto te in domino
bene valere et nostri memorem esse. Vale. Sed rogo te, nemo sciat.

25   Quibus lectis Zenophilus V. C. consularis dixit, Et actis et litteris quae reci-
tatae sunt, traditorem constat esse Silvanum, et Victori dixit, Simpliciter confitere,
utrum scias cum aliquid tradidisse. Victor dixit, Tradidit, sed non me praesente.
Zenophilus V. C. consularis dixit, Quid administrabat tunc Silvanus in clero? Victor
respondit: sub Paulo episcopo orta est persecutio et Silvanus subdiaconus fuit. Nun-
30 dinarius diaconus respondit, Quando ventum est illic, ait, ut factus esset episcopus,
respondit populus, alius fiat, exaudi Deus. Zenophilus V. C. consularis dixit, Dictum
est a populo: Silvanus traditor? Victor dixit, Ego ipse luctatus sum episcopus[68]). Zeno-

---

16 peculiariter vielleicht hinter coluisse zu stellen.   28 clero — Aug. clericatu.

[68]) Die Deponentia werden im späteren Latein oft in passivem Sinne gebraucht, während man
für die active Bedeutung auch active Formen bildete, s. die bei Rönsch S. 297 ff. angeführten Beispiele.

philus V. C. Consularis Victori dixit: clamasti ergo cum populo quod traditor esset
Silvanus et non deberet fieri episcopus? Victor dixit: clamavi et ego et populus. Nos
enim civem nostrum petebamus integrum virum. Zenophilus V. C. consularis dixit,
Qua causa putabatis eum non mereri? Victor dixit, Integrum petebamus et civem
nostrum. Sciebam enim causam imperatorum ad hoc nos esse venturos, dum enim 5
talibus committitur.[69])

     Item inductis et adplicitis Victore Samsurici et Saturnino fossoribus Zenophilus
V. C. consularis dixit, Quis vocaris? Respondit: Saturninus. Zenophilus V. C. con-
sularis dixit, Cujus conditionis es? Saturninus respondit, Fossor. Zenophilus V. C.
consularis dixit, Silvanum scis esse traditorem? Saturninus dixit, Scio lucernam tra- 10
didisse argenteam. Zenophilus V. C. consularis dixit, Quid aliud? Saturninus respondit,
Aliud nescio nisi quia de post orcam eam ejecit. Et remoto Saturnino Zenophilus V.
C. consularis dixit astanti, et tu quis vocaris? Respondit: Victor Samsurici. Zenophilus
V. C. consularis dixit: cujus conditionis es? Victor dixit, Artifex sum. Zenophilus V.
C. consularis dixit, Tabulam argenteam quis tradidit? Victor respondit, Non vidi, quod 15
scio hoc dico. Zenophilus V. C. consularis dixit Victori, Licet jam constiterit ex responsione eorum qui supra sunt interrogati, tamen tu confitere utrum Silvanus traditor sit.
Victor dixit, Secundo petato (?) quomodo hoc dimisit (?), ut duceremur ad Carthaginem,
ore ipsius episcopi audivi, Data est mihi lucerna argentea et capitulata argentea et has
tradidi. Zenophilus V. C. Victori Samsurici dixit, A quo audisti? Victor dixit: a Sil- 20
vano episcopo. Zenophilus V. C. consularis Victori dixit, Ab ipso audisti quod tradidisset? Victor dixit, Ab ipso audivi quod suis manibus tradidisset illas. Zenophilus
V. C. dixit. Ubi audisti? Victor dixit, In basilica. Zenophilus V. C. consularis dixit,
Apud Constantinam? Victor dixit, Ibi coepit alloqui populum dicens: de quo dicunt
me traditorem esse, de lucerna et capitulata? Zenophilus V. C. consularis Nundinario 25
dixit, Quid aliud putas ex his esse quaerendum? Nundinarius dixit, De cupis fisci,
quis illas tulit. Zenophilus V. C. consularis Nundinario dixit, Quas cupas? Nundinarius dixit, In templo Serapis fuerunt, et tulit illas Purpurius episcopus[70]); acetum[71])

---

5 causam imperatorum — Baluz. coni. ante imperatores.

Nimmt man nun hier luctari passivisch, so kann man die Worte dahin verstehen, „man hat auch darum
gekämpft, dass ich Bischof werde", nur kann es freilich nicht der ganze der Wahl des Silvanus abgeneigte Theil der Gemeinde gewesen sein, der den Victor verlangte, da die Meisten, wie sich unten zeigt,
einen gewissen Donatus begehrten.

[69]) Die Conjectur des Baluzius macht den Satz etwas verständlicher, aber der Sinn, den
man zu errathen meint, „ich wusste, dass die Sache vor die Kaiser kommen werde, wenn man solche
Leute wählte", passt wenig — wie konnte Victor diess damals auch nur muthmassen?

[70]) de cupis fisci — aus den vorliegenden Aussagen ist gar nicht ersichtlich, wie die genannten

quod habuerunt tulit illum Silvanus episcopus, Dontius presbyter et Lucianus. Zenophilus V. C. consularis Nundinario dixit, Sciunt id factum qui adsistunt? Nundinarius
respondit, Sciunt. Diaconus Saturninus dixit, Dicebant majores nostri quia sublatae
sunt. Zenophilus V. C. consularis dixit, A quo sublatae dicuntur? Saturninus dixit,
5 A Purpurio episcopo et acetum a Silvano et Dontio et Superio presbyteris et Luciano
diacono. Nundinarius dixit, Viginti folles [72]) dedit et factus est presbyter Victor?
Saturninus dixit, et cum diceret Zenophilus V. C. consularis Saturnino dixit, Ergo ut
fieret presbyter, Silvano episcopo viginti folles praemium dedit? Saturninus dixit, Dedit.
Zenophilus V. C. consularis Saturnino dixit, Ante Silvanum positum est? Saturninus
10 dixit, Ante Cathedram episcoporum. Zenophilus V. C. consularis Nundinario dixit, A
quo pecunia sublata est? Nundinarius dixit, Ipsi episcopi diviserunt eam inter se.
Zenophilus V. C. consularis Nundinario dixit, Donatum desideras exhiberi? Nundinarius
dixit, Utique veniat de quo clamavit populus biduo post pacem [73]) exaudi Deus, civem
nostrum volumus. Zenophilus V. C. consularis Nundinario dixit, Certe clamavit hoc
15 populus? Respondit, Clamavit. Zenophilus V. C. consularis Saturnino dixit, Traditorem
clamavit Silvanum? Saturninus dixit, Utique. Nundinarius dixit, Quando factus est
episcopus, non illi communicavimus quia dicebatur traditor esse. [73a]) Saturninus dixit,
Quod dicit verum est. Nundinarius dixit, Vidi quia Mutus harenarius tulit eum in

---

13 pacem – msc. u. edd. pare.

Männer dazu kommen, etwas, und zwar Eigenthum des Fiscus, aus dem Serapistompel wegzutragen —
an einen gewöhnlichen Diebstahl ist um so weniger zu denken, als wie die späteren Angaben des Saturninus und Victor zeigen, die Sache mit einer gewissen Oeffentlichkeit geschehen sein muss. Sollte
es etwa confiscirtes Kirchengut gewesen sein, dass sie in eigenmächtiger Weise wieder in Besitz nahmen?

[71]) acetum — es ist nicht wahrscheinlich, dass das nicht passende Wort, noch dazu zu wiederholten Malen aus dem wohl passenden und gewöhnlichen acetabulum entstanden sei. Es kommt aber
im mittelalterlichen Latein ein Wort acetrum vor, das gleich dem noch heute in Spanien gebräuchlichen
acetre ein Gefäss zur Aufbewahrung von Flüssigkeiten bezeichnet. Dieses wenig bekannte Wort könnte
wohl in acetum corrumpirt sein.

[72]) follis bezeichnet nach den Untersuchungen Gronov's (de pecunia vetere III, 16) theils eine
Münze = sestertius, theils eine Geldsumme = sestertium. Aber Gibbon hat schon an einer Stelle bemerkt, dass noch ein anderer mittlerer Werth anzunehmen sein möchte, und die hier vorkommenden
Summen fordern dies ebenfalls, da sonst sowohl die 20 folles des Victor, wie die 400 der Lucilla
im ersteren Falle eine nach den Umständen lächerlich kleine, im andern eine übermässig grosse Summe
darstellen würden.

[73]) post pacem — wie doch wohl augenscheinlich zu lesen ist, d. h. nach dem Eintreten des
Friedens — die Synode zu Cirta und die Wahl des Silvanus hat also unmittelbar nach dem Anhören
der Verfolgung stattgefunden.

[73a]) Quando factus est episcopus — Nundinarius will also mit dem Silvanus nicht communicirt
haben — nichts destoweniger hat er sich, wie aus dem Briefe des Sabinus an Silvanus hervorgeht,
von ihm nachher zum Diakon ordiniren lassen! Man wird aber jenes Vorgeben füglich bezweifeln können,
wenn auch Saturninus dazu wie zu allen Behauptungen des Nundinarius Ja sagt.

collo[74]). Zenophilus V. C. consularis Saturnino dixit, Sic factum est? Saturninus dixit, Vera sunt omnia quae dicit Nundinarius quia ab harenarib factus est episcopus Silvanus? Saturninus dixit, Vera. Nundinarius dixit, prostibulae illic fuerunt. Zenophilus V. C. consularis Saturnino dixit, Harenarii illum gestaverunt? Saturninus dixit, Ipsi eum tulerunt et populus. Nam cives in area martyrum fuerunt inclusi[75]). Nundinarius diaconus dixit, Num quid populus Dei ibi fuit? Saturninus dixit, In casa majore fuit inclusus. Zenophilus V. C. consularis dixit, Certe omnia quae dicit Nundinarius, vera sunt? Saturninus dixit, Vera. Zenophilus V. C. consularis dixit, Tu quid dicis? Victor dixit, Vera sunt omnia, domine. Nundinarius dixit, Purpurius episcopus tulit centum folles. Zenophilus V. C. consularis Nundinario dixit, De quadringentis follibus quos putas interrogandos? Nundinarius dixit, Lucianus diaconus exhibeatur quia ipse totum scit. Zenophilus V. C. consularis Nundinario dixit, Iine

---

[74]) Der neugewählte Bischof wurde sonst feierlich zu der cathedra geführt (Bingham origg. eccl. II, 11, 10), so mochte ihn hier das Volk, um ihn besonders zu ehren, dahin tragen. Dass aber die arenarii (über die Aspiration s. Rönsch 462 ff.) d. h. die in der arena auftretenden Kämpfer, deren sich in der späteren Zeit des vierten Jahrhunderts allerdings Damasus von Rom zur Bekämpfung seines Mitbewerbers um die bischöfliche Würde, des Ursicinus, und Marcellus, Bischof von Apamea in Syrien zur Zerstörung heidnischer Tempel bediente (Neauder KG. II, 1, 165) schon jetzt eine Stelle bei der Bischofswahl spielen, könnte allerdings auffallen, wenn man die frühere Strenge der kirchlichen Disciplin gegenüber den circensischen Spielen und den Theilnehmern an denselben bedenkt. Dass aber dennoch das Wort hier den gewöhnlichen Sinn hat und nicht die Bedeutung arenae effossor, welche man ihm auch sonst hier und da hat vindiciren wollen, geht aus den folgenden Worten des Nundinarius: prostibulae illic fuero hervor, welche deutlich zeigen, dass er eben verdächtige Elemente der Bevölkerung bezeichnen will.

[75]) Baluzius bemerkt, dass Andere hier unter Berufung auf Tertull. ad Scapul. 3, area = coemeterium genommen hätten und führt dann fort verum in isto non potest intelligi de coemeterio cum constat aedificium fuisse in quo furens plebecula populum Dei sive (!) cives honoratos inclusit ut libertatem haberet quem vellet constituendi episcopum. Allein 1) ist area nachstehender Bedeutung eben nicht ein Gebäude sondern ein Platz, auch nöthigt der Zusammenhang hier gar nicht zur Annahme jenes Sinnes, sondern fordert nur einen umfriedigten verschliessbaren Raum, der sich vermuthlich unmittelbar bei der casa major befand und nur von ihr uns zugänglich war, so dass man von denen, die in der area eingeschlossen waren, auch sagen konnte, sie seien in der casa major eingeschlossen gewesen, ohne dass darum die area mit der casa identisch wäre; 2) möchte es wohl beispiellos sein, dass die Vornehmeren im Unterschiede von den Geringeren populus Dei genannt würden; der Sinn der Frage numquid populus Dei ibi fuit, wird vielmehr sein: fand dort eine Versammlung der christlichen Gemeinde statt, eine Frage zu der um so mehr Veranlassung vorlag, als die casa major ja keine Kirche war (die Kirchen waren nach dem Zeugniss des Optatus damals noch nicht zurückgegeben). Ferner ist aber auch an einen Gegensatz von cives und populus hier nicht, wie es auf den ersten Blick wohl scheinen könnte, zu denken, denn später sagt der Diacon Crescentianus auf die Frage: eum factus fuisset episcopus (Silvanus) praesto fuisti? „praesens cum populo fui inclusus in casa majore und weiter auf die Frage: Mutus harenarius certe eum sustulit? „manifeste". Die „Eingeschlosseuen" waren also von der Wahl und den Vorgängen bei derselben keineswegs ausgeschlossen, vielmehr wird das inclusi nur bezeichnen, dass die Versammlung keine öffentliche war, sondern dass man die Wahl bei verschlossenen Thüren vornahm. Demnach hat man sich die Vorgänge bei derselben auch nicht in dem Masse tumultarisch zu denken, wie Baluzius annimmt.

sciunt? Nundinarius dixit, Non sciunt. Zenophilus V. C. consularis dixit, Exhibeatur Lucianus. Nundinarius dixit, Sciunt isti acceptos esse quadringentos folles; sed quia episcopi eos diviserunt, nesciunt. Zenophilus V. C. consularis Nundinario et Victori dixit, Scitis acceptos esse folles a Lucilla? Saturninus et Victor dixerunt, Scimus. Zenophilus V. C. consularis dixit, Pauperes non acceperunt? Dixerunt, Nemo nihil accepit. Zenophilus V. C. consularis Saturnino et Victori dixit, Nihil de fano Serapis sublatum est? Saturninus et Victor dixerunt, Purpurius tulit cupas et Silvanus episcopus et Dontius et Superius presbyteri et Lucianus diaconus tulerunt acetum. Zenophilus V. C. consularis dixit: Responsione Victoris grammatici et Victoris Samsurici et Saturnini claruit vera esse omnia quae suggessit Nundinarius. Submoveantur et exeant.

Zenophilus V. C. consularis dixit, Quos alios putas interrogandos? Nundinarius dixit: Castum diaconum ut dicat si non est traditor, ipse illum ordinavit. — Et inducto et applicito Casto diacone, Zenophilus V. C. consularis dixit, Quis vocaris? Respondit, Castus. Zenophilus V. C. consularis dixit, Cujus conditionis es? Castus dixit, Nullam dignitatem habeo. Zenophilus V. C. consularis Casto dixit, Licet nunc per Victorem grammaticum quam etiam per Victorem Samsurici et Saturninum venerunt in confessionem quae Nundinarius obicit, tamen etiam tu confitere utrum traditor sit Silvanus. Castus respondit, Dicebat quod invenerit lucernam post orcam. Zenophilus V. C. consularis dixit, Etiam de cupis de fano Serapis sublatis et aceto confitere. Castus respondit: Purpurius episcopus tulit cupas. Zenophilus V. C. consularis dixit, Acetum quis? Respondit Castus quod tulerunt inde acetum Silvanus episcopus, Dontius et Superius presbyteri. Zenophilus V. C. consularis Casto dixit, Confitere quot folles dedit Victor ut presbyter fieret? Castus dixit, Obtulit domine, sacellum[75a], et quid habuerit nescio. Zenophilus V. C. consularis Casto dixit, Cui datum est sacellum? Castus dixit, Illo tulit cum in casa majore. Zenophilus V. C. consularis Casto dixit, Populo non est divisa pecunia? Castus respondit, Non est data, nec vidi. Zenophilus V. C. consularis Casto dixit, De follibus quos Lucilla dedit, populus minutus nihil accepit? Castus dixit, Non vidi accipere neminem. Zenophilus V. C. consularis Casto dixit, Quo ergo pervenerunt, Castus dixit, Nescio. Nundinarius dixit, Utique vel audisti vel vidisti si dictum est pauperibus, Dat et vobis de re sua Lucilla. Castus dixit, Non vidi aliquem accipere. Zenophilus V. C. consularis dixit, Manifesta est Casti confessio quod folles quos Lucilla donavit, populo divisos esse nescit et ideo amoveatur.

Et applicito Crescentiano subdiacono Zenophilus V. C. consularis dixit, Quis vocaris? Respondit, Crescentianus. Zenophilus V. C. consularis Crescentiano dixit,

---

75a) sacellum i. c. saccellum.

Simpliciter sicut et ceteri confitere utrum scias traditorem Silvanum. Crescentianus dixit, Priores qui fuerunt clerici ipsi retulerunt singula. Zenophilus V. C. consularis Crescentiano dixit, Quid retulerunt? Crescentianus dixit, Referebant quod traditor esset. Zenophilus vir clar. consularis Crescentiano dixit, Dixerunt illum traditorem? Et adjecit, Qui dicebant? Crescentianus dixit, Qui cum illo conversabantur in plebe dixerunt quod aliquando tradidisset. Zenophilus V. C. consularis Crescentiano dixit, De Silvano dicebant? Crescentianus dixit, Utique. Zenophilus V. C. consularis Crescentiano dixit, Cum factus fuisset episcopus, praesto fuisti? Crescentianus dixit, Praesens cum populo fui inclusus in casa majore. Nundinarius diaconus dixit, Campeses[76]) et harenarii fecerunt illum episcopum? Zenophilus V. C. consularis Crescentiano dixit, Mutus harenarius certe cum sustulit? Dixit, Manifeste. Zenophilus V. C. consularis Crescentiano dixit, Cupas de fano Serapis scis esse sublatas? Crescentianus dixit, Plures dicebant quod Purpurius episcopus ipse sustulerit cupas et acetum, quod ad senem[77]) nostrum Silvanum pervenisset, et filii Aelionis dicebant. Zenophilus V. C. consularis Crescentiano dixit, Quid audisti? Crescentianus dixit, Acetum sublatum a sene Silvano et Dontio et Superio presbyteris et Luciano diacono. Zenophilus V. C. consularis Crescentiano dixit, Ex quadringentis follibus quos Lucilla donavit, populus aliquid accepit? Crescentianus dixit, Nihil inde nemo accepit, nescio nec quis illos erogaverit. Nundinarius dixit, Aniculae nunquam inde aliquid acceperunt? Crescentianus dixit, Nihil. Zenophilus V. C. consularis dixit, Certe quotiens aliquid tale donatur, omnes inde populares publice accipiunt? Crescentianus dixit, Non audivi vel vidi dedisse illum aliquos. Zenophilus V. C. consularis Crescentiano dixit, Nihil ergo datum est de quadringentis follibus populo? Crescentianus dixit, Nihil. Utique pervenisset aliqua partiuncula ad nos. Zenophilus V. C. consularis dixit, Quo ergo sublati sunt? Crescentianus dixit, Nescio, nemo nihil accepit. Nundinarius dixit, Victor quot folles dedit ut fieret presbyter? Crescentianus dixit, Vidi allatos cophinos[78]) cum pecunia. Zenophilus V. C. consularis dixit Crescentiano, Cui dati sunt cophini? Crescentianus dixit, Episcopo Silvano. Zenophilus V. C. consularis dixit, Silvano dati sunt? Crescentianus dixit, Silvano. Zenophilus V. C. consularis dixit, Populo nihil datum est? Respondit, Nihil; necesse est ut et nos aliquid acciperemus, si distribuerentur sicut solet. Zenophilus V. C.

---

[76]) campeses = campenses nach der in späterer Zeit häufigen auf nasale Aussprache hindeutenden Schreibung mit Auslassung des n. Vergl. über diese Erscheinung Fröhner im Philol. XIII, 170. Rönsch a. a. O. 261 ff.

[77]) Der Ehrenname senex, sonst in Africa Auszeichnung der Primaten (Bingham origg. eccl. II, 16, 6), scheint nach dieser Stelle auch andern Bischöfen zuweilen beigelegt worden zu sein.

[78]) cophinos — nach der Aussage des Castus soll es ein saccellum gewesen sein — dieser Widerspruch veranlasst aber den Zenophilus nicht zu eingehenderer Nachfrage!

consularis Nundinario dixit, Quid aliud de Crescentiano putas esse requirendum? Nundinarius dixit, Ipsud est. Zenophilus V. C. consularis dixit, Quoniam de omnibus Crescentianus subdiaconus simpliciter confessus est, submoveatur.

Item inducto et applicito Januario diacono Zenophilus V. C. consularis dixit, Quis vocaris? Respondit . . . .

Ein Blick auf die im Vorstehenden mitgetheilte Verhandlung zeigt, dass wir es hier nicht mit einer ordentlichen richterlichen Untersuchung zu thun haben, aus der ein unparteiisches Urtheil hätte hervorgehen können. Der Angeschuldigte ist nicht anwesend, es ist nirgends angedeutet, dass er überhaupt eine Kunde von dem Verfahren gegen ihn erhalten habe, nur der Ankläger wird gehört, die von ihm vorgebrachten Schriftstücke, werden verlesen, die von ihm vorgeschlagenen Zeugen vernommen. Das Ganze kann also nur als eine Sammlung von Material zur Belastung des Silvanus angesehen werden, und die Frage ist nur, welcher Werth diesem Material beizulegen ist. Dabei ist zu unterscheiden zwischen den Schriftstücken und den Zeugenaussagen. Unter den ersteren nimmt das Protokoll des Munatius Felix die wichtigste Stelle ein; allerdings fehlt hier die ausdrückliche Feststellung der Herkunft des Schriftstückes wie wir sie oben bei den Acten des Alfius Cäcilianus fanden, wiederum aber findet sich auch nichts in Form oder Inhalt, was Zweifel an der Echtheit erwecken könnte, so dass man, zumal auch die Zeugenaussagen zum Theil Bestätigungen des Inhaltes geben, es nicht ohne Willkühr verwerfen könnte. Anders ist es bei den mitgetheilten Briefen; in den Anmerkungen ist schon auf manches Verdächtige in ihnen hingewiesen worden; da sie in Abwesenheit der angeblichen Verfasser vorgelegt werden, da eine Fälschung von Privatschreiben jedenfalls leichter geschehen konnte als die von öffentlichen Urkunden, da Nundinarius, wie sein ganzes Verhalten zeigt, eine Persönlichkeit ist, der sich dergleichen wohl zutrauen lässt, so muss ihre Aechtheit und Unverfälschtheit jedenfalls dahingestellt bleiben. Es kommt dazu, dass wir nicht einmal erfahren, ob die vorgelegten Schreiben als Originale oder als Abschriften gelten sollen; im rechtmässigen Besitz der ersteren konnte Nundinarius kaum sein, da sie nicht an ihn gerichtet waren und nach dem Inhalte derselben die Empfänger sie ihm schwerlich überlassen haben dürften, waren es aber blosse Abschriften, so konnte er diese um so leichter nach seinem Belieben gestaltet haben.

Was nun die Zeugen betrifft, so stehen sie mit Ausnahme des Grammaticus Victor allerdings augenscheinlich auf der Seite des Nundinarius und sagen nicht ungern zum Nachtheile des Silvanus aus. Damit ist natürlich noch nicht gesagt, dass sie falsche Zeugen seien, und in der That machen, wenn wir von Saturninus absehen, ihre Aussagen diesen Eindruck nicht, denn sie erklären diess und das nicht zu wissen, worüber sie, wenn sie vorher von Nundinarius zu den ihm erwünschten Aussagen wären instruirt worden, wohl eine Auskunft würden haben geben können. Als überhaupt unglaubwürdig wird man sie also nicht ansehen dürfen. Maximus aber lasst sich offenbar nur sehr ungern zu Angaben bringen, die dem Silvanus ungünstig sind und um so mehr muss diesen Glauben beigemessen werden.

Was ist es nun, dass sich darnach aus den hier vorliegenden Zeugnissen ergibt? Die Beschuldigungen des Nundinarius gegen Silvanus betreffen, abgesehen von dem Vorwurfe der traditio, den wir zuletzt in's Auge fassen wollen, drei Punkte, nämlich:

1. dass Silvanus Armengelder unterschlagen habe, indem er die 400 Folles, welche Lucilla geschenkt, für sich behalten resp. mit anderen Bischöfen getheilt habe. Die darüber vernommenen Zeugen sagen aber nur aus, dass von jener Summe an das niedere Volk und die alten Frauen nichts gekommen sei; was es im Uebrigen mit jenem Gelde für eine Bewandtniss hätte, ob es von Lucilla zur Vertheilung oder zu irgend einem anderen Zwecke bestimmt war, ebenso ob wirklich die Bischöfe es unter sich getheilt haben, davon erfahren wir nichts ausser der Behauptung des Nundinarius, die natürlich für sich nicht als Beweis gelten kann. Es muss also ganz und gar dahingestellt bleiben was an der Sache Wahres sei.

2. dass Silvanus von einem gewissen Victor 20 Folles genommen und ihn dafür zum Presbyter geweiht habe. Dies wird von Saturninus, der unter allen Zeugen jedenfalls der verdächtigste ist, da er Alles, was Nundinarius behauptet, ohne Weiteres und unbedenklich für wahr erklärt, bestätigt, jedoch ohne Angabe näherer Umstände. Der Diakon Castus weiss nur, dass Victor dem Silvanus ein saccellum dargebracht, aber nichts über den Inhalt desselben, nach Crescentianus waren es cophini. Wollen wir über diesen Widerspruch hinwegsehen, so ist es doch jedenfalls lächerlich anzunehmen, dass Victor dem Silvanus das Geld, wenn er ihn damit hätte bestechen wollen, öffentlich übergeben haben würde. Hatte es diesen Zweck aber nicht, so ist die Behauptung des Nundinarius und Saturninus unwahr. Auch hier also ist keinesfalls etwas erwiesen.

3. dass Silvanus Geräthe aus dem Tempel des Serapis genommen habe. Diese Sache bleibt, wie schon in den Anmerkungen gezeigt, für uns gänzlich im Unklaren.

Bei allen diesen Punkten ist also die Möglichkeit nicht ausgeschlossen, dass Silvanus ganz schuldlos gewesen sei. Wie verhält es sich nun mit dem Vorwurfe der traditio? Vorausgesetzt, dass das Protokoll des Munatius Felix ächt ist — und wir haben gesehen, dass kein Grund vorliegt, diess zu bestreiten — so lässt sich für's Erste nicht leugnen, dass das Verhalten des Bischofs Paulus durchaus unter den Begriff der traditio fällt. Denn er verhält sich keineswegs bei der Wegnahme des Kirchengutes, darunter auch heiliger Gefässe, bloss passiv, sondern lässt es durch die unter ihm stehenden Kleriker den Beamten übergeben. Die directe Auslieferung der heiligen Schriften scheint man allerdings haben vermeiden zu wollen, indem man sie den Lectoren übergab, aber doch findet sich wenigstens ein codex vor, der mit ausgeliefert wird. Zudem haben wir schon bemerkt, wie verdächtig das Verhalten des Paulus hinsichtlich der Lectoren ist. An allen diesen Vorgängen aber nimmt auch Silvanus theil, er ist bei der Uebergabe der kirchlichen Geräthe thätig, er verweigert das Nennen der Lectoren in einer sehr zweideutigen Weise und er geht endlich mit den kaiserlichen Beamten bei den Lectoren herum und betheiligt sich also in gewisser Weise auch bei der Auslieferung der heiligen Schriften selbst, da er, wie der ganze Zusammenhang zeigt, seine Anwesenheit mindestens nicht dazu benutzte, die Lectoren von derselben abzumahnen. Dass ein solches Verhalten, so oft es auch in den Tagen jener Verfolgung vorkommen mochte, doch die entschiedenste Missbilligung nicht bloss der Rigoristen sondern aller ernsten Männer in der Kirche fand und als traditio angesehen wurde, unterliegt keinem Zweifel, es ist jedenfalls viel schuldbarer als das Verfahren des Mensurius in Carthago. Dass auch wirklich wenigstens von einem Theil der Cirtensischen Gemeinde Silvanus als Traditor angesehen wurde, geht aus den Zeugenaussagen und namentlich aus dem widerwilligen Zugeständniss des Maximus hervor. Wenn nun bald nach dem Aufhören der Verfolgung Secundus von Tigisis und andere in Cirta versammelte Bischöfe ungeachtet des Einspruches eines Theiles der Gemeinde den Silvanus zum Bischofe weihen, so wird man nicht umhin können zuzugestehen, dass diese Männer nicht als aufrichtige Rigoristen angesehen werden können und dass, wenn sie in einem anderen Falle den Rigorismus hervorkehren, in der That anderweitige Beweggründe dafür vorhanden gewesen sein müssen. Es würde dies freilich noch viel unmittelbarer erhellen, wenn das Stück aus den Acten eben jener cirtensischen Synode, deren Theilnehmer auch den Silvanus weihten, als ächt anzusehen wäre. Eben diess wollen wir im Folgenden untersuchen.

III. Ex actis Concilii Cirtensis.

Kurz nach dem Aufhören der diokletianischen Verfolgung hielt Secundus von Tigisis mit einigen anderen Bischöfen, die später auch an dem Concil zu Carthago, das den Majorin einsetzte, theilnahmen, eine Synode zu Cirta um hier einen Bischof an Stelle des inzwischen gestorbenen Paulus zu weihen. Von den Acten dieser Synode werden uns Stücke von sehr eigenthümlichem Inhalt überliefert. Optatus I, 13. 14. führt daraus Einiges an und sagt hi et caeteri (nämlich die in Cirta versammelten Bischöfe) quos principes tuos (nämlich seines Gegners des Donatisten Parmenian) fuisse paulo post docebimus post persecutionem apud Cirtam civitatem, quia basilicae needum fuerant restitutae in domum Urbani Carisi consederunt die III Iduum Maiarum sicut scripta Nundinarii tunc diaconi testantur et vetustas membranarum testimonium perhibet quas dubitantibus proferre poterimus. Harum namque plenitudinem rerum in novissima parte horum libellorum ad implendam fidem adjunximus. Hienach hat Baluzius vermuthet, dass diese acta einen Theil der gesta apud Zenophilum, die sonst bei Optatus sich nicht erwähnt finden, gebildet haben, insofern sie bei jener Verhandlung mit verlesen worden seien. Es ist das wohl möglich und auch dass Augustin sie bald nach den Acten des Munatius Felix (s. oben) anführt, scheint dafür zu sprechen, als gewiss jedoch lässt es sich nicht ansehen, da ja Nundinarius der katholischen Partei, der er sich nach seiner Absetzung ohne Zweifel anschloss, auch noch Anderes mitgetheilt haben mag, was ihr als Waffe gegen die Donatisten dienen konnte. So viel aber geht aus den Worten des Optatus deutlich hervor, dass die genannten acta von Nundinarius mitgetheilt sind, und das ist von Bedeutung. Die wörtliche Mittheilung einiger Stücke, die er wohl auch aus jenem Anhange des Optatus entnommen, gibt Augustin.

Ex Aug. ctr. Crescon. III, 20. Diocletiano octies et Maximiano septies consulibus quarto Nonas Martii [bei Optatus I, 14: die III Iduum Maiarum; das Richtige wird constatirt durch Augustin brevic. coll. III, 17 nämlich: post consulatum Diocletiani IX et Maximiani VIII, tertio Nonas Martii], Cirtae cum Secundus episcopus Tigisitanus primae cathedrae consedisset in domo Urbani Donati [bei Optatus: Carisi] idem dixit: probemus nos primo et sic poterimus hic ordinare episcopum. Secundus Donato Marculitano dixit: dicitur te tradidisse. Donatus respondit: scis quantum me quaesivit Florus ut thurificarem, et non tradidit me Deus in manibus ejus, frater, sed quia Deus mihi dimisit, ergo et tu serva me Deo. Secundus dixit: quid ergo facturi sumus de martyribus? quia non tradiderunt, ideo et coronati sunt. Donatus dixit: mitte me ad Deum, ibi reddam rationem. Secundus dixit, accede una parte. Secundus Marino ab aquis Tibilitanis dixit: dicitur et te tradidisse. Marinus respondit: dedi Pollo chartulas nam codices mei salvi sunt. Secundus dixit: transi una parte. Secundus Donato Calamensi dixit: dicitur te tradidisse. Donatus respondit: dedi codices medicinales. Secundus dixit: transi una parte. — Et alio loco: Secundus Victori a Rusiccade dixit: dicitur te tradidisse quatuor evangelia. Victor respondit: Valentianus curator fuit, ipse me coegit ut mitterem illa in ignem. Sciebam illa deliticia fuisse, hoc delictum mihi indulge, et indulget mihi et Deus. Secundus dixit: transi una parte. — Et alio loco: Secundus Purpurio a Limata dixit: dicitur te necasse filios sororis tuae duos Milei. Purpurius respondit: putas me terreri a te sicut et alteri? Tu quid egisti qui tentus es a Curatore et ordine ut scripturas dares? Quomodo te liberasti ab ipsis nisi quia dedisti aut jussisti dari quodcunque? Nam non te dimittebant passim. Nam ego occidi et occido eos qui contra me faciunt. Ideo noli me provocare ut plus dicam, scis me de nemine tractare. Secundus minor patruo suo Secundo dixit: audis quae dicat in te; paratus est recedere et schisma facere, non tantum ipse sed et omnes quos arguis, quos scio quia dimittere te habent et dare in te sententiam, et remanebis solus haereticus. Ideo quid ad te pertinet quis quid egit? Deo habet reddere rationem. Secundus Felici a Rotaria, Centurioni et Victori a Garbe [Optatus referirt: consulti sunt qui remanserant, id est Felix a Rotario, Nabor a Centurionis et Victor Garbiensis] dixit: quid vobis videtur? Responderunt: habent Deum cui reddent rationem. Secundus dixit: vos scitis et Deus. Sedete. Et omnes responderunt: Deo gratias.

Es bedarf kaum einer Bemerkung darüber, in welchem Lichte dieses Schriftstück die in ihm auftretenden Bischöfe erscheinen lässt. Purpurius ist ein Mörder und macht daraus gar kein Hehl, die übrigen, so weit sie befragt werden, sind Traditoren in verschiedenen Graden — im höchsten Victor von Rusiccade, der sogar Evangelien in's Feuer geworfen hat; Donatus glaubt sich damit entschuldigen zu können, dass er doch dem Ansinnen, zu räuchern d. h. einen Act der Idololatrie zu begehen, Widerstand geleistet habe. Der Primas Secundus selbst aber wird ebenfalls der traditio und wie es scheint noch anderer Vergehen beschuldigt und weicht vor dieser Beschuldigung zurück. Es war in der That nicht bloss Inconsequenz, es war Schamlosigkeit, wenn diese Männer, vorausgesetzt, dass sie sich wirklich solcher Dinge schuldig wussten, nachher dem Cäcilian und Felix gegenüber als Rigoristen auftraten. Die Frage ist nur, ob das Synodalprotokoll, aus dem die mitgetheilten Fragmente stammen, ächt war. Gegen die Aechtheit sind von den Donatisten bei der collatio Einwendungen erhoben worden, von denen sie indessen nach dem Zeugniss Augustins brev. coll. III selbst nur zwei als erheblich ansahen, nämlich erstens, dass im Eingange die Consuln genannt seien, was der kirchlichen Sitte widerspreche. Allerdings ist dieser Gebrauch auch später noch gemissbilligt worden (vgl. Neander KG. II, 1, 395), allein darum handelt es sich hier nicht; worauf es ankommt ist nur, ob diese Art der Zeitangabe bei Concilienacten, und zwar in der africanischen Kirche, so unerhört war, dass das Vorkommen derselben einen Zweifel an der Aechtheit begründen konnte. Die Berufung Augustins auf das unter Melchiades in Rom gehaltene bischöfliche Gericht, in dessen Protokoll sie sich findet, ist nicht entscheidend, um so weniger als dieses Gericht auf kaiserlichen Befehl gehalten wurde; uns aber fehlt das zur Entscheidung der Frage nöthige Material, nämlich eine grössere Zahl africanischer Synodalprotokolle früherer Zeit. Zweitens behaupteten die Donatisten, dass zur Zeit der Verfolgung ein Concil gar nicht würde haben gehalten werden können. Hierauf entgegneten die Katholiken, dass es auch in der That erst nach der Verfolgung stattgefunden habe, und damit hatten sie Recht, allein da das officium bei der Berechnung der Zeit ein Versehen machte, das erst später bemerkt wurde, so mussten sie diese Entgegnung aufgeben und behaupteten nun, dass auch zur Zeit der Verfolgung so wenige Bischöfe in einem Privathause hätten zusammenkommen können, da, wie sich erweisen liess, in dieser Zeit sogar Gottesdienste gehalten worden seien. Marcellinus erklärte dadurch die Einwendung der Donatisten für gehoben, und man wird ihm hierin beistimmen müssen. Neuerdings hat man bemerkt, es sei nicht wahrscheinlich, dass man diese für die Theilnehmer so wenig ehrenvollen Verhandlungen protokollirt habe. Allein eigentlich ist nicht das unwahrscheinlich, dass man dergleichen überhaupt protokollirte, sondern nur das wahrscheinlich, dass man bei der Redaction des Protokolles ein solches Stück wegliess. In diesem Falle aber muss es wenigstens als möglich angesehen werden, dass die ursprüngliche Aufzeichnung, wenn auch von den amtlichen Synodalacten ausgeschlossen, sich doch irgendwie erhalten habe. Man könnte endlich fragen, ob es denn glaublich sei, dass in einer Zeit, in welcher das in der Kirche herrschende Urtheil noch jede Tödtung eines Menschen, selbst als vom Gesetz verhängte Todesstrafe missbilligte und die Theilnahme eines Christen daran wenigstens mit zeitweiliger Ausschliessung von der Communion ahndete — dass zu dieser Zeit ein Mann, der Thaten wie nach diesen Acten Purpurius begangen hatte und sich zu ihnen ungescheut bekannte, sich als Bischof hätte behaupten können — allein wer will bestimmen, bis zu welchem Maasse die Kluft zwischen Theorie und Praxis sich erweitern kann? Von wirklich entscheidendem Gewichte ist also keins der angeführten Bedenken und wenn den Acten eine einigermaassen genügende äussere Beglaubigung zur Seite stände, müsste man sie anerkennen. Allein gerade damit steht es nun sehr misslich. Wer hat jenes Schriftstück zum Vorschein gebracht, wer bürgt für seine Aechtheit? Eben jener Nundinarius, in dessen Interesse und Absicht es lag, dem Silvanus und der Partei desselben zu schaden, und dessen Charakter überhaupt in einem so wenig günstigen Lichte erscheint. Die vetustas membranarum aber, auf welche Optatus sich beruft, kann natürlich gegen eine von Nundinarius ausgegangene Fälschung nichts beweisen. Bei dieser Lage der Sache wird man allerdings die Unächtheit des Schriftstückes nicht positiv behaupten können, noch weniger aber dasselbe als ein zuverlässiges geschichtliches Document ansehen und verwerthen dürfen. Hefele (Conciliengeschichte 2. Aufl. I, 145 ff.) wirft freilich nicht einmal eine Frage darüber auf.

Schlussbemerkung.

Nach dem Vorstehenden werden wir von den gegen die Anfänger der donatistischen Spaltung erhobenen Anschuldigungen Vieles als unglaubwürdig oder doch als unerwiesen ansehen müssen, Einiges aber lässt sich nicht beseitigen, und dieses Wenige reicht aus um die Behauptung zu rechtfertigen, dass das Auftreten der numidischen Bischöfe gegen Cäcilian nicht in wahrem Rigorismus seinen Grund hatte. Wenn ein Tertullian, ein Hippolyt und Novatian sich in scharfem Tadel über das ergingen, was sie als Laxheit der kirchlichen Disciplin betrachteten und sogar von der grösseren kirchlichen Gemeinschaft sich auch wegen dieser vermeintlichen Schlaffheit trennten, so haben wir Grund zu der Annahme, dass es ihnen wirklich um die Strenge der Sittenzucht zu thun war — von Secundus von Tigisis und den übrigen Ordinatoren des Silvanus werden wir das nicht behaupten können. — Angenommen auch, dass sie selbst keine Traditoren waren, so hatten sie doch einen solchen zum Bischof gemacht, es kann für sie also gewiss nicht Cäcilians Ordination durch einen (angeblichen) Traditor der eigentliche Stein des Anstosses gewesen sein. Es entsteht also die Frage, worin der wahre Grund ihrer Opposition gegen die Weihe desselben lag. Hier bietet sich nun in dem früheren Verhalten Cäcilians ein Umstand dar, der auf einen tieferen Gegensatz der kirchlichen Anschauung hinzuweisen scheinen könnte. Wie im Anfang erwähnt, vollzog Cäcilian zur Zeit der Verfolgung als Archidiakon die Maassregeln gegen die übertriebene Märtyrerverehrung mit grosser Energie. Die Verehrung der — noch lebenden — Märtyrer aber war ein Umstand, der leicht zu einer Vermin-

derung des clericalen Ansehens, zu einer Lockerung der von den Bischöfen gehand
habten strengen Ordnung und Autorität führen konnte, es lag darin eine gewisse Opposition der Gemeinde gegenüber der sich immer mehr befestigenden Alleinherrschaft
des Clerus und insbesondere der Bischöfe, wie ein solches Princip ja auch dem Cyprian
gegenüber sich geltend gemacht hatte. Es ist möglich, dass bei dem Widerstande,
den Cäcilian in Carthago fand und bei dem ja auch zwei seniores plebis, jener
Botrus und Celesius, betheiligt waren, dergleichen Gedanken mitwirkten. Allein
das ist auch das Aeusserste, was man annehmen kann; zu einer Erklärung der ferneren
Vorgänge trägt dieses Princip nicht wesentlich bei, denn wer wollte glauben, dass —
nicht dieser oder jener einzelne Bischof, sondern — der grösste Theil des numidischen Episcopates sich von der Opposition gegen den Clericalismus hätte bestimmen
lassen? Allerdings ist es wahr, dass von den Donatisten die amtliche und so auch die
bischöfliche Würde weniger hoch gehalten wurde als es sonst in der Kirche jener Zeit
der Fall war. Es ist schon erwähnt worden, dass unter den Vergehungen die man dem
Donatus von Casae nigrae in Rom zur Last legte, sich auch befand, dass er Bischöfen kirchliche Pönitenz auferlegt habe, und eben dasselbe bildet eine der Anklagen
des Optatus gegen die Donatisten. Was man hierbei anstössig fand, war nur nicht
sowohl die darin liegende Härte als die Verletzung der durch die Weihe ertheilten
nicht minder aufzuhebenden Würde; eine solche erkannten die Donatisten nicht an.
Aber gesetzt auch, dass eine Differenz dieser Art schon vor dem Beginn des Streites
vorhanden war, so kann man doch nicht annehmen, dass gerade ein solcher Punkt für
die Numidischen Bischöfe bestimmt gewesen sei. Ist aber dies nicht glaublich, so
wüsste ich nun überhaupt nicht, welcher Gegensatz principieller Natur sich als Ursache der Spaltung nachweisen liesse. Wir sehen uns also vielmehr zu der
Annahme gedrängt, dass die Gründe derselben in der That in mehr zufälligen und
persönlichen Verhältnissen zu suchen sind; diese lassen sich im Einzelnen nicht nachweisen, nur darauf deutet Alles hin, dass Intriguen der Lucilla, die eine vornehme
und reiche Frau war und von Cäcilian sich schwer gekränkt fühlte, dabei eine
Rolle gespielt haben. Durch ihren Einfluss und vielleicht durch andere nicht mehr
erkennbare Umstände muss es geschehen sein, dass Cäcilian bereits vor dem Tode
des Mensurius eine dem numidischen Episcopat missliebige Persönlichkeit geworden
war, die Nichtachtung der herkömmlichen Rechte der Numidier bei der Einsetzung des
Bischofs zu Carthago kam als ein gewiss schwer in das Gewicht fallendes Moment
dazu; so schritt man zur Weihe eines Gegenbischofs. Damit war die Spaltung da —
ohne dass zur Zeit die beiden Parteien durch irgend einen ausgesprochenen principiellen
Gegensatz wären geschieden gewesen. Denn es ist wohl zu bemerken, dass für's Erste

6

auch von Seiten der Partei Cäcilians noch gar nicht behauptet wurde, dass ein Traditor gültig ordiniren könne, wie denn Cäcilian selbst sich erbot, sich aufs Neue weihen zu lassen. Erst die Synode von Arles Can. XIII scheint (die Worte sind nicht ganz deutlich) das Entgegengesetzte auszusprechen, mit voller theoretischer Klarheit aber ist der Satz, dass die Gültigkeit kirchlicher Handlungen nicht von den persönlichen Eigenschaften des Vollziehers abhänge, überhaupt erst von Optatus, danach gründlicher von Augustin ausgeführt worden. Wir haben hier also den Fall, dass eine zunächst aus mehr zufälligen Gründen entstandene Spaltung erst nachträglich die gleichsam latenten principiellen Differenzen an sich zieht und an das Licht ruft, welche dann wieder dazu dienen, sie selbst zu erhalten. Uebrigens waren bereits vor der ersten Fixirung eines verschiedenen Princips von beiden Seiten Schritte geschehen, welche den Streit verbittern und eine Beilegung desselben im höchsten Maasse erschweren mussten. Von Seiten der Freunde Cäcilians war diess die Hereinziehung der weltlichen Macht. Denn dass diese ihnen, nicht den Gegnern zur Last fällt, dafür liefert das obenerwähnte Schreiben Constantins an Cäcilian den vollgültigsten Beweis. Dagegen hatte Donatus von Casae nigrae die von Agrippinus herrührende durch Cyprian befestigte nordafricanische Praxis hinsichtlich der Ketzertaufe sogleich auch auf die Partei Cäcilians angewendet und dadurch eine schroffe Scheidewand zwischen der einen und der andern Seite aufgerichtet.

ÜBER DEN

PSEUDOJUSTINISCHEN BRIEF

AN DIOGNET.

PROGRAMM FÜR DIE RECTORATSFEIER
DER UNIVERSITÆT BASEL

VON

Franz Overbeck,

DOCTOR UND PROFESSOR DER THEOLOGIE.

BASEL MDCCCLXXII.

UNIVERSITÆTSBUCHDRUCKEREI VON C. SCHULTZE.

Unter dem Namen des Briefs an Diognet ist unter Theologen eine kleine griechisch geschriebene Schrift allbekannt, welche in der Form eines Antwortschreibens an einen Diognet angeredeten Heiden, diesem die von ihm verlangte Auskunft über die christliche Religion ertheilt. Der Fragesteller will wissen: »im Glauben an welchen Gott und wie ihm dienend alle Christen die Welt geringschätzen und den Tod verachten, und weder die vorgeblichen Götter der Hellenen dafür gelten lassen noch dem Aberglauben *(δεισιδαιμονία)* der Juden anhängen, welcher Art die Liebe ist, welche sie unter einander sich erweisen und warum diese neue Menschengattung oder Lebensrichtung erst jetzt und nicht früher in die Welt getreten ist.« Zur Antwort beginnt der Verfasser mit der Lossagung der Christen von den früheren Religionen, und begründet die vom Heidenthum damit, dass diess der platteste Götzendienst sei, die vom Judenthum damit, dass diess, obgleich dem Heidenthum gegenüber im Rechte, wenn es nur Einen Gott verehre, doch in den Formen seines Gottesdienstes mit dem Heidenthum durchaus auf Einer Stufe stehe. In das Geheimniss der christlichen Religion den Heiden einzuführen, will aber der Verfasser als auf eine für einen Menschen unmögliche Sache verzichten, und stellt nur seiner Characteristik des Heidenthums und des Judenthums eine Schilderung der Existenzweise der Christen in der Welt gegenüber, welche, von dem Gedanken ausgehend, dass sich das weltliche Leben der Christen durch keine äusserlich wahrnehmbaren Merkmale von dem anderer Menschen unterscheide, das Dasein der Christen in der Welt mit dem der Seele im Leibe vergleicht. Denn das Christenthum sei nichts Irdisches, sondern eine Offenbarung Gottes selbst, der seinen Rathschluss bis zur Erscheinung seines Sohnes in der Welt nur diesem mitgetheilt, der Welt aber vorenthalten habe, damit die Menschen darin ihren sündigen Trieben überlassen zur Erkenntniss ihrer Unfähigkeit sich selbst zu erlösen gelangten. Zum Schluss führt der Verfasser seinem Diognet die Höhe zu Gemüthe, auf welche ihn die neue Religion erheben müsse, indem sie ihn wie ihre Bekenner überhaupt zum Nachahmer Gottes machen werde. Kaum ein anderes Werk der patristischen Literatur hat auf seine Leser in der Neuzeit grösseren Eindruck gemacht und ist überschwänglicher gepriesen worden als diese kleine Apologie. Zahlreiche Ausgaben haben sie verbreitet, — eben noch legt die Protestantische Kirchenzeitung ihren Lesern eine neue deutsche Uebersetzung vor. — von vornherein mit dem Vorurtheil eines ehrwürdigen Alters bekleidet, ist sie bisweilen im Neuen Testament vermisst und von älteren Hypothesen in die Zeit der Apostel versetzt und mit dem und jenem aus dem Dunkel der christlichen Urzeit leuchtenden Namen in Verbindung gebracht worden. Noch gegenwärtig gangbare Sammlungen der apostolischen Väter enthalten auch diese Schrift, und noch jetzt kann einem Leser darin »kein geringerer als Paulus selbst wieder wie in's Leben zurückgekehrt scheinen« [1]. oder ein Andrer nicht besser als mit dieser »Einen Perle« die Möglichkeit der Entstehung einer Schrift wie das vierte Evangelium im 2. Jahrhundert anschaulich zu machen meinen.[2]) Die vorliegende Abhandlung sucht den allgemeinen Standpunkt, von welchem alle bisherigen Ansichten über die Entstehung des Briefs an Diognet und Urtheile über seinen Werth ausgegangen sind, in Frage zu stellen. Von der Specialliteratur hat mir vorgelegen: Opuscula patrum selecta. Ed. G. Böhl. Pars I. Berol. 1825. p. 109 sqq. — J. A. Möhler's Gesammelte Schriften u. Aufsätze. Regensb. 1839. I, 19 ff. — Patrum apostolicorum Opera. Textum etc. recogn. C. J. Hefele. Ed. IV. Tubing. 1855. — Bibliotheca patrum eccles. selectiss. Ad optim. editt. fidem recudi cur. G. Br. Lindner. Fasc. I. Lips. 1857. — Epistola ad Diognetum Justini philos. et. mart. nomen prae se ferens. Textum recens. etc. J. C. Th. Otto. Edit. II. Lips. 1852. — Der Brief an Diognet herausg. und bearb. v. W. A. Hollenberg. Berl. 1853. — Semisch Art. Brief an Diognet in Herzog's Realencycl. III. 407 ff. — Epistola ad Diognetum. Ed. M. Krenkel. Lips. 1860. (vgl. die Anzeige von Scheibe Theol. Stud. u. Krit. 1862. S. 576 ff.) — Specimen theologicum exhibens introductionem in epistolam ad Diognetum, quod etc. defendet G. J. Snoeck. Lugd. Bat. 1861. — Protestantische Kirchenzeitung 1872 Nr. 15. — Meinen Citaten aus dem Briefe liegt der angeführte Text von Otto zu Grunde. In wichtigeren Fällen sind die von der sonstigen Literatur an die Hand gegebenen Abweichungen davon angemerkt.

In der uns bekannten Literatur der alten Kirche geschieht des Briefes an Diognet nirgends Erwähnung, und da sich die Spuren seiner Existenz überhaupt nicht über seine handschriftliche Ueberlieferung hinauf verfolgen lassen, diese aber nur Einen Zweig hat, hängt unsre ganze Kunde von diesem Briefe am dünnen Faden einer einzigen Handschrift.[3]) Die erste Ausgabe erschien 1592, von H. Stephanus besorgt auf Grund einer Handschrift, über deren Fundort und Alter der Herausgeber leider jede nähere Angabe unterlassen hat. Noch vor der Herausgabe seines Textes war dem Stephanus eine bald nach ihm vom Freiburger Professor Beurer von derselben Handschrift genommene Abschrift in die Hände gekommen, über deren Varianten er daher noch in Anmerkungen zu seinem Texte einiges mittheilte, genaueres aber das Jahr darauf Sylburg, als er seiner Ausgabe der Werke des Märtyrers Justin den Brief an Diognet nach Stephanus einverleibte und dabei gleichfalls die Abschrift Beurer's

---

1) Ewald Gesch. des Volkes Isr. VII, 252 (3. Ausg.).

2) Keim Gesch. Jesu von Nazara I, 172.

3) Niemand lasse sich durch Möhler irre führen, welcher in seiner Patrologie S. 170 Worte des Photius, die von Justin gesagt sind, ohne Weiteres auf den Brief an D. bezieht.

zur Hand hatte. Diese ist seitdem verschollen,[4]) und die folgenden Ausgaben reproducirten nun alle den Stephanus-Sylburg'schen Text, bis im Jahre 1843 Otto eine Papierhandschrift der Strassburger Bibliothek aus dem 13 Jahrhundert zur Herstellung einer neuen Ausgabe heranzog,[5]) und bei dieser Erweiterung der handschriftlichen Grundlage unseres Textes des Briefes an D. ist es bis jetzt geblieben, wenn denn überhaupt hier von Erweiterung geredet werden darf. Denn die Vergleichung der Strassburger Handschrift ergiebt eine so enge Verwandtschaft ihres Textes mit dem des Stephanus und Beurer's, dass die Annahme, es sei die Vorlage dieser Gelehrten gewesen, eine ernstere Prüfung verdient, als ich sie irgendwo vorgenommen finde, mindestens aber der neuerdings von Snoeck (S. 26 ff.) vertheidigten Hypothese nichts im Wege steht, die Strassburger Handschrift und die Abschriften von Stephanus und Beurer mögen aus einer und derselben Vorlage stammen. Wie es aber auch mit dem Verwandschaftsverhältniss der Strassburger Handschrift und der Abschriften von Stephanus und Beurer stehen mag, um es meinerseits genauer zu untersuchen, fehlt mir die Ausgabe des Stephanus: da die von beiden genannten Gelehrten benutzte Handschrift ein Miscellancodex aller Wahrscheinlichkeit nach ganz desselben Inhalts, wie die Strassburger war,[6]) und ausser der sonst bestehenden Gemeinsamkeit der Verderbniss des Textes dieselben zwei Lücken hatte und diese mit derselben Schreiberglosse bezeichnete wie die Strassburger (s. u.), so ergiebt sich, dass unser Text des Briefs an D. nur auf Eine und zwar schon sehr verderbte Handschrift zurückgeht, und da die Strassburger nun mit der alten Bibliothek der Stadt zu Grunde gegangen sein wird, so ist die Abschrift, welche Stephanus von der ihm vorliegenden Handschrift zum Zwecke der Herausgabe nahm und welche noch auf der Leidener Bibliothek aufbewahrt wird, gegenwärtig die älteste Form des Textes unseres Briefs, welche uns noch zugänglich ist und die einzige, welche hinter dem gedruckten Texte zurückliegt.

Die Ueberschrift lautete nun in der von Stephanus benutzten Handschrift: *Τοῦ αὐτοῦ πρὸς Διόγνητον*, woraus, dem Zusammenhange der Handschrift nach, Stephanus schliessen musste, dass die Schrift ein Werk des Justin sein wolle, und unter dem Namen dieses Apologeten gab er sie denn auch heraus. Die Strassburger Handschrift begann mit fünf dem Justin beigelegten Schriften unter folgenden Titeln: 1. *Τοῦ ἁγίου Ἰουστίνου φιλοσόφου καὶ μάρτυρος περὶ μοναρχίας*. 2. *Τοῦ ἁγίου Ἰουστίνου φιλοσόφου καὶ μάρτυρος λόγος παραινετικὸς*

---

[4]) Otto's auf mir ganz unersichtlicher Grundlage ausgesprochene Vermuthung (Corp. apoll. christ. saec. II. Vol. III, p. XXV), ein von Hœnel aufgeführter Glasgower Codex der Orationes Justini möge das Apographon Beureri sein, lasse ich hier um so mehr ganz bei Seite, als noch nicht einmal constatirt ist, dass dieser Codex überhaupt den Brief an D. enthält.

[5]) Die genauesten Angaben über diese Handschrift finden sich in Otto's Corpus apoll. chr. saec. II. Vol. III, p. XIV ff.

[6]) S. Snoeck S. 27 ff.

πρὸς Ἕλληνας. 3. Ἰουστίνου φιλοσόφου καὶ μάρτυρος ἔκθεσις πίστεως περὶ τῆς ὀρθῆς ὁμολογίας ἤτοι περὶ τριάδος. 4. Τοῦ αὐτοῦ πρὸς Ἕλληνας. 5. Τοῦ αὐτοῦ πρὸς Διόγνητον Bevor wir aber Sinn und Werth dieses handschriftlichen Zeugnisses erörtern, ist noch ein Wort über die Integrität des uns erhaltenen Textes zu sagen, welche an zwei Stellen unsere Handschriften selbst nicht gewährleisten.

C. 7 am Ende lautet der handschriftliche Text: (Es ist von Gott und Christus die Rede): Πέμψει γὰρ αὐτὸν κρίνοντα καὶ τίς αὐτοῦ τὴν παρουσίαν ὑποστήσεται; ..... παραβαλλομένους θηρίοις ἵνα ἀρνήσωνται τὸν κύριον καὶ μὴ νικωμένους; Οὐχ ὁρᾷς ὅσῳ πλείονες κολάζονται (Steph. falsch κολάζοντες) τοσούτῳ πλεονάζοντας ἄλλους; Ταῦτα ἀνθρώπου οὐ δοκεῖ τὰ ἔργα, ταῦτα δύναμίς ἐστι θεοῦ, ταῦτα τῆς παρουσίας αὐτοῦ δείγματα. Die Lücke in diesen Worten merken die Handschrift des Stephanus und die Strassburger ganz gleich ausdrücklich mit der Randnotiz an: οὕτως ἐν τῷ ἀντιγράφῳ εὗρον ἐγκοπήν, παλαιοτάτου ὄντος (statt παλαιοτάτῳ ὄντι oder καίπερ [αὐτοῦ] παλαιοτάτου ὄντος) Keiner Widerlegung werth sind nun so willkürliche Ergänzungsversuche wie der von Sylburg, aber eben so klar ist, dass mit einem vor παραβαλλομένους θηρίοις gestellten Οὐχ ὁρᾷς die Sache hier nicht erledigt noch ein erträglicher Zusammenhang hergestellt sein kann, — was Hefele's Meinung zu sein scheint (S. 310), – und auch auf alles Diviniren braucht man hier nicht mit Hollenberg (S. 24) zu verzichten. Am Besten hat noch die Natur der vorliegenden Lücke Stephanus erkannt. wenn er sie als ziemlich bedeutend schätzte und insbesondere den Ausfall des Abschlusses eines Hauptabschnittes unseres Briefes und des Beginns eines neuen über die Kraft, mit welcher Christus seine Anhänger erfülle, vermuthete. An dem aus c. 1. erkennbaren Plan der Schrift hat man sich allerdings hier zunächst zu halten. Während nun der Verfasser die erste Frage des Diognet ganz umständlich beantwortet, und indem er sie in ihre Bestandtheile zerlegt, erst dem Abfall der Christen von Heidenthum und Judenthum rechtfertigt und dann mit ausdrücklich bezeichnetem Uebergange (c. 4 am E.) das übernatürliche Wesen des Christenthums gegenüberstellt, welches er einmal an der Art und Weise wie das Christenthum in der Welt zur Erscheinung kommt (c. 5. 6.), sodann an seinem Ursprunge anschaulich macht (c. 7 bis zur Lücke), vermissen wir im ganzen Briefe eine directe Antwort auf die zweite Frage des Diognet. welche Liebe die Christen verbinde, und finden den Verfasser c. 8 ganz unvermerkt in die Beantwortung der dritten Frage eingetreten, warum das Christenthum erst so spät in die Welt getreten sei. Dass nun oben die Antwort auf die zweite Frage des Diognet in die Lücke gefallen ist, welche uns hier beschäftigt, wird auch, wenn wir das Verhältniss der Schlussworte von c. 7 zum Vorhergehenden beachten, sehr wahrscheinlich. C. 7 hat bis zur Lücke den himmlischen Ursprung des Christenthums besprochen, die Schlussworte leiten dagegen die Kraft, welche die christlichen Märtyrer beseele, aus der geschehenen Offenbarung ab, scheinen also einer Schilderung der Art, wie das Christenthum in seinen Gläubigen wirke, anzugehören. In dieses allgemeine Thema schlägt ja aber ganz nach die directe Antwort auf die zweite Frage des Diognet ein, und der Zusammenhang der Stelle und des ganzen Briefs stellt sich in sehr einfacher Weise her, wenn wir annehmen, dass der Verfasser, nachdem er den himmlischen Ursprung der christlichen Religion für sich behauptet, nun ihn auch auf die irdischen Wirkungen dieser Religion begründete, in diesem Zusammenhange zur Beantwortung von Diognets Frage auch auf Liebe und Wohlthätigkeit der Christen untereinander kam, und dann — vielleicht nach Anderm, das sich unseren Vermuthungen entzieht — auch ihres Märtyrerheroismus als einer Wirkung derselben Wunderkraft gedachte. Dass aber die Lücke, die wir so ausfüllen wollen, in der That nicht ganz gering angeschlagen werden kann, dafür haben wir einen noch näher liegenden Beweis an der Verschiedenheit des Sinnes, in welchem in den angeführten Worten das Wort παρουσία vor und nach der Lücke gebraucht ist. Gewöhnlich lassen sich die Ausleger durch das erste παρουσία in den Worten καὶ τῆς αὐτοῦ τὴν παρουσίαν ἐπιστήσεται, welches natürlich in bekannter Weise die Wiederkehr Christi bezeichnet, verleiten, auch das zweite (ταῦτα τῆς παρουσίας αὐτοῦ δείγματα) mit adventus zu übersetzen (Otto, Hefele u. A.) und hier den Gedanken zu finden, dass der siegreiche Märtyrermuth der Christen ein Anzeichen der nahenden Wiederkehr Christi sei, ohne sich zu fragen, ob die Lücke, welche die beiden παρουσία trennt, einen Schluss vom ersten auf das zweite überhaupt gestatte. Wir wollen nun nicht nach dem möglichen Sinn des in die zweite Stelle interpretirten und eben bezeichneten Gedankens fragen, uns auch nicht auf den Zusammenhang berufen, welchen wir zwischen Anfang und Ende von c. 7 herzustellen versuchten und welcher für das παρουσία am Schluss die eigentliche und allgemeine Bedeutung Gegenwart fordert; dass so hier das Wort zu übersetzen ist — richtig Krenkel: *præsentia* — und es nicht von der Wiederkehr Christi verstanden werden kann, ergiebt sich evident aus den unmittelbar auf ταῦτα τῆς παρουσίας αὐτοῦ δείγματα folgenden Worten: Τίς γὰρ ὅλως ἀνθρώπων ἠπίστατο, τί ποτέ ἐστι θεός, πρὶν αὐτὸν ἐλθεῖν; Wie sich die Ausleger, welche παρουσία auch hier mit adventus übersetzen, das γάρ in dieser Frage zurechtlegen, weiss ich nicht, — der Zusammenhang der Sätze: »das sind Beweise seiner (Gottes) Gegenwart. Welcher Mensch nämlich wusste überhaupt, was Gott sei, bevor er gekommen war?« versteht sich von selbst, und wer sieht nicht, dass das πρὶν αὐτὸν ἐλθεῖν bei dem unmittelbar vorhergehenden παρουσία nur an die in Christus schon eingetretene, nicht an eine noch bevorstehende Gotteserscheinung in der Welt denken lässt? Steht aber die Bedeutung Gegenwart hier für παρουσία fest, so folgt, dass es mit dem vorhergehenden nicht in einem ganz unmittelbaren Zusammenhang gestanden haben kann, vielmehr dass es ursprünglich davon in einer Ferne gestanden haben muss, welche jeden Einfluss des ersten παρουσία auf die Auffassung des zweiten aufhob.

Wir werden auf die richtige Auslegung der Schlussworte von c. 7 noch weiter unten

Gewicht zu legen haben und haben uns besonders darum bei dieser ersten Lücke unseres Textes aufgehalten. Weit kürzer können wir bei der zweiten sein, welche die Bearbeiter unseres Briefs weit mehr beschäftigt hat, bei welcher aber auch die Hauptfrage als durch die bisherigen Verhandlungen erledigt gelten kann. Am Schlusse von c. 10 macht ein Schreiber wieder auf eine Lücke seiner Vorlage aufmerksam mit der Randbemerkung: καὶ ὧδε ἐγκοπὴν εἶχε τὸ (die Strassb. Handschr. fehlerhaft εἶχεν ὁ) ἀντίγραφον, worauf er (so wenigstens in der Strassb. Handschr.) die Zeile einrückt und noch einen Abschnitt folgen lässt, der sich als c. 11. 12 in den Ausgaben unsers Briefes gewöhnlich angehängt findet. Man ist aber gegenwärtig darüber einverstanden, dass dieser Anhang ursprünglich nicht zu unserem Brief gehört haben kann, und sein Inhalt ist theils so verworren, theils so gleichgültig, dass ich das Interesse der weiteren Verhandlungen darüber — ob dieses Anhängsel eine Beziehung auf den Brief habe oder nur zufällig dabei steht und einem ganz anderen Zusammenhange gehört, — auch abgesehen von der Möglichkeit des Erfolges, nicht einsehe. Abenteuerlichkeiten wie Bunsen's Vermuthung, diese Capitel seien der verlorene Schluss der von ihm dem Hippolyt beigelegten Ketzerbestreitung,[7] oder gar der Versuch Credner's darüber, welcher, überdiess sich gänzlich über die Vorfrage der Ursprünglichkeit dieser Capitel wegsetzend, darin der Geschichte des Kanon im zweiten Jahrhundert neue Bahnen gewiesen findet,[8] können nur davor warnen, sich allzutief in die Mysterien dieses Wortgewirres einzulassen. Bemerken will ich nur, dass die angeführte Schreiberglosse es allerdings fraglich macht, ob wir den förmlichen Schluss unseres Briefes besitzen. Die Möglichkeit, dass ein Stück davon noch in die vom Schreiber bezeichnete Lücke gefallen sei, ist nicht unbedingt zu bestreiten, aber nothwendig ist solche Annahme keineswegs, und jedenfalls ergiebt sich aus einer Vergleichung des Briefes mit dem ihm c. 1 vorgezeichneten Gang und aus dem Schlusscharakter von c. 10, dass das etwa Fehlende nicht viel sein kann. Versuche aber, wie die von Boehl und Lindner, sich den angenommenermaassen fehlenden Schluss aus den Anfangsworten von c. 11 zusammenzusetzen, verbieten sich ganz unmittelbar durch die Glosse, welche den ganzen Abschnitt c. 11 und 12 vom Vorhergehenden absondert.

Wenden wir uns nun zum Ursprunge dieses mit einer grösseren Lücke und auch vielleicht am Schluss nicht mehr ganz unverletzt auf uns gekommenen Briefes, so tritt uns zunächst der handschriftliche Titel entgegen, welcher ihn dem Märtyrer Justin beilegt, eine Angabe, welche bis Tillemont (1691) nicht bezweifelt und von diesem in verkehrter Weise in Zweifel gezogen worden, gegenwärtig aber so allgemein und aus so guten Gründen preisgegeben ist, dass wir auch diese Frage als erledigt betrachten wollen, und diess um so mehr

---

[7] Hippolytus und seine Zeit. Leipzig 1852, 1, 142 f.
[8] Gesch. des neutestmtl. Kanon, herausg. v. G. Volkmar, Berlin 1860. S. 59 ff.

dürfen, als die weiter unten folgenden Betrachtungen über den Character unseres Briefes von selbst auch darauf Anwendung leiden.[9]) Noch weniger bedarf es gegenwärtig eines Beweises, dass unser Brief nicht noch in das erste Jahrhundert oder gar in das apostolische Zeitalter gehören kann. Um so mehr muss uns die Prüfung der gegenwärtig ganz unbestritten geltenden Meinung aufhalten, dass der Brief an Diognet eine apologetische Schrift des zweiten Jahrhunderts sei.

Man darf wohl behaupten, dass diese Meinung zum guten Theil auf einem von der Tradition verschuldeten, aber darauf nur sehr übel zu begründenden Vorurtheile ruht. Dies tritt am unverhülltesten in den Worten Tzschirner's zu Tage: »In das Zeitalter Justins werde der Brief an D. desshalb mit grosser Wahrscheinlichkeit gesetzt, weil er ihm zugeschrieben worden ist und nichts enthält, was auf ein späteres Zeitalter führen könnte.«[10]) und diese Worte eignen sich auch Semisch (a. a. O. S. 186) und Hollenberg (S. 99 f.) an. indem sie auf weitere Beweise für eine Abfassung unseres Briefes im zweiten Jahrhundert verzichten. Zugegeben, was zu bestreiten weiter unten vor Allem unser Bemühen sein wird, dass der Brief nichts enthalte, was auf ein späteres Zeitalter führen könnte, so liegt doch die Verkehrtheit des Gebrauchs, welcher hier vom handschriftlichen Zeugnisse über unseren Brief gemacht wird, auf der Hand. Denn das Zeugniss der Ueberschrift über die Zeit des Briefes hängt ganz an dem über seinen Verfasser und lässt sich nicht davon trennen. Absolut werthlos ist die Ueberschrift, wie wir bald sehen werden, für unsere Einsicht in die Entstehung unseres Briefes keineswegs damit geworden, dass wir ihr Zeugniss über die Person des Verfassers verwerfen; nur gerade für die chronologische Frage hat sie damit alle Bedeutung allerdings verloren, und es könnte unter diesen Umständen nur auf die Bestimmung der Zeit unseres Briefes verzichtet werden, wenn nicht innere Merkmale darin solche Bestimmung erlaubten. An solchen inneren Merkmalen aber, die gerade auf das zweite Jahrhundert weisen. soll es freilich nach der Meinung der meisten Bearbeiter des Briefes nicht fehlen. Und zwar sehen sich diese fast alle durch jene Merkmale in die erste Hälfte des zweiten Jahrhunderts geführt. Eine Ausnahme macht hier nur Zeller, welcher jedoch bei den »letzten Jahrzehnten des zweiten Jahrhunderts« aus Gründen stehen bleibt, die wohl gegen die ersten. aber nicht für die letzten beweisen.[11]) Auch hier wirkt das einmal bestehende Vorurtheil über die Zeit unseres Briefes nach, ähnlich wie bei Möhler (S. 21 f.) und Hefele (S. XCI). die mit nur noch

---

[9]) Bekanntlich hat auch die jüngste (Otto'sche) Vertheidigung der Tradition auf die allgemeine Ueberzeugung keinen Eindruck gemacht. Die entscheidenden Argumente gegen die Abfassung des Briefes durch Justin findet man (unter anderen weniger bedeutenden), z. B. bei Semisch. Just. der Märt.. Bresl. 1840, I, 172 ff. u. Snoeck, S. 66 ff.

[10]) Fall des Heidenthums. Leipzig 1829. S. 218.

[11]) Theol. Jahrb. 1845, S. 619 f.

naiverer Sicherheit mit ihrer Behauptung der Abfassung unseres Briefes im Zeitalter Trajans auftreten, obwohl sie dafür keinen anderen Beweis haben, als dass der Brief nicht früher geschrieben sein kann. Andere indessen meinen doch, directere Beweise in Händen zu haben. Aber auch diese sind trügerisch.

Die wichtigste Reihe von Argumenten, welche man für die Entstehung des Briefs an D. im zweiten Jahrhundert anführt, ist den Stellen entnommen, welche von den Verfolgungen reden. Nun sind gerade diese Stellen für die weiter unten von uns zu begründende Ansicht über unseren Brief chronologisch am gleichgültigsten; nur um zu zeigen, auf wie schwachen Grundlagen die herrschenden Annahmen ruhen, bleiben wir hier einen Augenblick stehen. Die Anspielungen nun auf das christliche Märtyrerthum, c. 1. 7. 10 sind der Art, dass, den nicht fingirten Character unseres Briefes vorausgesetzt, sich hierauf nur die Ansicht des alten Lardner über seine Zeit begründen liesse,[12]) welcher zufolge nicht mehr zu behaupten wäre, als dass der Brief vor Constantin geschrieben sein müsse. Bestimmteres glaubt man der Polemik des Verfassers gegen das Judenthum (c. 3. 4) und seinen Worten über die Christen, c. 5, entnehmen zu können: »Von den Juden werden sie als Fremde bekämpft (πολεμοῦνται) und von den Hellenen verfolgt (διώκονται).« Sehen wir nun hier ganz ab von den Ausführungen des Verfassers über das Judenthum, denen man nur ganz willkürlich die Bedeutung einer absichtlichen, durch momentane Verhältnisse herbeigeführten Polemik giebt, da sie doch im Sinne des Verfassers einfach die Antwort auf die Frage des Diognet sein könnte, und bleiben wir bei der aus c. 5 citirten Stelle, welche z. B. für Otto (S. 46 f.) und neuerdings für Nitzsch[13]) die einzige Grundlage ihrer Datirung des Briefes abgiebt. Da sie eine Zeit voraussetzt, in welcher die Christen nicht nur von Heiden, sondern auch von Juden verfolgt wurden, Justin aber Apol. 1. 31 von besonders heftigen Anfeindungen der Christen durch die Juden zur Zeit des Aufstandes des Barcochba erzählt, so soll unser Brief aus einer Zeit sein, »wo dem jüdischen Gemeinwesen selbst noch nicht der Todesstoss versetzt war, also vor dem Ende des Kriegs unter Barcochba (135).« Das gilt Otto für »luce clarius«, Nitzsch verzichtet wenigstens auf »Gewissheit« dieser Argumentation, sie ist aber vollkommen nichtig. Auch wenn im Allgemeinen nicht bestritten werden soll, dass der Streit der Juden und Christen im zweiten Jahrhundert noch eine Hitze und Unmittelbarkeit hatte, welche später abnahmen, so sind doch die Ausdrücke unserer Stelle von solcher Allgemeinheit, dass sie ein Schriftsteller der streitenden Kirche nicht bloss der drei ersten Jahrhunderte, sondern aller Zeitalter brauchen könnte, und die Stelle weiter nichts sagt, als was immer gesagt werden kann und für den Verfasser insbesondere eine einfache Consequenz seiner ganzen Auffassung des Verhältnisses

---

12) Glaubwürdigkeit der evang. Gesch. II, 1, S. 205 (citirt nach Otto, S. 46. Anm. 16).

13) Grundriss der christl. Dogmengesch. I. Theil. Berlin 1870. S. 109.

des Christenthums zu Judenthum und Heidenthum ware, nämlich dass Juden und Heiden die natürlichen Gegner der Christen sind. Nur dass der Verfasser von diesem allgemeinen Gedanken in seinen Worten, wenn wir sie auf ihren zu wenig beachteten eigentlichen Zusammenhang ansehen, eine besondere Anwendung macht und im Sinne der Antithesen der Schilderung, zu welcher auch sie gehören, sagen will: Die Christen werden, obwohl von den Juden als Fremde angefeindet, auch von den Heiden, diesen natürlichen Gegnern der Juden, nicht zu den Ihren gerechnet und haben auch sie nicht zu Freunden — wobei aber wieder klar wird, dass der Verfasser an nichts Augenblickliches zu denken braucht, sondern an ein charakteristisches Merkmal des christlichen Wesens überhaupt denken kann. Wenn aber Otto bemerkt, dass von der Feindschaft der Juden absichtlich der stärkere Ausdruck πολεμεῖν gebraucht sei, so stellt diese Bemerkung das Richtige auf den Kopf, da gerade διώκειν das unzweideutige und für thätliche Verfolgung solenne Wort ist, πολεμεῖν dagegen, wie jedes Lexicon beweist, auch von »Bestreitung« gebraucht werden kann. Doch gesetzt auch, es wären die Juden hier als Christenverfolger den Heiden vollkommen coordiniert, — denn wie Otto wird man den Ausdruck πολεμεῖν auf keinen Fall pressen dürfen. Steht es denn wirklich so, dass mit der vollständigen Zerstörung des jüdischen Staats unter Hadrian alle Gewaltsamkeiten von Juden gegen Christen aufhörten und fortan ein Præsens wie unser πολεμοῦντα unbegreiflich würde? Diese Meinung würde für die Datirung der christlichen Literatur seltsame Consequenzen haben. Nur Ein Beispiel. In einer unter dem Namen des Hippolyt erhaltenen, also gegen 100 Jahre unter die Zeit des Barcochba gehörenden allegorischen Auslegung der Erzählung von Daniel und Susanna, wird Susanna von der Kirche gedeutet, die beiden Aeltesten von den Juden und Heiden als ihren Verfolgern. Die Coordinierung der Verfolger ist hier eine vollkommene und das Præsens von ihrer Feindseligkeit gegen die Kirche durchaus festgehalten. Die Indicien der Zeit des Barcochba sind doch mindestens von keiner geringeren Deutlichkeit, wenn es z. B. zu V. 10 (»Und sie waren beide gequält ihrethalben«) heisst: »Man kann diess in der That sehen, wie die beiden Völker beständig, vom Satan in ihnen getrieben, gegen die Kirche Verfolgung und Drangsal erregen wollen, indem sie suchen, wie sie sie verdürben ohne unter sich selbst einig zu sein.«[14] Welche herrliche Anspielung überdiess in den Schlussworten auf den jüdischen Krieg! Wir können aber, und diess alles Ernstes, noch weiter gehen und späteren Nachweisungen vorgreifend behaupten, dass die ganze Stelle, die uns hier beschäftigt, näher angesehen, so deutlich als bei solcher Kürze möglich, uns aus dem zweiten Jahrhundert und insbesondere aus der Zeit des Barcochbakrieges hinausweist. Denn wenn der Verfasser schreibt, die Juden bekämpften die Christen als Fremde (ὡς ἀλλόφυλοι), so giebt er vom Antagonismus der

---

[14] Hippolyti Romani quæ feruntur omnia græce. E recogn. P. A. de Lagarde. 1858. p. 147.

Juden gegen die Christen einen Characterzug an, den er zwar immer gehabt hat, aber im ersten und zweiten Jahrhundert gerade noch am wenigsten, wo die Kirche noch nicht so ausschliesslich national heidenchristlich war, und da die Grausamkeiten des Barcochba gegen die palästinensischen Christen doch jüdische Christen nicht am wenigsten getroffen haben werden, so liegt der Gedanke an diese Verfolgung gerade vorzüglich fern. Dagegen war der vom Verfasser gewählte Ausdruck später der nächstliegende und er wird z. B. auch von Eusebius zur allgemeinsten Characterisirung der jüdischen Feindschaft gegen die Christen gebraucht.[¹⁴] Ferner lassen wir den Verfasser an der in Rede stehenden Stelle ausreden: »Von den Juden werden die Christen«, sagt er, »als Fremde bekämpft und von den Hellenen verfolgt, und die sie hassen, wissen den Grund ihrer Feindschaft nicht anzugeben« (καὶ τὴν αἰτίαν τῆς ἔχθρας εἰπεῖν οἱ μισοῦντες οὐκ ἔχουσιν). Auch hier verräth der Verfasser, dass für ihn der Streit der Juden mit den Christen gerade nicht mehr die Gegenwärtigkeit hatte, die man aus seinen Worten gewöhnlich herausliest. Denn von den Heiden zwar konnte ein christlicher Apologet auch mitten in der Verfolgung so schreiben, da ihr Hass gegen die Christen immer ein im letzten Grunde instinctiver gewesen ist und seine Gründe nicht leicht zur Deutlichkeit kamen, wogegen der Streit der Juden mit den Christen von vornherein und so lange er lebendig war, den Character eines theologischen Lehrstreits gehabt hat und sich zumal im zweiten Jahrhundert, wie keinem Christen dieses Zeitalters unbekannt sein konnte, insbesondere um die ganz bestimmten Fragen der Messianität Jesu und der Auslegung des Alten Testaments drehte, also an Helligkeit nichts zu wünschen übrig liess. Dass er freilich für den Verfasser in dieser Bestimmtheit vergessen war, werden wir zu bemerken noch ferner Gelegenheit haben. Nach allem über die Stelle c. 5. Gesagten bedarf es aber keiner weiteren Widerlegung, wenn Snoeck (S. 105 f.) sich hier zwar nicht mit Otto in die Zeit des Barcochbakrieges, aber doch in die erste Hälfte des zweiten Jahrhunderts führen lassen will.

Nächst den Andeutungen über die Verfolgungen spielte, in den früheren Streitigkeiten über die Zeit unseres Briefes wenigstens, eine grosse Rolle das Präsens, in welchem der Verfasser c. 3 vom jüdischen Opfercultus, als setze er noch dessen Bestehen voraus, spricht. Man ist indessen gegenwärtig allgemein darin einverstanden, dass diess Argument, da der jüdische Opfercultus mit der Zerstörung des Tempels aufhörte, zu viel beweist und uns mit unserem Brief über das Jahr 70 hinaufzusteigen, und damit zu Annahmen nöthigt, welche der Kritik nur in ihren ersten Anfängen möglich waren. Auf dem Standpunkt allgemeiner Betrachtung, auf welchem der Verfasser an der angeführten Stelle steht, konnte er vom jüdischen Opfercult, wie er es thut, sprechen auch nach dessen thatsächlicher, nur durch die äussere Gewalt

---

[¹⁴] Praep. evangel. 1, 2, 5 (ed. Dindorf) Ἐπιμιμναῦντο δ᾽ ἂν ἡμῖν καὶ Ἑβραίων παῖδες, εἰ δὴ ἀλλόφυλοι ὄντες καὶ ἀλλογενεῖς ταῖς αὐτῶν βίβλοις ἀποχρώμεθα μηδὲν ἡμῖν προσηκούσαις. Vgl. auch XV, 65, 18.

politischer Verhältnisse herbeigeführter Aufhebung.[16] Nur Ewald (a. a. O. S. 252) versucht
noch eine Art von Repristination der gleichfalls früher vertretenen Meinung, mindestens die
Zeit vor dem Kriege Hadrians gegen die Juden und der Gründung der heidnischen und den
Juden verbotenen Stadt Aelia Capitolina auf der Stätte Jerusalems (138), setze die Stelle unseres Briefes über die jüdischen Opfer voraus. Da nämlich auch für die Zeit zwischen 70
und 138 an eine eigentliche Fortdauer des jüdischen, an den Tempel gebundenen Opfercults
nicht mehr gedacht werden darf,[17] so kehrt jene alte Meinung bei Ewald nur in der Form
wieder, dass, weil die Rabbinen in der nächsten Zeit nach der Zerstörung des Tempels bis
zum Aufstande unter Hadrian im Uebermuthe ihres Fanatismus vom Tempel und seinen Einrichtungen als noch bestehenden zu sprechen geliebt hätten, auch der Verfasser unsers Briefes
und der des Barnabasbriefes so redeten. Allein nichts kann unwahrscheinlicher sein, als dass
christliche Schriftsteller, zumal so judenfeindliche wie die eben genannten, vom damaligen
jüdischen Standpunkte gerade auf das eingegangen sein werden, was subjectivste Einbildung
darin war.

Endlich beruft sich noch Snoeck S. 104 für eine Abfassung unsers Briefes vor 150
auf die c. 7 ausgesprochene Erwartung der Nähe der Wiederkehr Christi. Diess ist nun auf
jeden Fall nicht zu rechtfertigen, da diese Erwartung noch lange nach 150 fortbesteht und
namentlich in Zeiten der Verfolgung auch noch viel später auftaucht, — erinnert sei nur an
die Berechnung der Nähe des Parousie aus den 70 Jahrwochen des Daniel durch einen gewissen
Judas unter Septimius Severus.[18] Dennoch wäre die angeführte Stelle das Wichtigste, was
sich gegen unsre unten vorgetragene Ansicht über unseren Brief anführen liesse, wenn die
von Snoeck vorausgesetzte Deutung richtig wäre. Dass sie es nicht ist und c. 7 von der Nähe
der Wiederkehr Christi gar nichts gesagt wird, haben wir schon oben S. 7 gesehen.

Damit haben wir alle Punkte besprochen, welche gegenwärtig zur Datirung des Briefes
an D. dienen, und können uns in keiner Weise mehr dafür an das zweite Jahrhundert gebunden
fühlen. Blicken wir indessen, da wir weiter gehen, noch einmal zurück und sehen wir zu,
ob uns die Ueberschrift unseres Briefes nicht doch noch einen Wink über die Richtung, die
wir einzuschlagen haben, geben mag. Nach der Angabe der Ueberschrift wäre Justin der
Verfasser unsers Briefes. Das ist freilich unmöglich, dann bleibt aber immer doch noch
stehen, dass der Brief von Justin sein will, dass er eine unter seinem Namen abgefasste Schrift
ist, und an diesen nun nächsten Sinn der Ueberschrift haben wir uns zu halten, so lange wir
keinen Grund haben, ihn zu verwerfen und uns überhaupt noch von der Ueberschrift etwas
sagen lassen wollen. Freilich besteht ja die allgemeine Möglichkeit, die Ueberschrift sei nicht

---

[16] S. über diesen Punkt Otto S. 15
[17] F. Friedmann und Graetz in Baur's und Zeller's Theol. Jahrb. 1846. S. 338 ff.
[18] Euseb. K.-G. IV, 7.

ursprünglich, sondern ganz willkürlich entstanden, nur die Hypothese eines Schreibers, welchem unser Brief ohne alle Ueberschrift in die Hände kam und der nun, dass er an einen Diognet gerichtet sei, gleich in der ersten Zeile las, den Namen des Justin aber aus dem Seinen hinzufügte. Allein zu einer solchen Verdächtigung und vollständigen Entwerthung der Ueberschrift haben wir noch nicht ohne Weiteres ein Recht. Auch ist hier von vornherein wohl zu beachten, dass die Handschrift, auf welcher die Ueberlieferung in unserem Falle ruht, mag diese nun hinter der Strassburger zurückliegen oder diese selbst sein, den Brief an D., neben Anderem, nur mit Schriften, die dem Justin anerkanntermaassen untergeschoben sind, verbunden bietet. Mag aber auch immer das Zeugniss der Ueberschrift für den Fictionscharacter unsers Briefes ein Spinnefaden sein, so ist es doch der einzige Faden, den uns die Tradition noch in die Hand giebt, und ob wir nicht ganz recht thun, uns seiner Leitung zu überlassen, verdient doch mindestens Prüfung. In der That scheint mir der Brief an D. nur als eine Fiction begreiflich zu sein, und zwar aus der nachconstantinischen Periode der Kirche, als eine in die Form eines apologetischen Sendschreibens an einen Heiden gebrachte und dem Justin untergelegte Meditation über die christliche Religion aus einer Zeit, als diese schon aufgehört hatte, mit Judenthum und Heidenthum um ihre weltliche Existenz zu kämpfen und ihre Gläubigen den wirklichen Kämpfen, Bestrebungen und Anschauungen des zweiten Jahrhunderts insbesondere schon stark entfremdet waren.

In das zweite Jahrhundert passen nicht, und überhaupt nicht in die Reihe der wirklich an griechisch-römische Heiden gerichteten Apologieen des Christenthums die Ausführungen unseres Briefes über das Heidenthum. Ueber dessen Religion glaubt der Verfasser nichts weiter sagen zu müssen, als dass sie in roher Anbetung von Holz, Stein und Metall bestehe (c. 2), über die griechische Philosophie beschränkt sich alles, was er zu sagen hat, auf die folgenden Worte: — (der Verfasser hat eben gesagt, dass Gott, um sich den Menschen erkennbar zu machen, habe in Christus selbst kommen müssen) — »Oder nimmst du die leeren und läppischen Lehren jener sehr glaubwürdigen Philosophen an, von denen die Einen sagten, Gott sei Feuer, — wohin sie selbst hinkommen sollen, das nennen sie Gott — die Anderen Wasser oder ein anderes der von Gott geschaffenen Elemente? Und doch, wenn eine dieser Lehren annehmbar wäre, so könnte man ein jedes von den übrigen geschaffenen Dingen ebenso für Gott (l. θεός für θεόν) erklären. Das alles aber ist Lüge und Betrug von Gauklern (τῶν γοήτων). Von den Menschen hat keiner Gott gesehen noch bekannt gemacht, sondern selbst hat er sich offenbart.« (c. 8). Beachten wir, bevor wir diese Aussagen beurtheilen, dass unsere Schrift an einen Mann gerichtet ist, der den Fragen zufolge, die er an den Verfasser gerichtet haben soll, eine gewisse Bildung besessen haben müsste, halten wir ferner die überhaupt für die Beurtheilung unsers Briefes sehr wichtige Thatsache der glatten und gebildeten Form fest, welche schon für sich ein characteristisches Unterscheidungszeichen unserer Schrift in der uns erhaltenen kirchlichen Literatur des zweiten Jahrhunderts ist. Diess also vorausgestellt, muss man behaupten, dass eine so flache, ja rohe Beurtheilung des Heidenthums in der apologetischen Literatur des zweiten Jahrhunderts unerhört ist und darin in der That eine Unmöglichkeit war. Und zwar handelt es sich hier natürlich nicht um die einzelnen Sätze unseres Briefes über das Heidenthum als solche, — diese sind ja in der bezeichneten Literatur nichts weniger als unerhört, — sondern nur darum, dass ein Apologet bei ihnen stehen bleibt, dass ein Christ, der nicht ohne alle weltliche Bildung ist, einem gebildeten Heiden gegenüber sich so wohlfeil mit dem Heidenthum abfinden zu können glaubt. Im zweiten Jahrhundert war das Heidenthum noch etwas viel zu Lebendiges, den Apologeten insbesondere, die gewöhnlich darin geboren waren, viel zu Nahes, der Streit mit ihm ein noch viel zu ernster, als dass diess geschehen konnte. Den mächtigen Feind pflegen daher die wirklichen Apologeten mit einem viel grösseren Aufwand von Mitteln zu bekämpfen. Die Religion, um zunächst bei dieser zu bleiben, greifen sie bald als roheste Idololatrie an, bald euhemeristisch als Menschenanbetung, bald von einem moralischen Standpunkt aus, indem sie sich über die Sittenlosigkeit der Mythen und einzelnen Culte entrüsten. So viel ihnen aber vom Heidenthum in reine Idololatrie aufzugehen scheint, so viel sie davon mit einer an die Wurzel aller Religion greifenden Kritik als den nichtigsten Aberglauben verspotten und zur Seite werfen, immer bleibt vor den christlichen Apologeten des zweiten Jahrhunderts zumal ein mysteriöser Rest zurück, der erklärt sein will. Von den Gebildeteren unter den Heiden erinnern sie die Einen an die Seher und Wunder, die auch das Heidenthum gehabt habe,[19] Andere und die Masse erleben jetzt noch Wunder der alten Götter.[20] Für diesen mysteriösen Rest des Heidenthums und um sich ohnehin die Verbreitung eines so folgenschweren Wahnes begreiflich zu machen, dient nun den älteren christlichen Lehrern in ihrer Bekämpfung des Heidenthums ihre Dämonenlehre, und der dämonische Character des Heidenthums ist in dessen Beurtheilung in den Anfangszeiten der Kirche ein so wesentliches Moment, dass es insbesondere bei keinem Apologeten des zweiten Jahrhunderts unberührt bleibt, nicht einmal bei Clemens von Alexandrien (s. Protrept. IV, 55 u. 56). Nun hat man freilich schon im Streit über die Möglichkeit der Abfassung unseres Briefes durch Justin daran erinnert, dass der Verfasser ja selbst erkläre, mit dem Gesagten habe er nicht seine ganze Ansicht über das Heidenthum ausgesprochen, wenn er zum Schluss seiner Characterisirung der heidnischen Religion sagt: »Ich könnte darüber, dass die Christen nicht die Diener solcher Götter sind, noch vieles andere sagen. Wem aber das Gesagte noch nicht genügt, dem mehr zu sagen, halte ich für überflüssig.« Das aber

---

[19] Vgl. z. B. Caecilius bei Minuc. Fel. Oct. c. 6 u. 7 und die Antwort des Christen c. 26 u. 27.

[20] Vgl. z. B. die Ausführungen des Athenag. Legat. c. 23 sqq. und überh. die lehrreichen Nachweisungen über die fortdauernde Lebenskraft des Heidenthums in dem ersten Jahrh. der Kaiserzeit, bei Friedländer, Darstellungen aus der Sittengesch. Roms. Th. 3. (Leipzig 1871) S. 423 ff.

bleibt auch so das seltsame, dass der Verfasser dieser Ansicht sein kann, dass er für überflüssig hält, was kein kirchlicher Schriftsteller des zweiten Jahrhunderts in seinem Fall für
überflüssig gehalten hat, und indem er von allem, was er zur Bestreitung des Heidenthums
zu sagen hatte, gerade diesen und nur diesen Punkt herausgreift, einem nicht ganz urtheils-
losen Heiden gegenüber seinen Zweck zu erreichen glaubt. Diess bliebe nur um so wunder-
barer, wenn man dem Verfasser etwa auch die Ansicht vom dämonischen Ursprung des Heidenthums unterlegen dürfte. Vom Seltsamen aber das Seltsamste wäre, wenn der Verfasser diese
Ansicht in eine Verbalform versteckt hätte, wie der Fall wäre, wenn man Otto (S. 20) glauben
wollte, dass der Verfasser darauf anspiele, indem er in den eben angeführten Worten *περὶ*
μὲν οὖν τοῦ μὴ δε δουλῶσθαι χριστιανοὺς τοιούτοις θεοῖς schreibe und nicht activisch
δουλεύειν, was freilich, auch wenn *δεδουλῶσθαι* hier passivisch — und nicht mit Snoeck,
S. 78 f, medial — genommen wird, nicht leicht Jemand glauben wird. Fast noch auffälliger
als das Urtheil des Verfassers über die heidnische Religion würden in einer apologetischen
Schrift des zweiten Jahrhunderts seine Worte über die alte Philosophie sein. Hier ist zunächst alle falsche Harmonistik fern zu halten: der Verfasser spricht nicht etwa ein verwer-
fendes Urtheil über gewisse Lehren jener Philosophie aus, sondern ein Gesammturtheil, mit
welchem er ihr allen Antheil an Gotteserkenntniss abspricht. In dieser Schärfe spricht sich
aber kein einziger Apologet des zweiten Jahrhunderts über die griechische Philosophie aus.
Sie alle vielmehr erkennen ihr einen Wahrheitsgehalt zu, sei es, dass sie diesen auf vollkommen legitime Weise erworben denken, wie Justin, der gewissen Philosophen (Heraklit, Socrates,
Plato u. A.) eine theilweise Erleuchtung durch den Logos zugesteht, oder Clemens von Alexandrien, welcher gar die griechische Philosophie als Vorschule des Christenthums neben
die Offenbarung des Alten Testaments stellt, sei es, dass sie die wahren, insbesondere die
monotheistischen Erkenntnisse der Philosophie aus einer nicht eingestandenen und daher die-
bischen Benutzung des Alten Testaments ableiten, und diese zweite den Wahrheitsgehalt der
alten Philosophie erklärende Lehre fehlt selbst bei den Apologeten nicht, welche, wie Tatian
und Tertullian am allergeringschätzigsten von der griechisch-römischen Literatur überhaupt
denken.[21]) Wenn aber auch diese strengeren Asketen sich der ausdrücklichen Berufung darauf
zu apologetischen Zwecken zu enthalten pflegen und Christenthum und Akademie möglichst
unverworren zu halten sich bemühen, so findet doch bei den Anderen solche Berufung auf
Dichter und Philosophen in oft ungemein latitudinarischer Weise statt.[22]) Das Constante aber

---

[21]) Vgl. Tat. Orat. ad Gr. c. 40. Tert. Apol. c. 46 (vgl. c. 19), welcher übrigens dem Socrates gegenüber
sich dem Einfluss milderer Ansichten noch nicht ganz entziehen kann. S. Apol. c. 14 u. 46. ad Nat. 1. 4. 10.
[22]) Nur an Minuc. Fel. Oct. c. 19 u. 35 sei hier erinnert, weil dieser Apologet mit seinen (übrigens
von Cicero de nat. deor. abhängigen) Aussprüchen über Socrates (5, 5. 13, 1. 26, 9. 38, 5) unter den Apologeten eine auffallend schroffe Stellung zur griechischen Philosophie einnimmt.

in diesem Verhalten der christlichen Apologeten des zweiten Jahrhunderts darf man nicht für zufällig halten und etwa meinen, dass es wenig auf sich habe, wenn einmal in einer Schrift wie unser Brief jeder Vorbehalt zu Gunsten der griechischen Philosophie fehlt.[28] Standen die älteren Apologeten in ihrer Beurtheilung der heidnischen Religion unter dem unausweichlichen Einfluss einer feindseligen aber lebendigen Macht, so war ihr Verhalten der Philosophie und alten Literatur gegenüber nicht bloss durch deren geborene und noch lebende Vertreter, sondern selbst durch ihre eigensten Interessen bestimmt. Unter anderen verhängnissvollen Fragen nämlich, vor welche die christliche Kirche im zweiten Jahrhundert gestellt gewesen ist, befand sich auch die, ob sie auf eine Theologie verzichten wolle. Sie hat sich bekanntlich gegen solchen Verzicht entschieden, bei der Grundlegung ihrer Theologie aber der griechischen Philosophie und überhaupt der antiken Bildung nicht entrathen können und Proteste wie die eines Tatian oder Tertullian in der griechisch-morgenländischen Welt besonders in der Hauptsache völlig unbeachtet gelassen. So band die Kirche ihr Dasein an den christlichen Alexandrinismus und eben weil dem so war und namentlich in der entscheidenden Periode des zweiten Jahrhunderts sich die Thatsachen, welche dabei bestimmend waren, am wenigsten übersehen liessen, waren die Kirchenlehrer der Zeit genöthigt, in der weltlichen Philosophie unter einem von den meisten freilich reichlich zugemessenen Haufen von Wahn mindestens einen Theil Wahrheit zu unterscheiden, und konnte insbesondere einem Heiden gegenüber keiner von ihnen sich mit einem Gesammturtheil über die griechische Philosophie, wie das unseres Verfassers dem Einwand aussetzen, dass ja die Christen selbst, wenn auch nicht in dieser oder jener Lehre, doch in gar manchen anderen Dingen diesen »Gauklern« Glauben schenkten. Auch ist schon angedeutet worden, und es liegt dies ganz in der Natur der Sache, dass jene schroffsten Gegner der griechischen Philosophie, wie Tatian und Tertullian, überhaupt besonders asketisch gerichtet und allem Weltleben der Zeit besonders abgeneigt sind. Gerade zu diesen strengen Asketen aber liesse sich, wie wir bald sehen werden, der Verfasser unseres Briefes nicht stellen. Um so unbegreiflicher wird die, selbst jene eben genannten Lehrer überbietende Schroffheit seines Urtheils über die heidnische Philosophie.

Fast noch schwerer im zweiten Jahrhundert unterzubringen ist die Anschauung des

---

[28] Die Einwendung des Διασυρμός des Hermias müsste schon der Form der Schrift wegen hier abgelehnt werden. Aber auch nach Otto's neuester Begründung einer Abfassung im zweiten Jahrhundert (Corp. apoll. chr. saec. II, Vol. IX, p. XLVI sqq.) muss behauptet werden, dass diese Schrift aus sehr vielen Jahrhunderten stammen kann, unter welchen das richtige zu suchen vielleicht vergeblich und jedenfalls wenig interessant ist, das zweite zu vermuthen aber alle Wahrscheinlichkeit gegen sich hat. Gerade gegen dieses ist das Vorurtheil bei einer christlichen Schrift, welche mit einem förmlichen Citat aus einem paulinischen Briefe beginnt (ungeachtet Otto's Bemerkungen S. XLI f.), die Form der Satire hat und ihr Christenthum ausser jenem Citat nur in einer Anspielung auf den dämonischen Ursprung der alten Philosophie hervortreten lässt.

Verfassers über das Judenthum. »Nun meine ich,« führt er nach seiner Auslassung über die Religion der Heiden c. 3 fort, »wirst du besonders gern hören wollen, warum die Christen Gott nicht nach der Weise der Juden verehren. Die Juden haben, sofern sie sich vom zuvor beschriebenen Cultus fernhalten und vorziehen, Einen Gott als den Herrn über alle Dinge zu verehren, Recht.[24]) Sofern sie ihm aber einen Dienst entgegenbringen, welcher dem zuvor beschriebenen gleicht, thun sie Unrecht. Indem sie nämlich dieselben Dinge, mit deren Darbringung an gefühllose und taube Wesen die Hellenen einen Beweis ihres Unverstandes geben, Gott vorlegen zu müssen meinen, als sei er ihrer bedürftig, sollten sie dieses doch wohl eher für Thorheit als für Gottesverehrung halten. Denn der, welcher Himmel und Erde und alles, was darin ist, gemacht hat und uns alle mit dem versieht, was wir brauchen, kann selbst nichts von dem brauchen, was er denen, die es ihm zu geben meinen, selbst gewährt. Wenn aber die Juden ihm mit Blut, Fettdampf und Brandopfer Opfer darzubringen und mit solchen Ehren ihn zu feiern meinen, so scheint mir zwischen ihnen und denen kein Unterschied zu sein, welche dieselbe Huldigung den tauben Dingen erweisen, indem die Einen den Wesen, welche von der Ehre nichts anzunehmen vermögen, die Anderen dem, der nichts bedarf, etwas darzubringen meinen.[25]) (c. 4). Aber von ihrer Aengstlichkeit in Bezug auf Speisen, ihrem Aberglauben in der Feier der Sabbatstage, ihrem Hochmuth auf die Beschneidung, ihrer Scheinheiligkeit (εἰρωνεία) in Festen und Neumonden, lächerlichen und keines Wortes werthen Dingen, musst du, meine ich, etwas von mir erfahren. Kann es erlaubt sein, von den Dingen, welche Gott zum Gebrauch für die Menschen geschaffen hat, die einen als gut geschaffen anzunehmen, die anderen als unbrauchbar und überflüssig zu verwerfen? Wie sollte es nicht unfromm sein, Gott zu verlästern, als verbiete er, am Sabbath etwas Gutes zu thun? Verdient es etwas anderes als Spott, mit einem Abzug an Fleisch zu prahlen wie mit einem Zeichen der Erwählung, als sei man darum vorzüglich von Gott geliebt? Wenn sie Mond und Sterne beobachten und nach ihrem Belieben in den Ordnungen Gottes und im Wechsel der Zeiten Unterschiede machen theils zu Festen, theils zu Trauerzeiten, wer möchte darin einen Beweis von Gottesfurcht sehen und nicht vielmehr von Unverstand? Dass sich also die Christen von der gemeinen Thorheit und Täuschung und von der Vielgeschäftigkeit und dem Hochmuth der Juden mit Recht fernhalten, hast du, glaube ich, zur Genüge erfahren.« Wie ernst es aber der Verfasser mit dieser Nebenordnung des Judenthums zum Heidenthume meint, geht aus der Antwort, die er c. 8 f. auf die dritte Frage des Diognet giebt und welche auf der Voraussetzung beruht, dass es vor dem Christenthum gar keine Religion ge-

---

[24]) Text Scheibe's u. a. O. S. 577: εἰ θεὸν ἕνα τῶν πάντων υἱβεαθαι δεσπότην ἀξιοῦσι, φρονοῦσι.
[25]) Text Lachmann's: τῶν μὲν μὴ δυναμένων τῆς τιμῆς μεταλαμβάνειν, τῶν δὲ δοκούντων τινὰ παρέχειν u. s. w.

geben habe, hervor, eine Antwort, zu welcher eben die völlige Bestreitung alles Offenbarungs-
characters sowohl des Heidenthums wie des Judenthums, c. 2- 4, den Unterbau bildet. Dieser
Zusammenhang, den Snoeck S. 88 ff. mit Recht hervorhebt, ist seltsamerweise gewöhnlich
übersehen worden, sonst hätte man nicht, selbst wo man die Abfassung unseres Briefes durch
Justin preisgiebt, daran denken können, obige Ansichten des Verfassers über das Judenthum
nur für seine halbe Meinung auszugeben und sich in dieser Weise Raum zu schaffen für alles,
was sich vom Standpunkt der kirchlich-traditionellen Ansicht vom Judenthum in den Ausführungen des Verfassers vermissen lässt.[26]) Sollen wir aber nun annehmen, dass der Verfasser das Alte Testament verworfen habe? Diese Consequenz zieht Snoeck; ihr steht indessen im Wege, dass mindestens an zwei Stellen des Briefes Anspielungen auf alttestamentliche Worte kaum zu verkennen sind: c. 2, wo von den Heiden mit Rücksicht auf ihre Idole
gesagt ist: τέλεον δ'αὐτοῖς ἐξομοιοῦσθε, auf Ps. 115, 8, wo es von den Idolen heisst: ὅμοιοι
αὐτοῖς γένοιτο οἱ ποιοῦντες αὐτὰ καὶ πάντες οἱ πεποιθότες ἐπ' αὐτοῖς, und c. 10 in den
Worten οὓς ἐκ τῆς ἰδίας εἰκόνος ἔπλασε auf Gen. 1, 27,[27]) wozu noch c. 9 die Anspielung auf
Jes. 53, 4. 11 käme, wenn uns zugestanden wird, was wir weiter unten zu zeigen haben werden, dass sie von Otto mit Unrecht aus dem Text entfernt worden ist und man nicht vor-
zieht, sich hier an 1 Petr. 1, 24 zu halten. In der That sind wir aber mit diesen Stellen
neben jener Gesammtansicht des Verfassers über das Judenthum nur vollends vor ein unlös-
bares Räthsel gestellt, wenn wir unseren Brief für eine apologetische Schrift des zweiten Jahrhunderts halten sollen. Verständigen wir uns zunächst, worüber wir uns hier aufzuhalten haben.

Der schroffe Antijudaismus des Verfassers hätte, soweit er national ist, in dieser Zeit
nichts Auffälliges. Denn der nationale Bruch der alten Kirche mit dem Judenthum hat sich
mit äusserster Schärfe sehr rasch vollzogen. Fast noch charakteristischer als in der heiden-
christlich-antijüdischen Polemik der Literatur des zweiten Jahrhunderts spricht er sich in der
Thatsache aus, dass mit der Gründung von Aelia Capitolina durch Hadrian auch die jerusa-
lemische Christengemeinde ihren bisher judenchristlichen Character gegen den heidenchrist-
lichen ablegte[28]) und über diesem Ereigniss wahrscheinlich die Tradition über die Grabstätte
Christi verloren ging.[29]) Es ist auch nicht zu läugnen, dass der nationale Antijudaismus der
Kirche des zweiten Jahrhunderts eine Tendenz erzeugt hat zu entsprechenden Urtheilen über
die jüdische Religion. Dennoch treffen alle in unserem Falle angeführten Analogieen nicht
zu. Man hat sich auf Justin, den Barnabasbrief und die Ignatianen berufen und könnte
die Verwerfung des Tempelbaues in der Apostelgeschichte (7, 47 ff.) hinzufügen, vor Allem

---

[26]) S. z. D. Hollenberg S. 58 f.
[27]) S. Hollenberg, S. 61.
[28]) Euseb. K.-G. IV. 6, 4 vgl. 5, 2. Dem. evang. III, 5, 109. Sulp. Sev. Chron. II, 31, 4 seqq.
[29]) J. G. Finlay, Griechenland unter den Römern. Deutsche Ausg. Leipzig 1861. S. 446.

aber die Stelle aus der *Prædicatio Petri*, welche Clemens von Alexandrien Strom. VI, 5, 39 ff., p. 759 f. Potter anführt. Was Justin betrifft, so haben diejenigen, welche die Verträglichkeit seiner Ansichten über das Judenthum mit denen unseres Briefes behauptet haben, wohl nie überlegt, ob ein Schriftsteller so über das Judenthum reden konnte, der die Statthaftigkeit der Beobachtung des mosaischen Gesetzes noch innerhalb des Christenthums nicht ganz läugnen mochte. Auch bleibt die Polemik des Justin gegen das alttestamentliche Ritualgesetz und namentlich auch gegen die Opfergesetzgebung, so schroff sie ist, noch fern von der Consequenz einer gänzlichen Gleichstellung des jüdischen Cultus mit der Idololatrie auch in vorchristlicher Zeit, und kann an eine solche Consequenz nicht denken, wenn doch ihr Grundgedanke ist, das Ritualgesetz sei ein Zuchtmittel in der Hand Gottes gewesen zur Zähmung des verstockten jüdischen Volkes. Am meisten klingen noch an unseren Brief die Worte des Barnabasbriefes über die Juden an, diese hätten Gott im Tempel verehrt fast wie die Heiden,[30] wo indessen der vorsichtige und sehr absichtlich vorsichtige Ausdruck die Scheinbarkeit der hier bestehenden Analogie bedeutend schwächt, und jene Stelle der Prædicatio, welche von den Christen als einem dritten Geschlecht (τρίτον γένος) redet, das Juden und Heiden gegenüber Gott in einer neuen Weise (καινῶς) verehren solle, ohne jedoch, ungeachtet des über die jüdische Festbeobachtung ausgesprochenen verwerfenden Urtheils, Juden und Heiden mit derselben Schärfe auf eine Linie zu stellen wie unser Brief, wobei überdiess mit Citaten aus dem Alten Testament argumentirt wird. Indessen wir brauchen uns bei einer weiteren Prüfung dieser angeblichen Analogieen nicht weiter aufzuhalten: möchten sie auch vollständiger sein, als sie sind, so wären sie doch in unserem Falle gar nicht zulässig. Da von Justin hier überhaupt nur der Dialog mit Trypho in Betracht kommt, so wären die zum Vergleich herangezogenen Schriften alle, Schriften, die sich ausschliesslich oder doch in erster Linie an christliche Leser wenden und ihnen gegenüber das Judenthum im Christenthum oder (wie der Dialog mit Trypho) direct bekämpfen. Unsere Schrift dagegen wendet sich an einen Heiden, und dieser Unterschied ist hier ganz entscheidend; bevor wir ihn jedoch genauer schätzen, räumen wir noch eine andere, in mancher Beziehung weit vollkommenere Analogie für die Ansichten unseres Briefes aus unserem Wege, die Analogie gnostischer Lehren.

An den Gnosticismus hat man für die Erklärung unseres Briefes mehr als Einen Anlass zu denken gehabt,[31] insbesondere aber kommt in der That nur in gnostischen Kreisen im zweiten Jahrhundert der Satz, dass Gott sich der Menschheit zuerst in Christus offenbart habe, in der Schärfe vor, wie ihn unser Brief vorträgt, und damit im Zusammenhange Ansichten über die alttestamentliche Religion, mit welchen sich die Schroffheit der uns hier be-

[30] C. 16: σχεδὸν γὰρ ὡς τὰ ἔθνη ἀφιέρωσαν αὐτὸν ἐν τῷ ναῷ.
[31] Das Nähere s. bei Otto, S. 42 f.

schäftigenden wirklich vergleichen lässt. Besonders nahe liegt der Gedanke an den Marcioni-
tismus, wenn es auch kein sehr glücklicher Einfall Bunsen's ist (a. a. O. S. 138), unseren
Brief dem Marcion selbst in seiner früheren, nach Tertullian's Zeugniss (adv. Marc. I, 1)
noch orthodoxen, Zeit beizulegen. Denn wenn Bunsen selbst bemerkt, unser Brief könne nicht
der sein, welchen Tertullian a. a. O. im Sinne habe, so hat er zu solcher Vorsicht guten Grund,
da man ja in der That Tertullian's Art wenig im Sinne haben müsste, um zu glauben, dass
er gerade dem Marcion unseren Brief als orthodox hätte hingehen und sich die Gelegenheit
entgehen lassen, auf die Kralle des pontischen Ungeheuers in den Ausführungen c. 3. 4 hinzuweisen, nur dass eben mit solcher vorsichtigen Restriction sich Bunsen die Grundlagen seiner
eigenen Argumentation selbst wieder unter den Füssen wegzieht. Wer hier auf einen einzelnen
Namen aus wäre, könnte z. B. weit eher an den Marcioniten Apelles denken, welcher,
wenn auch nicht nach dem Bericht des Pseudoorigenes (Philos. VII, 38), doch nach dem
glaubwürdigeren des Rhodon (bei Euseb. K.-G. V, 13, 5 f.) sich nur in der Verwerfung des
Alten Testaments von den Katholikern trennte, und im Zusammenhange hiermit lehrte, dass
Jesus der einzige Bote Gottes unter den Menschen sei (s. Orig. c. Cels. V, 54), was sich in den
Gedankengang unseres Briefes c. 7 ff. trefflich fügen würde. Immerhin hat man gegen die Ein-
reihung unseres Briefes in die gnostische Literatur, obwohl man auch hierbei gewöhnlich von
zu scharfen Vorstellungen vom Gnosticismus ausgegangen ist und die mancherlei Uebergangs-
gestaltungen, welche er in seinen Anfängen und Ausgängen zeigt, nicht genug beachtet hat,
nicht mit Unrecht wichtige characteristische Merkmale des Gnosticismus im Briefe vermisst.
Es wäre, sollte der Verfasser zu einer gnostischen Richtung gehören, kaum zu erklären, wie
er in Bezug auf die Identität des weltschöpferischen und des im Christenthum offenbaren
Gottes nicht die Principfrage einfach, etwa nach Art jenes Apelles, ablehnt, sondern vollkommen katholisch denkt (c. 8), und während jene schroffen Ansichten über das Judenthum und
die unbedingte Neuheit des Christenthums in der Gnosis immer mit Verwerfung des Alten
Testaments verbunden vorkommen, haben wir bereits oben (S. 19) gesehen, dass wir solche
Verwerfung unserem Briefe schwerlich beilegen dürfen. Scheint es mithin, dass wir in seiner
Deutung auch mit dem Gnosticismus in eine Sackgasse gerathen müssen, so werden wir um
so eher für die einfache Ueberlegung zugänglich sein, welche in der That von vornherein alle
Gedanken an gnostischen Character für unseren Brief hätte fernhalten sollen. Ausgeschlossen
nämlich ist solcher Character durch die ganze Haltung des Briefes. Ohne jeden Vorbehalt
wendet sich der Heide an den Christen, um sich ganz im Allgemeinen über das Christenthum
zu unterrichten und ebenso vorbehaltlos lautet die Antwort des Christen. Er redet im Namen
der ganzen Gemeinschaft, ohne im geringsten das Bewusstsein zu verrathen, in irgend einer
der hier in Betracht kommenden Lehren von ihr abzuweichen und eine Antwort zu geben,
welche nicht Alle anerkennen könnten. Jeder sieht ein, wie unwahrscheinlich damit die Mei-

nung wird, dass der Verfasser ein Gnostiker des zweiten Jahrhunderts wäre, namentlich dass er in einem so fundamentalen Punkte, wie die Schätzung der alttestamentlichen Religion, damals heterodox gedacht hätte. Wie sehr aber dieser Punkt hier fundamental ist, hat man bisher nur zu wenig erwogen.

Man darf sich nämlich wundern, und wir kehren damit zur oben abgebrochenen Würdigung der besonderen Bestimmung unseres Briefes zurück, wie wenig Eindruck auf die Bearbeiter des Briefes an Diognet die Thatsache gemacht hat, dass der Verfasser auf den Weissagungsbeweis des Christenthums verzichtet, d. h. auf den einzigen theoretischen Beweis des Christenthums, welchen es für die kirchlichen Apologeten des zweiten Jahrhunderts den Heiden gegenüber giebt. So weit diese Schriftsteller sich nicht darauf beschränken, die Christen gegen lautgewordene Beschuldigungen ihrer heidnischen Gegner zu vertheidigen, oder die Religion der Heiden anzugreifen, haben sie, neben mancherlei praktischen Beweisen für ihre Sache, theoretisch keinen anderen, als den Hinweis auf die wunderbaren Vorzeichen, welche von Anbeginn an in Natur und Geschichte auf die einstige Erscheinung des Christenthums deuteten. Und zwar bildet in diesem Beweise den Kern, bei welchem, da er nie fehlt und uns zunächst angeht, wir auch allein stehen bleiben wollen, der Weissagungsbeweis im engeren Sinne, welcher dem Justin der Beweis schlechthin heisst,[32]) d. h. der Nachweis der Typen und Voraussagungen, welche von Gott im Alten Testament auf das Christenthum hin niedergelegt worden sind. Weil aber dieser Nachweis den älteren Apologeten so unentbehrlich ist, und sie für den Heiden zunächst keine andere Eingangspforte zum Christenthum kennen, als die durch das Judenthum, haben sie den Heiden über dieses im Grunde viel mehr zu sagen als über jenes, über das Alte Testament viel mehr als über das Neue. Und zwar gilt diess nicht blos von den Apologeten, welche, wie Justin, noch gar keinen neutestamentlichen Kanon kennen, sondern auch von Angehörigen der fertigen katholischen Kirche, wie z. B. Tertullian. Alle diese Schriftsteller tragen, was sie nur beschaffen können, zusammen, um die alttestamentliche Religion den Heiden zu empfehlen, wozu sie der jüdischen Theologie selbst ihre verwegensten Doctrinen entlehnen, z. B. jene Behauptung eines Diebstahls der griechischen Weisen am Alten Testament, und sie hüten sich wohl vor Allem, was die Religion des alttestamentlichen Volkes unmittelbar in den Augen der Heiden discreditiren könnte. Sehr lehrreich ist hier die characteristisch verschiedene Weise, in welcher Justin das Judenthum in der grösseren Apologie und im Dialog mit dem Juden Trypho behandelt. Sein nationaler Antijudaismus drückt sich in beiden Schriften aus, doch nur im Dialog lässt er sich auf eine Kritik der alttestamentlichen Religion ein, während er sie in der Apologie nur zu erheben

---

[32]) ἀπόδειξις Apol. I, 14, p. 61 D. Vgl. dazu Hilgenfeld Zeitschrift für wiss. Theol. 1872, S. 310. Mit diesem Sprachgebrauch hängt auch der Titel der bekannten Ἀπόδειξις εὐαγγελική des Eusebius noch zusammen.

sucht.[32]) Ja die Interessen der Apologetik des zweiten Jahrhunderts zügeln selbst ihren nationalen Antijudaismus, wovon Theophilus von Antiochien ein Beispiel giebt, wenn er selbst im Streit des Juden Josephus mit den Heiden zu jenem gegen diese hält (ad Autol. III, 21). Dagegen ist im ernsten Streit der Christen mit den Heiden der Standpunkt, welchen unser Brief einnimmt, gerade der heidnische. Der Heide Caecilius ist es, der im Dialog des Minucius Felix den Christen entgegenhält: »Auch das elende Volk der Juden hat Einen Gott verehrt, aber doch öffentlich, aber doch mit Tempeln, Altären, Opfern und Weihen.« (10, 4). Der Christ Octavius ist in seiner Antwort (c. 32, 33) natürlich ausser Stande, die Art der jüdischen Gottesverehrung unbedingt zu vertreten, aber eben so wenig lässt er dem Heiden die Bezeichnung der jüdischen Gottesverehrung als eines starken und für die Juden selbst nutzlosen Aberglaubens hingehen. Ausser der Zurückweisung aber, welche die mit Rücksicht auf die Unterjochung der Juden durch die Römer dem Caecilius 33, 2 in den Mund gelegte Behauptung: »Sed Judaeis nihil, profuit, quod unum et ipsi Deum aris atque templis maxima superstitione coluerunt« erfährt, ist noch besonders zu beachten, dass der Christ hier gerade den Ausdruck von der Religion der Juden perhorrescirt, gegen welchen der Verfasser unseres Briefes nichts einzuwenden hat.[34]) In einer andern Weise beweist die Streitschrift des Celsus gegen die Christen, dass es im Streit der Christen und Heiden ein natürliches Interesse dieser war, auch die Juden zum Kampf gegen jene zu gewinnen, sofern sie bekanntlich zuerst einem Juden das Wort gegen die Christen abtrat und erst dann auch den Heiden gegen sie auftreten liess. Auch Eusebius giebt es als einen heidnischen Vorwurf gegen die Christen, dass sie weder der heidnischen noch der jüdischen Religion anhingen und insbesondere auch den Gott der Juden nicht wie diese verehrten (Praepar. evang. 1, 2, 4 f.). Endlich möge hier noch eine Stelle aus der Streitschrift des Kaisers Julian gegen die Christen stehen, welcher, nachdem er diese, da sie nichts an Jerusalem binde, zu opfern aufgefordert hatte, sagte: »Doch diess sage ich euch zum Ueberfluss, da ich es schon zu Anfang gesagt habe, als ich zeigen wollte, dass die Juden mit den Heiden übereinstimmen, mit Ausnahme ihres Glaubens, dass es nur Einen Gott gebe. Das ist ihnen allerdings eigenthümlich und uns fremd, das Uebrige aber haben wir gemein, Tempel, heilige Opfer, Opferstätten, Waschungen, gewisse Enthaltungen, in welchen wir uns von ihnen entweder überhaupt gar nicht oder nur wenig unterscheiden,«[35]) — eine Stelle, welche auf ganz demselben Standpunkt das genaue Gegenstück zu den aus un-

---

[32]) Am äusserlichsten, aber auch anschaulichsten tritt der Unterschied des Verhaltens beider Schriften in dieser Beziehung hervor, wenn Justin den Heiden gegenüber die Sorgfalt, welche über die Erhaltung und Ueberlieferung des Alten Testaments gewacht, hervorhebt (Apol. I, 31), die Juden dagegen beschuldigt, es mehrfach gefälscht zu haben (Dial. c. 71 ff., c. 120).

[33]) superstitio = δεισιδαιμονία.

[34]) S. Cyrill. Alex. c. Jul. lib. IX (Opp. VI, 306 ed. Aubert. Lut. 1638).

serem Briefe angeführten Worten bildet, insofern von beiden Gegnern jeder hier von der Religion der Juden das für sich in Anspruch nimmt, was ihm der andere überlässt: der Christ den Monotheismus, der Heide die Formen des jüdischen Cultus. Wie sehr aber unser Brief mit seiner Art, das Judenthum zu betrachten und seinem Verzicht auf den Weissagungsbeweis hier auf den heidnischen Standpunkt hinübergetreten ist, zeigt sich noch an einem anderen Punkte seines Gedankenganges. Der Verfasser beantwortet, wie wir schon wissen, jenem Verzicht entsprechend, die Frage seines Diognet, warum das Christenthum erst so spät in die Welt getreten sei, ohne alle Rücksicht auf seine Vorbereitung durch das Alte Testament damit, dass es in Gottes Absicht gelegen habe, seinen Rathschluss bis zur Sendung Christi vor der Welt verborgen zu halten (c. 8 ff.). Nun ist im Streit der Christen mit den Heiden die Neuheit des Christenthums ein heidnischer Satz, gegen welchen es das, so viel mir bekannt, constante Verhalten der älteren Apologeten ist, ihn einfach nicht zuzugeben, vielmehr ihn eben mit dem Hinweis besonders auf die alttestamentliche Vorbereitung des Christenthums zu bestreiten.[36]) Das ist die Widerlegung, welche noch im dritten Jahrhundert Porphyrius als die unter den christlichen Lehrern gegen den Vorwurf der Neuheit ihrer Religion gewöhnlich angewendete voraussetzt, und nun mit der Antwort abschneidet, dass die alttestamentliche Religion in vorchristlicher Zeit nur für einen sehr geringen Theil der Menschheit dagewesen sei.[37]) In diesem Sinne wendet dann später Kaiser Julian den Particularismus der alttestamentlichen Religion gegen die Christen.[38]) Wie kommt nun unser Apologet dazu, den heidnischen Satz mit einer Unbedingtheit zuzugeben, welche selbst in der späteren Apologetik beispiellos ist? Selbst Cyrill (a. a. O. p. 110), ja Augustin (a. a. O. § 12. 15), dem manche hier einschlagende Gedanken unseres Briefes nicht fern liegen, sind bemüht, ihren heidnischen Gegnern das Christenthum, ungeachtet des Particularismus seiner Vorreligion, als die von Anbeginn an in der Welt existirende, einzige und universelle Urreligion darzustellen. Allerdings, wenn Hieronymus (Epist. CXXXIII ad Ctesiph. § 9) sich vor jenem Vorwurf des Porphyrius auf die Unerforschlichkeit des göttlichen Rathschlusses zurückzieht, wenn Augustin neben dem schon bezeichneten Versuch zur selben Auskunft seine Zuflucht nimmt (a. a. O. § 13) und auch behauptet, Christus habe erst dann sich den Menschen offenbart, als er erwartet habe unter ihnen Glauben zu finden (§ 14), so klingt diess an unseren Brief an, allein da Hieronymus und Augustin, beide als Zeitgenossen, nicht mehr der Zeit des ernsten Kampfes des Christenthums mit dem Heidenthum angehören und es nicht mit Porphyrius selbst zu thun, sondern nur Christen, von welchen sie darum gebeten worden sind, über Porphyrius

---

[36]) S. Just. Mart. Apol. I, 46 (vgl. c. 28, p. 71 B), Theophil. Ant. ad Autol. III, 4. 16 ff., Origen. c. Cels. IV, 7. 8, für das Heidnische des Satzes auch Euseb. Præp. ev. 1, 2, 2.

[37]) In einem Fragment bei Augustin. Ep. CII. ad. Deograt. § 8.

[38]) Bei Cyrill. Alex. c. Jul. III (a. a. O. p. 106).

zu beruhigen haben, so beweisen diese Gedanken bei ihnen eben nur — was wir auch für unseren Brief damit beweisen möchten, dass es sich nur noch um einen Scheinkampf mit dem Heidenthum handelt. Man frage sich doch nur, welche Bedeutung es für einen ungläubigen Heiden haben konnte, wenn ihm ausgeführt wurde, vor der Erscheinung Christi habe Gott seinen ewig bestehenden Rathschluss der Welt nicht offenbart, weil er diese bis dahin habe ihren Sünden überlassen wollen? Mit solchen Gedanken können sich gläubige Christen unter einander erbauen (vgl. z. B. Eph. 1, 9 f., 3, 3 ff.), und sie wären in einer christlichen Homilie ganz am Platze, für einen Heiden würden sie, so aller Stütze durch eine religiöse Autorität baar, wie sie in unserem Briefe hingestellt sind, ohne alle Beweiskraft, ja sehr verdächtig sein, und in einer ernst gemeinten altchristlichen Apologie so unpraktisch, dass wir keiner solchen ein Verfahren dieser Art ohne Analogieen aus der älteren apologetischen Literatur zutrauen werden. Erkennen wir aber aus allem Gesagten, welche Bedeutung der Weissagungsbeweis im Streite der Christen mit den griechisch-römischen Heiden hatte, — wie ungleich mehr er Verstand und Phantasie auch des Ungläubigen gefangen nimmt als das Verfahren unseres Briefes, wird uns wohl Niemand bestreiten, — so wird unsere frühere Abweisung einiger überdiess höchst unvollkommener Parallelen zu den Ansichten des Verfassers über das Judenthum aus einer mehr esoterisch-christlichen Literatur (s. S. 19 f.) genügend gerechtfertigt sein.[39] Dass aber für den Verfasser im zweiten Jahrhundert irgend welche Nöthigung bestanden hätte, zur Erklärung der Lossagung der Christen von den Juden, die alttestamentliche Religion dem Heiden gegenüber so rücksichtslos preiszugeben, wird Niemand behaupten mögen. Auch haben wir schon gesehen (S. 12), wie wenig damals zu solchem Zwecke eine Ausschreitung dieser Art nöthig war

Wir haben also bis jetzt bemerkt, dass der Verfasser in seinen Ausführungen Rücksichten sowohl auf das Heidenthum wie auf das Judenthum vermissen lässt, welche nicht blos thatsächlich in keiner auf Heiden berechneten Apologie des zweiten Jahrhunderts fehlen, sondern auch in keiner wohl fehlen können. Erklären wir uns diess aber vom Standpunkte unserer oben aufgestellten Hypothese über unseren Brief aus Mangel an lebendiger Anschauung der wahren Stellung des Christenthums zwischen Heidenthum und Judenthum im zweiten Jahrhundert, so ist es eben dieser Mangel an Anschauung der Verhältnisse des Christenthums in dieser und überhaupt in der vorconstantinischen Zeit, den auch das Bild verräth, welches der Verfasser dem Heidenthum und Judenthum vom Christenthum gegenüberstellt. Er fährt nämlich, nachdem er Heidenthum und Judenthum abgethan, fort (c. 4): »Das Geheimniss

---

[39] Solche unvollkommene Parallelen liessen sich leicht vermehren. Vgl. z. B. Hippol. zu Dan. u. Sus. Vs. 13 (a. a. O. S. 147): »Das bedeutet, dass die Juden in Bezug auf die irdischen Speisen mit den Heiden nicht übereinstimmen, wohl aber in ihren Lehren und in allem weltlichen Treiben« (ἐν δὲ ταῖς θεωρίαις καὶ ἐν παντὶ κοσμικῷ πράγματι).

ihrer (der Christen) eigenen Religion aber kannst du von keinem Menschen zu erfahren erwarten. c. 5. Die Christen sind nämlich weder durch Land noch durch Sprache oder Sitte von den übrigen Menschen zu unterscheiden. Nirgends wohnen sie in eigenen Städten; sie haben keine irgendwie umgebildete Mundart, noch führen sie ein irgendwie hervortretendes Leben (οὔτε βίον παράσημον ἀσκοῦσιν). Nicht durch planvolle Absicht betriebsamer Menschen ist ihre Lehre an sie gekommen, auch sind sie nicht wie Andere Häupter einer menschlichen Schulmeinung. Obwohl sie Städte der Hellenen und Barbaren bewohnen, je nach dem Loose, das einem jeden zugefallen ist, sich den Sitten des Landes anschliessen, in der Kleidung wie in der Nahrung und im sonstigen Leben, stellen sie einen wunderbaren, anerkannt staunenswerthen Zustand in ihrem Wandel dar. Sie bewohnen ein jeder seine Vaterstadt, aber wie Zugewanderte (ὡς πάροικοι). Sie nehmen an allem Theil. als wären sie Bürger, und erleiden alles, als wären sie Fremde. Ein jedes fremde Land ist ihnen Vaterland und jedes Vaterland ist ihnen fremd. Sie treten alle in die Ehe und zeugen Kinder, aber setzen die Neugeborenen nicht aus. Gemeinschaftlich ist ihnen der Tisch, aber nicht das Ehebett (ἀλλ᾽ οὐ κοίτην? nach Maran). Sie befinden sich im Fleisch, aber leben nicht nach dem Fleische; sie halten sich auf der Erde auf, aber im Himmel sind sie Bürger; sie leisten den vorgeschriebenen Gesetzen Gehorsam und übertreffen durch ihr eigenes Leben die Gesetze. Sie lieben Alle und werden von Allen verfolgt. Man kennt sie nicht und verurtheilt sie; man tödtet sie und sie werden wieder lebendig. Sie sind arm und machen viele reich; sie leiden an allem Mangel und haben an allem Ueberfluss. Sie werden verachtet und in der Verachtung erweist man ihnen Ehre; man tödtet sie und spricht sie gerecht. Man schmäht sie und sie segnen; man beleidigt sie und sie zeigen Ehrerbietung. Wenn sie Gutes thun, straft man sie wie Uebelthäter; gestraft freuen sie sich, als würde ihnen das Leben geschenkt. Von Juden werden sie wie fremden Stammes bekämpft und von Hellenen verfolgt, und die sie hassen, wissen keinen Grund ihrer Feindschaft anzugeben. c. 6. Mit Einem Worte: Was im Leibe die Seele ist, das sind in der Welt die Christen.« Diesen Vergleich führt nun der Verfasser durch und schliesst c. 7 die Ausführung des himmlischen Ursprungs des Christenthums an, welches keine menschliche, sondern eine göttliche Stiftung sei, beruhend auf dem ewigen und durch Vermittlung des Sohnes ausgeführten Rathschlusse Gottes. Diesen Abschnitt unseres Briefes hat man immer besonders bewundert und ist wohl darüber nicht dazu gekommen, wahrzunehmen, wie fremdartig sich namentlich die Schilderung des 5. Capitels in der altchristlichen Apologetik ausnimmt. Parallelen, welche einzelne ihrer Wendungen in dieser Literatur finden und bei welchen man sich nur allzuleicht beruhigt hat, können den Eindruck der Fremdartigkeit des Ganzen und der Hauptgedanken nicht aufheben. Für's Erste kann kaum etwas gedacht werden, das der Apologetik des zweiten Jahrhunderts ferner gelegen hätte, als der Schluss von der Unsichtbarkeit der Wirkungen des Christenthums auf die Uebernatürlichkeit seines Wesens, welcher dem ganzen Abschnitt, c. 5 7. zu Grunde liegt. Denn damals ist das Christenthum etwas, wenn es überhaupt beachtet wurde, in der Welt höchst Sichtbares gewesen, und zwar gerade wegen der Klarheit seines Widerspruchs gegen sie, und eben um dieses Sichtbare daran hat sich ein Streit gedreht, von welchem in den uns vorliegenden Worten so gut wie gar nichts vernehmlich wird. Ja die stehenden Vorwürfe der Heiden im zweiten Jahrhundert gegen die Christen: sie seien ein lichtscheues Volk, das sich menschenfeindlich von allem fernhalte und alles verlästere, was Anderen heilig und theuer sei oder als erlaubt gelte, atheistisch die Götter des Staats zu verehren sich weigere, sich überhaupt den Pflichten des Bürgers entziehe, alle öffentlichen Freuden meidend ein düsteres und abgeschiedenes Dasein führe und sich überdiess aus dem niedersten Haufen, den es durch vorgebliche Wunderthaten täusche und durch Mährchen von Weltende und Weltgericht in Schrecken jage, zusammensetze, — alle diese Vorwürfe, wobei wir von den phantastischen Ungeheuerlichkeiten, welche sich der blinde Hass der Heiden wenigstens in der zweiten Hälfte des zweiten Jahrhunderts über Cultus und Sitten der Christen erzählte, hier absehen wollen, erscheinen der Schilderung unseres Briefes gegenüber geradezu unbegreiflich. Dass sie aber nicht auf leerer Einbildung beruhten, machen uns die Vertheidigungen der Christen dagegen klar genug, welche ja völlig anders lauten müssten, als der Fall ist, wenn ihre Verfasser das Leben der Christen wie unser Brief anschauten. So weit auch die christlichen Apologeten der Vorwürfe der Heiden namentlich in politischer Beziehung durch Accomodation sich zu erwehren suchen, — weiter als diess aus unseren Kirchengeschichten ersichtlich wird, — so wenig denken sie doch daran, eine Identität der weltlichen Lebensgrundsätze der Christen und der Heiden zu behaupten, wie diess unser Verfasser in Sätzen thut, welche nicht der weltlichste Moralist der vorconstantinischen Kirche, Clemens von Alexandrien, unbedingt unterschreiben könnte. Auch wenn man die Worte des Verfassers nicht pressen mag, dass die Christen sich »in Kleidung, Nahrung und im sonstigen Leben den Sitten des Landes anschlössen,« das sie gerade bewohnen, woran im strengen Sinne nicht zu denken ist,[40] so muss man doch sagen: Es ist im zweiten Jahrhundert einfach nicht wahr, dass sich die Christen durch ihre Sitten *(ἔϑη)* von anderen Menschen nicht unterscheiden, kein irgendwie sich auszeichnendes Leben in der Welt führen, und nicht das behaupten die Apologeten zur Vertheidigung ihrer Glaubensgenossen, sondern sie suchen nur den bestehenden Unterschied, wenn sie ihn nicht überhaupt geradezu hervorheben, höchstens an diesem und jenem Punkte zu mildern, im Ganzen jedoch so gut sie es vermögen und besonders mit der Allgegenwärtigkeit der Religion der Heiden zu erklären; die Wunder aber, die durch Christen geschehen, namentlich die Dämonenaustreibungen, deren sie sich rühmen können, dienen ihnen vor Allem zum Beweise für den göttlichen Grund

---

[40] S. dagegen Bardesanes bei Merx Bardesanes von Edessa. Halle 1863. S. 54.

ihrer Sache und nicht die Behauptung von einem zweiten Leben, das sie neben dem Allen sichtbaren führen und von dem sie allein etwas wissen. Sie denken nicht so weltlich wie der Verfasser, ihre Weltflucht ist aber auch nicht so schattenhaft und blutlos wie die seine, und sie lassen die Heiden theils mehr, theils weniger davon sehen. Mehr z. B. als der Verfasser thut, wenn er das vollständige Eingehen der Christen in die weltliche Sitte auch mit dem Satz belegt: sie träten in die Ehe »wie alle.« — während die Apologeten nicht blos ausdrücklich die Eigenthümlichkeit der christlichen Ehesitte und ihren Widerspruch mit der weltlichen Gesetzgebung, wenigstens in Bezug auf die zweite Ehe hervorheben,[41]) sondern oft auch der unter den Christen häufigen Ehelosigkeit sich rühmen,[42]) — weniger dagegen als der Verfasser für gut hält in den Sätzen, welche zugleich mit dem Eingehen der Christen in das politische Leben auch ihre Entfremdung davon aufdecken. Wenn der Verfasser nämlich sagt: »Die Christen wohnten ein jeder in seiner Vaterstadt, doch wie Zugewanderte,« oder: »Ein jedes Land sei ihnen Vaterland und jedes Vaterland fremd,« so sind in diesen Sätzen Betrachtungsweisen verbunden, welche in der altchristlichen Literatur sehr characteristisch auseinanderfallen. Wie etwa ein Apologet sich einem Heiden gegenüber über das Verhältniss des Christen zum Staate ausspricht, mag uns Justin (Apol. I, 11 ff.) lehren. Zunächst ist es ihm darum zu thun, von den Christen die Beschuldigung fernzuhalten, dass sie ein irdisches Reich erwarteten, was ihm auch, wie die Beschuldigung von den Heiden gemeint war, leicht gelingt, nun aber hat er nur noch das Interesse, die Trefflichkeit der Christen als Unterthanen des Staates hervortreten zu lassen, gar keines aber, wenn er auch keineswegs verhehlt, dass er einen höheren Herrn kennt als den Kaiser, noch etwa selbst hervorzuheben, wie sehr ihn dieses höhere Unterthanenverhältniss dem irdisch-politischen entfremdet, sondern diess gehört so zu sagen zu den christlichen Mysterien, welche in der That an die Heiden als solche zu bringen keinen Sinn hat und welche daher die Christen für sich behalten. Das deutlichste, freilich auch schroffste Beispiel des Auseinandertretens der esoterischen und der exoterischen Betrachtungsweise giebt hier vielleicht Tertullian, wenn er Apol. c. 32 ad Scap. c. 2. 3 zur politischen Empfehlung der Christen ihre Gebete um den Aufschub des Weltendes hervorhebt, und de resurr. c. 22. de orat. c. 5 die Christen täglich und inbrünstig um das Herbeikommen dieses Endes bitten lässt. Ganz anders freilich würde unser Brief verfahren, aber so unpraktisch, dass sich eben wieder nur am Ernst seiner Absicht zweifeln lässt. Niemand wird ihm wohl in so verhängnissvoller Zeit, wie sie das junge Christenthum im zweiten Jahrhundert zu überwinden hatte, die Absicht unterlegen mögen, sich mit witzigen Paradoxen vor einem Heiden

---

[41]) Just. Mart. Apol. I, 15, p. 62 A., Athenag. Legat. c. 33, p. 36 D. 37 A.

[42]) Just Mart. a. a. O. p. 62 B. Min. Fel. Oct. 31, 5. Athenag. a. a. O. p. 37 A. Tertull. Apol. c. 9 s. fin. Orig. c. Cels. I, 26.

interessant zu machen, und doch ist nicht abzusehen, welchen anderen Zweck er sich mit der ganzen Schilderung des 5. Capitels vorgesetzt haben könnte. Ueberhaupt erhalten wir durch sie mehr den Eindruck eines Christenthums, das sich selbst bespiegelt, als eines solchen, das mit einem feindseligen Standpunkt ernstlich ringt und sich zum Theil verbirgt, um für ihn fasslich zu werden. Von diesem Sichverbergen, ohne welches auch sonst die altchristliche apologetische Literatur nicht zu begreifen ist, ist in unserem Brief überhaupt wenig zu merken; die uns vorliegende Stelle aber besonders wirkt durch eine gewisse Unverhülltheit und auch durch ihre spielende Rhetorik wiederum eher wie eine christliche Homilie, als wie eine Apologie. Was uns jedoch am greifbarsten beweist, dass dem Verfasser ein ganz anderes Dasein der Christen in der Welt vorschwebte, als das des zweiten Jahrhunderts, ist das Bild, mit welchem er schliesslich seine Vorstellung zusammenfasst, der Vergleich dieses Daseins mit dem der Seele im Leibe. »Mit Einem Worte,« führt er nach der von uns eben beurtheilten Schilderung c. 6 fort, »was im Leibe die Seele ist, das sind in der Welt die Christen. Die Seele ist durch alle Glieder des Leibes ausgebreitet, und die Christen durch alle Städte der Welt. Die Seele wohnt im Leibe, stammt aber nicht aus dem Leibe, und die Christen wohnen in der Welt, stammen aber nicht aus der Welt. Die Seele ist selbst unsichtbar im sichtbaren Leibe festgehalten, und die Christen nimmt man in der Welt wahr, während ihre Religion ($\vartheta\epsilon o\sigma\epsilon\beta\epsilon\iota\alpha$) unsichtbar bleibt. Die Seele wird vom Fleisch gehasst und bekämpft, ohne es gekränkt zu haben, weil sie es hindert, sich seinen Lüsten zu ergeben; auch die Christen werden von der Welt gehasst, ohne sie gekränkt zu haben, weil sie sich ihren Lüsten widersetzen. Die Seele liebt das Fleisch, welches sie hasst, und die Glieder; auch die Christen lieben die, die sie hassen. Die Seele ist in den Leib eingeschlossen, hält aber selbst den Leib zusammen, und die Christen werden in der Welt, wie in einem Kerker festgehalten, halten aber selbst die Welt zusammen. Die Seele, selbst unsterblich, wohnt in einem sterblichen Gezelt; auch die Christen sind Anwohner im Vergänglichen ($\pi\alpha\rho o\iota\kappa o\tilde{\upsilon}\sigma\iota\nu$ $\dot{\epsilon}\nu$ $\varphi\vartheta\alpha\rho\tau o\tilde{\iota}\varsigma$), in der Erwartung der Unvergänglichkeit im Himmel. Die Seele, die an Speise und Trank darben muss, wird besser, und die Christen nehmen, wenn sie bestraft werden, täglich zu. Eine so hohe Stellung hat ihnen Gott angewiesen und sie dürfen sich ihr nicht entziehen.« Halten wir den Zusammenhang dieser Stelle mit dem Vorhergehenden fest, so stellt der Verfasser unter diesem Bilde die Formen des Daseins der Christen in der Welt dar. Allein wie konnte sich nur dieses Dasein einem Christen im zweiten Jahrhundert unter diesem Bilde darstellen, zu einer Zeit, da die »Welt« noch ein viel zu selbständiges Dasein neben dem Christenthum hatte, um als sein Leib angeschaut zu werden, da sie dem Christen nur ihre eigene Seele zu haben scheinen konnte, und die »Seele« des Christenthums kaum einen Leib zu haben glaubte, sondern diesen auf den Trümmern der bestehenden Welt zu finden erwartete? Ist es namentlich wahrscheinlich, dass ein ernster Apologet mit einer dem Augenschein so widersprechenden und so unwahren Vorstellung, deren Wahrheit höchstens eine mystische sein konnte, sich vor einem Heiden sehen lassen mochte? Welt und Christenthum stehen sich im zweiten Jahrhundert noch viel zu fern, um auch nur den zweideutigen platonischen Bund von Leib und Seele eingegangen zu sein, welchen der Verfasser hier im Sinne hat. Im Grunde ist jede Kirchengeschichte des zweiten Jahrhunderts die unwillkürliche Widerlegung seiner Worte, und ihre Unangemessenheit mit Rücksicht auf diese Zeit mag uns hier nur noch an den Parallelen, die man dafür anzuführen pflegt, klar werden. Man weist auf Justin hin, welcher, wie es scheint, einmal die Christen von Gott als die Welturscache betrachten lässt.[43] Wie es scheint, sage ich, denn der Ausdruck des Justin ist sehr dunkel und unsicherer Auslegung.[44] Wie man ihn aber auch verstehe, so zeigt doch der Zusammenhang, dass Justin hier etwas ganz anderes meint, als unser Verfasser, wenn dieser von den Christen sagt, sie hielten die Welt zusammen (συνέχουσι τὸν κόσμον), wie die Seele den Leib. Dem Justin gelten die Christen als das Princip der Welterhaltung, sofern um ihretwillen Gott die Ausführung des über die Welt verhängten Vernichtungsurtheils zurückhält, ein Gedanke, der ebenso vollständig in das zweite Jahrhundert passt, als aus dem Bilde herausfällt, unter welchem unser Brief hier das Verhältniss der Christen zur Welt vorstellt. Gerade an die Art des Daseins der Christen in der Welt denkt Justin gar nicht, sondern sie stehen ihm auch hier recht eigentlich ausserhalb dieses Daseins, zu welchem sie nur eine Beziehung erhalten durch Absichten Gottes, und dabei das Dasein der Welt nicht überhaupt begründen, sondern nur zu fristen dienen. Ebenso unglücklich ist die Vergleichung einer Stelle des Clemens von Alexandrien,[45] in welcher es von den höchsten Heiligen heisst, es gebe »unter den Erwählten besonders Erwählte, welche diess um so mehr seien, je weniger sie sich auszeichneten, indem sie ihr Schiff aus dem Weltgewoge in den Hafen und sich in Sicherheit bringen, als Heilige nicht erscheinen wollen und sich schämen, wenn es ihnen jemand sagt, in der Tiefe ihrer Gedanken die unaussprechlichen Mysterien verbergen und zu stolz sind, um ihren Adel in der Welt sehen zu lassen. Sie nenne der Logos das Licht der Welt und das Salz der Erde. Das sei der Same, . . . welcher hieher wie auf eine Art von Wanderung (ξενιτεία) vom grossen Rathschlusse und Plane des Vaters gesendet sei, durch welchen das Sichtbare und das Unsichtbare der Welt geschaffen sei, damit es ihm (dem Samen) diene, er sich daran übe oder lerne. Und Alles werde, so lange der Same in dieser Welt bleibt, zusammengehalten (συνέχεται); wenn er aber gesammelt sein wird, werde Alles sich alsbald auflösen.«

---

[43] Apol. II, 7 p. 45 C: Ὅθεν καὶ ἐπιμένει ὁ θεὸς τὴν σύγχυσιν καὶ κατάλυσιν τοῦ παντὸς κόσμου μὴ ποιῆσαι — διὰ τὸ σπέρμα τῶν χριστιανῶν, ὃ γινώσκει ἐν τῇ φύσει ὅτι αἴτιόν ἐστιν.

[44] Gegen Duncker's Uebertreibung der stoischen Anklänge dieser Stelle, s. Weizäcker. Jahrbücher für deutsche Theol. 1867. S. 88.

[45] Quis div. salv. c. 36 (Text nach Segaar).

Das ist einmal eine mystische Rede des Christen zu Christen, und sie beruht ferner auf der gnostischen Idee eines in die Welt gerathenen geistigen Samens, dessen Ausscheidung den Gegenstand der Weltgeschichte bildet. In der in Rede stehenden Stelle unseres Briefes handelt es sich weder um Mystik noch um Gnosis, sondern um ein rhetorisches Bild, mit welchem der Verfasser seiner Vorstellung die höchste Anschaulichkeit geben will, wozu in der That im vorliegenden Fall weder Mystik noch Gnosis zu brauchen waren. So ist denn weder mit jenen Worten Justin's, welche ganz andere Vorstellungen durchblicken lassen, noch denen des Clemens, welche ganz heterogen sind, unsere Meinung zu widerlegen, dass Niemand im zweiten Jahrhundert einem Heiden gegenüber sich so über das Dasein der Christen in der Welt aussprechen konnte, wie es in unserem Briefe geschieht, welcher vielmehr hier bei der Annahme seines Ursprungs in jenem Zeitalter, wenn wir von Gnosticismus für ihn ein für alle Mal absehen, eine äusserst verdächtige Verbindung von überaus gesteigerter Idealisirung des Christenthums und schon sehr weitgehendem Verflochtensein desselben mit dem Weltdasein zeigt.

Weder über das Christenthum also, noch über das Heidenthum oder das Judenthum redet unser Brief, wie diess die altchristlichen Apologeten mit Heiden zu thun pflegen; eben dieselbe Eigenthümlichkeit seiner Redeweise aber giebt er uns noch weiteren Anlass, an ihm zu beobachten. Er enthält kein einziges ausdrückliches Schriftcitat, ist aber, abgesehen von den uns schon bekannten wenigen Anklängen an das Alte Testament, besonders in seiner letzten, der Darstellung der höchsten Fragen des Christenthums gewidmeten Abschnitte (c. 8 ff.) von stillschweigenden Anspielungen auf das Neue Testament — namentlich die paulinischen und johanneischen Schriften — durchwoben.[46] Das ist nun wieder christlicher Homilienstil; eine solche Darstellung ist aber in der altchristlichen Apologetik nicht blos ganz gegen die Regel, sondern wäre darin auch ganz widersinnig, wenn doch einem Heiden gegenüber Anspielungen dieser Art rein verloren waren. Justin, der noch keinen neutestamentlichen Kanon kennt und nur die synoptischen Evangelien, aber diese ausdrücklich, in seiner ersten Apologie citirt, von welchem wir auch nur apologetische Schriften haben, kann uns hier keinen Anhalt zur Beobachtung der Verschiedenheit der Stilarten bieten, wohl aber besonders deutlich Tertullian, welcher sich in seinen an Heiden gerichteten apologetischen Schriften ganz abweichend von seiner sonstigen Schreibweise bis auf wenige absichtliche und sehr zweckvolle Anführungen aus dem Neuen Testament dessen ganz enthält. Man könnte sich zwar auf Clemens von Alexandrien berufen wollen, der in seiner Ermahnungsschrift an die Heiden freilich oft in alt- und neutestamentlichen Wendungen redet und ganze Stellen aus Altem und Neuem Testament stillschweigend einflicht. Allein auch abgesehen davon, dass die Analogie insofern

---

[46] S. Otto S. 45 und dessen Nachweisungen in Illgen's Zeitschrift für die histor. Theol. 1841. Heft II, S. 80 f. 1842. Heft II, S. 54 ff. 1843. Heft I, S. 43 ff.

keine vollkommene wäre, als die angeführte Schrift des Clemens auch viele directe Schrift-citate bietet und dass Clemens schon ein neutestamentlicher Schriftgelehrter war, dergleichen es in der ersten Hälfte des zweiten Jahrhunderts noch nicht gegeben hat, und als solcher schon gewisse Manieren immer an sich tragen konnte, auch wo sie weniger angebracht waren, darf man nicht vergessen, dass gerade in der Beziehung, auf die es uns hier ankommt, die apologetische Schrift des Clemens keiner reinen Gattung mehr angehört und daher auch die Stilarten mischt. Denn der Protrepticus bildet ein unabtrennliches Bestandtheil des grossen dogmatischen Werks des Clemens, dessen weitere Bestandtheile der Pädagog und die Stro-mata sind, und ist mithin an Heiden nicht ausschliesslich gerichtet, sondern auch an Chri-sten, an jeden, der sich theoretisch über das Christenthum unterrichten will und dazu zu-nächst durch die ersten Zugänge in die Sache einzuführen ist. In dieser Beziehung bildet der Protrepticus des Clemens schon einen Uebergang zu dem christlichen Lehrbuch des Euse-bius, welches unter dem Namen der Præparatio evangelica bekannt ist. Von welchem an-deren Stil als esoterisch-christlichem Homilienstil können wir aber in unserem Briefe reden, wenn wir nun noch die Schlussermahnung bedenken, mit welcher der Verfasser seinen Dio-gnet entlässt? »Trägst auch du Verlangen,« heisst es hier (c. 10), »nach diesem Glauben, so magst du zunächst die Erkenntniss des Vaters erlangen, — Gott hat nämlich die Menschen geliebt, um ihretwillen die Welt geschaffen, ihnen alles auf der Welt unterworfen, Vernunft und Denkkraft gegeben und allein zu ihm emporzublicken erlaubt, sie nach seinem eigenen Bilde gestaltet, zu ihnen seinen eingeborenen Sohn gesandt und ihnen das Himmelreich ver-heissen, das er auch denen, die ihn lieb haben, geben wird, — hast du ihn aber erkannt, welche Freude, meinst du, wird dich erfüllen, oder wie wirst du den lieben, der dich so zu-vor geliebt hat! Hast du ihn aber liebgewonnen, so wirst du ein Nachahmer seiner Güte sein. Und wundere dich nicht, dass ein Mensch ein Nachahmer Gottes zu werden vermag. Er vermag es, wenn Gott es will. Denn nicht seinen Nächsten unterdrücken, oder mehr sein wollen als die Schwachen, oder reich sein und mit den Geringeren gewaltthätig, heisst glück-lich sein, und auch nicht damit kann man Gott nachahmen, sondern das ist seiner Erhaben-heit fremd. Vielmehr wer die Last seines Nächsten auf sich nimmt, wer mit dem, worin er überlegen ist, dem anderen, der unter ihm steht, wohlzuthun wünscht, wer, was er von Gott empfangen hat, dem Bedürftigen darreicht, wird ein Gott derer, die von ihm empfangen, der ist ein Nachahmer Gottes. Dann wirst du, obwohl selbst auf der Erde, schauen, dass Gott im Himmel waltet; dann wirst du von Geheimnissen Gottes zu reden beginnen; dann wirst du die, welche bestraft werden, weil sie sich weigern Gott zu verläugnen, lieben und bewundern; dann wirst du den Betrug und den Wahn der Welt verwerfen, wenn du das wahre Leben im Himmel erkannt hast; dann wirst du was hier als Tod gilt verachten, wenn du den eigent-lichen Tod fürchtest, welcher denen aufbewahrt ist, die zum ewigen Feuer verdammt sind, welches diejenigen, die ihm übergeben sind, bis zum Ende peinigen wird, dann wirst du die, welche um der Gerechtigkeit willen das zeitliche Feuer erduldet, bewundern und selig preisen wenn du jenes Feuer erkannt hast.« Hier ist, mit Ausnahme von zwei sehr allgemein gehaltenen Anspielungen auf Verfolgungen, nicht ein einziger Satz, der nicht zu allen Zeiten in einer christlichen Homilie stehen könnte, nicht Einer, der praktisch an die Bedürfnisse und Gedanken eines im zweiten Jahrhundert für das Christenthum zu gewinnenden Heiden anknüpfte. Was aber die eben ausgenommenen zwei Anspielungen betrifft, so muss hier überhaupt auf den für die traditionelle Ansicht von unserem Briefe gleichfalls sehr bedenklichen Umstand aufmerksam gemacht werden, dass es auch sonst nur die Erwähnungen von Verfolgungen und Märtyrern, welche hier und da, doch immer nur in sehr beiläufiger und farbloser Weise, in unserem Briefe auftauchen (c. 1. 5. 7. 10), sind, die ihm die Farbe der vorconstantinischen Zeit geben. Vom Standpunkt unserer Hypothese hätte sich der Verfasser mithin zu seinem Zweck des äusserlichsten und nächstliegenden Momentes bedient, welches hier überhaupt zu verwenden war.

Endlich sei noch gegen die Abfassung unseres Briefes im zweiten Jahrhundert an sein Verhältniss zum Paulinismus erinnert. An Paulus hat jeder Leser gedacht, wenn der Verfasser c. 9 die späte Erscheinung des Christenthums in der Welt damit erklärt, dass Gott die Menschheit bis dahin sich selbst überlassen habe, damit sie sich unfähig erweise, durch eigene Werke die Gerechtigkeit zu erlangen. Freilich nun ist die hier verwendete Idee der Unfähigkeit des Menschen zur Gerechtigkeit vor Gott eine echt paulinische, nur gerade eine solche, die in der nachapostolischen Literatur selten und nur schwach nachklingt (z. B. noch in der Apostelgeschichte) und sich im Laufe des zweiten Jahrhunderts vollständig verliert, namentlich aber in der altchristlichen Apologetik nie laut wird. Diese Idee hängt nämlich bei Paulus unzertrennlich mit seiner Kritik des alttestamentlichen Gesetzes zusammen, welcher aber ein Problem zu Grunde liegt, das dem Heidenchristenthum des zweiten Jahrhunderts vollkommen unverständlich gewesen ist: die Befreiung vom mosaischen Gesetze durch das Evangelium. Für dieses Problem fehlte dem Heidenchristenthum von Anfang an die natürliche Voraussetzung des Gebundenseins an das Gesetz; es hat sich ihm daher von Natur ganz anders gelöst als dem Paulus, und dessen eigenste Ideen sind darüber zunächst zu Boden gefallen. So namentlich auch die Idee der Unfähigkeit des Menschen zur Gerechtigkeit vor Gott, welche sich dem Paulus aus der Erfahrung der Unmöglichkeit, durch Werke des Gesetzes zur Gerechtigkeit zu gelangen, ergab, auf welchem Wege sie aber die Heiden nie gesucht hatten. Die Isolirtheit unseres Briefes im zweiten Jahrhundert ist hier indessen noch nicht das einzige Räthsel; wohl zu beachten ist ausserdem die äusserliche Weise, in welcher er sich die bezeichnete Idee des Paulus angeeignet hätte. Dass Gott die Menschheit in vorchristlicher Zeit ihren Trieben überlassen habe, ist ein Satz, welcher in der Schärfe, die er in der Argumentation unseres Briefes hat, vom Standpunkte des Paulus vollkommen unwahr und unmöglich ist. Eben die Gesetzes-offenbarung steht ihm hier vor Allem im Wege, welche unser Brief vollkommen ignorirt, da-mit aber dem Satz von der Unfähigkeit des Menschen zur Gerechtigkeit gerade seine ursprüng-liche Grundlage entzieht. Diess wäre nun im Allgemeinen noch kein unüberwindlicher An-stoss, da sich bekanntlich im zweiten Jahrhundert auch sonst einzelne paulinische Ideen nur aus ihrem ursprünglichen Zusammenhange gerissen und auf ganz neue Grundlagen gestellt erhalten haben. Man wird auf den Universalismus hinweisen, der einzigen paulinischen Idee, die insbesondere in der altchristlichen Apologetik lebendig ist, oder auf die Art, wie man sich unter Gnostikern paulinische Ideen angeeignet hat. Nur ist eben in diesen Fällen gerade das klar, was in dem unseren ganz dunkel ist. Man kennt die neuen unpaulinischen Grund-lagen ganz genau, auf welche das Heidenchristenthum des zweiten Jahrhunderts den Univer-salismus gestellt hat; die grosse Freiheit, mit welcher die paulinisirenden Gnostiker verfahren, erklärt sich aus der Freiheit aller historischen Tradition gegenüber, welche der gnostischen Denkweise überhaupt eigen gewesen ist. Man gebe aber doch die Begründung an, welche der Satz von der Unfähigkeit des Menschen zur Gerechtigkeit in unserem Briefe, die gewöhnliche Ansicht über seinen Ursprung vorausgesetzt, haben könnte, erkläre es, auf welchem Wege ein heidenchristlicher Schriftsteller des zweiten Jahrhunderts, den wir, wie wir schon wissen, in die Gnosis nicht einreihen können, gerade zu dieser paulinischen Idee in solcher Loslösung von ihrem Zusammenhange mit der Frage nach der Bedeutung des Gesetzes kommen konnte, — bevor man diess gethan, darf man nicht daran denken, unseren Brief in's zweite Jahrhundert zu setzen.

So hätten wir denn an unserem Briefe eine Schrift, welche, wo man sie auch anfassen mag, in's zweite Jahrhundert nicht passt, am wenigsten aber in die apologetische Literatur der Zeit, da sie schon ausserhalb des Kampfes der Kirche mit dem griechisch-römischen Heidenthum steht, das Christenthum in Formen vorträgt, wie es sich Christen untereinander predigen, nicht aber anderen, namentlich nicht Heiden, und uns daher etwa als Homilie er-baulich, aber gänzlich unpraktisch als Apologie erschienen ist. Nehmen wir nun hinzu, dass die gewöhnliche Ansicht über die Zeit unseres Briefes der Stütze einer Tradition vollständig entbehrt, so hätten wir schon mit allem bisher Dargelegten unsere Meinung über den Brief, er sei eine Fiction der nachconstantinischen Zeit, zum guten Theil begründet. Mit einigen, dem Ziele, das sich diese Abhandlung gesetzt, gemäss, sich sehr allgemein haltenden Bemer-kungen möchte noch ein etwas directerer Nachweis gegeben werden, dass die einzelnen An-sichten unseres Briefes zu dieser späteren Zeit stimmen, mit welchen wir uns im zweiten Jahrhundert nicht zurechtfinden konnten.

Am leichtesten möchte dieser Nachweis für die Ansichten des Briefes über das Heiden-thum sein. Sowohl ihre Dürftigkeit als auch ihre Härte entsprechen ganz der Art, wie sich

die nachconstantinischen Kirchenväter, besonders die griechischen, über das Heidenthum auszusprechen pflegen. Diesen Theologen fehlt es schon, obwohl das Heidenthum noch durchaus
nicht ganz ihrem Gesichtskreis entrückt ist, an lebendiger und persönlicher Beziehung dazu,
und ihre Ansichten darüber werden immer mehr nur die einer todten und beschränkten Dogmatik. Es verschwinden auch unter ihnen jene, in der älteren Apologetik so wichtigen Vorstellungen über das Heidenthum, seinen dämonischen Ursprung, die theilweise Wahrheit seiner
philosophischen und moralischen Einsichten, nicht ganz,[47] aber sie treten doch bedeutend zurück; in der Erklärung der heidnischen Religion begnügt man sich gewöhnlich mit den leersten
Abstractionen, und bevorzugt die flachsten Auffassungen des Heidenthums als baarer Anbetung der Materie oder euhemeristisch als Menschenanbetung,[48] in Bezug auf die Philosophie
wird die Verwerfung immer unbedingter und man verschont auch die von der älteren Apologetik noch hochgeachteten Namen nicht mehr. Hier ist für uns auch noch Eine Thatsache
von besonderer Bedeutung. In den Formen antiker Bildung von ihr nur in Anathemen zu
sprechen, ist für den Byzantinismus überhaupt characteristisch. Je mehr namentlich die Kirchenlehrer die alleinigen Erben der antiken Bildung werden, je tiefer ihre Theologie in Abhängig-
keit von der nichtchristlichen Philosophie geräth und je vollständiger sie deren Begriffe in
sich aufnimmt, um so schroffer wird ihr dogmatisches Verdammungsurtheil über Bildung und
Philosophie der classischen Vorzeit. Daher z. B. die Thatsache, dass von zwei Kirchenlehrern wie
Justin und Chrysostomus, der ältere, obwohl an individueller Begabung und an Bildung
tief unter dem anderen stehend, über die antike Philosophie Ansichten vorträgt, denen, so
verworren sie sind, doch noch etwas von Tiefsinn und Gerechtigkeit zugestanden werden muss,
im Vergleich zu den ebenso leeren als lauten Declamationen, in welchen sich der jüngere über
diesen Gegenstand, namentlich über Socrates und Plato, zu ergehen pflegt.[49] Einem solchen
Standpunkt ist es nur entsprechend, wenn eine Schrift, wie unser Brief, in so glatten Worten
geschrieben und selbst mit platonischen Anwandlungen behaftet, sich mit dem Heidenthum in
so leichtfertiger und beschränkter Weise auseinandersetzt.

Weniger einfach liegt die Sache bei der Behandlung, welche das Judenthum in unserem Briefe gefunden hat, obwohl es sich auch hier im Grunde um dieselbe Erscheinung
handelt: durch Zeit und Verhältnisse eingetretene Entfremdung von einer Erscheinung, deren
lebendige Gegenwärtigkeit im zweiten Jahrhundert auch für christliche Lehrer solche Ent-

---

[47] Vgl. z. B. für den dämonischen Ursprung Chrysostomus Rede auf den heiligen Babylas, § 1 ff.,
für die Philosophie Theodoret's Therapeutik.

[48] Vgl. für dieses Alles z. B. die Streitschrift des Athanasius gegen die Hellenen.

[49] Für die Ansichten des Chrysostomus über das Heidenthum vgl Förster, Jahrb. für deutsche Theol.
1870, S. 444 ff., für seine Urtheile über die Philosophie besonders die Homilien zum 1. Korintherbrief und
zur Apostelgeschichte. Ihm selbst die Apostelgeschichte bisweilen zu heidenfreundlich: Vgl. die 38. Homilie zu diesem Buche (Opp. IX, 266 ff. Montf.)

fremdung noch nicht gestattete. Streng genommen bleibt die Ansicht unseres Verfassers über das Judenthum eine Heterodoxie in allen christlichen Jahrhunderten; für die christliche Theologie aller Zeiten bleibt es dabei, dass die neutestamentliche Offenbarung die Vollendung der alttestamentlichen ist, die Juden sind ihr die Vorahnen der Christen,[40]) und die Worte eines christlichen Dichters des sechsten Jahrhunderts von Judäa: Lux tua nos adiit, tecum nox sola remansit, geben nach Art einer Formel die nothwendigen Schranken ihres Antijudaismus an. So unzweifelhaft der Verfasser unseres Briefes diese Schranken durchbricht, indem er überhaupt von keinem Licht weiss, das den Juden geleuchtet hätte, so sehr geschieht diess doch in einer Weise, die zu keiner Zeit unerklärlicher ist, als im ersten und zweiten Jahrhundert der Kirche. Der Verfasser hat ja das Alte Testament nicht sowohl verworfen, als es in seiner Construction der Religionsgeschichte der Menschheit rein vergessen. Etwas Aehnliches ist mancher modernen Dogmatik begegnet, doch wenn auch dieser Unfall an einer Gefahr hängt, welcher die christliche Theologie von Anfang an entgegengeführt worden ist, so ist das zweite Jahrhundert wenigstens gegen ihn durch die Unentbehrlichkeit des Alten Testaments für die Apologetik gegen Judenthum und Heidenthum und durch den Umstand, dass sein Werth im Schooss der Gemeinde selbst durch den Gnosticismus ein Gegenstand des Streits war, man darf wohl sagen, noch vollständig gesichert gewesen. Bedenken wir aber, dass die heidenchristliche, d. h. die in der Kirche herrschend gewordene Theologie mit Hülfe der ihr vom jüdischen Alexandrinismus dargebotenen exegetischen Methode, von Anbeginn an darauf aus gewesen ist, aus dem Alten Testament ein ganz christliches Buch zu machen, an welchem den Juden alles fernere Eigenthumsrecht abzusprechen sei;[41]) bedenken wir ferner, wie weit diese Umdeutung in der nachconstantinischen Theologie gedieh und wie vollständig das Alte Testament nun seinem ursprünglichen Zusammenhange mit dem jüdischen Volksthume entfremdet wurde, — wurde doch jetzt z. B. auch die ganze orthodoxe Trinitätslehre in das Alte Testament hineininterpretirt, — bedenken wir endlich, dass zu dieser Zeit jene Umstände nicht mehr bestanden, welche im zweiten Jahrhundert und theilweise überhaupt in der vorconstantinischen Zeit an eine eigenthümliche Bedeutung des Alten Testaments mahnten, und nehmen wir zu dem Allem den Hass hinzu, der auch die nachconstantinischen Väter gegen das Volk der Juden beseelt, so werden wir schon im Allgemeinen erkennen, wie zu dieser späteren Zeit in allen Köpfen eine nur noch so dumpfe Vorstellung vom historischen Wesen des Alten Testaments bestanden hat, dass ein Einzelner gelegentlich auch einmal ganz vergessen konnte, der alttestamentliche Theil des christlichen Kanon habe ein Jahrhunderte altes Dasein vor dem neutestamentlichen gehabt und sei ursprünglich das heilige Buch nur der

---

[40]) Majores nostri. z. B. noch Lactant, Institt. div. IV. 10. 5.

[41]) Vgl. schon den Brief des Barnabas c. 4. dann besonders Pseudojust. Cohort. ad. gent. c. 13.

Juden gewesen. Ein solcher hätte in der That nur einen Excess nach der Richtung hin begangen, nach welcher die Neigung allgemein war. Kein Kirchenlehrer hat zu seiner Zeit noch
ein so helles Bewusstsein vom Zusammenhang des Christenthums mit dem Judenthum, wie
der gelehrte, dürre aber nüchterne und von der älteren Theologie oft noch besonders ab
hängige Eusebius, für welchen das Christenthum, obgleich neben Judenthum und Heiden
thum ein Drittes,[52] doch die Religion ist, welche entstand, indem die Heiden zur Religion
der Juden übertraten,[53] der gegen Theophrast und Porphyrius sich selbst des alttestamentlichen Thieropfers annimmt,[54] und für welchen die griechische Uebersetzung des Alten
Testaments noch ganz dasselbe Interesse hat, das sie auch für die ältere Apologetik hatte,[55]
— und doch rückt er dem Standpunkte unseres Briefes schon sehr nahe, wenn er, da wo er
das Judenthum, es dem Christenthum gegenüber mit dem Heidenthum coordinierend, zwar
nicht, wie unser Brief, einen Aberglauben *(δεισιδαιμονία)* nennt, aber doch eine willkürlich
angenommene Religion.[56] Auch liegen in der That die Bestreitung jedes Verständnisses des
Alten Testaments bei den Juden, auf welche die Kirchenväter durch ihre ganze Auslegung
dieses Buches immer wieder geführt werden müssen, und der bekannte Satz des Augustin: In
veteri testamento est occultatio novi, in novo testamento est manifestatio veteris, wenn er
rücksichtslos verfolgt wird, von der Meinung unseres Briefes, dass es (unbeschadet des Ansehens des Alten Testaments) vor dem Christenthum überhaupt keine Offenbarung gegeben
habe, nicht sehr fern, ja auf der geraden Bahn dazu. Wenn sodann Chrysostomus in
seinen Homilien gegen die Juden, obwohl er ihre Hauptschuld darin findet, dass sie auch
noch nach der Erscheinung Christi dem Gesetz anhängen und seine Polemik insofern die cor-
rekt-orthodoxe Schätzung des Alten Testaments unangetastet lässt, von der Synagoge sagt,
sie sei eine Stätte der Götzenanbetung geworden,[57] und, obwohl kein Götze darin stehe, doch
die Wohnstätte der Dämonen,[58] von den Juden meint, ihre Gottlosigkeit sei der der Hellenen
gleich und ihr Wahn noch schlimmer (p. 596 A), ihnen gern den Vorwurf macht, Menschen
geopfert zu haben (p. 596 D. E. 610 C), das jüdische Fasten, wie Paulus das heidnische Götzen-
mahl, einen Tisch der Dämonen nennt,[59] dem Kaiser Julian die Hoffnung beilegt, die Juden,
wenn er sie nur zum Opfer brächte, bald auch zum Götzendienst bewegen zu können.[60] und

---

52) Præpar. evang. I, 2. 5, 12. Demonstr. evang. I, 2, 8. 6, 62 Dindorf.
53) Præp. I, 2, 3. 5 ff. VII, 1, 1. XV, 62, 18.
54) Demonstr. I, 10.
55) S. besond. Præp. VIII, 1, 5 ff.
56) *ἐθελοθρησκεία* Demonstr. I, 2, 10. 6, 68.
57) *εἰδωλολατρείας χωρίον*, Homil. c. Jud. I, 3 (Opp. I, 590 E Montf.)
58) Ebendas. § 6, p. 595 D. Vgl. auch Hom. II, 3, p. 605 B.
59) Hom. I, 7, p. 596 B.
60) Hom. V, 11, p. 646 D.
61) Hom. VII, 3 ff., p. 666.

der Meinung gegenüber, die alttestamentliche Religion sei nur um der Bosheit ihrer Bekenner willen aufgehoben worden, auf ihrer Unvollkommenheit *(τὸ ἀτελές)* besteht,[61]) so sieht man, wie leicht in der Phantasie dieser Väter, ungeachtet der dem Alten Testamente zuerkannten Würde, Jüdisches und Heidnisches zusammenrücken. Sie denken eben nicht immer an das Alte Testament bei dem, was sie über die Juden sagen, oder es schwebt ihnen in einer Auslegung vor, die es von den Juden vollkommen loslöst. Der nationale Antijudaismus schon der Kirche des zweiten Jahrhunderts geht weit, aber doch erst in späterer Zeit nimmt er Formen an, die nur bei einem zu Zeiten schlummernden Bewusstsein davon, dass die Juden mit dem Alten Testament etwas zu thun haben, möglich sind. Die fanatische Leidenschaft der Theologen wächst im selben Verhältniss wie die lebendige Bedeutung des ursprünglichen Streites abnimmt, den überhaupt, wie die angeführten Homilien des Chrysostomus beweisen, nur noch sehr geringfügige Anlässe anfachen, und verfällt daher bisweilen, sich selbst überstürzend, geradezu in Scurrilitäten.[62]) Kurz, erst in der nachconstantinischen Kirche sehen wir das Christenthum wenigstens in der Dogmatik so weit wie über das Heidenthum, so auch über das Judenthum gehoben und das Gefühl einer Gemeinsamkeit zwischen ihnen so weit erstorben, dass uns auch eine Unvorsichtigkeit, wie die unseres Briefes in seiner Behandlung des Judenthums begreiflich wird, zumal bei einer Betrachtung, die so sehr bei Gemeinplätzen bleibt, wie die seine.

Von selbst heben sich wieder die Bedenken, welche wir gegen die Schilderung des **christlichen Wesens** und den Vergleich des Verhältnisses von Christenthum und Welt mit dem von Seele und Leib hatten, auf, wenn wir Schilderung und Vergleich vom Standpunkte des Weltchristenthums der nachconstantinischen Zeit entworfen denken. Als die Christen in weltlichen Dingen einfach das Erbe der Heiden angetreten hatten, und das Christenthum sich in die gegebenen Verhältnisse des irdischen Daseins so tief hatte verflechten lassen, dass es z. B. die civilisatorischen Aufgaben und Erfolge des römischen Reichs ohne weiteres zu den seinen machte,[63]) ergab sich ganz natürlich für den, der die Grundgesetze heidnischer und christlicher Lebensweise äusserlich verglich, die Ununterscheidbarkeit, welche unser Verfasser behauptet, und auch gerade die abstracte Ueberweltlichkeit, welche er allein dem Christenthum zu geben weiss. Man könnte sich zwar daran stossen, dass ja auch in nachconstantinischer Zeit das Bild, welches der Verfasser vom Christenthum entwirft, unvollständig so

---

[61]) 'So findet Chrysostomus a. a. O. VII, 1, p. 662 B den gegenwärtigen Gottesdienst der Juden schändlicher als die Ausgelassenheit heidnischer Theater und Trinkgelage, und die Zelte, die sie jetzt noch (nach Aufhebung des Gesetzes durch das Christenthum) bauen, nicht besser als Freudenhäuser. Dass das jüdische Fasten ebenso gut sei, wie Trunkenheit, kehrt als Lieblingsgedanke oft wieder. Hieronymus sagt zu Matth. 23, 35 über einen frommen Betrug, den er selbst nicht vertreten mag: Non condemnamus errorem, qui de *odio Iudæorum* et de fidei pietate descendit (Opp. VII, I, p 191 A Vallarsi).

[62]) Vgl. Euseb. Præp. I, 4.

und nur die Laienmoral treffe.[64]) Allein diese ist doch in der nachconstantinischen Kirche immer die Regel gewesen, das Mönchthum nur Ausnahme, und vom christlichen Leben der nachconstantinischen Zeit wiederum gerade die Seite nicht, welche sich da, wo sich Heidenthum und Christenthum maassen, zunächst hervordrängte. Ich erinnere z. B. an die zwei Bücher des christlichen Dichters Prudentius gegen Symmachus. Gewiss wird Niemand aus dieser Streitschrift, deren Verfasser ein älterer Zeitgenosse des Augustin und des Hieronymus war, und in welcher die Differenz zwischen heidnischem und christlichem Römer zur Frage zusammenzuschmelzen droht, ob der Christengott oder Victoria die Schlachten des römischen Reichs geschlagen, etwas von der Existenz des damals im Orient schon vollständig ausgebildeten und auch ins Abendland dringenden Mönchthums in der Kirche ahnen. So mag man sagen, dass auch vom Standpunkte der nachconstantinischen Zeit der Verfasser unseres Briefes das Verhältniss des Christenthums zum Heidenthum nur äusserlich und oberflächlich gezeichnet hätte, aber es wäre doch sein Bild immer von einer seiner Anschauung wirklich gegenwärtigen Oberfläche abgenommen und diese wäre correct wiedergegeben.

Wenn wir uns ferner unter der Voraussetzung der herrschenden Ansicht über die Zeit unseres Briefes die Bedeutung nicht zurechtzulegen wussten, welche für ihn die paulinische Idee der Unfähigkeit des Menschen zu eigener Gerechtigkeit und noch dazu in vollständiger Vereinzelung und Loslösung von ihrer ursprünglichen Begründung bei Paulus hat, so kommen wir in jedem auf das zweite Jahrhundert folgenden Zeitalter damit eher zurecht. Es ist das Schicksal des Paulinismus gewesen, als Ganzes von Anbeginn an vielleicht nie in einem anderen Haupte zu existiren, ausser dem seines Urhebers, jedenfalls schon im Laufe des ersten Jahrhunderts der Kirche zu Grunde zu gehen und fortan nur noch in einzelnen seiner Ideen, bald in dieser, bald in jener, neu aufzuleben, in späteren Jahrhunderten zum Theil gerade in solchen, welche in den ältesten sich aus dem Gesichtskreise der Gläubigen ganz verloren hatten. Thatsache und Ursachen des Unterganges, von denen jene für jeden Kundigen offen daliegt, diese schon oben angedeutet wurden, lassen wir hier bei Seite, nur das Wiederaufleben in der eigenthümlichen Weise, die wir eben bezeichneten, bedarf hier noch etwas näherer Erklärung. Die Möglichkeit solchen Wiederauflebens war gegeben mit dem Moment, als der neutestamentliche Kanon sich gegen Ende des zweiten Jahrhunderts festsetzte und auch den paulinischen Briefen oder doch ihrem Buchstaben durch Aufnahme eine ewige Gegenwärtigkeit in der Kirche gesichert war. Fortan gab es zwei Wege, auf welchen die Kirche wieder in den Besitz auch solcher einzelner paulinischer Ideen kommen konnte, die zunächst am meisten der Vergessenheit verfallen schienen: die theologische Wissenschaft und das praktische Bedürfniss. Die theologische Wissenschaft insofern, als, sobald der ganze Text der pauli-

---

64) Vgl. das doppelte Christenthum schon bei Euseb. Demonstr. I, 8.

nischen Briefe die Würde eines geheiligten Buchstabens erlangt hatte und damit gleichmässig ein Gegenstand der Schriftgelehrsamkeit geworden war, diese schon rein äusserlich auch an manchem paulinischen Wort nicht vorbei konnte, das bis dahin wie völlig zu Boden gefallen schien. So sehen wir schon bei den Vätern, bei welchen sich zuerst der Gebrauch des Neuen Testaments in umfassender Weise verfolgen lässt, Irenäus, Clemens von Alexandrien und Tertullian, manches Paulinische wieder auftauchen, was in der früheren Zeit des zweiten Jahrhunderts wie spurlos verschwunden erscheint. Noch mehr ist diess natürlich der Fall, als es nun in den theologischen Schulen Sitte wird, in fortlaufenden, an den Text sich Wort für Wort anschliessenden Commentaren die neutestamentlichen Bücher und damit auch die paulinischen Briefe zu erklären. Hierbei fällt kaum ein Wort zu Boden und selbst in die entlegensten und der Theologie der Zeit fremdesten Winkel der paulinischen Gedanken wird wenigstens einmal hineingeleuchtet. So tauchen denn schon in der schriftgelehrten Literatur der Kirche allmählich alle paulinischen Begriffe an die Oberfläche empor, aber immer kann diese Schriftgelehrsamkeit die paulinischen Ideen nur äusserlich wieder zu Tage fördern, wie äusserlich die meisten von ihnen, weiss jeder Kenner der patristischen Exegese, das Leben kann, zwar nicht der Gesammtheit jener Ideen in ihrem ursprünglichen Zusammenhange, — das ist auf jedem Wege und für immer unmöglich, — aber einzelnen unter ihnen nur das praktische Bedürfniss der Kirche wieder geben. Es kommen in ihrer Geschichte Momente, und in diesen Lagen der Dinge und Stimmungen der Menschen vor, in welchen bald diese, bald jene paulinische Idee, die bisher in der Kirche nur als todter und durchaus unverstandener Buchstabe existirte, plötzlich wieder eine lebendige Wahrheit wird. Nun hat es bekanntlich in der Kirche Momente, Lagen und Stimmungen gegeben, welche gerade gewissen Ideen der paulinischen Gesetzestheologie, die zunächst durch ihre praktische Bedeutungslosigkeit und Unverständlichkeit dem tiefsten Todesschlaf verfallen waren und zu welchen auch die von unserem Briefe verwendete gehört, ein neues Leben gaben. Jedermann fällt hier aus der Geschichte der alten Kirche Augustin, aus der der ganzen die Reformationszeit als Beispiel ein, aber es giebt auch geringere Beispiele, wie jene frommen morgenländischen Mönche, Nilus und Marcus, welche die Ueberschätzung äusserlicher, mönchischer Heiligkeit auch auf Ideen aus diesem früh verlassenen Bereiche der paulinischen Theologie führte. So könnte denn auch unser Verfasser in einem jener späteren Jahrhunderte, vielleicht auf höchst individuellem Wege, durch eigene Erfahrung und dadurch bestimmtes Studium der Schrift dazu gekommen sein, sich mit der paulinischen Idee der Unfähigkeit des Menschen zu eigener Gerechtigkeit so zu erfüllen, dass sie ihm in der in seinem Briefe vorliegenden Weise zur Erklärung der Religionsgeschichte der Menschheit dienlich sein konnte. Jedenfalls hört, wenn wir unseren Brief in die nachconstantinische Zeit versetzen und die Art im Auge behalten, in welcher der Paulinismus in der Kirche überhaupt fortlebt, alles Räthselhafte auf, welches es für uns bei der gewöhnlichen Ansicht über die Zeit unseres Briefes hatte, gerade jene eben bezeichnete paulinische Idee und überdiess in solcher Losgerissenheit von ihrer ursprünglichen Beziehung zu einer Zeit auftauchen zu sehen, in welcher diese Idee sonst äusserst geringe Anerkennung genoss, der Streit um das mosaische Gesetz aber, aus welchem sie entsprungen war, sich noch nicht völlig entschieden hatte und sich mithin nicht so vergessen liess.

Endlich muss hier von der Christologie unseres Briefes ein Wort gesagt werden, von welcher wir bisher geschwiegen haben, weil, so auffällig sie im zweiten Jahrhundert wäre und so gewiss sie über Justin hinausgeht, sich doch ihre Unmöglichkeit in diesem Zeitalter nicht unbedingt behaupten lässt, aber an dieser Stelle nicht schweigen können, wenn wir uns der Möglichkeit eines nachconstantinischen Ursprungs unseres Briefes nach allen Seiten versichern wollen. Wenn wir aber auch in den Aussagen des Verfassers über die Person Christi (c. 7 ff.) nirgends die Terminologie der nicänischen und chalcedonensischen Theologie antreffen, — ein Umstand, der sich bei der vom Verfasser für seine Schrift einmal gewählten Form leicht genug erklärt, — so steht darin doch auch kein Wort, das sich nicht mit der strengsten Vorstellung von der gleich wesentlichen Gottheit des Vaters und des Sohnes vertrüge. Ja der Grundgedanke des Verfassers, c. 7 ff., dass Gott sich nur durch sich selbst offenbaren könne, und es darum erst im Christenthum zu einer Offenbarung gekommen sei, gelangt zu seiner vollen Stringenz erst auf dem Standpunkt des Homousion und scheint wie auf dessen Boden erst gewachsen. Die im zweiten Jahrhundert besonders auffallenden Negationen von Christus: der allmächtige Gott habe selbst vom Himmel die Wahrheit und den heiligen und unfasslichen Logos unter die Menschen gestellt und in ihre Herzen gegründet, »nicht so, dass er, wie man vermuthen könnte, den Menschen irgend einen Diener, einen Engel oder einen Herrscher gesandt hätte, eines der Wesen, welche die irdischen Dinge in Ordnung halten, oder eines von denen, die mit der Verwaltung der himmlischen betraut sind, sondern den Künstler selbst, der das All bildete« *(ἀλλ᾽ αὐτὸν τὸν τεχνίτην καὶ δημιουργὸν τῶν ὅλων* c. 7), verstehen sich vom Standpunkt des nicänischen Homousion von selbst, und ebenso einfach fügen sich hier die christologischen Stellen unseres Briefes ein, welche man bisweilen mit der patripassianisirenden Ausdrucksweise einzelner älterer und am meisten gesteigerter Christologieen zusammengestellt hat,[65] und in welchen für Christus die Gottheit selbst substituirt wird: das Christenthum zeige Gott selbst in der Welt gegenwärtig,[66] er selbst habe kommen müssen, um den Menschen bekannt zu werden,[67] er selbst habe unsere Sünden auf sich genommen.[68] So

---

[65] Clemens von Rom, Ignatius. S. noch Nitzsch a. a. O. S. 188 f.

[66] C. 7: ταῦτα ἀνθρώπου οὐ δοκεῖ τὰ ἔργα, ταῦτα δύναμίς ἐστι θεοῦ,, ταῦτα τῆς παρουσίας αὐτοῦ δείγματα.

[67] C. 8: Τίς γὰρ ὅλως ἀνθρώπων ἠπίστατο, τί ποτ᾽ ἐστι θεὸς πρὶν αὐτὸν ἐλθεῖν; . . . . . . Αὐτὸς δὲ ἑαυτὸν ἐπέδειξεν.

[68] C. 9 liest der handschriftliche Text: ἀλλὰ ἐμακροθύμησεν, ἠνέσχετο, λέγων αὐτὸς τὰς ἡμετέρας

6

kann man denn sagen, dass die Christologie des Briefes, haben wir uns sonst von seinem nachconstantinischen Ursprung überzeugt, weit entfernt, uns Verlegenheiten zu bereiten, uns nur entgegenkommt.

Haben wir aber bisher ausschliesslich dem Inhalte des Briefes die Gründe für unsere Ansicht entnommen, dass er nicht mehr in die Zeit der eigentlich apologetischen Literatur der alten Kirche gehören kann, obwohl er sich selbst in sie einreiht, so scheint an Einem Punkte wenigstens der Fictionscharacter unseres Briefes sich noch in äusserlicherer Weise zu verrathen. Es ist diess das Verhältniss, welches zwischen den Fragen des Diognet und dem Inhalt der Schrift besteht. Diese Fragen (s. oben S. 3) geben nämlich keineswegs nur das äussere Schema ab, nach welchem der Verfasser seine Schrift anlegt, sondern zwischen ihnen und dieser besteht eine so innerliche Beziehung, dass man geradezu sagen kann, in den Fragen des Diognet stecke schon in nuce unsere ganze Schrift. Denn gerade ihre auffallendsten Grundgedanken: die unbedingte Coordinierung von Heidenthum und Judenthum dem Christenthum gegenüber und die Läugnung der Existenz einer Religion vor dem Christenthum, liegen schon beim Fragsteller vor. Schwerlich wird man, um bei dieser Thatsache die Echtheit des Briefes zu retten, zur Annahme einer Art von praestabilirter Harmonie zwischen den Standpunkten des heidnischen Fragers und des antwortenden Christen greifen mögen. Uns dagegen kann es in keiner Weise mehr befremden, die Willkürlichkeit der Form unserer Schrift an diesem Punkte unmittelbar zu Tage treten zu sehen, so dass c. 1 nicht sowohl der Heide fragt, sondern der Verfasser selbst seine Schrift anlegt, und zwischen c. 1 und dem Folgenden nicht das äussere Verhältniss von Frage und Antwort, sondern das innere von Plan und Ausführung besteht. Beiläufig sei noch bemerkt, dass eine Kritik unseres Briefes wohl auch mit der Frage beginnen könnte, ob ein Heide schon im Anfang des zweiten Jahrhunderts so über das Christenthum fragen konnte, als eben erst für das Auge der Heiden Christenthum und Judenthum auseinanderzutreten begannen.

Noch eines kleinen Nebenumstandes, welchen unsere Hypothese verwenden kann, möge hier gedacht werden. Man hat schon oft bei dem Diognet unseres Briefes an den Mann

---

ἁμαρτίας ἀνεδέξατο (vgl. Jes. 53, 4, 11) αὐτὸς τὸν ἴδιον υἱὸν ἀπέδοτο λύτρον ὑπὲρ ἡμῶν. In diesen Worten (in welchen Gott Subject ist) ist das durch λέγων αὐτός eingeleitete eigentliche, auf die angeführten Stellen des Jesaias anspielende Citat als solches kaum verständlich und in unserem Brief sonst ohne Beispiel. Höchst gewaltsam hilft sich aber Otto S. 93 (s. auch Snoeck S. 44), indem er nach Sylburg's Vermuthung die Worte ἡμῶν — ἀνεδέξατο als Glossem aus dem Text entfernt, überdiess in der Meinung, dass sich die Sätze »Gott habe selbst die Sünden der Menschen auf sich genommen« und »er habe selbst seinen Sohn als Lösegeld dafür hingegeben« widersprächen. Der Widerspruch ist keiner, der nicht einfach aus dem Begriff des Homousion flösse, das in den Worten sonst Anstössige aber beseitigt die Emendation Lachmann's ἐλεῶν für λέγων leichter als jene Ausstossung.

dieses Namens gedacht, welchen der Kaiser Marc Aurel in seinen Selbstgesprächen (1. 6) unter seinen Lehrern erwähnt und welchem er unter Anderem seine Abkehr von allem Zauberwesen zu verdanken erklärt.[69]) Diess bleibt unter der Voraussetzung der gewöhnlichen Ansicht über unseren Brief, sobald an Justin als Verfasser nicht mehr gedacht wird, bei der Häufigkeit des Namens Diognet (s. Otto S. 48 f.) ein völlig undiscutirbarer Einfall. Nehmen wir aber an, dass unser Brief dem Justin untergeschoben ist, so giebt uns jener Lehrer des Marc Aurel eine ganz wahrscheinliche Erklärung der Adresse unseres Briefes an die Hand. Auch wenn dem Verfasser eine Apologie des Justin selbst nie in die Hände gekommen war, so konnte ihm doch schon aus der Kirchengeschichte des Eusebius bekannt sein, dass es Justin mit dem Kaiser Marc Aurel zu thun gehabt hatte, und ihm daher, wenn er sich auch für den Veranlasser des von ihm dem Justin untergelegten Sendschreibens nach einem Namen umsah, der eines Lehrers jenes weisen Kaisers nahe liegen.

Wenn wir nun aber bei der Hypothese stehen bleiben, dass der Brief an Diognet eine Fiction der nachconstantinischen Zeit der Kirche ist, in welcher ein Unbekannter seinen Gedanken über christliches Wesen die Form eines Sendschreibens des Apologeten Justin an den Lehrer Marc Aurels Diognet gegeben hat, so mag dieses Resultat manchem Leser gar zu viele Fragen offen zu lassen scheinen. Es soll auch hier nicht im Allgemeinen über die Möglichkeit abgesprochen werden, über Zeit und Zweck dieser Schrift zu bestimmteren Ansichten zu gelangen, so skeptisch man auch bei der grossen Kürze des Briefes, seiner ganzen Darstellungsweise und dem völligen Mangel an Leitung durch Tradition darüber denken darf. Anderen vielmehr würde diese Abhandlung gern zur Anregung dienen, mit Hülfe ihrer Kenntnisse den Versuch zu machen, zu genauerer Einsicht in die Ursprungsverhältnisse unseres Briefes, der auch als Fiction eines späteren Zeitalters nicht ohne alles Interesse ist, vorzudringen, indem sie nur den Blick dabei weniger starr, als bisher üblich war, auf das zweite Jahrhundert gerichtet halten. Ich selbst wüsste zur Zeit die Sache nicht weiter zu fördern, ausser durch Vermuthungen, auf die ich selbst kein sonderliches Gewicht legen kann und mit welchen ich nicht das Schicksal der vorliegenden Arbeit irgend gefährden möchte, deren Hauptresultat jedenfalls völlig unabhängig ist von der Möglichkeit seiner noch genaueren Fixirung. Wenn aber zu besorgen ist, dass gegen dieses Hauptresultat sich zunächst die Thatsache des besonderen und einstimmigen Beifalls erheben werde, welchen der Brief an Diognet als Schrift des zweiten Jahrhunderts bisher gefunden hat, so könnte unsere Kritik schon in sich selbst den Schlüssel zum Räthsel dieses Beifalls enthalten. Denn musste diese Kritik vor allem sich auf einen man kann fast sagen zum Modernen sich hinneigenden Character des Briefes gründen,

---

[69]) S. bei Otto S. 49 ff.

so bliebe eben zu fragen übrig, wie viel Antheil am Gefallen, welches neuere Theologen am Brief an Diognet gefunden haben, die Freude gehabt hat, welche im zweiten Jahrhundert der Kirche sonst moderner Theologie so selten zu Theil wird: die Freude, sich selbst wieder-zufinden.

SACRAM MEMORIAM

REGIS SERENISSIMI

CELSISSIMI

FRIDERICI GUILELMI III.

AUGUSTISSIMI HUIUS UNIVERSITATIS CONDITORIS

NATALI EIUS III. NONAS AUGUSTAS
HORA XI.

AB LITTERARUM UNIVERSITATE FRIDERICIA
GUILELMIA RHENANA

PIE CELEBRANDAM

INDICIT

DR. FRANC. XAVERIUS DIERINGER

ORDINIS THEOLOGORUM CATHOLICORUM H. T. DECANUS.

———————

INEST EXPOSITIO DOCTRINAE TERTULLIANI DE REPUBLICA ET DE OFFICIIS AC IURIBUS CIVIUM CHRISTIANORUM.

BONNAE A. MDCCCL.

LITTERIS GEORGIANIS.

Inter latinos scriptores ecclesiasticos II. et III. saeculi absque dubio primum locum obtinet Quintus Septimius Florens *Tertullianus*. Haereses Pseudognosticorum et Antitrinitariorum cum acriter impugnasse et auctoritatem apostolicae traditionis strenue defendisse nullus theologorum ignorat; quae vero de republica et de officiis ac iuribus civium christianorum egregie disseruerit, plerique obiter tantum memorare solent [1]. Certe quidem in iis libris, quos ut Montanistarum sectae assecla composuit, nonnulla perverse de officiis iuribusque politicis christianorum docuit, sed „scorpiacum," quod vocat [2]), iam prius praeparaverat, ita ut Tertullianum armis Tertulliani profligare possis [3]). Quocirca non dubitamus operae pretium esse vagis huius temporis opinionibus de republica tam gravissimi scriptoris ecclesiastici doctrinam opponere.

I. De orgine et auctoritate potestatis civilis.

Ne unus quidem scriptorum ecclesiasticorum, de rebus humanis tractans, in eam abit sententiam, ut originem regnorum, imperiorum, civitatum e conventione quadam deducat, facta scilicet inter homines paris iuris, libertatis, potestatis; ne unus quidem summos in civitate principes multitudinis existimat, ut ita dicam, mandatarios, quibus gubernaculum reipublicae et dari et eripi pro arbitrio possit; neque quisquam eorum ordinem imperiorum institutum mere humanum humano consilio relictum appellat. Et profecto eam doctrinam, quae contractu sociali (contrat social) nititur, facillime sibimetipsi contrariam agnosces. Qui enim fieri posset, ut homines de republica condenda consilia et statuta inirent, nisi prius essent aliqua certe rerum publicarum cognitione imbuti?

Omnes ergo scriptores ecclesiastici uno ore confitentur, civitatem et divina

---

1) Le Nourry, dissertatio in Tertulliani Apologetic. c. 24.
2) Cf. librum Tert. qui inscribitur: Adversus gnosticos scorpiacum.
3) Essai sur la formation du dogme catholique. Paris 1842. T. I. chap. 4.

auctoritate institutam esse et divino consilio gubernari. Tertullianus noster hanc sententiam adeo veram censet, ut Deum ipsum primum principem generis humani appellet et contendat, a Deo ipso summam in rebus civilibus potestatem principibus et magistratibus commissam fuisse. „Videte igitur, inquit, ne ille (Deus) regna dispenset, cuius est et orbis qui regnatur et homo ipse qui regnat; ne ille vices dominationum ipsis temporibus in saeculo ordinarit, qui ante omne tempus fuit et saeculum corpus temporum fecit; ne ille civitates extollat aut deprimat, sub quo fuit aliquando sine civitatibus genus hominum [1]).“ Quae verba in hunc sensum interpretanda sunt. Nolite saevire in Deum verum, christianam religionem persequendo; nam dii vestri nullo modo imperium defendere poterunt, quod non ab ipsis, sed a summo Deo accepistis. Hic vero, qui aliquando solus dominator gentium fuit et ab aeterno et saecula et regna ordinavit, imperium vobis commissum e manibus vestris rapiet, si ecclesiam suam opprimere pergetis.

Hanc vero sententiam, Deum aliquando sine civitatibus genus hominum gubernasse, Tertullianus e sacrae scripturae testimoniis hausit. *Tua est Domine,* inquit David, *magnificentia et potentia et gloria atque victoria; tuum regnum et tu es super omnes principes* [2]). Per Sapientiam divinam *reges regnant et legum conditores iusta decernunt; per eam principes imperant et potentes decernunt iustitiam* [3]). Deus enim, qui hominem ad imaginem et similitudinem suam fecerat [4]), primis quidem temporibus generi humano solus leges dedit et praecepta et de facinoribus cuiuslibet iudicavit [5]). Idem Deus patrisfamilias potestatem tradidit in filios et servos, et ipse est, qui dispersas familiarum catervas in unum corpus quoddam collegit et cum magistratibus partem aliquam suae supremae auctoritatis communicavit, ut insolentia peccatorum frenaretur et redemptioni generis humani viae praepararentur [6]).

Quae quum ita se habeant, non mirandum est, in sacris litteris omnem principatum et potestatem ab ipsa Dei auctoritate derivari. Deus, inquit Ecclesiasticus, *in unamquamque gentem praeposuit rectorem, et pars Dei Israël fa-*

---

1) Apologet. c. 26.

2) Paralip. XXIX, 10. 12.

3) Prov. VIII, 15. 16.

4) Gen. I, 26. 27.

5) Gen. III. 9 sqq. IV, 5 sqq.

6) 1 Paralip. XXIX, 23. 2 Paralip. IX, 8. Caetera s. scripturae loca videsis in I. B. Bossueti Politique tirée de l'écriture sainte. Liv. II. art. 1.

cta est manifesta [7]). Principes terrae Sapiens ita hortatur: *Audite reges et intelligite, discite iudices finium terrae. Praebete aures vos, qui continetis multitudines et placetis vobis in turbis nationum. Quoniam data est a Domino potestas vobis et virtus ab altissimo, qui interrogabit opera et cogitationes scrutabitur* [8]). Nabuchodonosor impius quidem erat rex, et tamen propheta Daniel hisce eum adloquitur verbis: *Tu rex regum es, et Deus coeli regnum et fortitudinem et imperium et gloriam dedit tibi* [9]). Audi denique Dominum ipsum et apostolos eius: *Reddite, quae sunt caesaris caesari* [10]); *Non haberes potestatem adversum me ullam, nisi tibi datum esset desuper* [11]); *Non est potestas nisi a Deo, quae autem sunt, a Deo ordinatae sunt. Itaque qui resistit potestati, Dei ordinationi resistit* [12]); *Subiecti estote . . . propter Deum, . . . quia sic est voluntas Dei* [13]). — Sed redeamus ad Tertullianum.

Inter plurima eius loca de principum auctoritate haec potissimum laudare libet. „Nos, inquit, pro salute imperatorum Deum invocamus aeternum, Deum verum, Deum vivum, quem et ipsi imperatores propitium sibi praeter caeteros malunt. Sciunt, quis illis dederit imperium, sciunt, qua (quis) homines, quis et animam; sentiunt, eum Deum esse solum, in cuius solius potestate sunt, a quo sunt secundi, post quem primi [14])." Sunt autem imperatores secundi post Deum, quod Deus potestatem suam res humanas gubernandi in ipsos contulit: „Nos iudicium Dei suspicimus in imperatoribus, qui gentibus illos praefecit. Id in eis scimus esse, quod Deus voluit, ideoque et salvum volumus esse, quod Deus voluit, et pro magno id iuramento habemus. Sed quid ego amplius de religione atque pietate christiana in imperatorem, quem necesse est suspiciamus ut eum, quem Dominus noster elegerit? Et merito dixerim, noster est magis caesar, ut a nostro Deo constitutus [15])." Quum vero lege divina obstricti sumus, ut cuilibet hominum mentem benevolam et quae possumus optima exhibeamus, quis hominum aut quis imperator nos formidabit? „Iidem sumus imperatori-

---

7) Eccli. XVII, 14. 15.
8) Sap. VI, 2—4.
9) Dan. II, 37.
10) Matth. XXII, 21.
11) Ioan. XIX, 11.
12) Rom. XIII, 1. 2.
13) 1 Petr. II. 13. 15.
14) Apologet. c. 30.
15) L. c. c. 32. 33.

— 6 —

bus, qui et vicinis nostris. Male enim velle, male facere, male dicere, male cogitare de quoquam ex aequo vetamur. Quodcunque non licet in imperatorem, id nec in quemquam, quod in neminem, eo forsitan magis nec in ipsum, qui per Deum tantus est [16])." Tantum abest, ut christiani perniciem imperatori machinentur, ut inter omnes plurimum saluti eius consulere studeant, quippe quem Dei optimi maximi vicarium in terris aestiment. „Circa maiestatem imperatoris infamamur, tamen nunquam Albiniani, nec Nigriani vel Cassiani [17]) inveniri potuerunt christiani, sed idem (iidem) ipsi, qui per genios eorum in pridie usque iuraverunt, qui pro salute eorum hostias et fecerant et voverant, qui christianos saepe damnaverant, hostes eorum sunt reperti. Christianus nullius est hostis, nedum imperatoris, quem sciens a Deo suo constitui, necesse est, ut et ipsum diligat et revereatur et honoret et salvum velit cum toto romano imperio, quousque saeculum stabit . . . . Colimus ergo et imperatorem sic, quomodo et nobis licet et ipsi expedit, ut hominem a Deo secundum et quicquid est a Deo consecutum solo Deo minorem [18])."

II. De subditorum obedientia et reverentia.

Multae sunt rationes, ex quibus probare queas, magistratibus omnino obedientiam deberi. Si id tantummodo curas, ne quid respublica detrimenti capiat: docet experientia, rebellione tolli securitatem publicam pessimumque regimen longe esse praeferendum anarchiae. Conventione quadam si constitutam esse auctoritatem publicam opinaris: non poteris quin voluntati plurimorum te subiicias. Porro si agnoscis, iis obedientiam deberi, quibus debes gratum animum: ii qui in summo fastigio versantur, de salute omnium facinoribus suis optime meruerunt. Si denique es iuris haereditarii defensor: maiores eorum, penes quos nunc est imperium et potestas, legitimis causis principatum sunt nacti; neque censebis, potestatem sine iniuria eorum posteris eripi posse, qui eam iusto titulo sibi acquisiverunt, etiamsi haeredes ea male utantur.

Absit, ut harum aliarumque eiusdem generis rationum iustitiam impugnemus. Sed quid, quaeso, obiicies luce clarius demonstranti: rebellione praesenti tempore suscepta reipublicae optime consuli posse; maiorem civium proborum

16) L. c. c. 37.
17) Eius temporis homines seditiosi.
18) Ad Scap. c. 2.

partem magistratui perfido ac periuro adversari; ne minimis quidem beneficiis principes nunc dominantes subditorum animos sibi obstrinxisse, imo et tyrannos esse istos intolerabiles et patriae hostes; salutem publicam supremam esse legem anteponendamque iuri haereditario? Et quam, quaeso, reverentiam erga principes purpuratos animis inculcabis, nisi reverentiam externam timoris et servitutis?

Longe secus res se habet, si cum Tertulliano sacris litteris inhaerenti nullam esse potestatem arbitramur nisi a Deo constitutam, eamque in terris vices gerere Dei altissimi. Obedis Deo, et vicario eius obedientiam praesta. Reverenter in Deum agis, et reverentiam exhibe ministris Dei. Quapropter Apostolus, *subiecti estote*, inquit, *omni humanae creaturae propter Deum, sive regi, sive praecellenti, sive ducibus tanquam ab eo missis* [1]; et D. Paulus: *Qui resistit potestati, Dei ordinationi resistit. Princeps Dei minister est tibi in bonum, et vindex in iram ei, qui malum agit. Ideo necessitate subditi estote non solum propter iram, sed etiam propter conscientiam. Ideo enim et tributa praestatis; ministri enim Dei sunt in hoc ipsum servientes. Reddite ergo omnibus debita: cui tributum-tributum, cui vectigal-vectigal, cui timorem-timorem, cui honorem-honorem* [2].

Hisce innixus verbis Tertullianus, locis supra citatis, lege divina nos obstrictos esse affirmat, ut mandatis superiorum sinceram obedientiam praestemus. Nusquam christianum in conventu malignantium et operantium iniquitatem invenistis, nusquam aliquis ex nobis in furto aut sacrilegio deprehensus aut rebellium consors traditus est [3]. „Irreligiosi dicimur in caesares, neque imagines eorum repropitiando, neque genios deierando hostes populi nuncupamur . . . . . Vos tamen de nostris adversus nostros conspiratis. Agnoscimus sane romanam in caesares fidem. Nulla unquam coniuratio erupit, nullus in senatu vel in palatiis ipsis sanguis caesaris notam fixit, nulla in provinciis affectata maiestas [4].“ Sed est et alia causa, cur christiani ab omni ultione et rebellione se abstineant. Praeceptum est enim illis „ad redundantiam benignitatis etiam pro inimicis Deum orare et persecutoribus suis bona precari [5].“ „Si ergo, ut diximus, iubemur

---

1) 1 Petr. II, 13. 14.
2) Rom. XIII, 2 sqq.
3) Ad Scap. c. 2.
4) Ad nationes II. No. 17.
5) Apologet. c. 31. Cf. Ad Scap. c. 1.: „Disciplina nostra iubemur diligere inimicos quo-

inimicos diligere, quem habemus odisse? Item si laesi vicem referre prohibemur, nec de facto pares simus, quem possumus laedere? Nam de isto ipsi recognoscite. Quoties enim in christianos desaevitis, partim animis propriis, partim legibus obsequentes? Quoties etiam, praeteritis vobis, suo iure nos inimicum vulgus invadit lapidibus et incendiis? Ipsis Bacchanalium furiis nec mortuis parcunt christianis, quin illos de requie sepulturae, de asylo quodam mortis, iam alios, iam nec totos avellant, dissecent, distrahant. Quid tamen unquam denotastis de tam conspiratis, de tam animatis ad mortem usque pro iniuria repensatum, quando vel una nox pauculis faculis largiter ultionis posset operari, si malum malo dispungi penes nos liceret? Sed absit, ut aut igni humano vindicetur divina sectae, aut doleat pati, in quo probatur [6]."

Christiani et imperatorum edictis et plebis atrocitate acerbissime cruciati non desierunt precibus suis ac sacrificiis Deum optimum pro salute reipublicae implorare, apostolicae hortationis memores: *Obsecro igitur primum omnium fieri obsecrationes, orationes, postulationes, gratiarum actiones pro omnibus hominibus: pro regibus et omnibus qui in sublimitate sunt, ut quietam et tranquillam vitam agamus in omni pietate et castitate. Hoc enim bonum est et acceptum coram salvatore nostro Deo, qui omnes homines vult salvos fieri et ad agnitionem veritatis venire* [7]. Qua de re haec insignita sunt verba Tertulliani: „Illuc (scil. in coelum) suspicientes christiani manibus expansis quia innocuis, capite nudo, quia non erubescimus, denique sine monitore, quia de pectore, oramus. Precantes sumus omnes semper pro omnibus imperatoribus, vitam illis prolixam, imperium securum, domum tutam, exercitus fortes, senatum fidelem, populum probum, orbem quietum et quaecunque hominis et caesaris vota sunt. Haec ab alio orare non possum, quam a quo scio me consecuturum, quoniam et ipse est qui solus praestat, et ego sum cui impetrare debetur, famulus eius, qui eum solum observo, qui propter disciplinam eius occidor, qui ei offero opimam et maiorem hostiam, quam ipse mandavit, orationem de carne pudica, de anima innocenti, de Spiritu sancto profectam. Sic itaque nos ad Deum expansos ungulae fodiant, cruces suspendant, ignes lambant,

---

que et orare pro eis, qui nos persequuntur: ut haec sit perfecta et propria bonitas nostra, non communis. Amicos diligere omnium est, inimicos autem solorum christianorum."

6) L. c. c. 37.
7) 1 Tim. II. 1 sqq.

gladii guttura detruncent, bestiae insiliant: paratus est ad omne supplicium ipse habitus orantis christiani. Hoc agite, boni praesides, extorquete animam Deo supplicantem pro imperatore. Hic erit crimen, ubi veritas est Dei et devotio [8]." Et infra: „Coimus in coetum et congregationem. ut ad Deum, quasi manu facta, precationibus ambiamus. Haec vis Deo grata est. Oramus etiam pro imperatoribus, pro ministeriis eorum ac potestatibus, pro statu saeculi, pro rerum quiete, pro mora finis [9]."

At si inquies, ista christianorum erga imperatorem et magistratus obedientia et pietas prudentiae erat et astutiae subsidium, quippe quum nec numero nec fortitudine hostibus resistendo pares essent; Tertullianus tibi haecce respondebit: „Si hostes exsertos, non tantum vindices occultos agere vellemus, deesset nobis vis numerorum et copiarum? Plures nimirum Mauri et Marcomanni ipsique Parthi, vel quantaecunque unius tamen loci et suorum finium gentes, quam totius orbis. Hesterni sumus et vestra omnia implevimus, urbes, insulas, castella, municipia, conciliabula, castra ipsa, tribus, decurias, palatium, senatum, forum; sola vobis reliquimus templa. Possumus dinumerare exercitus vestros: unius provinciae plures erunt (christiani). Cui bello non idonei, non prompti fuissemus, etiam impares copiis, qui tam libenter trucidamur, si non apud istam disciplinam magis occidi liceret quam occidere? Potuimus et inermes, nec rebelles sed tantummodo discordes, solius divortii invidia adversus vos dimicasse. Si enim tanta vis hominum in aliquem orbis remoti sinum abrupissemus a vobis, suffudisset (pudore) utique dominationem vestram tot qualiumcunque amissio civium, imo etiam et ipsa destitutione punisset. Procul dubio expavissetis ad solitudinem vestram, ad silentium rerum et stuporem quemdam quasi mortui orbis; quaesissetis, ubi imperaretis; plures hostes quam cives vobis remansissent [10]."

III. De iuribus subditorum.

Nulla forsitan opinio tritior est quam eorum qui contendunt, hac doctrina christianae religionis optime quidem consuli civitatum praesulibus, neutiquam vero libertati populorum et generis humani progressui. His contemptoribus

---

8) Apologet. c. 30.

9) L. c. c. 39.

10) L. c. c. 37. De eadem materia cf. L. c. c. 1, Ad Scap. c. 11. 5. Ad nation. I. No. 8. Adv. Iud. c. 7, 12. Cypr. ad Demetr. 17.

iuris divini utinam placeat serio meditari de discrimine, quod inter antiquam
sub deorum tutela libertatem et novam sub invocatione Iesu Nazareni servitutem intercedit! Quis, quaeso, conditionem servilem abrogavit? *Libertas, qua
Christus nos liberavit* [1]. Quid, quaeso, saevitiem tyrannorum mitigavit, extin-
xit? *Ratio, quam omnes reddituri sumus ante tribunal Christi* [2]. Quid, quaeso,
Graecorum Romanorumque ita fregit superbiam, ut barbaras gentes minime sper-
nendas sed paris conditionis habendas putarent? Doctrina de salute omnium
in Christo, coram quo *neque circumcisio aliquid valet, neque praeputium, sed
nova creatura* [3]. An ius fortioris magis favet progressui societatis civilis, quam
stulta exhortatio Apostoli dicentis: *Alter alterius onera portate* [4], et: *Plenitudo
legis est dilectio* [5]. Attamen, ne abuti videamur patientia lectoris, dicamus cum
Clemente Alexandrino eoque philosopho, servum nominari non a servitute, sed
a servilitate seu animo servili [6].

Tertullianus, quamquam imperatorem secundum post Deum habet et divina
lege magistratibus nos obstrictos esse affirmat, tamen omni humanae potestati,
quippe hunc ad finem divinitus non institutae, in rebus conscientiae et religionis omnem denegat auctoritatem, ita, ut plane extirpandam existimet illam ty-
rannidem, qua summi gubernatores reipublicae et summum sacerdotium usur-
pare solebant. Quae sint credenda et religiose exercenda, quae aspernanda et
fugienda, nonnisi divina revelatione constituuntur, neque ulla potestas, quanta
qualisve sit, Dei ordinationibus resistere aut eas evacuare debet. Quae quum
ita sint, non est caesareae potestatis plenitudinis, religionem christianam vetare,
cultores veri Dei persequi, alicui creaturae deferendum divinum cultum postu-
lare, errorum propugnatoribus auxiliari [7]. Hinc Tertullianus, iniquitatem coac-

---

1) Gal. IV, 31.
2) Luc. XVI, 2. Rom. XIV, 10.
3) Gal. VI, 15.
4) Gal. VI, 2.
5) Rom. XIII, 10.
6) Clem. Alex. Paedag. III. No. 11.
7) Quam acriter nonnunquam scriptores ecclesiastici christianae religionis persecutores et errorum fautores impugnaverint, e libro S. Hilarii contra Constantium imperatorem cognosces,
in quo, praeter alias orationes invectivas, haec leguntur (No. 7.): „Proclamo tibi, Constanti,
quod Neroni locuturus fuissem, quod ex me Decius et Maximianus audirent: contra Deum
pugnas, contra ecclesiam saevis, sanctos persequeris, praedicatores Christi odis, religionem
tollis, tyrannus non iam humanorum, sed divinorum es. Haec tibi a me atque illis socia

tae religionis ostendens, de Caesareolatria haec habet: „Quoniam autem facile iniquum videretur, liberos homines invitos urgeri ad sacrificandum (nam et aliae divinae rei faciendae libens animus indicitur): certe ineptum existimaretur, si quis ab alio cogeretur ad honorem deorum, quos ultro sui causa placare deberet, ne prae manu esset iure libertatis dicere: nolo mihi Iovem propitium . . . Informati estis ab iisdem utique spiritibus (daemonibus), ut nos pro salute imperatoris sacrificare cogatis, et imposita est tam vobis necessitas cogendi, quam nobis obligatio periclitandi [8]." Imperatores ipsi, si sanae sunt mentis, divinum honorem nec sibi arrogare, nec Deo vero eiusque cultui resistere debent: „Recogitant, quousque vires imperii sui valeant, et ita Deum intelligunt, adversus quem valere non possunt, per eum valere se cognoscunt. Coelum denique debellet imperator, coelum captivum triumpho suo invehat, coelo mittat excubias, coelo vectigalia imponat. Non potest. Ideo magnus est, quia coelo minor est. Illius enim est ipse, cuius et coelum est et omnis creatura. Inde est imperator, unde est et homo antequam imperator; inde potestas illi, unde et spiritus [9]."

Longum est omnia recensere effata, quibus auctor noster commentatur verba sacrae scripturae: *Reddite quae sunt caesaris caesari, et quae sunt Dei Deo* [10]; et: *Si iustum est in conspectu Dei vos potius audire quam Deum, iudicate* [11]; et: *Obedire oportet Deo magis, quam hominibus* [12]. Resistentiam, quam dicunt, passivam non modo licitam dicit, verum etiam reipublicae ipsisque principibus maxime salutarem. En eius verba: „Itaque et in eo plus ego illi (caesari) operor in salutem, non solum quod eam ab eo postulo, qui potest praestare, aut quod talis postulo, qui merear impetrare, sed etiam quod temperans maiestatem caesaris infra Deum magis illum commendo Deo, cui soli subiicio. Subiicio autem, cui non adaequo. Non enim Deum imperatorem dicam, vel quia mentiri nescio, vel quia illum deridere non audeo, vel quia nec ipse se deum volet dici. Si homo sit, interest hominis Deo cedere; satis habeat appellari imperator. Grande est hoc nomen, quod a Deo traditur. Negat illum imperatorem, qui deum dicit. Nisi homo sit, non est imperator. Hominem se

---

atque communia sunt; at vero nunc propria tua accipe. Christianum te mentiris, Christi novus hostis es: Antichristum praevenis et arcanorum mysteria eius operaris etc."

8) Apologet. c. 28.
9) L. c. c. 30.
10) Matth. XXII, 21.
11) Act. IV, 19.
12) Act. V, 29.

esse etiam triumphans in illo sublimissimo curru admonetur; suggeritur enim ei a tergo: respice post te, hominem memento te. Et utique hoc magis gaudet tanta se gloria coruscare, ut illi admonitio conditionis suae sit necessaria. Minor erat, si tunc deus diceretur, quia non vere diceretur. Maior est qui revocatur, ne se deum existimet [13]."

Ex quibus omnibus has, si libet, colliges propositiones:

1. Religio christiana, quamquam potestatem a Deo commissam esse docet, nequaquam tamen tyrannidi favet, sed temperat maiestatem dominantium, eos eisdem legibus divinis obstrictos affirmans, quibus et cives obedientiam praestare debent.

2. Cultum superstitiosum imperatoribus tribuendum negat, eoque impedit, quominus illi sibi arrogent auctoritatem absolutam vulgusque eis blandiatur ut numinibus, quibus resistere sine sacrilegio nemo possit.

3. Res sacras ordinandi et gubernandi potestatem imperatoribus denegat et conscientiae libertatem, quam vocant, postulat.

4. Auctoritatem legis divinae omni alii auctoritati superiorem esse contendit eoque efficit, ut iniqua imperantes obedientia priventur.

5. Coram Deo omnes homines aequales esse dignitate naturali docet, quo fit, ut nullus in conditionem servilem redigi debeat et exlex haberi.

6. Libertas, qua Christus nos liberavit, et reipublicae saluti est. Unusquisque enim christianorum, qua est probitate morum, id praeprimis curat, ut per omnia et in omnibus regnet lex veritatis.

IV. De religione christiana admittenda, protegenda, iuvanda.

Quanti momenti haec sit quaestio, quo rectius intelligatur, memoriam revocemus necesse est temporis, quo Tertullianus noster partes religionis christianae tuendas suscepit. Imperium romanum falsorum deorum cultu profundissime imbutum erat et multi nec ii iniquissimi viri, causam deorum et causam reipublicae eandem putantes, religionem christianam, deorum cultui offensam, radicitus extirpandam esse censebant. Praeterea atrocissimorum criminum accusati erant christiani, quae eo libentius credebantur, quo incredibiliora videbantur. Huc accedit, quod imperatores et magistratus et quicunque auram popularem captare

13) Apologet. c. 34.

volebant, istam religionem persequendo magnam sibi comparare poterant im-
prudentium acclamationem.

His ita compositis et flagrante adhuc persecutione Tertullianus in arenam
descendit libertatis religionis propugnator et doctrinae christianae defensor. Nullius sunt rei criminis christiani; et omni aestimatione et protectione sunt di-
gnissimi: hae duae propositiones generales totius apologiae sunt argumentum.
Unam quidem adversarii ipsi concedant necesse est, quum nullus eorum unquam
ausus fuerit, christianorum re bene cognita, criminis notam eis inurere [1]. Quod
autem ad alteram attinet, multi extant iique gravissimi testes, qui mores christianorum summis laudibus cumulant [2].

[1] Apologet. c. 2 sqq. Tertullianus hoc loco epistolae mentionem facit, quam Plinius secundus
Traianno imperatori de causa christianorum scripsit et cuius verba sunt haec: „Solenne
est mihi, Domine, omnia de quibus dubito ad te referre.... Cognitionibus de christianis
interfui numquam; ideo nescio, quid et quatenus aut puniri soleat aut quaeri. Nec medio-
criter haesitavi, sitne aliquod discrimen aetatum, an quamlibet teneri nihil a robustio-
ribus differant; deturne poenitentiae venia, an ei, qui omnino christianus fuit, desisse
non prosit; nomen ipsum, etiamsi flagitiis carent, an flagitia cohaerentia nomini puniantur.
Interim in iis, qui ad me tanquam christiani deferebantur, hunc sum sequutus modum.
Interrogavi ipsos, an essent christiani; confitentes iterum ac tertio interrogavi, supplicium
minatus; perseverantes duci iussi. Neque enim dubitabam, qualecunque esset quod fate-
rentur, pervicaciam certe et inflexibilem obstinationam debere puniri. (!) Fuerunt alii simlis
amentiae: quos, quia cives romani erant, adnotavi in urbem remittendos..... Alii...
esse se christianos dixerunt, et mox negaverunt; fuisse quidem, sed desisse: quidam ante
triennium, quidam ante plures annos, non nemo etiam ante viginti quoque. Omnes et
imaginem tuam deorumque simulacra venerati sunt: ii et Christo maledixerunt. Adfir-
mabant autem, hanc fuisse summam vel culpae suae vel erroris, quod essent soliti stato
die ante lucem convenire, carmenque Christo, quasi Deo, dicere secum invicem, seque
sacramento non in scelus aliquod obstringere, sed ne furta, ne latrocinia, ne adulteria
committerent, ne fidem fallerent, ne depositum appellati abnegarent: quibus peractis morem
sibi discedendi fuisse rursusque coeundi ad capiendum cibum, promiscuum tamen et inno-
xium: quod ipsum facere desisse post edictum meum, quo secundum mandata tua he-
taerias esse vetueram. Quo magis necessarium credidi, ex duabus ancillis, quae mini-
strae dicebantur, quid esset veri, et per tormenta quaerere. Sed nihil aliud inveni, quam
superstitionem pravam et immodicam, ideoque, dilata cognitione, ad consulendum te de-
curri.“ Cf. Plin. sec. epp. X. No. 97.

[2] L. c. c. 1. 46. Ad martyr. c. 3. Operae pretium est, e multis de christianorum moribus
testimoniis illud saltem cum benevolo lectore communicare, quod est in epistola ad Diognetum (No. 5. 6.): „Christiani neque regione, neque lingua, neque politicis vitae institutis a ceteris hominibus sunt distincti. Nam neque proprias civitates incolunt, neque lingua

Sed ne summatim rem tractemus, ~~singulorum~~ argumentorum vis ponderanda est.

Ac primo quidem id maxime christianis obiici solet, eos religionem profiteri impiam et facinorosam. Ad quae Tertullianus: Christianos impios non esse, quippe qui Deum coeli et terrae reverenter colant eique soli serviant, eos non esse homines facinorosos, quibus nihil aliud vitio possit verti, nisi nomen;

---

utuntur peculiari, neque vitam degunt discretam. Neque investigatione quadam et hominum curiosorum sollicitudine haec disciplina ab eis est inventa, neque alicui dogmati humano patrocinantur, sicut nonnulli. Sed incolentes partim graecas, partim barbaras civitates, prout cuiusque sors tulit, et indigenarum instituta sequentes in vestitu victuque et ceteris, quae ad vitam pertinent, mirabilem et haud dubie incredibilem vitae suae rationem oculis nostris proponunt. Patrias proprias inhabitant, sed tanquam inquilini. Omnia cum aliis habent communia ut cives; et omnia patiuntur ut peregrini. Omnis peregrina regio eorum est patria; et omnis patria peregrina. Uxores ducunt ut omnes et liberos procreant; sed non abiiciunt foetus. Mensam communem habent, non vero lectum. In carne sunt, sed non secundum carnem vivunt. In terra degunt, sed coeli cives sunt. Obsequuntur legibus latis, et vitae suae genere leges superant. Amant omnes, et omnes eos persequuntur. Ignorantur et condemnantur; morte afficiuntur et vivificantur; mendici sunt, et multos ditant; rebus omnibus indigent, et omnia illis redundant; dedecorantur, et inter dedecora afficiuntur gloria; fama eorum laceratur et iustitiae eorum testimonium perhibetur; maledicitur eis, et benedicunt; contumelia afficiuntur, et honorem deferunt; bona facientes ut improbi puniuntur; dum puniuntur, gaudent tanquam vivificantur; adversus eos, tanquam alienigenas, Iudaei bellum gerunt et Graeci eos persequuntur, causam inimicitiarum autem osores dicere nequeunt. Atque ut semel omnia complectar: quod est in corpore anima, hoc sunt in mundo christiani. Anima dispersa est per omnia corporis membra, et christiani per mundi civitates dispersi sunt. Habitat quidem anima in corpore, sed non est e corpore; sic et christiani in mundo habitant, sed e mundo non sunt. Invisibilis anima in visibili corpore custoditur; sic et christiani in mundo degentes conspiciuntur, sed invisibilis eorum est pietas. Caro animam odio prosequitur, nulla affecta iniuria, quia voluptatibus frui prohibetur; et christianos odit mundus, nulla affectus iniuria, quia illi voluptatibus repugnant. Anima carnem amat, quae ipsam odit, et membra; et christiani amant osores. Inclusa quidem est anima corpore, sed ipsa continet corpus; et christiani detinentur quidem in mundo sicut in custodia, sed ipsi continent mundum. Immortalis anima in mortali tabernaculo habitat; et christiani ut inquilini corruptibilia inhabitant, incorruptibilitatem coelestem exspectantes. Anima, quoad cibum et potum male tractata, melior fit; et christiani, suppliciis affecti, quotidie numero crescunt. Tam insignem illos Deus tenere locum voluit, quem illis nefas est defugere". Cf. Patrum apostolic. Opp. ed. Hefele. Quam apte haec in doctrinam Tertulliani quadrent, mox videbimus.

et hostibus ipsis de innocentia eorum persuasum esse, qui, nisi causam accusatoris perditam arbitrarentur, absque dubio invisos sibi homines palam criminum convincerent. „Deos, inquitis, non colitis, et pro imperatoribus sacrificia non impenditis. Itaque sacrilegii et maiestatis rei convenimur (convincimur?) Summa haec causa, imo tota est. . . . Deos vestros colere desinimus, ex quo illos non esse cognoscimus. Hoc igitur exigere debetis, ut probemus non esse illos deos, et idcirco non colendos, quia tunc demum coli debuissent, si dii fuissent. Tunc et christiani puniendi, si quos non colerent, quia putarent non esse, constaret illos deos esse [3]." Impii ergo non sumus, si iis venerationem negamus, qui dii non sunt. „Quod colimus, Deus unus est, qui totam molem istam cum omni instrumento elementorum, corporum, spirituum, verbo quo iussit, virtute qua potuit, de nihilo expressit in ornamentum maiestatis suae; unde et Graeci nomen mundo κόσμον accomodaverunt [4]." „Non committimus in maiestatem imperatorum, quia illos non subiicimus rebus suis; quia non ludimus de officio salutis eorum, qui eam non putamus in manibus esse plumbatis [5]." Plinii epistolae mentione facta, tali modo pergit: „Tunc Traianus rescripsit, hoc genus inquirendos quidem non esse, oblatos vero puniri oportere. O sententiam necessitate confusam! Negat inquirendos ut innocentes, et mandat puniendos ut nocentes . . . . Damnatis ergo oblatum, quem nemo voluit requisitum, qui, puto, iam non ideo meruit poenam, quia nocens est, sed quia, non requirendus, inventus est. . . Christianus, si nullius criminis reus est, nomen valde infestum est. . . Quae autem accusatio vocabulorum, nisi si aut barbarum sonat aliqua vox nominis, aut infaustum, aut maledicum, aut impudicum? . . . Oditur ergo in hominibus innocuis etiam nomen innocuum [6]."

Si vero religio christianorum nec impia est nec facinorosa, non est, cur non admittatur. Ast, inquies, christiani ipsi homines sunt malae notae et multorum criminum accusati. Si ita putatis, cur denegatis nobis, quae et pessimis quibuscunque conceditis, inquisitionem iudicialem et, causa cognita, aut absolutionem aut damnationem? „O quanta illius praesidis gloria, si eruisset aliquem, qui centum iam infantes comedisset! Atquin invenimus inquisitionem quoque in nos prohibitam. . . . . Christianum hominem omnium scelerum reum,

---

3) Apologet. c. 10.
4) L. c. c. 17.
5) L. c. c. 29.
6) L. c. c. 2. 3.

deorum, imperatorum, legum, morum, naturae totius inimicum existimas, et co-
gis negare ut absolvas, quem non poteris absolvere, nisi negaverit [7]." „Dicimur sceleratissimi; . . . . dicimur tamen tantum, nec vos, quod tam diu dicimur, curatis. Ergo aut eruite, si creditis, aut nolite credere, qui non erui-
tis [8]." „Iam apparet, omne in nos crimen non alicuius sceleris, sed nominis
dirigi. Adeo, si de criminum veritate constaret, ipsa criminum nomina damnatis accommodarent, ut ita pronuntiaretur in nos: illum homicidam, vel ince-
stum vel quodcunque iactamur, duci, suffigi, ad bestias dari placet [9]."

Sit autem, ut adversarii christianorum religionem eorum falsam et stultam
existiment: liceat saltem opinionibus falsis et stultis adhaerere, quod, praeter
christianos, apud vos cuilibet facile conceditur. „Colat alius Deum, alius Iovem,
alius ad coelum supplices manus tendat, alius ad aram Fidei, alius, si hoc putatis, nubes numeret orans, alius lacunaria, alius suam animam Deo suo voveat,
alius hirci. Videte enim, ne et hoc ad irreligiositatis elogium concurrat, adi-
mere libertatem religionis et interdicere optionem divinitatis, ut non liceat mihi
colere quem velim, sed cogar colere quem nolim. . . . Sed apud vos quodvis
colere ius est, praeter verum Deum, quasi non hic magis omnium sit Deus, cuius
omnes sumus [10]."

Tertullianus, qui et ipse iureconsultus, quum de admittenda religione christiana disputaret, non poterat, quin oppugnatoribus concederet, leges esse latas,
quibus sancitum fuerat, ne quis deorum cultui obtrectaret. Christiani vero pate-
fecerant, religionem suam non solum a Deo esse insitutam et sancitam, sed
etiam destinatam, ut deorum religionem everteret et veritati victoriam pararet.
Ad quae auctor noster haec habet: „De legibus prius concurram vobiscum ut
cum tutoribus legum. Iam primum quam dure definitis dicendo: non licet
esse vos. Et hoc sine ullo retractatu humaniore praescribitis; vim profitemini
et iniquam ex arce dominationem, si ideo negatis licere, quia vultis, non quia
debuit non licere. . . . Si bonum invenero esse, quod lex tua prohibuit, nonne
ex illo praeiudicio probibere me non potest, quod si malum esset, iure prohi-

---

8) L. c. c. 2.
8) L. c. c. 7.
9) Ad nat. I. No. 3.
10) Apologet. c. 24. Cf. ad Scap. c. 2.: „Humani iuris et naturalis potestatis est unicuique,
quod putaverit colere; nec alii obest aut prodest alterius religio. Sed nec religionis est
cogere religionem, quae sponte suscipi debeat, non vi."

beret? Si lex tua erravit, puto, ab homine concepta est; neque enim de coelo ruit. Miramini hominem aut errare potuisse in lege condenda, aut resipuisse in reprobanda? . . . Nonne et vos quotidie experimentis illuminantibus tenebras antiquitatis totam illam veterem et squalentem silvam legum novis principalium rescriptorum et edictorum securibus truncatis et caeditis? Nonne vanissimas Papias leges . . . . . post tantae auctoritatis senectutem heri Severus constantissimus principum exclusit? . . . . Leges, cum, iniquae recognoscuntur, merito damnantur. Quomodo iniquas dicimus? imo, si nomen puniunt, etiam stultas [11].“

Est et alia causa, cur admittenda sit religio christianorum. In omnibus enim, quae a civibus praestanda sunt, christiani obedientissimi et religiosissimi reperiuntur. Quamvis se peregrinos in terris habeant [12], cum animus eorum in coelo sit [13] et illis „nulla magis res aliena, quam publica — unam enim omnium rempublicam agnoscunt, mundum [14]:“ tamen „infructuosi in negotiis“ dicendi non sunt. „Neque enim Brachmanae aut Indorum gymnosophistae sumus, silvicolae et exules vitae. . . . Itaque non sine foro, non sine macello, non sine balneis, tabernis, officinis, stabulis, nundinis vestris caeterisque commerciis cohabitamus in hoc saeculo. Navigamus et nos vobiscum et militamus et rusticamur et mercamur, proinde miscemus artes, operas nostras publicamus usui vestro. . . . Sed et vectigalia gratias christianis agent ex fide dependentibus debitum [15].“ Multa quidem committuntur crimina in rempublicam; sed „de vestris semper aestuat carcer, de vestris semper metalla suspirant, de vestris semper bestiae saginantur, de vestris semper munerarii noxiorum greges pascunt. Nemo illic christianus, nisi hoc tantum, aut si et aliud, iam non christianus [16].“ „Praeter haec depositum non abnegamus, matrimonium nullius adulteramus, pupillos pie tractamus, indigentibus refrigeramus, nulli malum pro malo reddimus [17].“ „Corpus sumus de conscientia religionis et disciplinae divinitate et spei foedere [18].“

---

11) L. c. c. 4.
12) L. c. c. 1.
13) Ad martyr. c. 2.
14) Apologet. c. 38.
15) L. c. c. 42.
16) L. c. c. 44.
17) Ad Scap. c. 4.
18) Apologet. c. 39.

Nemo sanae mentis negare potest, principum et magistratuum potissimum esse sanam fidei et morum doctrinam non solum admittere, sed etiam iuvare, tueri, defendere. Atqui religio, quam profitentur christiani, est omnis salutiferae veritatis magistra. „O testimonium animae naturaliter christianae [19]!" „Sed non eam te (animam) advoco, quae scholis formata, bibliothecis exercitata, academiis et porticibus Atticis partam sapientiam ructas. Te simplicem et rudem et impolitam et idioticam compello [20]." „Dic (anima) testimonium! Nam te quoque palam et tota libertate, qua non licet nobis, domi ac foris audimus ita pronuntiare: Quod Deus dederit, et: Si Deus voluerit; ea voce et aliquem esse significas et omnem illi confiteris potestatem, ad cuius spectas voluntatem, simul et caeteros negas deos esse, dum suis vocabulis nuncupas [21]." „Nos unum Deum colimus, quem omnes naturaliter nostis, ad cuius fulgura et tonitrua contremiscitis, ad cuius beneficia gaudetis [22]." „Ante anima, quam prophetia. Animae enim a primordio conscientia Dei dos est [23]."

Denique hoc quoque in medium profert Tertullianus argumentum: e christiana religione maximam redundare in rempublicam utilitatem. Christiani enim, ut supra iam expositum est, legibus religiose obedire student, quo fit, ut nulli timendi sint motus civiles cessentque causae perturbationum animorum et rerum. Christiani „pro imperatoribus et ministeriis eorum" semper preces fundunt ad Deum verum, qui illis, quaecunque petierint in nomine Iesu, daturum se promisit [24]. Haec tanti aestimanda putat, ut conservationem imperii romani non dubitet christianorum auxilio tribuere. „Est et alia maior necessitas nobis orandi pro imperatoribus, etiam pro omni statu imperii rebusque romanis, qui vim maximam universo orbi imminentem ipsamque clausulam saeculi acerbitates horrendas comminantem romani imperii commeatu scimus retardari. Ita quae nolumus experiri, ea dum precamur differri, romanae diuturnitati favemus [25]." Quum religio christiana ab ipso Deo sit revelata et protecta [26], fieri non potest, quin adversarii christianorum iram Dei excitent et gravissimas poe-

---

19) L. c. c. 17.
20) De testim. animae c. 1.
21) L. c. c. 2.
22) Ad Scap. c. 2.
23) Adv. Marc. 1. c. 10.
24) 1 Ioan. XIV, 13. 14. XVI, 23.
25) Apologet. c. 32.
26) L. c. c. 18 sqq.

nas incurrant [27]), ii vero benedictionum coelestium participes fiant, qui ecclesiae Christi non adversantur. „Si pristinas clades comparemus, leviora nunc accidunt, ex quo christianos a Deo orbis accepit. Ex eo enim et innocentia saeculi iniquitates temperavit, et deprecatores Dei esse coeperunt [28]." Denique illud etiam memorandum est, christiana religione homines a daemonum vexationibus liberari. „Quis vos ab illis occultis et usquequaque vastantibus mentes et valetudines vestras hostibus raperet? A daemoniorum incursibus dico, quae de vobis sine praemio, sine mercede depellimus [29]."

V. Casus conscientiae.

Quaestiones civiles ac politicas tractans, Tertullianus satis superque excitatus erat, ut casus conscientiae, quos dicunt, sibi oblatos diligenter inquireret atque diiudicaret. E quorum numero haud parvo graviores quosdam summatim exponemus.

1. An christiano liceat a fide deficere et Christo renuntiare? Non defuerunt haeretici, qui negarent „martyria esse facienda [1])," atque contenderent, „Christum semel pro nobis occisum esse, ne occideremur," „Deum non flagitare sanguinem hominum [2])," „animam solam, corpore soluto, coram potestatibus (sc. coelestibus) confiteri debere [3])." Tertullianus in libris „de scorpiaco" et „de exhortatione ad martyres" fusius demonstrat, nulli quidem potestati humanae ius a Deo esse tributum in fidem ac religionem civium inquirendi; nihilo secius tamen christianos lege divina obstrictos esse, ut quod corde crederent, ore profiterentur et non dubitarent pro fide divina mortis subire tormentum, et nullam esse viam gloriosiorem ad patriam coelestem, quam persecutionem et martyrium propter Christum suscepta.

2. An christiano liceat cultui deorum interesse eique ullo modo implicari? „Principale crimen generis humani, summus saeculi reatus, tota causa iudicii, idololatria. Nam etsi suam speciem tenet unumquodque delictum, . . .

---

27) Ad Scap. c. 3 sqq. Cf. Lactantii libr. de mortibus persecutorum.
28) Apologet. c. 40.
29) L. c. c. 37. Cf. De anima c. 39.
1) De praescript. 46. 53.
2) De scorp. c. 1.
3) L. c. c. 10 sqq.

in idololatriae tamen crimine expungitur. Idololatria homicidium, adulterium, fraus etc. est [4].“ „Idolum tam fieri, quam coli Deus prohibet [5].“ Sed „si nulla lex Dei prohibuisset, idola fieri a nobis, si nulla vox Spiritus sancti fabricatoribus idolorum non minus quam cultoribus comminaretur: de ipso sacramento nostro interpretaremur nobis adversas esse fidei eiusmodi artes [6].“ „Provocati ad sacrificandum, obstruimus gradum pro fide conscientiae nostrae, qua certi sumus, ad quos ista perveniant officia sub imaginum prostitutione et humanorum nominum consecratione [7].“ „Daemones non tantum respuimus, verum et revincimus et quotidie traducimus [8].“ Distinguit tamen Tertullianus cultum deorum ab actionibus officiosis erga homines, qui idolis serviunt. „Nuptias (e. gr.) Deus non prohibet. Sed his accommodantur sacrificia. Sim vocatus, nec adsacrificii sit titulus officii et operae meae expunctio, quantum sibi libet. Utinam quantum sibi quidem, nec videre possimus quae facere nobis nefas est! Sed quoniam ita Malus circumdedit saeculum idololatria, licebit adesse in quibusdam, quae nos homini, non idolo, officiosos habent. Plane ad sacerdotium et sacrificium vocatus non ibo (proprium enim idoli officium est); sed neque consilio, neque sumptu aliave opera in eiusmodi fungar. Si propter sacrificium vocatus assistam ero particeps idololatriae, si me alia causa coniungit sacrificanti, ero tantum spectator sacrificii [9].“ Quemadmodum a professione fidei abhorrere non debet christianus, etiamsi capitis se damnatum iri sciat, ita etiam eodem imminente periculo se a deorum cultu abstineat necesse est. „Praescribitur mihi, ne quem alium Deum dicam; ne vel dicendo, non minus lingua quam manu Deum fingam, ne quem alium adorem, aut quoquo modo venerer, praeter unicum illum, qui ita mandat, quem et iubeor timere, ne ab eo deserar, et de omni substantia diligere, ut pro eo moriar. Huic sacramento militans ab hostibus provocor, par sum illis si manus dedero; hoc defendendo depugno in acie, vulneror, concidor, occidor. Quis hunc militi suo exitum voluit, nisi qui tali cum sacramento consignavit [10]?“

---

4) De idololatr. c. 1.
5) L. c. c. 4.
6) L. c. c. 6.
7) Apologet. c. 27.
8) Ad Scap. c. 2.
9) De idololatr. c. 16.
10) De scorpiac. c. 4.

3. An christiano spectaculis interesse liceat? Negat Tertullianus. „Spectaculis, inquit, non convenimus [11]." „Spectaculis vestris in tantum renuntiamus, in quantum originibus eorum, quas scimus de superstitione conceptas, cum et ipsis rebus, de quibus transiguntur, praetersumus. Nihil est nobis dictu, visu, auditu cum insania circi, cum impudicitia theatri, cum atrocitate arenae, cum vanitate xysti [12]." „Si ex idololatria universam spectaculorum paraturam constare constiterit, indubitate praeiudicatum erit, etiam ad spectacula pertinere renuntiationis nostrae testimonium in lavacro, quae diabolo et pompae et angelis eius sint mancipata, scilicet per idololatriam [13]." „Avertat Deus a suis tantam voluptatis exitiosae cupiditatem! Quale est enim de ecclesia Dei in diaboli ecclesiam tendere? de coelo (quod aiunt) in coenum? illas manus, quas ad Dominum extuleris, postmodum laudando histrionem fatigare? ex ore quo Amen in Sanctum protuleris gladiatori testimonium reddere, εἰς αἰῶνας ἀπ' αἰῶνος alii omnino dicere, nisi Deo Christo [14]?"

4. An christiano liceat professoris munere fungi in schola publica? Tertullianus noster hac de re ita disserit: „Quaerendum autem est etiam de ludi magistris et de caeteris professoribus litterarum, imo non dubitandum affines illos esse multimodae idololatriae. Primum, quibus necesse est deos nationum praedicare, nomina, genealogias, fabulas, ornamenta honorifica quaeque eorum enuntiare, tum solemnia festaque eorumdem observare, ut quibus vectigalia sua suppetant. . . . Si fidelis litteras doceat insertas (inserta) idolorum praedicatione, sine dubio dum docet commendat, dum tradit affirmat, dum commemorat testimonium dicit: deos ipsos hoc nomine obsignat, cum lex prohibeat deos pronuntiari et nomen hoc in vano collocari. Hinc prima diabolo fides aedificatur ab initiis eruditionis. Quaere, an idololatriam committat, qui de idolis catechizat [15]?"

---

11) Apologet. c. 42.

12) L c. c. 38.

13) De spectac. c. 4.

14) L. c. c. 25.

15) De idololatr. c. 10. Si cui haec controversia nimis acerbe diremta videatur, ad ea remissum eum velim, quae I. C. noster Montanista ad feminas christianas loculus est verba: „Vivit sententia Dei super sexum istum in hoc saeculo: vivat et reatus necesse est. Tu es diaboli ianua, tu es arboris illius resignatrix, tu es, quae eum persuasisti, quem diabolus aggredi non valuit. Tu imaginem Dei, hominem, tam facile elisisti; propter tuum meritum, id est mortem, etiam Filius Dei mori habuit: et adornari tibi in mente est super pelliceas tuas tunicas?" Cf. De cultu fem. c. 1.

5. „Fugiendum necne sit in persecutione [16]?" Pariter negat, quamvis scriptura sacra fugam admittere videatur [17]), et ecclesia fugientes nunquam damnaverit. Haec sunt eius verba: „Circa persecutionem dixerim, nihil fieri sine Dei voluntate, respiciens eam imprimis dignam Deo esse, et, ut ita dixerim, necessariam, ad probationem scilicet servorum eius sive reprobationem [18])." „Si velit Deus, tunc persecutionem patieris; si vero noluerit, silebunt nationes [19])." „Si igitur persecutio a Deo evenit, nullo modo fugiendum erit quod a Deo evenit. . . Si bonum persecutio quoquo modo, . . . merito definimus, quod bonum est vitari non oportere [20])." „Bonum militem Christo imperatori suo praestat, qui tam bene ab Apostolo armatus, tuba persecutionis audita, diem deserit persecutionis? Respondebo et ego de saeculo aliquid: *Usque adeone mori miserum est* (Virg. Aen. XII. 646.)? Moriatur quoquo modo, aut victus, aut victor. . . . Pulchrior est miles in praelio amissus, quam in fuga salvus [21])."

6. An militare liceat christiano? Tertullianus catholicus pure et simpliciter haec habet: „Vobiscum militamus [22])." Sed iam in libro de idololatria pro naturae suae austeritate homini christiano omne militiae genus, omnem gladii usum adimit. „At nunc de isto quaeritur, an fidelis ad militiam converti possit, et an militia ad fidem admitti etiam caligata vel inferior quaeque, cui non sit necessitas immolationum vel capitalium iudiciorum. Non convenit sacramento divino et humano, signo Christi et signo diaboli, castris lucis et castris tenebrarum: non potest una anima duobus deberi, Deo et caesari. . . . Quomodo bellabit, imo quomodo etiam in pace militabit sine gladio, quem Dominus abstulit? . . . . Omnem militem Dominus, in Petro exarmando, discinxit [23])." Tertullianus Montanista haec addit: „Credimusne humanum sacramentum divino superduci licere, et in alium Dominum respondere post Christum? . . . Licebit in gladio conversari, Domino pronuntiante, gladio periturum, qui gladio fuerit usus? Et praelio operabitur filius pacis, cui nec litigare conveniet? Et vincula et

---

16) De fuga in persecut. c. 1.
17) Matth. XXIII, 34. XXIV, 15 sqq. Act. IX, 23 sqq.
18) De fuga c. 1.
19) L. c. c. 3.
20) L. c. c. 5.
21) L. c. c. 10.
22) Apologet. c. 42.
23) De idololatr. c. 19.

carcerem et tormenta et supplicia administrabit, nec suarum ultor iniuriarum? . . .
Et excubabit pro templis, quibus renuntiavit, et coenabit illic, ubi Apostolo
non placet? Et quos interdiu exorcismis fugavit, noctibus defensabit, incumbens
et requiescens super pilum, quo perfossum est latus Christi [24].

---

24) De corona mil. c. 11. In hoc libro causam defendit militis cuiusdam christiani, qui ob
virtutem laureatus coronam in capite gestare recusaverat. — Scorpiacum si desideras,
vide sis D. Augustini ep. 108. c. 2. No. 15.; ep. 189. No. 4—6.; serm. CCCII. c. 17.
No. 15. Ruinarti acta MM. T. III. p. 270 sqq. ed. Galur.

Sed haec hactenus de Septimio Tertulliano eiusque doctrina.
Restat ut indicamus solennia, quibus recoli solet memoria au-
gustissimi regis, Friderici Guilelmi III, ante hos decem annos
morte nobis erepti. Cuius virtutibus meritisque debitam ve-
nerationem publica oratio testificabitur, ad quam benevole au-
diendam mandato RECTORIS MAGNIFICI ILLUSTRISQUE
SENATUS HUIUS UNIVERSITATIS PROFESSORES AM-
PLISSIMOS, CLARISSIMOS DOCTORES, COMMILITONES
ORNATISSIMOS UNA CUM PROCERIBUS ET MAGISTRA-
TIBUS HUIUS CIVITATIS GRAVISSIMIS ET QUOTQUOT
NOBIS LITTERISQUE FAVENT OMNES QUA DECET OB-
SERVANTIA INVITAMUS. Q. D. B. V.

Scripsimus Bonnae Idib. Iul. MDCCCL.

SACRAM MEMORIAM
REGIS SERENISSIMI
DIVI
FRIDERICI GVILELMI III
VNIVERSITATIS FRIDERICIAE GVILELMIAE RHENANAE
CONDITORIS MVNIFICENTISSIMI

AB EADEM VNIVERSITATE DIE III. MENSIS AVGVSTI ANNI MDCCCLXXXI

HORA XI

PIE RECOLENDAM

VICTORVMQVE RENVNTIATIONEM E LITTERARVM CERTAMINIBVS
PRODEVNTIVM

INDICIT

GVILELMVS MANGOLD
ORDINIS THEOLOGORVM EVANGELICORVM H. A. DECANVS.

———

INEST EIVSDEM DE ECCLESIA PRIMAEVA PRO CAESARIBVS AC MAGISTRATIBVS
ROMANIS PRECES FVNDENTE DISSERTATIO.

———

BONNAE
PROSTAT APVD AEMILIVM STRAVSS BIBLIOPOLAM.

FORMIS CAROLI GEORGI VNIV. TYPOGR.

Quo ex tempore Albertus Ritschl ante hos triginta annos contra Tubingenses de antiquissimae ecclesiae originibus et progressu opiniones sententiam et in medium protulit et sagacissime probasse visus est, ecclesiam catholicam primaevam praecipue ex gentilibus, in Christi discipulos conversis sed non iam unius Pauli, verum omnium apostolorum auctoritatem amplexis, esse conlectam atque in unum corpus coaluisse, Iudaeo-christianos autem, cum quod explosis Pauli placitis duodecim apostolorum doctrinae proprium esset, tum victum patria circumscriptum lege retinentes, iam sub finem saeculi primi ab hac rerum christianarum innovatione alienos fuisse et paulatim extra ecclesiam catholicam obtinuisse locum, viri docti his de rebus adhuc solent disputare. Alii discrimen catholicam inter et apostolicam ecclesiam paene non animadvertebant neque ullo modo explicare poterant. Alii antesignanum secuti Ferdinandum Baur ecclesiae catholicae fundamenta hoc modo posita esse contendebant, quod Iudaeo-christiani ac Pauli asseclae, syncretismo quodam contra Gnosticos usi, partium studio, quod ecclesiam apostolicam turbaverat, sedato, arctissimam iniissent communionem, quae, quamvis victum secundum mores Iudaicos compositum repudiaret, tamen et in doctrina et in regimine ecclesiae iudaisticam magis quam Paulinam indolem redoleret. Alii et haud pauci Alberti Ritschl iudicio et de initiis atque incrementis ecclesiae catholicae primaevae et de ratione, quae illam inter et Iudaeo-christianos intercederet, ingenue adstipulabantur. Qui hoc cum doctissimo historiae ecclesiasticae investigatore sentiunt, permulta, quae celeberrimus Baur suique vestigia vitae ac doctrinae iudaeo-christianae in antiquae ecclesiae monimentis deprehendere sibi visi sunt, alio modo interpretentur necesse est. Haec enim omnia duce Alberto Ritschl vel ex communi gentilium, qui Christo se dederant, usu sententiisque, vel ex Pauli doctrina in catholicam sensim immutata profluxisse pro certo statuunt. Cui sententiae stabiliendae nostris diebus tres quatuorve potissimum disquisitiones inservierunt, eo quoque consilio conscriptae, ut quod status, victus fideique Christianorum a gentilibus profectorum temporibus et apostolorum et ecclesiae catholicae primaevae esset proprium, monstrarent. Doctissimus enim Georgius Heinrici argumentis praecipue e corpore inscriptionum atque ex iis, quae scriptores et veteres et nostrates de collegiis et sodaliciis Graecorum Romanorumque nobiscum communicant, repetitis probare conatus est, ecclesiae Corinthiae totam condicionem, qualem epistula prior a Paulo ad Corinthios data nobis depinxerit, hoc solo modo accuratius posse explicari, quod Corinthi veterum collegiorum sodales, primi sacra christiana amplexi, collegiorum suorum consuetudines, regulas, statuta etiam in ecclesia servaverint. Quam ob rem Heinrici potius perhibuit, antiquissima instituta legesque, quae victum et Corinthiae et fere omnium, imprimis Romanae, ecclesiarum e gentilibus conlectarum regerent, non ex synagoges iudaicae, sed ex veterum sodaliciorum institutis esse derivata[1]). Paulo post Carolus

---

1) Vid. Georgii Heinrici commentationem: „Die Christengemeinde Korinths und die religiösen Genossenschaften der Griechen" in: Hilgenfeld, Zeitschrift f. wiss. Theol. Jahrg. 1876, p. 465 ss. Conf. eiusdem autoris commentarios: „Das erste Sendschreiben des Apostel Paulus an die Korinther". Berl. 1880. 1 Vol. 8°.

Weizsäcker omne quo pollet ingenii acumen in eo posuit, ut sententiam illam, quam Baur et non asseclae soli sed etiam permulti eius adversarii in deliciis habuerunt habentque, ecclesiam Romanam Pauli temporibus fuisse iudaeo-christianam, sagacius opinor quam verius, funditus refutaret. Statuendo contrarium, celeberrimam hanc ecclesiam post illud Claudii imperatoris edictum, quod Iudaeos Roma expulerat, e gentilibus conlectam et fuisse et visam esse et gentilium, qui Christo nomina dedissent, indolem prae se tulisse, Weizsäcker uberrimum fontem, qui e Tubingensium theologorum opinione ecclesiam catholicam primaevam elementis inundaverat iudaeo-christianis, penitus obturasset, si revera recte de veterrimae Romanorum ecclesiae statu censuisset. Quod iudicium de Romae christianae primordiis iam antea, enucleando, quo modo in ecclesiis Paulinis certa quaedam atque communis vitae fidelium ethicae regula esset exorta, sollers ille ac doctissimus Novi Testamenti interpres praemuniverat; nam haec quoque disputatio eo tendit, ut gentiles ad Christum conversos in formandis moribus christianis per se a vi et autoritate Iudaeo-christianorum fuisse liberos coarguat: atque horum aliquid morum in epistula ad Romanos data saepius spectari Weizsäcker est opinatus[2]). Denique Mauritius ab Engelhardt simile quoddam ac quod Georgius Heinrici et Carolus Weizsäcker conati erant, sibi sumpsit; non vero, ut illi, de una alterave ecclesia, neque de apostolorum temporibus egit, sed teste in medium vocato Iustino philosopho et martyre ex eius libris id, quod esset proprium doctrinae et huius scriptoris et totius ecclesiae catholicae primaevae, cuius fundamenta Iustinus iecisse videretur, non Iudaeo-christianorum indolem naturamque, sed Christianorum a gentilibus profectorum ingenium manifeste prae se gessisse diligenter probare studuit[3]).

At vero, cum iam dudum iis, quae Albertus Ritschl et de ecclesiae catholicae primaevae origine, indole naturaque, et de ratione Paulum inter caeterosque apostolos in Novo Testamento obvia, et de controversiis in ecclesiis apostolicis obortis acute disputavit, in universum sim adsensus[4]), huius loci non est, quatenus cum iis faciam, qui vim atque auctoritatem, quam Iudaeo-christiani in formandam ecclesiam exseruerint, arctioribus finibus quam a Ferdinando Baur positis circumscribere velint, accuratius explicare. Mittamus igitur, quamquam haud omnia ab iis prolata in medium sunt probanda, quae et Georgius Heinrici et Mauritius ab Engelhardt disseruerunt. Sed cavendum est ne ulterius hac in via progrediamur! Iam quae Carolus Weizsäcker de antiqissima Romanorum statuit ecclesia ferri vix possunt. Cum vero alio loco de epistula ad Romanos data et de iis, ad quos Paulus apostolus has literas scripserit, iterum fusius sim disputaturus[5]), hoc loco unam tantam rem, eamque gravem, de qua Weizsäcker in commentationibus suis haud satis recte sensisse visus est, uberius explanare ac lectorum judicio benevolo submittere iuvat.

---

2) Vid. Caroli Weizsäcker dissertationem: „Ueber die älteste Römische Christengemeinde" in: Jahrbücher für Deutsche Theologie. Bd. XXI. Gotha 1876, p. 248 ss. Conf. eiusdem autoris tractatum: „Die Anfänge christlicher Sitte" cod. loc. p. 1 ss.

3) Conf. Mauritii ab Engelhardt librum doctissimum: „Das Christenthum Justins des Märtyrers. Eine Untersuchung über die Anfänge der katholischen Glaubenslehre. Erlangen 1878."

4) Vid. Alberti Ritschl librum celeberrimum: „Die Entstehung der altkatholischen Kirche (2). Bonn, 1857". Conf. meae disquisitionis criticae, cui titulus: „Der Römerbrief und die Anfänge der Römischen Gemeinde." Marburg 1866." pagg. 144. 166. 183 et Friderici Bleek: „Einleitung in das N. T." editionis tertiae, a me recensitae a. 1875, pag. 47.

5) Iam in eo sum, ut quae a. 1866 de epistula ad Romanos data et de initiis ecclesiae Romanae disputavi (conf. n. 4) praeloquo subieci, et contra adversarios defendam et novis argumentis munita edendo iterum publici iuris faciam.

Sagacitate enim usus se ipsam fallente Carolus Weizsäcker inter vestigia, quae a iudaeo-christiani victus abhorrere videantur consuetudine atque Romanam ecclesiam primaevam demonstrent e gentilibus conlectam, preces publicas iam exeunte saeculo primo ni fallor per canonem quendam ecclesiasticum praescriptas enumerat, quas Romae fidelium congregatio pro Caesaribus magistratibusque fundere sit solita. Cuius precationis testis exstat antiquissimus Clemens Romanus. Nam in epistulae ad Corinthios datae prioris capite LXI, a Bryennio nuper reperto, huius modi preces atque vota Clemens nobiscum communicavit, quae, ut Adolfus Harnack recte censuit, indolem naturamque ostendere videntur liturgicam[6]). Cui iudicio adsentiri visus Weizsäcker his de precibus haec fere protulit: Paulum in capite XIII epistulae ad Romanos datae cohortatum, ut qui Christo nomina dedissent sinceram magistratibus praestarent obedientiam, hac cohortatione, cum nihil Iudaeorum perstringeret proprium, Christianos quosdam a gentilibus profectos respexisse, quorum, cum se scirent vocationis coelestis participes et regni divini, iam nihil interesset, ut mundana huius seculi civitas cum Caesaribus magistratibusque eius, mox Christi iudicio peritura, amplius exsisteret, quam ob rem homines illi perversi, falsum amplexi seculi contemptum, neque legibus parere, neque debita vectigalia tributaque solvere voluissent. Huc enim pertinuisse, quod Paulus in ep. ad Rom. c. XIII vv. 1—7 scripsisset, nuper per Clementis Romani epistulam priorem ad Corinthios Bryennianam satis esse confirmatum, cuius c. LXI, preces notatu dignas „pro principibus et praefectis nostris in terra" tradens, luce clarius demonstraret, priscorum Christianorum et fidei et spei aliquid infuisse, quod per se, neque ullo modo propter seditiosum Iudaeo-christianorum ingenium ac consuetudinem talis indiguisset cohortationis, qualem Paulus loco laudato ecclesiae Romanae inculcasset[7]).

Quamquam vero lubentissime Carolo Weizsäcker concedo, cum totam Clementis epistulam tum preces eius, ni fallor liturgicas, pro magistratibus fermenti iudaistici, quod vel in autoris ipsius, vel illorum, quorum nomine scripsit Clemens, animos vim suam exercuerit, nihil ostendere, tamen in argumentatione modo breviter comprehensa tria, quibus nequeam assentire, obveniunt. Nam primum contra illam viri doctissimi sententiam, quam disputationis fundamentum posuit, pro certo tenendum esse videatur, Paulum per ep. ad Rom. c. XIII vv. 1—7 cohortationes Iudaeo-christianorum animos, imperio Romano infestos, ad officia bonis civibus praestanda compellere esse conatum. Tum oblitus est, opinor, Weizsäcker discriminis, quod Pauli inter ac Clementis tempora intercedit, quare quae de Clementina valeant Romanorum ecclesia non simpliciter valere videantur de Paulina. Denique Iudaei iam Ieremiae temporibus pro gentilium, quorum in ditionem venerant, magistratibus preces fundere sunt iussi; quae cum ita sint, quis est, qui priscorum preces

---

6) Philotheus Bryennius, metropolita Serensis, codicem quendam Constantinopolitanum in bibliotheca monasterii patriarchalis Hierosolymitani invenit, qui praeter alia Clementinarum quoque epistularum apographon continet, quod vir doctissimus paulo post, a. 1875, edidit. Hoc apographo, additis et nonnullis minoris momenti et totis sex capitibus (LVIII—LXIII) textui Clementis epistolae prioris Alexandrino, tandem omnia, quae vel Clemens vel ecclesia Romana Corinthiae ecclesiae per hanc epistolam mandasse videretur, accurate expleta sunt. Haec vero epistulae Clementinae additamenta, a Bryennio exhibita, iam in Adolfi Harnack conlegarumque novissima operum patrum apostolicorum editione, a. 1876 inchoata, sunt recepta, neque desunt apud Adolfum Hilgenfeld in libri: „Novum Testamentum extra canonem receptum. 1876." editione altera. Conf. Adolfi Harnack de Clemente Bryenniano censuram in Aemilii Schürer „Theologische Literaturzeitung I, 1876", pag. 97 sqq.

7) Conf. „Jahrbb. für Deutsche Theologie XXI. Gotha 1876," pgg. 14 s., 16 ss., 262.

Christianorum pro principibus et praefectis cum Iudaeo-christianorum moribus nullo modo cohaesisse voluerit contendere.

Ut vero primam, quam Caroli Weizsäcker disquisitioni opposuimus, sententiam comprobemus, accuratius et quod Weizsäcker Paulum in epistolae suae cap. XIII Romanis dicentem faciat et quod Paulus ipse dixerit est explicandum. Constat sane, ut recte censet doctissimus adversarius, locum epistulae Paulinae laudatum Christianorum Romanorum animos monstrare propensiores ad contumaciam contra magistratus infestam, quamvis quibus rationibus permoti illi Christiani imperium detrectaverint Romanum haud ita evidenter appareat. Quibus in pervestigandis rationibus Weizsäcker hanc contumaciam nequaquam e Iudaeorum, quam Iudaeo-christiani retinuerint, inimicitia quadam contra Romanos, et gentis et religionis patriae propria, quam permulti viri docti sumpserint, pendere pro certo statuit. Nam talem inimicitiam hoc epistulae loco ne ullo quidem Pauli verbo manifeste denotatam esse putat neque, ut alii sentiunt, revera fuisse e notissimo Claudii edicto, quod Iudaeos Roma expulerit, probari posse contendit. Sit sane, opinatur, ut Claudius imperator incolas regionis transtiberinae inter se altercatos ac pronos ad tumultus exsilio coercuerit; tamen Iudaeos tum temporis imperio Romano non fuisse infestos neque Caesaris legibus parere noluisse ex eo Weizsäcker censet elucere, quod per alia eiusdem Claudii edicta Iudaeis, ut bonis civibus, liber religionis patriae cultus toto in imperio concessus sit et privilegia, ab Augusto Caesare populo Iudaico collata, sint confirmata[8]). At vero cum Iudaeorum religio fuerit licita et Iudaei in orbe Romano sub iuris publici tutela vitam degerint, quo modo vel ipsi vel Iudaeo-christiani cum illis facientes ad voluntatem magistratibus Romanis tam infestam pervenerint, vix excogitari posse; hanc igitur de iudaistica Paulum egisse immodestia sententiam non esse admittendam.

Contra huic contumaciae aliquid fanatici cuiusdam Christianorum ipsorum erroris inesse, qui ingenii iudaistici opiniones ac studia omnino non redoluerit, Weizsäcker iudicat. Dubitasse enim sentit Christianos, utrum ethnicae civitatis magistratus secundum ius divinum legitimi habendi, an potius reiiciendi essent. Quam ob rem Paulum mandantem, ut non poenae timore sed potius recti conscientia permoti magistratibus obediant Christiani, aperte contra perversam facere sententiam, Christi asseclis propter conscientiam christianam Romanum imperium esse detrectandum. Si apostolus, addit vir doctissimus, de iudaistica contra regimen Romanum egisset pervicacia, certe monuisset, fidem christianam ad huius mundi regnum quoddam non aspirare neque obedientiam erga magistratus Romanos per hanc fidem esse vetitam. Praeterea Weizsäcker observasse sibi visus est, Paulum magistratuum odium, quod e metu quodam provenisset, notasse; nam iam cap. XIII v. 3 apostolum lectoribus, ut animos eorum placaret, in mentem revocasse, non probis sed improbis solis civibus regimen esse timendum. Talem vero metum non Iudaeorum, quorum religio fuisset licita, sed Christianorum, quibus fortasse persecutionis periculum imminere videretur, fuisse proprium, quare et Paulum diligentissimum legum obsequium, ne fideles magistratuum iram concitarent, commendasse. Denique Weizsäcker cohortationem, ut Christiani tributum ac vectigalia stricte solverent, ad id trahere sibi visus est, quod Paulus praemonere vellet, ne fideles, regni divini

---

8) Conf. Iosephi Antiq. Iud. XIX, 5, 2. 3.

filii, falsa rerum et coelestium et terrestrium aestimatione decepti, propter beneficia ac dignitatem in Christo sibi collata condicionem, qua hoc in seculo uterentur, neve communi in civitate Romana victus officia spernerent; qua de causa iam Christum gravissimo suo exemplo apud Matthaeum (XVII, 24 sqq.) monstrasse, etiam filiis domus Dei hemisicli censum annuatim aerario templi esse pendendum.

Hac vero in argumentatione tot fere errores, quot sententiae inesse videntur. Sit sane, ut Romani Iudaeis liberum religionis cultum et iuris publici tutelam concesserint; sit, ut hoc modo victores, quantum in iis situm fuerit, a populo victo atque in servitutem redacto gravissimas magistratibus Romanis imperium detrectandi causas amoverint: tamen inprimis quaerendum est, num Iudaei his beneficiis ac privilegiis, ab hoste collatis, sint usi gratis et placatis animis. Quod vero plane negandum est. Iam enim sacrosancta legis patriae autoritate Iudaei vetiti erant virum quendam ex alia ac Abrahamitica stirpe prognatum agnoscere regem suum eique parere[9]). Religionis igitur fuit, legi Mosaicae adscriptos simulatque vel per rei publicae condicionem licuerat vel per continuas vexationes animi ad iram excitati erant, imperio gentili obedientiam non praestare et contra magistratus Romanos agere. Inde crebri Iudaeorum tumultus, ex quo Romani dominationem haud raro crudelem in eos exercebant. Cum Paulus literas suas Romam misit, nondum obliti erant neque Iudaei neque Romani Iudae Gaulanitae, quippe qui, cum a. VII p. Chr. n. primum tributum ab Augusto Caesare Iudaeae in provinciam redactae esset impositum, terrae sacrae incolas, unius veri Dei populum, ad arma vocaverat, ut Romanorum iugo fracto Dei restitueret regnum[10]). Ex hoc autem Gaulanita Iosephus nobis tradidit etiam sectam quandam Iudaeorum originem traxisse, cuius asseclae, caeteroquin cum Pharisaeis sentientes, cum Deum unum pro rectore ac domino habentes hominem neminem dominum agnoscere voluissent neque per supplicia quidem gravissima a mente sua essent detorti, recte zelotarum nomen prae se tulissent[11]); hos vero zelotas bonorum civium erga magistratus Romanos vices gessisse quis crediderit? Et sicut Iudae sectatores in rebus ad religionem patriam pertinentibus sentiebant cum Pharisaeis, ita horum numerosae societatis maior pars in rebus politicis cum Iuda, illo sane cautius, neque vero placabilius, faciebat. Nonne Pharisaeorum quaestio illa, Christo proposita: „Dic ergo nobis, quid tibi videtur, licet censum dare Caesari an non[12])" fervens dominationis Romanae spirat odium? Nam Pharisaei Christum, si tributorum exigendorum ius ab eo simpliciter Romanis esset concessum, criminis laesae theocratiae arguissent, dum Herodiani socii negato hoc iure pseudomessiam criminis laesae Caesaris maiestatis accusare voluerunt. Habemus igitur ex quo Iudaea in provinciam erat redacta, id quod et Iosephus et Novum Testamentum sunt testati, Iudaeorum permultos, qui iugum Romanum aegre ferentes inviti magistratibus Romanis debita, quae detrectare maluissent, officia praestabant. Huic vero Iudaeorum de imperio Romano iudicio Iudaeo-christianos facile esse adsensos, cum utrique eodem patriae amore permoti eodem modo spei messianae inesse crediderint, Christum ut gentilium regnis per ipsum pessundatis theocratia tota in terra instauretur esse venturum, vix dubitari potest.

Qua de causa Iudaeorum historia moniti quae Paulus in epistulae ad Romanos datae c. XIII vv. 1—7 exposuerit Iudaeo-christianis, non Christianis a gentibus profectis esse dicta contendi-

---

9) Conf. Deuteron. XVII, 15: Eum constituas quem Dominus Deus tuus elegerit de numero fratrum tuorum. Non poteris alterius gentis hominem regem facere, qui non sit frater tuus.

10) Conf. Ioseph. Antiquit. XVIII, 1, 1.

11) Conf. eodem loco XVIII, 1, 6.

12) Conf. Ev. Matth. XXII, 17.

mus[13]). Cohortatus lectores vv. 1. 2: „Ne magistratuum supereminentium potestatem existimaveritis neque summo iure neque institutione divina carentem, pro legitimo potius divinae mundi gubernationis organo habeatis!" nonne Paulus contra Iudaeos vel Iudaeo-christianos facere videtur, qui patriae legis autoritate fulti regiminis Romani, quo gentiles fungebantur, ius ipsum negaverint? Quod si Weizsäcker concedere nolit, totum perscrutetur orbem christianum et alios quoque monstret Christi asseclas, a gentilibus profectos, ac quos Romae degentes finxerit, qui iam quinto saeculi primi decennio inveteratum dominationis Romanae ius in dubium vocaverint. Nullos inveniet, sed Iudaeorum innumeros, quorum qui sacra christiana sint amplexi facile huius fermenti iudaistici aliquid retinuerint, quare hos inter recensere Romanos quoque Christianos magistratibus infestos probabilius esse videtur. Neque Paulus pergens vv. 3. 4 de magistratuum odio e metu quodam proveniente verba facit, quod Weizsäcker, interpres alias accuratissimus, neglecta coniunctione γάρ in initio versus tertii posita, contendit, sed potius iudicium suum, magistratus, divinitus institutos, divinae mundi gubernationis vices gerere, vult probare; positos enim esse declarat ad iustitiam inter homines et efficiendam et tuendam, bonis in salutem, contra malos, si alio modo fieri non possit, vel per poenarum suppliciorumque vim. Hac vero argumentatione, qua Paulus omnes magistratus, quamvis sint gentiles, ex institutione sua divino quodam fungi ministerio ostendit, evidenter Iudaeo-christiani docentur, se summa iniuria, cum Deo inservire voluerint ex fidei christianae professione, ius regiminis Romani non agnoscere[14]). Nam ex ipsa et iuris et potestatis regiminis ratione naturaque apostolus argumenta sua deprompsit; non illam igitur impugnat contra magistratus immodestiam, quae hic illic variis vexationibus irritata tumultus commovere sit solita, sed illud regiminis odium, quod falsis de institutione magistratuum ipsa nixum sit sententiis; huius modi vero sententias Pauli temporibus apud solos Iudaeo-christianos deprehendimus. His quoque solis, qui conscientia erronea Romanis sincera fide subditi esse vetiti sint, sequentis versus 5. cohortatio dicta esse videtur, ne propter poenam timendam modo, sed etiam propter conscientiam magistratibus se subiiciant. Sin vero Paulus denique vv. 6. 7. strenue poscit, ut lectores tributa solvant reddantque et timorem et honorem, cui et timor sit debitus et honor, quis est, qui non videat, hoc praecepto obstringi Iudaeo-christianos, quorum patres duce Gaulanita arma contra Romanos hanc ipsam ob causam moverant, quod hi victores ac domini gentiles populo sancto modo subdito primum imposuerant tributum[15]).

---

13) Mittamus hoc loco quaestionem, num Christiani a gentilibus profecti an Iudaeo-Christiani ecclesiae Romanorum primaevae et corpus et indolem formaverint. Cum Weizsäcker ipse l. c. pag. 260 agnoverit, nonnullos in ecclesia Romana adfuisse Iudaeo-christianos, de quibus Paulus c. gr. in epistulae c. XIV egerit, nihil contra viri doctissimi iudicium de priscae ecclesiae Romanae typo in universum faciet, si capitis quoque XIII cohortationes ad Iudaeo-christianos spectasse statuimus.

14) Ne quis obiiciat, Paulum, si Iudaeo-christianorum errores refellere voluisset, in primis contra Deuteronomii locum supra laudatum XVII, 15 agere debuisse. Obsoletum illud legis Mosaicae praeceptum expressis verbis refutari Pauli nihil interfuit; nam Christum legis esse finem (Rom. X, 4) apostolus pro certo habuit: Sed cum Iudaeo-christianis, quorum animos epistula ad Romanos data sibi conciliare studuit, hac de re gravissima hoc loco obiter disputare nolle visus est; itaque aliis argumentis, naturam regiminis sensui commun. illustrantibus, Iudaeo-christianorum de magistratibus gentilibus iudicium esse falsum demonstravit.

15) Conf. Ioseph. Antiqq. XVIII, 1, 1: Ἰούδας δὲ Γαυλανίτης ἀνὴρ, ἐκ πόλεως ὄνομα Γάμαλα, Σάδδουκον φαρισαῖον προσλαμβανόμενος ἠπείγετο ἐπὶ ἀποστάσει τήν τε ἀποτίμησιν οὐδὲν ἄλλο ἢ ἄντικρυς δουλείαν ἐπιφέρειν λέγοντες, καὶ τῆς ἐλευθερίας ἐπ' ἀντιλήψει παρακαλοῦντες τὸ ἔθνος ..... ἡδονῇ γὰρ τὴν ἀκρόασιν ὧν λέγοιεν ἐδέχοντο οἱ ἄνθρωποι.

At, cum Paulus de ratione subiectos inter ac magistratus intercedente egit, gentiles, qui Christo nomina dederant, prorsus alia ac Iudaeo-christiani condicione et in imperio Romano et in urbe ipsa utebantur. Nam epistula ad Romanos data quinquennio, quod dicunt Neronis, foelicissimo illo rei publicae lustro, nondum exacto conscripta est. Nihil igitur tum temporis aderat, quod Romanorum vel gentilium vel christianorum animos magistratibus patriis infestos redderet, quorum potius leges ac praecepta Christi discipuli a gentilibus oriundi, cum ceteris urbis incolis suetae obedientiae vinculo coniuncti, fideliter observabant. Professio enim fidei christianae Romanorum fidem rei publicae eiusque rectoribus tenendam immutare non potuit. Nonne Iesus Christus ipse suos iusserat Caesari dare quod esset Caesaris, simul testatus, hoc praeceptum officiis erga deum nihil derogare[16]? Ac huius Iesu effati Christiani a gentilibus profecti ne persecutionibus quidem Caesarum adflicti crudelissimis unquam sunt obliti; quo igitur iure quis contenderit, inter illos non defuisse perversos quosdam homines, qui tuti, sicut Pauli lectores, ab omni castigatione propter religionis suae professionem imposita, ita ut deo quod dei esset reddere possent, obedientiam magistratibus detrectavissent? Neque ullum quidem Pauli verbum huic errori favit; nam cum sententiarum Paulinarum de evangelii indole naturaque haec esset summa, communionem cum deo patre per Christum ineundam a nulla externa re, a sola potius fide dependere, leves Graecorum animi, novarum rerum cupidi, si fieri potuisset, fortasse, neque vero Romanorum strenuae mentes per apostolicam regni divini adnuntiationem essent permoti, ut huius seculi magistratibus in contemptu habitis parere noluissent. Una tantum causa excogitari potest, quae, quamdiu ecclesia pace fruebatur, gentiles sacra christiana amplexos magistratibus Romanis infestos reddiderit, ea quidem quod Christiani rerum potiri voluerint, ut anticipando mundi imperio millennium ac Christi exaltati dominationem iam hoc in seculo fuerint praeparaturi. Sed tale quoddam quartum ante seculum nullo modo Christianorum erat in votis. Cuius rei testes audiamus non solos Christum ipsum, qui regnum illud, cui fidelium animos conciliare studuit, coelorum vel dei regnum nominabat[17], neque Paulum, qui Philippensibus scripsit: ἡμῶν γὰρ τὸ πολίτευμα ἐν οὐρανοῖς ὑπάρχει[18], sed etiam Tertullianum, cuius apologeticum contendit: sed et Caesares credidissent super Christo, si aut Caesares non essent seculo necessarii, aut si et Christiani potuissent esse Caesares[19]), his verbis alta voce testatum, Christi asseclas etiam ineunte saeculo tertio rem publicam christianam condere, in qua Caesar quidam e Christianorum numero electus regnaret, nondum molitos esse.

Quae cum ita sint, Christianorum quoque a gentilibus profectorum condicionis ratione habita stat sententia, Paulum apostolum loco epistulae ad Romanos datae in controversiam vocato non contra gentiles, qui Christo nomina dederant, sed contra Iudaeo-christianos, rei publicae Romanae infestos, revera egisse.

---

16) Conf. Ev. Matth. XXII, 21.
17) Ev. Matth. IV, 17; Marc. I, 15.
18) Ep. ad Phil. III, 20.
19) Apologet. c. 21. Conf. eiusdem Apologetici c. 1: Scit (scl. veritas) se peregrinam in terris agere, inter extraneos facile inimicos invenire, ceterum genus, sedem, spem, gratiam, dignitatem in coelis habere. Quod hoc loco de veritate ipsa, etiam de eius asseclis, nempe Christianis, valere videtur.

Sed preces illas „pro principibus et praefectis nostris in terra", quas Clementis epistulae ad Corinthios datae c. LXI[20]) nobiscum communicavit, cum iam ne ullum quidem vel psalmi cuiusdam vel prophetae dictum contineant, nihil sapere ingenii iudaistici, quis est, qui negare voluerit? Hoc vero in diiudicanda quaestione nostra, utrum haec pro magistratibus precatio consuetudinis ethnico-christianae fuerit an iudaeo-christianae, eo maioris momenti esse videtur, quo clarius ex epistula ipsa elucet, has preces non esse compositas a Clemente, sed indolem prae se ferre liturgicam[21]). Nam cum Clemens inde a c. LIX, 3 usque ad c. LXI finem Deo laudes offerat, gratias agat, preces fundat, gravissimis ac grandiloquentibus verbis comprehensas, quae epistulae perorationi sunt insertae, quamvis pro re ipsa, quae autori scribendi ansam dederat, prorsus nihil faciant, haud errare videntur, qui cum Adolfo Harnack sentiant, epistulam Clementinam hoc loco nonnulla e solemnibus ecclesiae Romanae orationis publicae formulis, ut cohortationis suae augeret auctoritatem, Corinthiis obtulisse nobisque tradidisse. Qua de causa orare pro magistratibus non unius ex omnibus Clementis. sed potius gentilium in Christi discipulos conversorum in universum consuetudinis fuisse hae preces revera comprobant. Quod vero per hoc iudicium Carolo Weizsäcker concessum esse videatur, arctioribus finibus est circumscribendum. Nequaquam profecto inde sequitur, ut quos Paulus in c. XIII epistulae ad Romanos datae ad obedientiam erga magistratus cohortatus est, Christiani sint a gentilibus profecti, sicut Clementis socii Romani. Nam Paulus demum evangelium Romae praedicando et fructum, qualem in ceteris gentibus gentilium apostolus habuit, inter Romanos quoque acquirendo[22]), ecclesiam Romanam, e Iudaeis conlectam, ita immutaverat, ut sensim reddidisset maxima ex parte ethnico-christianam; quare neque Clemens ipse, neque ii, quorum vices gerens epistulam suam scripsit, quamquam inter gentiles, qui Christo nomina dederant, sunt recensendi, primos epistulae ad Romanos datae lectores non fuisse Iudaeo-christianos testantur. Praeterea, quamquam primam, nempe Clementinam, harum pro principibus ac praefectis precum formulam apud Christianos a gentilibus profectos deprehendimus, num haec precatio recte consuetudinis ethnico-christianae proprium quid sit existimandum dubitari potest. Neque enim quae Weizsäcker de ep. ad Rom. c. XIII, neque quae de Clementis ep. c. LXI egit videntur confirmare, id, quod Clementinarum precum sit proprium, indolem ethnico-christianam tali modo prae se ferre, ut per se intimi, qui vigebat in gentilibus ad Christum conversis, animi sensum exprimat et genuinam pietatis ethnico-christianae formam quandam ex ipsa Romanis insitae innataeque erga magistratus obedientiae natura procreatam et ab omni vi aliena liberam commonstret. Quod si quis non concesserit, Romanae ecclesiae preces „pro principibus et praefectis nostris in terra" demonstret necesse est arctius cum votis publicis per collegium fratrum Arvalium Romanum quoque anno a. d. III Non. Ian. pro Caesaribus sueto more nuncupandis quodam modo cohaerere. En instar omnium horum votorum unum, quod Domitiani diebus eodem fere tempore nuncupatum est, quo Clementinae preces sunt conscriptae: Iuppiter O(ptime) M(axime) si Imp(erator) Titus Caésar Vespásianus Aug. pontif. max. trib. potest. p(ater) p(atriae) | et Caésar Divi f. Domitianus, quós nós sentimus

---

20) Inter omnes fere constat, epistulam ecclesiae Romanae ad Corinthiam, quae a Clemente Romano scripta esse fertur, Domitiano Caesare circa a. XCV in publicum prodiisse; num a Clemente ipso an ab alio quodam ecclesiae Romanae praesule sit conscripta, hic nihil ad rem; quod de ecclesiae Romanae statu ex hac epistula compertum habemus, hoc solum nostra interest.

21) Conf. supra not. 6 et quod Adolfus Harnack in editionis suae Clementis novissimae a. 1876 commentario adnotavit pag. 98.

22) Conf. ep. ad Rom. I, 13 et quod de hoc loco in libri: „Der Römerbrief und die Anfänge der Römischen Gemeinde" a. 1866 disputavi pag. 82 sqq.

dicere vivent domusque | eorum incolumis erit u(ntr) d(iem) III Non(as) Ianuaria) quáe proximae p(opulo) R(omano) Q(uiritium) rei p(ublicae) p(opuli) R(omani) Q(uiritium) | erunt et eum diem eósque salvós servaveris ex periculis si qua sunt | erunt ante eum diem eventumque bonum ita, uti nos sentimus dicere, | dederis eosque in eo statu quo nunc sunt aut eó meliore servaveris, ast tu | eá ita faxis, tunc tibi nomine collegi frátrum Arválium bubus au:ratis II vovemus ~~esse~~ futurum [23]). Quod contra votum orationem ponimus Clementinam.

Τοῖς τε ἄρχουσι καὶ ἡγουμένοις ἡμῶν, ἐπὶ τῆς γῆς σύ, δέσποτα, ἔδωκας τὴν ἐξουσίαν τῆς βασιλείας αὐτοῖς διὰ τοῦ μεγαλοπρεποῦς καὶ ἀνεκδιηγήτου κράτους σου, εἰς τὸ γινώσκοντας ἡμᾶς τὴν ὑπὸ σοῦ αὐτοῖς δεδομένην δόξαν καὶ τιμὴν ὑποτάσσεσθαι αὐτοῖς, μηδὲν ἐναντιούμενος τῷ θελήματί σου· οἷς δός, κύριε, ὑγίειαν, εἰρήνην, ὁμόνοιαν, εὐστάθειαν, εἰς τὸ διέπειν αὐτοὺς τὴν ὑπὸ σοῦ δεδομένην αὐτοῖς ἡγεμονίαν ἀπροσκόπως. 2. σὺ γάρ, δέσποτα ἐπουράνιε βασιλεῦ τῶν αἰώνων, δίδως τοῖς υἱοῖς τῶν ἀνθρώπων δόξαν καὶ τιμὴν καὶ ἐξουσίαν τῶν ἐπὶ τῆς γῆς ὑπαρχόντων [24])· σύ, κύριε, διεύθυνον τὴν βουλὴν αὐτῶν κατὰ τὸ καλὸν καὶ εὐάρεστον ἐνώπιόν σου, ὅπως διέποντες ἐν εἰρήνῃ καὶ πραΰτητι εὐσεβῶς τὴν ὑπὸ σοῦ αὐτοῖς δεδομένην ἐξουσίαν ἵλεώ σου τυγχάνωσιν. 3. ὁ μόνος δυνατὸς ποιῆσαι ταῦτα καὶ περισσότερα ἀγαθὰ μεθ' ἡμῶν, σοὶ ἐξομολογούμεθα διὰ τοῦ ἀρχιερέως καὶ προστάτου τῶν ψυχῶν ἡμῶν Ἰησοῦ Χριστοῦ, δι' οὗ σοι ἡ δόξα καὶ ἡ μεγαλωσύνη καὶ νῦν καὶ εἰς γενεὰν γενεῶν καὶ εἰς τοὺς αἰῶνας τῶν αἰώνων. ἀμήν.	Principibus autem et praefectis nostris in terra tu, domine, dedisti potestatem regni per magnificam et inenarrabilem virtutem tuam, ut gloriam et dignitatem a te iis datam cognoscentes nos iis subiiciamus, haud obstrepentes voluntati tuae; quibus des, domine, sanitatem, pacem concordiam, bonam condicionem, ut exsequantur imperium a te ipsis datum sine offendiculo. 2. tu enim, domine caelestis rex saeculorum, das filiis hominum gloriam et dignitatem et potestatem eorum, qui in terra imperant; tu, domine, dirigas consilium eorum secundum bonum et acceptum coram te, ut in pace et mansuetudine potestatem a te ipsis datam pie administrantes propitium te habeant. 3. solus potens haec pluraque bona nos inter parare tibi gratias agimus per pontificem et patronum animarum nostrarum Iesum Christum, per quem tibi gloria et maiestas et nunc et in generationes generationum et in saecula saeculorum. Amen.

23) Conf. doctissimi Gustavi Wilmanns libri: „Exempla Inscriptionum Latinarum Tom. II. Berolini a. MDCCCLXXIII", pag. 289. Coniunctissimi conlegae Theodori Bergk et doctrina et humanitat hoc votum mihi suppeditavit.

24) Verba: *τῶν ἐπὶ τῆς γῆς ὑπαρχόντων* et Wagenmann in: Jahrbb. f. deutsche Theol. Bd. 21. Goth. 1876 pag. 165 et Ad. Harnack in epistulae Clementis editione, pg. 105 verterunt: Du giebst den Menschenkindern Gewalt über das, was auf Erden ist = potestatem omnium quae sunt in terra, et sueta usitataque verbi *ὑπάρχειν* notio hanc versionem commendat. Cum vero *ὑπάρχειν* — vid. Stephani thesaurum sub hoc verbo — apud Thucydidem et Strabonem significationem quoque imperandi, imperium gerendi, apud Synesium et Cassium Dionem accuratius imperandi sub alio, exprimat, verba illa, ni fallor, rectius de iis, qui in terra imperant, nempe sub deo, sunt explicanda. Primo enim obtutu elucet, elocutionem totius sententiae: tu enim etet. de industria verba, quibus auctor de principibus et praefectis nostris usus est in initio precationis suae (*ἐπὶ τῆς γῆς, δόξαν, τιμήν, ἐξουσίαν*), repetivisse; quare hanc quoque sententiam de principibus agere verisimilius est. Neque sententiarum nexus hanc interpretationem vetat, imo potius eam poscit: Obtemperandum est principibus et pro iis orandum (§ 1), quia gloria, dignitas, potestas eorum, qui in terra imperant, dei donum est, hominum filiis per eius gratiam concessum (§ 2). *Ὑπάρχειν* vero accurate principum dignitatis locum significat, quem, qui non per se sed a deo regni potestatem habeant, e Christianorum aestimatione obtinent.

Comparanti vero inter se haec duo et fratrum Arvalium et Christianorum precum specimina hoc potissimum discrimen obvenit, quod, quamvis utrumque, alterum sane more ethnico pactum cum deo iniens, alterum more christiano omnia de gratia divina sperans, Caesarum salutem exoret, altera, gentilium nempe oratio, de debita Caesaribus obtemperantia, quae sponte et ex animo a gentilibus praestetur, ne ullum quidem verbum facit, altera autem orando pro principibus et praefectis nostris in terra, quos a deo potestate regni praeditos in hominum salutem a domino coelesti institutos praedicet, simul gravissimis verbis obedientiam erga magistratus praestandam orantium animis inculcat eamque fidei christianae esse comprobat. Quod igitur Paulus in ep. ad Rom. c. XIII Iudaeo-christianis, imperium Romanum detrectantibus, scripsit, ecclesia Romana preces fundens pro Caesaribus ac magistratibus, cuius rei Clementis epistula testis est, repetere solebat²⁵). Qua de causa, cum id, quod Clementinarum precum est proprium, ad cohortationes quadret Paulinas, debitam Christianorum obedientiam erga magistratus spectantes, iam eiusdem animi ac mentis homines, quales Paulus (Rom. XIII) sinceram erga rei publicae rectores eorumque praefectos obtemperantiam docere conatus est, precum illarum, quas Clementis epistula nobis tradit, Domitiani quoque temporibus indiguisse apparet. Itaque Iudaeo-christianorum sueta contra rem publicam Romanam contumacia has preces creavit. Sint igitur, qui in Romanorum ecclesia primaeva preces pro Caesaribus fundere solebant, Christiani a gentilibus profecti; atqui ut tali modo, qualem Clementis epistula denotat, et verbis et sententiis, quae obedientiae erga magistratus commendandae inserviunt, solemnes precum formulas fingerent, Iudaeo-christianorum implacabilis contra rempublicam Romanam inimicitia effecit; quare ipsa precum Clementinarum indoles, quae et errores et pericula ab ecclesia arcere studuit, aperte contra Caroli Weizsäcker sententiam facere videtur, hanc pro Caesaribus eorumque praefectis orationem ex solius victus ethnico-christiani moribus ac consuetudine esse explicandam.

Quam contra ut nostram stabiliamus sententiam, inprimis probemus necesse est, Iudaeochristianos Clementis temporibus Romae fuisse, quorum ex innata contra Caesares ac magistratus orbis Romani inimicitia ecclesiae pericula oboriri potuissent, nisi eorum animi, gentili regimini infesti, ut bonorum civium officia praestarent, omni modo sedarentur; quem ad finem preces quoque publicae „pro principibus et praefectis nostris in terra" tendebant. Ne dicam de epistula ad Philippenses data, quae, cum Paulum de adversariorum quorundam malitia, qui apostoli vincula aggravare velint, querentem inducat²⁶), inter ecclesiae Romanae sodales etiam tunc Iudaeo-christianos non defuisse demonstrat. Hanc vero Iudaeo-christianorum congregationem in ecclesia Romana usque ad Clementis tempora permansisse, epistula ad Hebraeos data pro certo testatur; eos enim, qui primi hanc epistulam acceperunt, quae Domitiano Caesare, sed, quoniam Clemens haud paucis locis ex ea desumptis est usus, paulo ante Clementinam epistulam priorem ad Corinthios datam conscripta est, non Hierosolymis, sed Romae quaerendos esse constat²⁷). Habemus igitur, cum iam

---

25) Conf. ep. ad Rom. c. XIII vv. 1, 2, 5 cum Clem. ad Cor. ep. I c. LXI l. c. pag. 104 vv. 1—4; ep. ad Rom. c. XIII v. 4 cum Clem. ep. l. c. vv. 6—8. Quod vero Paulus pro certo posuit l. c. v. 3: οἱ ἄρχοντες οὐκ εἰσὶν φόβος τῷ ἀγαθῷ ἔργῳ Clemens ratione Domitiani temporum habita et post Neronis persecutionem l. c. vv. 6—11: διεύθυνον τὴν βουλὴν αὐτῶν κατὰ τὸ καλὸν κ. τ. λ. in votum immutavit.

26) Conf. ep. ad Philipp. c. I. vv. 15—17.

27) Vid. quae Henricum Holtzmann secutus de ep. ad Hebraeos data disputavi in: „Bleek, Einleitung in's N. T. (3) 1875⁴, pp. 611 not. 616 not.

ex illo tempore, quo Hierosolyma a Tito deleta sunt, usque ad Hadriani bellum Iudaicum fere
omnes, qui sive Mosis sive Christi asseclae Abrahami filii audiverunt, aegre iugum tulerint Romanorum [28]), etiam Romae Iudaeo-christianos, quorum studio imperium Romanum detrectandi minus
sano id, quod Clementinarum precum proprium est, medelam afferre debuit.

Atque aliud quid Caroli Weizsäcker sententiae repugnat. Inde a medio saeculo secundo
Iudaeo-christiani paulatim locum suum extra nascentem ecclesiam catholicam primaevam obtinebant.
Hoc vero non sine causa dixeris. Nam Iustinus Martyr, duo Iudaeo-christianorum genera discer-
nens, alterum, quod iis quoque, qui ex gentilibus typicam cordis circumcisionem acceperint, et carnis
circumcisionem et legis Mosaicae observantiam imponere studeat, non salvatum iri contendit atque
a communione fidelium excludendum esse censet, alterum vero, quod sibi soli victus Iudaici praecepta sancte observanda sumpserit, Christianorum nomine haud indignum et salvatum iri putat;
tamen addit, iam esse quosdam in ecclesia, qui ne cum his quidem Iudaeo-christianis neque ser-
monis neque hospitii communione coniungi audeant [29]). Hoc vero studium antiiudaisticum, simulatque inchoavit in ecclesia, ita crevit, ut iam sub finem saeculi secundi Irenaeus, neglecto Iustini
inter Iudaeo-christianorum duo genera discrimine, omnes, qui legem Mosaicam et victus Iudaici
consuetudines cum fide christiana retinebant, haereticis adscriptos Ebionaeorum nominis ignominia
notaret [30]). Quae cum ita sint, ecclesiae catholicae primaevae liturgias, inde a fine saeculi secundi
compositas, non amplius Iudaeo-christianorum rationem habuisse, omnes concedent. Quam ob rem
si, quod Clementinae pro principibus et praefectis orationis proprium est, cum precibus eiusdem
argumenti, quas his in commemorationibus liturgicis deprehendimus, non conveniat, haud absona
esse videatur opinio, hoc ipsum, si aliae res hanc interpretationem non defendant, cum Clementis
temporibus Iudaeo-christianorum vis in formandis rebus ecclesiasticis nondum esset fracta, ad Iudaeo-christianos pertinuisse. Comparationi autem praeter ea, quae constitutionum apostolicarum
liber VIII nobis tradit, praecipuae et antiquissimae liturgiae eucharisticae se praebent, quas Carolus
a 'Bunsen in libri doctissimi „Analecta Ante-Nicaena" volumine III Londini a. 1854 collegit.
Et quamvis huius non sit loci neque audeamus cum Carolo a Bunsen, sagacissimo ac peritissimo
rerum liturgicarum indagatore, priora harum liturgiarum stamina a serioribus addidamentis discer-
nere neque singularum, quas observabimus, formularum vel tempus vel originem accuratius definire,
hoc tamen pro certo statuere penes nos est, Caesaris, principum, praefectorumque commemorationis
formulae, quas et e constitutionibus apostolicis et ex analectis supra laudatis hausimus, utrum
Caesarem praesumant ethnicum an sacra christiana amplexum. Illas vero solas exeuntis secundi,
tertii, incuntis quarti saeculorum formulas Ante-Constantinianas cum Clementini precibus esse
comparandas per se apparet. Quarum formularum audiamus constitutionum apostolorum typicam
quandam, ab episcopo in missa fidelium eucharistiam celebrante post praefationem et gratiarum
actionem in commemoratione recitatam: ἔτι παρακαλοῦμέν σε, Κύριε, ὑπὲρ τοῦ βασιλέως καὶ τῶν
ἐν ὑπεροχῇ καὶ παντὸς τοῦ στρατοπέδου, ἵνα εἰρηνεύωνται τὰ πρὸς ἡμᾶς, ὅπως ἐν ἡσυχίᾳ καὶ
ὁμονοίᾳ διάγοντες τὸν πάντα χρόνον τῆς ζωῆς ἡμῶν δοξάζωμέν σε διὰ Ἰησοῦ Χριστοῦ τῆς ἐλπίδος

---

28) De Judaeorum animo rei publicae Romanae infesto conf. Aemilii Schürer Iudaeorum historiam e
fontibus haustam, quam nobis tradidit in libro doctissimo: „Lehrbuch der neutestamentlichen Zeitgeschichte.
Leipzig 1871" inde a pag. 323 usque ad pag. 364 passim. Domitianum ipsum metuisse, ne Iudaei arma contra rem publicam moverent, apparet ex Eusebii hist. eccles. libr. III. cc. XIX. XX.

29) Conf. Iustini Dial. cum Tryph. c. XLVII.

30) Conf. Irenaei adv. haeres. I, 26, 2; III, 11, 7; IV, 33, 4; V, 1. 3.

ἡμῶν[31]). quam diaconus, episcopi commemoratione finita tenorem precum iterans fere iisdem verbis repetit[32]). Breviorem formulam ac simpliciorem liturgia in ecclesia Alexandrina Origenis temporibus usitata, quae dicitur divi Marci, hisce praebet verbis: *Τὸν βασιλέα, τὰ στρατιωτικά, τοὺς ἄρχοντας, βουλάς, δήμους, γειτονίας, εἰσόδους καὶ ἐξόδους ἡμῶν ἐν πάσῃ εἰρήνῃ κατακόσμησον*[33]), quae quidem verba in liturgia quoque divi Marci Byzantinorum, id est in liturgia ecclesiae Aegyptiorum orthodoxae, quae cum Byzantinis contra Monophysitas faciebat, pie retinebantur[34]), quamquam huic liturgiae post Constantinum etiam preces pro imperatore Christiano insertae erant[35]). Ac si dubitare licet, utrum uberior harum precum formula, quam liturgia divi Marci quarti saeculi, uti exstat in codice Calabro, ad christianum spectet Caesarem, an ad gentilem[36]), hoc pro certo statuendum est, ecclesiae Constantinopolitanae liturgiam eucharisticam, quae S. Basilii nominatur anaphora, pro christianis Caesaribus fundere preces[37]). Hanc vero totam, quam conlegimus, precum Ante-Constantinianarum pro Caesaribus ac praefectis materiem perlustrantem effugere non potest, singulas quasque harum precum obedientiam erga Caesares et magistratus Romanos, quamvis sint gentiles et haud raro ecclesiae inimici, non modo non vocare in dubium, sed potius animis Christianorum Romanorum innatam quasi atque insitam praesumere; contra preces Clementinae, hanc debitam Caesaribus obtemperantiam iure praestandam esse, iterum atque iterum dei donum deique ministros esse magistratus confitendo probare student. Itaque ut hoc, quod Clementinarum precum est proprium, inprimis Iudaeo-christianorum imperio Romano infestorum animis placandis inserviverit, non solum ex epistulae ad Romanos datae cap. XIII, sed etiam e liturgiis ecclesiae catholicae Ante-Constantinianis sequi videtur.

---

31) Vid. Constitut. apostol. libr. VIII, c. 12, ex editione Pauli de Lagarde (Lips. Londin. 1862) pag. 256, v. 30. sqq.

32) Conf. eod. loc. VIII, 12 pag. 258, v. 20 sqq. Similes preces in initio missae fidelium ante primam episcopi orationem et oblationem diaconus fundit; sed Caesaris non facit mentionem, tantum *ὑπὲρ τῆς εἰρήνης καὶ τῆς εὐσταθείας τοῦ κόσμου* precans l. l. VIII, 10 pag. 244, v. 30 sq.

33) Vid. Caroli a Bunsen, Analect. Antenicaen. Vol. III pag. 109.

34) Vid. eod. loc. pag. 142.

35) Vid. eod. loc. pag. 146: *Βασιλεῦ τῶν βασιλευόντων καὶ κύριε τῶν κυριευόντων, τὴν βασιλείαν τοῦ δούλου σου τοῦ ὀρθοδόξου καὶ φιλοχρίστου ἡμῶν βασιλέως ὃν ἐδικαίωσας βασιλεύειν ἐπὶ τῆς γῆς ἐν εἰρήνῃ καὶ ἀνδρίᾳ καὶ δικαιοσύνῃ. Ὁ θεὸς πάντα ἐχθρὸν καὶ πολέμιον ἐμφύλιόν τε καὶ ἀλλόφυλον [ἄμυνε?]· ἐπιλαβοῦ ὅπλου καὶ θυρεοῦ, καὶ ἀνάστηθι εἰς τὴν βοήθειαν αὐτοῦ, καὶ ἔκχεον ῥομφαίαν καὶ σύγκλεισον ἐξεναντίας τῶν καταδιωκόντων αὐτόν. Ἐπισκίασον ἐπὶ τὴν κεφαλὴν αὐτοῦ ἐν ἡμέρᾳ πολέμου· κάθισον ἐκ τῆς ὀσφύος αὐτοῦ . . . . ἀγαθὰ ὑπὲρ τῆς ἁγίας σου καθολικῆς καὶ ἀποστολικῆς ἐκκλησίας καὶ παντὸς τοῦ φιλοχρίστου λαοῦ, ἵνα καὶ ἡμεῖς ἐν τῇ γαληνότητι αὐτοῦ ἤρεμον καὶ ἡσύχιον βίον διάγωμεν ἐν πάσῃ εὐσεβείᾳ καὶ σεμνότητι.* Ad verbum has preces, quae comparentur cum illis, quas textus noster praebet, hoc loco descripsimus.

36) Conf. eod. loc. pag. 129 sq. Maior harum precum ardor et votorum copia ad christianum pertinere videtur Caesarem; sed votum illud: *δὸς αὐτῷ ὁ θεὸς νίκας, εἰρηνικὰ φρονεῖν ἡμᾶς, καὶ πρὸς τὸ ὄνομά σου τὸ ἅγιον* hoc rursus in dubium vocat: fortasse haec vota quietum ecclesiae statum ante Diocletiani persecutionem sonant; repetuntur haec vota in brevius comprehensa in sacerdotis collecta post evangelium a diacono recitatum pag. 132.

37) Vid. eod. loc. pag. 226.

Atque alia quaedum res, eaque gravissima, ne cum Carolo Weizsäcker has preces ipsius ethnico-christiani ingenii indolisque proprium quid fuisse censeamus, nos monet. Iam multis seculis ante salutarem evangelii lucem mundo exortam Iudaeos pro rege theocratico vota nuncupasse et preces fudisse deoque, si quid bene evenisset regi, gratias egisse haud pauci psalmi commonstrant[38]). Nonne hinc precum christianarum pro Caesaribus et origo et exemplum repetundum est? Cavea vero ne dixeris, Iudaeorum pro rege theocratico, qui et sanguinis et fidei necessitudine cum gente sua fuerit coniunctus, precationem cum Christianorum precibus pro Caesaribus gentilibus, qui alia sacra coluerint, non esse conferendam. Ieremias propheta alia nos docet. Cum divinitus admonitus Nabuchodonosor, regem Babylonis, quamvis gentilem, dei veri et vivi agnovisset ministrum, qui tremendum huius dei iudicium genti Israeliticae propter peccata constitutum exsequeretur, Israelitas non solum gravissimae regis alienigenae manui se subiicere iussit, sed etiam postea, cum surdis auribus dei decretum adnuntiasset, per literas est cohortatus, ut exules, quietis animis dirae servitutis necessitati submissi, pro civitate, ad quam deus Israelitas transmigrare fecisset, pientissime orarent; hac enim precatione et contumaciam Iudaicam contra dominos gentiles compescere et debitam erga illos obedientiam, per deum licitam, Israelitas voluit docere[39]). Quod autem Ieremiae fuit cordi, ut nimium gentis suae damnum per Babyloniorum dominationem imminens avorteret, id etiam illo tempore calamitoso, quo, postquam Pompeius a. LXIII a. Chr. n. Hierosolyma expugnavit, res publica Romana summam Iudaeorum imperii obtinuit, Pharisaeorum nonnullis, qui pacis studiosi patriae et popularium saluti bene consulebant, haud abs re esse visum est. Hoc enim tempore scriptor quidam, huic parti addictus, Baruchum, celeberrimum Ieremiae prophetae socium, in Veteris Testamenti libro Baruchi apocrypho, Romanae servitutis angustias sub exilii specie Babylonici denotante, cohortantem fecit, ut Iudaei submissis animis dei decreto subiecti peccatorum suorum dominis peregrinis obtemperando poenitentiam agerent et a deo solo auxilium peterent[40]). Hanc vero obtemperantiam ut et alerent Iudaei et publice testarentur a Barucho nostro etiam pro regis Nabuchodonosor et filii eius Baltasar vita ac pace orare iussi sunt[41]); his sane nominibus, quibus dominos Romanos significet, auctor ex ficta Baruchi persona usus est. Et quamquam omnis Iudaeorum gens iugum Romanum tam aegre ferebat, ut maxima eius pars quoque die imperium

---

38) Conf. יהוה 2. 18. 20. 21. 45. 72. 89. 110. 132.

39) Conf. Ieremiae c. XXIX, v. 7: Et quaerite pacem civitatis, ad quam transmigrare vos feci; et orate pro ea ad Dominum: quia in pace illius erit pax vobis.

40) Novissimus libri Baruchi interpres, I. I. Kneucker, magistrum sequens Ferdinandum Hitzig (Conf.: Das Buch Baruch, Geschichte und Kritik, Uebersetzung und Erklärung auf Grund des wiederhergestellten Urtextes u. s. w. 1879 et eiusdem auctoris: Die Baruch-Frage in: Hilgenfeld, Ztschr. f. wiss. Theol. Tom. 23 (1880) pag. 309 sqq.) librum Romae post Hierosolyma a Tito diruta per varias manus conscriptum esse censet. Rectius Adolfus Hilgenfeld (Conf.: Zeitschrift etc. Tom. 22 (1879) pag. 437 sqq. Tom. 23 (1880), pag. 412 sqq.) librum nostrum ex duabus partibus, quarum altera, hebraice scripta, cum seriore addidamento 1, 5—14 cc. 1, 1—3, 8, altera, graece scripta, cc. 3, 9 — 5, 9 complectatur, coaluisse contendit; alteram vero partem, exceptis versibus 1, 5 — 14, iam florentibus Machabaeis esse conscriptam, alteram vero post bellum Pompeianum; librum in unum graece comprehensum ad hoc dominationis Romanae initium spectare.

41) Conf. Baruchi libr. c. I, v. 11: καὶ προσεύξασθε περὶ τῆς ζωῆς Ναβουχοδονόσορ βασιλέως Βαβυλῶνος; καὶ εἰς ζωὴν Βαλτάσαρ υἱοῦ αὐτοῦ, ἵνα ὦσιν αἱ ἡμέραι αὐτῶν ὡς αἱ ἡμέραι τοῦ οὐρανοῦ ἐπὶ τῆς γῆς. v. 12 καὶ δώσει κύριος ἰσχὺν ἡμῖν καὶ φωτίσει τοὺς ὀφθαλμοὺς ἡμῶν, καὶ ζησόμεθα ὑπὸ τὴν σκιὰν Ναβουχοδονόσορ βασιλέως Βαβυλῶνος καὶ ὑπὸ τὴν σκιὰν Βαλτάσαρ υἱοῦ αὐτοῦ, καὶ δουλεύσομεν αὐτοῖς ἡμέρας πολλὰς καὶ εὑρήσομεν χάριν ἐναντίον αὐτῶν.

Romanum detrectare studeret parataque esset, quae contra dominos gentiles arma moveret, tamen etiam hoc infoelici tempore, quo Romani Iudaeam sensim in provinciam redigebant redegerantque, semper, ne dicam de Sadducaeis, inter Pharisaeos et sacerdotes adfuerunt, qui cum pervicaci zelotarum contumacia facere nolentes gentis suae fortunam adversam quasi a deo impositam acciperent subditorumque animis placandis operam darent; recte enim, ne gens sua, si per arma libertatem ab imperio Romano vindicare vellet, cum templo ac metropoli funditus deleretur metuebant. Quorum verbi causa fuit Ioazar pontifex, Boëthi filius, qui cum Quirinius primum Iudaeae institueret censum, cuius vel nomen Iudaei in principio aegre audire voluerant, prudenti suasu fere omnes, exceptis Gaulanitae asseclis, ne censui adversarentur paulatim permovit et salvos reddidit⁴²). Huic virorum pacis publicae studiosorum consilio inserviebat quoque, quod Iudaeorum a Romanis subactorum in morem veniebat, in templo, ut manifestum obedientiae ederetur testimonium infestique gentis oppressae animi lenirentur, pro Caesarum salute et preces fundere et hostias immolare. At vero exardescentis belli Iudaici, quod et templi et urbis ruinam crudelissimamque gentis caedem adduxit, primum fere fuit signum, quod auctore Eleazaro, Ananiae pontificis filio templique praetore, zelotarum turba hostias precesque pro Caesaribus detrectare coepit neque altaris ministros ad munia sua obeunda accedere sivit⁴³).

Itaque paene ad id usque tempus, quo Clemens ecclesiae Romanae preces liturgicas „pro principibus ac praefectis nostris in terra" literis mandavit, Iudaeos quoque pro Caesaribus et preces publicas fudisse et hostias immolasse constat.

Iam vero quae disputavimus in summam comprehendamus. Obvenit in ecclesia primaeva precandi pro Caesaribus ac magistratibus Romanis mos per omnem diffusus orbem christianum. Cuius moris et consuetudinis testes praeter ea, quae e Clementis epistula atque e liturgiis vetustissimis supra attulimus, gravissimi quique praecipuarum imperii Romani provinciarum patres ac doctores ecclesiae exsistunt. Secuti enim Novi Testamenti praecepta⁴⁴) Iustinus Martyr, Polycarpus, Athenagoras, Theophilus, Tertullianus, Origenes, Dionysius Alexandrinus, Arnobius⁴⁵), ut solos scriptores Ante-Constantinianos in medium proferamus, et Christianos pro Caesaribus ac magistratibus orare iubent, et gentilium contra calumnias, imperii Romani inimicos ac hostes et esse et videri, qui Christo dederint nomina, ad hunc pro incolumitate imperii, pro Caesarum domusque imperatoriae salute, pro magistratibus precandi morem provocare solent. Cum vero et ex Iudaeis et e gentilibus, quibus utrisque iam patres orandi pro Caesaribus Romanis consuetudinem hereditate quasi tradiderant, ecclesia primaeva conligeretur, utrosque etiam sacris Christianis addictos hanc precationem retinuisse censendum est. Nam Christus Caesari dare quod esset Caesaris suos

---

42) Conf. Iosephi archaeolog. lib. XVIII, c. 1, 1.

43) Conf. Iosephi de bello Iudaico libr. II, c. 17, 2—4.

44) Pauli, ad Rom. XIII, 1—7; ep. I Petri II, 13—17: ep. I ad Timoth. II, 1—2; ep. ad Titum III, 1.

45) Conf Iustini Martyr. Apol. I, c. 17: Polycarpi ep. ad Philipp. XII, 3; Polycarpi Martyr. X, 2; Athenagorae Supplicat. pro Christian. c. XXXVII; Theophili ad Autolycum libr. I, c. 11; Tertulliani. Apologet. c. 30; c. 39; ad Scap. c. 2: Origenis adv. Celsum libr. VIII, c. 73; Dionysii Alexandrini epistulam ad Germanum datam apud Eusebium, histor. eccl. libr. VII, c. 11; Arnobii adv. nationes libr. IV, c. 36 (Editionis Oehlerianae pag. 200 in Bibliothecae patrum latinorum Lipsiensis a. 1846 Vol. XII.).

docuerat, et cum discipulos magister etiam iussisset orare vel pro inimicis ac hostibus [46], ne persecutiones quidem ecclesiae, a magistratibus Romanis vel conversae vel mandatae, fidelium animos tam exacerbarunt, ut ecclesia unquam precum pro Caesarum atque imperii incolumitate oblivisceretur, quamvis simul ut dira Caesarum voluntas verteretur in mansuetudinem et salvi redderentur fideles a Deo peteret [47]. Qua de causa neque ethnico-christianorum, neque Iudaeo-christianorum propria est haec precatio, sed omnium fidelium, qui ex animo sacra christiana erant amplexi; tamen cum Iudaeo-christianorum voluntas ac mentes e gentis suae indole propensiores ad inimicam contra Romanos contumaciam essent, fieri non potuit, quin ecclesiae curae esset sincerae, horum animos Romanis conciliare atque obedientiam erga magistratus quamvis gentiles e dei praeceptis praestandam esse gravissimis verbis docere.

Haud recte igitur Carolus Weizsäcker ecclesiae primaevae preces pro Caesaribus ac magistratibus Romanis ethnico-christiani moris et consuetudinis fuisse censuit; imo, quod Pauli praeceptorum precumque Clementinarum proprium est, nempe magistratuum iuris divini expressa confirmatio, id ipsum ad Iudaeo-christianos spectare nemo opinor erit, qui non sit visurus.

46) Ev. Matth. XXII, 21; V. 43—47.

47) Conf. v. c. quae Dionysius Alexandrinus loco laudato de Valeriano et Gallieno Augustis ecclesiae persecutoribus, dixit: *Ημεῖς τοίνυν τὸν ἕνα θεὸν καὶ δημιουργὸν τῶν ἁπάντων, τὸν καὶ τὴν βασιλείαν ἐγχειρίσαντα τοῖς θεοφιλεστάτοις Οὐαλεριανῷ καὶ Γαλλιήνῳ Σεβαστοῖς, τοῦτον σέβομέν τε καὶ προσκυνοῦμεν· καὶ τούτῳ διηνεκῶς ὑπὲρ τῆς βασιλείας αὐτῶν ὅπως ἀσάλευτος διαμένῃ προσευχόμεθα.* — Tale votum sub Domitiano deo oblatum expressis verbis nobis tradit Clementinarum precum § 2. Vid. supra pg. 11.

Simile quoddam ac quod ecclesia priemaeva pro Caesaribus preces fundens pientissime peregerit, nobis quoque hodie faciundum est. Indicenda enim sunt solemnia, quibus divi augustissimi regis FRIDERICI GVILELMI III., qui hanc literarum universitatem condidit et munificentissime ornavit, sacram memoriam in publico consessu recolemus.

Pietatis nostrae interpres erit vir amplissimus doctissimusque ERNESTVS LVEBBERT, phil. Dr. et eloquentiae P. P. O. Oratione solemni finita idem iudicia de literarum certaminibus anno peracto initis promulgabit, victorum nomina renuntiabit, nova novorum certaminum argumenta proponet. His igitur solemnibus ut adsint Curatorem universitatis perinlustrem, Professores amplissimos, Doctores clarissimos, commilitiones humanissimos, Magistratus et regios et urbicos spectatissimos et quicunque rebus nostris bene volunt ea qua par est observantia invitamus.

Sokrates und die alte Kirche.

Rede
beim Antritt des Rectorates

gehalten in der Aula

der

Königlichen Friedrich-Wilhelms-Universität

am 15. October 1900

von

Adolf Harnack.

Berlin 1900.

Buchdruckerei von Gustav Schade (Otto Francke) in Berlin N.

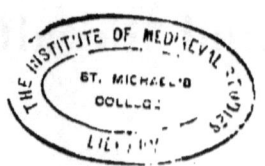

Collegen! Commilitonen!
Hochanschuliche Versammlung!

Die akademische Sitte weist den Rector an, das neue
Studienjahr mit der Betrachtung eines wissenschaftlichen Problems
von allgemeiner Bedeutung zu eröffnen. Indem ich dieser Sitte
folge, lade ich Sie ein, sich mit mir in ein entferntes Zeitalter
zu begeben. Fürchten Sie aber nicht, dass ich Sie aus dem
hellen Tag, der uns strahlt, in ein unfreundliches Dunkel führe.
Nur die Geschichte, die noch nicht vergangen ist, die ein Theil
unserer Gegenwart ist und bleibt, hat Anspruch darauf, von
Allen gekannt zu werden, und für eine Episode aus dieser
Geschichte erbitte ich mir Ihre Theilnahme.

Wie sich die christliche Religion und die griechische
Philosophie, oder dass ich besser sage: die griechische Cultur,
gefunden und mit welchen Augen sie sich betrachtet haben
in dem Momente, als eine der anderen zuerst aufleuchtete, wie
sie dann ihre Schätze verglichen haben und Einiges nun in
doppeltem Lichte strahlte, Anderes aber erlosch — das ist ein
Schauspiel, das zurückzurufen der Betrachtende nie müde werden
kann. Aber nicht nur wie ein Schauspiel steht es vor seinen
Augen. Die Werthe, die ihn bewegen in Gefühl und That, in
der tiefsten Empfindung und in der höchsten Anspannung des
Eigenlebens, und wiederum in Familie und Beruf, in Kirche und

Staat — alle die Werthe, die den eigentlichen Sinn des Lebens
ausmachen, sind geprägt worden in jenem widerspruchsvollen
Bunde, der in dem zweiten und dritten Jahrhundert zwischen
Griechenthum und Christenthum geschlossen worden ist.

In der That eine concordia discors, denn von beiden
Seiten empfand man Gemeinsames und bemerkte doch Trennen-
des. Das Gemeinsame waren Güter, aus dem Trennenden entwickelten sich Aufgaben: so sind die Spannungen nicht minder
wirksam und segensreich geworden als der doppelt versicherte
Besitz.

Dort wie hier aber war es je eine Persönlichkeit, in der alles
Hohe zusammengefasst, begründet und verwirklicht erschien. Für
das Christenthum ist das ohne Weiteres klar: in der Person
Christi wurde das neue Leben mit allen seinen Gütern angeschaut. Aber auch das Griechenthum, sofern es sich als Erhebung über das sinnliche Leben, als ideale Weltanschauung und
ernste Sittlichkeit darstellte, besass einen führenden Heros. War
er auch nicht so ausschliesslich der Führer wie Jesus Christus,
so war er doch die Grösse, vor der bald jeder Grieche sich
beugte und die er als den Begründer eines höheren Lebens ver-
ehrte — Sokrates. Jesus Christus und Sokrates: die beiden
Namen bezeichnen die höchsten Erinnerungen, welche die
Menschheit besitzt. Zwar war es Sokrates nicht beschieden, wie
Philo, Josephus und Virgil, eine Stelle unter den Kirchenvätern
zu erhalten, aber etwas viel Grösseres hat die Geschichte ihm
gespendet. Sie hat seinen Namen, wenn auch in weitem Ab-
stande, mit dem Jesu Christi verbunden. Vom zweiten Jahrhundert ab steht diese Verbindung vor den Augen der empfin-
denden und denkenden Menschheit als Consonanz und als Disso-
nanz, vor Allem als ein wundervolles Problem, an dem sich jedes
Jahrhundert hat versuchen müssen. Denn es giebt Probleme

in der Geschichte, die niemals erledigt werden und die jede
Generation neu anfassen muss. Zugleich aber lässt sich hier
mit Händen greifen, dass es in der Geschichte der Gedanken die
Personen sind, welche die Geschichte machen. Gewiss, sie
kamen, weil die Zeit erfüllt war, aber die Weisheit, welche lehrt,
dass sie kommen mussten, steht auf der Höhe der Einsicht,
dass überhaupt Alles so gekommen ist, wie es kommen musste.

Christus und Sokrates — unter diesem Titel kann man
ein grosses Stück der Geistes- und Religionsgeschichte von zwei
Jahrtausenden beschreiben. Wie ernsthaft hat sich noch das
vorige Jahrhundert um dies Problem bemüht — seine Dichter,
seine Philosophen und seine Aufklärer! Hamann's Tiefsinn,
Mendelssohn's und Eberhard's klare Verständigkeit, Matthias
Claudius' bewegliche Mitempfindung, Wieland's weltmännischer
Blick, Klopstock's Begeisterung haben sich an dem Probleme
versucht. Einst war Portia's, der Gattin des Pilatus, Traum, in
welchem ihr Sokrates erschien, allen gebildeten Deutschen bekannt, und der Dichter des Messias ist um dieser ergreifenden
Episode willen aufs höchste gepriesen worden. Aber auch noch in
unserem Jahrhundert, in welchem Weltanschauung, Wissenschaft
und Dichtung immer mehr auseinandergetreten sind und der
Poet, ja selbst der Philosoph, selten mehr um die höchste Palme
ringt, ist das Problem nicht ganz vergessen. Man braucht auch
kein Prophet zu sein, um verkündigen zu dürfen, dass es uns
in den nächsten Jahrzehnten wieder mit ganzer Macht beschäf-
tigen wird.

Aber nicht die lange Kette jener Bemühungen gedenke
ich Ihnen vorzuführen, sondern, zum Anfang zurückkehrend,
möchte ich Ihre Theilnahme für die Frage erwecken, wie von den
Christen im vorkonstantinischen Zeitalter Sokrates empfunden und
betrachtet worden ist.

Darf ich Sie zunächst an einige Hauptzüge des grossen Philosophen erinnern? Bei Griechen und Römern lebte er fort ausschliesslich in dem Bilde, welches Plato von ihm gezeichnet hatte. Dieses Bild hatte nicht nur seine Verklärung und Weihe, sondern auch seinen wesentlichen Inhalt durch den Tod empfangen. Sieht man von diesem ab, so erscheint Sokrates als ein Sophist im höheren Sinn des Worts, der es verstand, seine Gegner mit ihren eigenen Waffen zu schlagen. Wie sie beseitigte er die objective Speculation; wie sie hatte er nur für das Individuum in seinem intellectuellen und moralischen Zustande Interesse; wie sie lehnte er es ab, aus der Sitte und Ueberlieferung die Entscheidung über das Pflichtmässige zu treffen; endlich wie bei ihnen führte auch bei Sokrates die vernünftige Ueberlegung noch nicht zu einem systematischen und geschlossenen Wissen, sondern das begriffliche Denken war ihm nur ein Princip von Fall zu Fall. Aber freilich, an einem entscheidenden Punkte unterschied er sich von den Sophisten: die vernünftige Ueberlegung führte ihn nicht auf den jedesmaligen eigenen Vortheil des Individuums, sondern letztlich auf etwas Allgemeines, Bleibendes, eine Art von kategorischem Imperativ. In diesem Sinn schloss sich doch bei ihm das Denken zu einer Einheit, einer Art von Weltanschauung zusammen, deren Ausgangspunkt das Innenleben war und die von einem idealen und ethischen Gedanken beherrscht wurde. Aber wie wenig war diese Lehre an und für sich noch im Stande, wie ein Evangelium zu wirken und epochemachend einzugreifen! Das wesentliche Element fügte Sokrates ihr erst durch seinen Tod hinzu. Der Kerker und der Schierlingsbecher sind die eigentlichen Mittel seiner Philosophie gewesen: denn durch sie hob er seine Lehre aus dem Gebiet der dialektischen Kunst und blosser Worte auf die Höhe der That und verlieh dem ideellen Gedanken schlechthin Autorität

und Objectivität. So ist es von Plato, so von den Tausenden
nach ihm empfunden worden. In die griechische Welt, in diese
heitere Welt der Sinnenfreudigkeit und des Genusses, hat Sokrates
die Gewissheit und den Ernst eines höheren Lebens gebracht —
der sterbende Sokrates, nicht der lehrende, oder der lehrende nur
insofern, als er in der Todesstunde lehrte.

Die Anklage, um deren willen er verurtheilt worden war,
erhielt hierdurch einen ganz neuen Sinn. Verurtheilt worden war
er, weil er neue Götter lehrte und weil er die Jugend zum Unge-
horsam gegen die Eltern und Staatsgesetze verführte: so behauptete
die demokratische Reaction, deren politisches Opfer er geworden
war. Seine Schüler und Verehrer mussten umgekehrt überzeugt
sein, dass eben das das Gerechte und Gute sei, um dessen willen
man ihn verurtheilt hatte. Eine vollständige Umwerthung der
Werthe war damit gegeben: unbekümmert um den Staat, um Sitte
und Gewohnheit sich lediglich von persönlicher Ueberzeugung
und freier Selbstentscheidung leiten zu lassen, der sittlichen Prüfung nach den höchsten Maassstäben und der innern Stimme
allein zu folgen, das ist das Gute. Und noch etwas — Leiden,
Entbehrung, Verfolgung, der Tod sind keine Uebel, sondern können
in Quellen der Kraft verwandelt werden: das irdische Leben ist
der Güter höchstes nicht, denn es hat ein höheres Leben in sich
und über sich; endlich, selbst die Staatsgötter, die olympischen
Götter alle, verblassen an Macht und Autorität vor dem Gott, der
tief das Innerste erregt. Das sind die Empfindungen und Ueber-
zeugungen, die Sokrates durch seinen Tod in der Antike ent-
bunden hat und die die Grundpfeiler einer neuen Weltanschauung
in Griechenland geworden sind.

Es bedarf nicht vieler Worte, damit man erkenne, wie
verwandt das alles die Christen berühren musste. Je einfacher

2*

und reiner sie ihren eigenen Besitz empfanden, um so deutlicher musste ihnen die Uebereinstimmung sein. Aber andererseits — wie gross war doch wiederum der Unterschied! Dieser Sokrates verlegte alle höheren Güter in das Gebiet der Erkenntniss; sie, die Christen, aber waren angewiesen, alle menschliche Erkenntniss misstrauisch zu betrachten. Er rief zum Wissen, sie aber zum Glauben. Er liess die Götter gelten; sie aber betrachteten sie als Dämonen. Er zeigte den Weg zur Selbsterlösung; sie kannten einen Erlöser und hofften auf ihn. Wie können so viele Gegensätze bestehen bei soviel Gemeinschaft?

Ein Jahrhundert lang hören wir in christlichen Kreisen nichts von Sokrates, nicht einmal den Namen. Paulus schweigt über ihn, obschon er von griechischer Philosophie nicht ganz unberührt geblieben ist. Auch im Gefängniss erinnert er sich nicht an den verhafteten Philosophen. Nicht einmal die Legende hat es gewagt, dem Apostel ein Urtheil über Sokrates in den Mund zu legen, obschon sie ihn mit Seneca zusammenbringt. „Wenn unsere Bekenner etwas Tödtliches trinken, wird es ihnen nicht schaden", bezeugen die Christen; aber Sokrates erwähnen sie nicht. Erst um die Mitte des zweiten Jahrhunderts wird sein Name in unseren Quellen zum ersten Mal genannt, und von nun an verschwindet er nicht mehr.

Es sind die christlichen Apologeten gewesen, die ihn aufgenommen haben, jene Männer, die das Christenthum auf den Boden der griechischen Philosophie, ja überhaupt des Griechenthums, hinüber pflanzten. Und — dass ich es gleich sage — der Erste, der dies mit ungemeiner Energie gethan hat, ist zugleich derjenige, der Christus und Sokrates einander am nächsten gerückt hat, der Apologet Justin. Um das Jahr 150 hat er eine umfangreiche Vertheidigungsschrift für das Christenthum an die Kaiser Antoninus Pius und Marc Aurel, an den Senat und das ganze römische

Volk gerichtet. In dieser Schrift streift er nicht nur Sokrates und seine Lehre, sondern die Beziehung auf sie bildet vom ersten bis zum letzten Blatt ein Hauptmittel der Vertheidigung und des Beweises. Er weiss, dass seine kaiserlichen Adressaten Sokrates über Alles schätzen: deshalb hat er seine Schrift durchflochten mit platonischen Citaten und mit Anspielungen auf die letzten Reden des Philosophen. Aber er selbst ist als Christ ein Verehrer des Sokrates geblieben, und darum argumentirt er zuversichtlich und unbefangen von ihm aus für die Christen und für Christus. Wir Christen alle erleiden heute das, was Sokrates erlitten hat, weil wir wie er denken und handeln; wir sind mit ihm ungerecht verurtheilt; wir sind mit ihm im Kerker: wir werden mit ihm getödtet und — wir sind mit ihm unverwundbar; denn Anytus und Meletus können uns wohl tödten, aber schaden können sie uns nicht. Das ist keine Rhetorik, das ist auch nicht zufällige Uebereinstimmung, nein — Justin ist tief davon durchdrungen, dass sich in der Verurtheilung der Christen die Verurtheilung des Sokrates wirklich fortsetze. Diese Ueberzeugung muss er beweisen, und er beweist sie; denn so lauten seine Worte: „Als Sokrates die Menschen von den Dämonen abzuwenden versuchte, da haben es diese dahin gebracht, dass er als ein Gottesleugner und Frevler sterben musste: denn sie liessen die Behauptung verbreiten, er führe neue Gottheiten ein. Dasselbe thun sie heute uns gegenüber: denn nicht nur bei den Griechen hat der Logos die falsche Religion durch Sokrates widerlegt, sondern auch bei den Barbaren ist dies geschehen. Dort aber ist er persönlich erschienen und hat als Jesus Christus die Dämonen überwunden." Und an einer anderen Stelle: „Alle die mit dem Logos gelebt haben, die waren Christen, wenn sie auch als Gottesleugner galten, wie unter den Griechen Sokrates." Und an einer dritten: „Unter allen Philosophen ist Sokrates der beste gewesen; denn er hat Homer und die Götter der Dichter verschmäht, dagegen die Menschen angewiesen, den unbekannten Gott mittelst des Logos zu suchen und zu erkennen; er selbst hat Christus zum Theil erkannt; denn Christus ist die persönliche Erscheinung des Logos, der jedem Menschen inne wohnt."

Sokrates und Christus gehören also zusammen und werden von Justin der griechischen Religion entgegengesetzt. Sie gehören aber zusammen, weil ein und derselbe Logos in Beiden gewaltet hat.

Enger kann man die Verbindung nicht fassen; aber Justin ist dabei nicht blind gegenüber dem Unterschied. Dieser Unterschied ist ihm ein gewaltiger; denn, so führt er aus: Sokrates war nur ein Werkzeug des Logos, in Christus aber ist dieser selbst erschienen; weiter, Sokrates hat die Wahrheit nicht vollständig und rein erkannt, denn er besass nicht den ganzen Logos; endlich „dem Sokrates hat Niemand solchen Glauben geschenkt, dass er für seine Lehre gestorben wäre, für Christus aber gehen nicht nur Philosophen, sondern auch Handwerker und ganz ungebildete Leute in den Tod". Diese letzte Wendung ist ganz besonders lehrreich; Justin vermeidet es, die so nahe liegende Parallele zwischen dem Tod des Sokrates und dem Tod Christi zu ziehen. Dagegen stellt er das Verhalten der Jünger Beider in einen Gegensatz und erschliesst aus ihm die einzigartige Kraft der Predigt Jesu.

In Hinsicht auf Reinheit, Universalität, Fasslichkeit und Ueberzeugungskraft also steht dem Justin das Christenthum hoch über der sokratischen Lehre; aber kein Zweifel — Sokrates und seine Philosophie gehören auf die Seite der Wahrheit und nicht auf die Seite des Irrthums, darum zu Christus und nicht zum Heidenthum. Aehnlich wie Justin haben auch die übrigen

griechischen Apologeten geurtheilt, die etwas später geschrieben
haben. Sie streifen die Person des Sokrates zwar nur, und er
steht ihnen nicht im Mittelpunkt des Interesses, aber sie verehren
ihn. Tatian schildert das ganze Griechenthum mitsammt seinen
Philosophen in den düstersten Farben, aber Sokrates nimmt
er aus: „Es giebt nur einen Sokrates." Athenagoras stellt wie
Justin die Christen mit dem athenischen Philosophen zusammen:
„Wie dieser durch die öffentliche Meinung nichts von seiner
Vortrefflichkeit einbüssen konnte, so vermag auch uns Christen
die grundlose Verleumdung in Bezug auf die Reinheit unseres
Lebens nicht zu schaden." Der Philosoph Apollonius erinnert
seine Richter, die römischen Senatoren, an die berühmte Stelle
aus Plato, wo dieser von dem wahrhaft Gerechten weissagt, er
werde gegeisselt, gefoltert, geblendet und zuletzt aufgepfählt werden.
Dann fährt er fort: „So wie die athenischen Ankläger über Sokrates
ein ungerechtes Todesurtheil abgegeben haben, so haben die
Gottlosen auch über unseren Meister und Erlöser das Verdammungsurtheil gefällt; denn die Gerechten sind den Gottlosen stets verhasst." Nur einen alten griechischen Apologeten giebt es, der
hier eine Ausnahme macht und Sokrates einfach in das blinde
Heidenthum einrechnet. Es ist gewiss nicht zufällig, dass dieser
Eine zugleich ein Bischof gewesen ist — Theophilus von Antiochien.
Er stösst sich daran, dass Sokrates, wie die Ueberlieferung sagt,
bei dem Hunde und der Platane zu schwören pflegte, und
schloss daraus, dass er nichts von der Wahrheit erkannt habe,
und dass daher auch sein Tod sinn- und zwecklos gewesen sei.
Jene Schwüre des Sokrates mussten freilich seinen christlichen
Verehrern sehr unangenehm und bedenklich sein, aber sie wussten
sich mit ihnen abzufinden. Lediglich um die Athener und ihren
Glauben zu verspotten, meinten sie, habe Sokrates solche Schwurformeln gebraucht. So gewiss waren sie, dass der Mann, der,

wie die christlichen Bekenner, für seine Lehre gestorben war,
unmöglich im Götzendienst stecken geblieben sei.

Er war für seine Lehre gestorben und die Christen starben
für ihre Lehre — diese Uebereinstimmung hat selbst die gebildeten
Gegner des Christenthums stutzig gemacht, und noch andere Ver-
wandtschaften fielen ihnen auf. Celsus, der älteste und tüchtigste
litterarische Bestreiter des Christenthums, hat in der Einleitung zu
seiner Schrift die gefährdete Lage der Christen mit der des Sokrates
verglichen. Leider kennen wir an dieser Stelle den Wortlaut seiner
Ausführungen nicht mehr und wissen daher nicht, wie er sich aus
dem für seinen eigenen Standpunkt tödtlichen Vergleich heraus-
gezogen hat. Eben derselbe Celsus behauptet auch, dass die
Christen das Gebot, nicht Böses mit Bösem zu vergelten, einer
Anweisung des Sokrates entnommen hätten, und dass auch ihre
Unterscheidung einer menschlichen und einer göttlichen Weisheit
dieser Quelle entstamme. Der Heide Cäcilius räth den Christen,
wenn sie denn durchaus philosophiren wollten, Sokrates nach-
zuahmen und jene Zurückhaltung in Bezug auf die himmlischen Dinge zu üben, der er sich befleissigt habe. Lucian,
der Spötter, behauptet, die Christen hätten einen ihrer hervor-
ragenden Lehrer „den neuen Sokrates" genannt. Galen gesteht
einzelnen Christen zu, dass sie wie wahre Philosophen, also wie
Sokrates, die sinnlichen Genüsse und den Tod verachten. Umgekehrt sucht Marc Aurel zu zeigen, dass die Uebereinstimmung
des Sokrates und der Christen in der Todesbereitschaft nur eine
scheinbare sei; denn jene sei selbstbewusst und voll keuschen
Ernstes gewesen, diese aber unbesonnen und prahlsüchtig. Man
erkennt deutlich — auch für die Gegner lag hier ein Problem.
Nicht nur die Christen nahmen Sokrates für sich in Anspruch;
auch ihre Feinde fanden hier Uebereinstimmungen, die sie in
Verwunderung setzten und für die sie nach Erklärungen suchen

mussten. Gegenseitig bezichtigte man sich des Plagiats: Sokrates hat die heilige Schrift geplündert; nein — Christus oder die Christen haben die griechische Philosophie bestohlen. So sehr empfand man das Gemeinsame, und so unfähig war man, es zu erklären!

Aber — kann man einwenden — ist hier nicht Alles herüber und hinüber nur dialektisch-apologetische Kunst gewesen? War es den christlichen Philosophen wirklich Ernst mit ihrer Verehrung des Sokrates? Bei Justin kann darüber kein Zweifel sein und ebensowenig bei der Gruppe von Theologen, die sich unmittelbar ihm anschliesst, den alexandrinischen christlichen Gelehrten. Clemens, Origenes und ihre Schüler haben mit der gleichen Hochachtung von Sokrates gesprochen, wenn sie für Christen und wenn sie für das grosse Publikum geschrieben haben. Der Ausdruck „Hochachtung" ist noch viel zu schwach: Sokrates war ihnen ein Zeuge der Wahrheit, ja der Zeuge innerhalb der griechischen Geschichte. Noch mehr: Clemens Alexandrinus hat die ganze Geschichte der griechischen Philosophie von Sokrates ab nicht im Contraste zum Christenthum betrachtet, sondern als Vorhalle desselben wie das alte Testament, und auch Origenes und seine Schüler beurtheilten sie ähnlich. Wie war ihnen das möglich, da sie doch überzeugte kirchliche Christen waren und der Bedeutung der Person Christi nichts abzogen? Nun, möglich, ja selbstverständlich war es ihnen, weil sie in der christlichen Religion nicht eine Religion sahen, sei es auch die wahre, sondern weil sie sie als die Religion erkannten, auf welche die religiöse Anlage aller Menschen hinweise und die sich in der Menschheitsgeschichte vorbereitet habe. Diese Erkenntniss machte sie nicht tolerant, sondern wahrhaft liberal, d. h. sie wussten das Gute, wo immer es sich zeigte, zu finden und zu schätzen und brachten es mit der christlichen Predigt in Verbindung. Dass die Tugenden der

Heiden nur glänzende Laster, ihre Erkenntnisse sammt und
sonders Irrthümer seien — von diesem trüben Gedanken waren
sie noch weit entfernt. Freilich entfernten sie sich auch von
jener Auffassung des Bösen und der Sünde, welche Paulus verkündigt hatte; aber man kann nicht sagen, dass sie die einzige
ist, die sich mit dem Evangelium vereinigen lässt.

Wie sehr Clemens und Origenes Sokrates geschätzt haben,
erkennen wir am besten an der vollkommenen Unbefangenheit,
mit der sie seine Aussprüche als anerkannte Wahrheiten citiren;
ja Clemens verbindet sie sogar mit Bibelsprüchen. Origenes thut
das nicht mehr; die Bibel steht ihm zu hoch, aber Sokrates ist
auch ihm über jeder Kritik erhaben. „Er hat“, sagt er, „im Gefängniss mit vollkommener Furchtlosigkeit und mit aller Seelen-
ruhe so viele und so erhabene Gedanken ausgesprochen, dass
ihm kaum die zu folgen vermochten, die vollständig gefasst waren
und von keiner drohenden Gefahr beängstigt wurden.“ Nur einmal erscheint seine unbedingte Verehrung erschüttert, wo er sich
erinnern muss, dass Sokrates doch auch den Götzen geopfert hat.
Aber mit Clemens ist er der Ueberzeugung, dass das Dämonium
des Sokrates kein böser Geist gewesen ist, sondern ein Geist
des Schutzes und der Wahrheit. Das ist die stärkste Probe ihres
Glaubens an den Philosophen; denn es war für jeden Christen
ein hartes Stück, dieses Dämonium anzuerkennen. Schon der
blosse Name musste abschrecken. Am lehrreichsten aber ist es,
zu sehen, wie Origenes in seinem grossen Werke gegen Celsus
den Uebereinstimmungen zwischen Sokrates einerseits und Christus
und den Christen andererseits nachgeht. Tausend Jahre später
haben die Schüler des heiligen Franciskus „Conformitates“ zwischen
ihrem Meister und Jesus aufgesucht und zusammengestellt. Dasselbe hat bereits Origenes gethan; nur einige seien angeführt:
Jesus ist eines schmählichen Todes gestorben, Sokrates auch;

Jesus hat gelehrt, den Tod nicht für ein Unglück zu achten und
ihm gegenüber furchtlos zu bleiben, Sokrates auch: Jesus hat
die Sünder zu sich gerufen, Sokrates hat den Phädon aus einem
schlechten Hause herausgenommen und ihn der Philosophie zu-
geführt; von Jesus werden höchst wunderbare und anscheinend
unglaubwürdige Geschichten berichtet, von Sokrates auch: Jesu
Sprüche und Gleichnisse bedürfen der allegorischen Erklärung,
Sokrates' Mythenerzählungen ebenfalls; aus Jesu Verkündigung
endlich haben sich verschiedene Secten und Schulen entwickelt,
nicht anders aus der Lehre des Sokrates.

Diese Hochschätzung des athenischen Philosophen hat Origenes auf seine Schüler übertragen. In der Lobrede, die Gregorius
Thaumaturgus seinem Meister gehalten hat, weiss er ihm kein
höheres Lob zu spenden als in den Worten: „Wie Sokrates hat
mich Origenes gezügelt und geleitet." Ebenderselbe Gregorius
bezeichnet das sokratische Wort „Erkenne dich selbst" als das
Gebot der tiefsten Weisheit. Ein anderer christlicher Philosoph,
Methodius, eignet sich die Auffassung vollkommen an, die Sokrates
über den Tod ausgesprochen hat. In die Weltchronik des Eusebius ist Sokrates als der „Philosophos kathartikos", der Philosoph
„der Reinigung", aufgenommen, der durch „den Wahnsinn" der
Athener den Tod erlitten hat. Damit erschien das christliche
Urtheil über Sokrates für alle kommenden Zeiten in einem
maassgebenden Werke festgelegt. Aber auch mitten im bewegten
Leben und in der Todesstunde haben christliche Märtyrer des
3. Jahrhunderts noch immer des Sokrates gedacht und sich auf
ihn berufen, so Pionius und Phileas. „Ich opfere nicht; denn
ich wache eifersüchtig über meine Seele. Nicht nur wir Christen
thun so, sondern auch Heiden; nimm Dir den Sokrates als Beispiel: da er zum Tode geführt wurde und seine Gattin und
Kinder neben ihm standen, kehrte er nicht um, sondern nahm

bereitwillig den Tod auf sich." Aus dem ganzen Gebiet des
Griechenthums ist mir in der Zeit vor Konstantin neben
Theophilus von Antiochien, den ich bereits erwähnt habe, nur
noch ein Christ bekannt, der sich abschätzig über Sokrates ge-
äussert hat. Dieser Eine — es ist der Verfasser der clemen-
tinischen Homilien, und er beschuldigt Sokrates grober Unsitt-
lichkeit — ist aber nur seiner Sprache nach ein Grieche; in
Wahrheit ist er ein jüdisch-syrischer Christ. Der griechische
Geist liess sich seinen Sokrates nicht rauben, auch dann nicht,
als er sich dem Evangelium unterworfen hatte.

Aber wer kann behaupten, dass sich diese Verbindung der
Lehre des Sokrates und Christi auf eine vollständige und tiefe
Einsicht in die Eigenthümlichkeit Beider gründete? Man darf
wohl sagen: sie kam zu früh, und sie floss mehr aus der sittlichen Stimmung, dem Willen und der Verehrung als aus ge-
sicherter Erkenntniss. That man nicht Beiden Gewalt an, indem
man sie einander so nahe rückte, und gab man nicht wesentliche Gedanken des Christenthums preis, wenn man hier nur
Uebereinstimmungen sehen wollte? Die abendländischen
Theologen sind es gewesen, die dies erkannt haben, die Lateiner,
die durch kein ursprüngliches Band mit Sokrates und dem
Griechenthum verbunden waren. Sie haben den Unterschied und
Gegensatz zum Ausdruck gebracht. Aber indem sie das thaten,
wurden sie in der Negative ungerecht; denn eine relative und
wahrhaft geschichtliche Betrachtung gab es überhaupt noch nicht.
Doch haben es nur zwei unter ihnen, Minucius Felix und
Novatian, über sich gebracht, den grossen Philosophen als ver-
führten und verführenden Irrgeist, ja als „attischen Schalksnarren"
einfach bei Seite zu schieben. Die beiden einflussreichsten abendländischen Apologeten, Tertullian und Lactantius, haben ein wider-

spruchvolles Bild des Sokrates entworfen, in welchem aber die
ungünstigen Züge weit überwiegen.

Tertullian räumt in seiner grossen Vertheidigungsschrift
für das Christenthum ein, dass Sokrates die falschen Götter verworfen habe und dass er deshalb verurtheilt worden sei. Daher
lässt er ihm den Titel des Weisesten der Griechen. „Er er-
kannte etwas von der Wahrheit", sagt er, „und ein gewisser Anhauch derselben hat ihn den Göttern Trotz bieten lassen." „In
ihm ist die Wahrheit im Voraus verdammt worden, und sein
Tod ist das grosse Beispiel, dass sie zu allen Zeiten den
Menschen verhasst gewesen ist." Auch die Schwurformeln des
Sokrates „beim Hunde und dem Holze" will Tertullian so
deuten, dass die Götzen dadurch verspottet werden sollten. In
allen diesen Urtheilen, nur nicht in dem letzten, stimmt
Lactantius mit ihm überein: er rechnet es aber Sokrates ausserdem noch zu hohem Lobe, dass er sich für das Nicht-Wissen
entschieden und die ganze Philosophie in Ethik verwandelt habe.
Aber damit ist auch das Lob des Philosophen bei beiden
Apologeten erschöpft, und tiefe Schatten verdunkeln es: dieser
Sokrates ist doch ein falscher, ja letzlich ein unsittlicher Philosoph gewesen; den christlichen Häretikern, nicht der Kirche, hat
er Stoff für ihre Lehren gegeben; er hat die Wahrheit nicht besessen, sondern sie nur gesucht, ja nicht einmal ernsthaft —
mit dem Wunsche sie zu finden — gesucht; von einem bösen
Dämon hat er sich leiten lassen; die Jugend hat er zu abscheu-
lichen Lastern verführt, die Weibergemeinschaft hat er empfohlen;
im Grunde war er irreligös, denn er verkündete, dass das, was
über uns ist, uns nichts angehe, und endlich — auch jenen
Anhauch von Wahrheit, der ihn die falschen Götter verachten
lehrte, hat er in der Todesstunde eingebüsst; denn er liess dem
Aeskulap einen Hahn schlachten!

In dem letzten Urtheil haben Tertullian und Lactantius
die heiligste Erinnerung der Antike, gleichsam ihr Evangelium,
anzutasten gewagt — den sterbenden Sokrates. Die Seelen-
stärke, die er in der Todesstunde bewiesen, seine letzten Reden,
das Zeugniss, das er in Wort und That für den Adel und
die Unsterblichkeit der Seele abgelegt, hatten ihn zum Heiligen
des Alterthums gemacht. Alles Uebrige von ihm und seiner
Lehre war verblasst und vergessen; Niemand achtete darauf; um
so heller strahlte der Confessor und der Märtyrer. Diesen wagte
Tertullian anzugreifen und in den Staub zu ziehen, und weshalb? Weil er in der Todesstunde befohlen hatte, dem Aeskulap
einen Hahn zu schlachten! Alle griechischen Apologeten sind
schweigend über diesen dunklen und peinlichen Punkt hinweg-
gegangen; aber auch Tertullian selbst hat gefühlt, dass er die
wundervolle Grösse des sterbenden Sokrates nicht durch den
einen Hinweis auf das Hahnenopfer niederreissen könne. Wollte
er das Evangelium der Antike vernichten in der Ueberzeugung,
dass nicht wahrhaft gross, nicht rein und heilig gewesen sein
könne, wer der Offenbarung entbehrte und den Dämonen noch
geopfert hat, so musste er Zug um Zug all das Herrliche vernichten, was Plato im Phädon und sonst von dem sterbenden
Sokrates berichtet hatte. Lange ist er selbst vor dieser furcht-
baren Aufgabe zurückgeschreckt; erst in einem seiner letzten
Werke hat er sie vollzogen. Die grosse Untersuchung über das
Wesen und die Unsterblichkeit der Seele, die wissenschaftlich
bedeutendste Arbeit, die wir aus seiner Feder besitzen, nöthigte
ihn, sich mit Sokrates auseinanderzusetzen. Wer über dieses
Thema schrieb, musste zu Plato's Phädon Stellung nehmen, das
war selbstverständlich; aber Tertullian musste das erst recht, da
er im Grunde dasselbe über die Unsterblichkeit der Seele zu
sagen hatte, was der sterbende Sokrates gelehrt. Wie wird er

ihn also ins Unrecht setzen können? Hören wir seine Ausführungen; mit Bedacht sind sie bereits im Prologe entwickelt, eröffnen also das Werk:

„Im Kerker des Sokrates wurde über den Zustand der Seele verhandelt. Wenn auch auf den Ort nichts ankommt, so ist mir doch Allem zuvor zweifelhaft, ob die Zeit für den, der hier Belehrungen ertheilt hat, eine gelegene war. Denn was sollte wohl die Seele des Sokrates in jenem Augenblick noch mit Evidenz erkannt haben, da das heilige Schifflein schon vom Lande abgestossen, der Schierlingsbecher bereits getrunken und die Seele, wenn es nach der Ordnung der Natur ging, durch die Nähe des Todes nothwendig in eine gewisse Erregung versetzt war? Wie heiter und ruhig sie auch gewesen sein mag, wie wenig sie sich auch unter die weichen Gefühle der Natur beugen liess, sie war doch in Unruhe durch die Anstrengung, nicht unruhig zu werden, sie war in ihrer Standhaftigkeit erschüttert durch die krampfhafte Niederzwingung der Schwäche. Weiter, wofür wird ein zu Unrecht Verurtheilter sonst noch Sinn haben als Trostgründe aufzusuchen in Bezug auf die Unbill? Zumal der Philosoph, dieses vom Ruhm lebende Geschöpf! So gratulirte sich denn Sokrates selbst zu seinem Tode, weil es besser sei, ungerecht als gerecht verurtheilt zu werden, und, um seinen Anklägern ihren Triumph zu rauben, demonstrirte er die Unsterblichkeit der Seele. Also stammte die ganze damalige Weisheit des Sokrates aus den Anstrengungen eines tendenziösen Gleichmuths, nicht aus der Zuversicht der erlebten Wahrheit. Denn wer kann der Wahrheit inne werden ohne Gott? wer Gott erkennen ohne Christus? wer Christum finden ohne den heiligen Geist? Näher liegt es gewiss, bei Sokrates einen ganz anderen Geist anzunehmen; denn man sagt ja, dass ihn von Kindheit an ein Dämon begleitet habe. Indess, wenn selbst dieser Sokrates, den der pythische Dämon als den Weisesten

bezeichnet, die Unsterblichkeit der Seele bezeugt hat, um wie viel
mehr Gewicht hat das Zeugniss der christlichen Weisheit, bei deren
Anhauch die ganze Macht der Dämonen zurückweicht! Sie ist
die Weisheit aus der Schule des Himmels; sie leugnet kühn
die Götter dieser Welt; sie erweist sich nicht als zweideutig
durch den Befehl, dem Aeskulap einen Hahn zu opfern; sie führt
keine neuen Dämonen ein; sie verführt die Jugend nicht, sondern
lehrt sie Alles, was keusch und züchtig ist. Weil sie so ist, darum
hat sie die ungerechte Verurtheilung nicht bloss von Seiten einer
Stadt, sondern des ganzen Erdkreises für die Wahrheit zu ertragen,
für die Wahrheit, die um so verhasster ist, je vollkommener sie
erscheint. Sie schlürft auch nicht den Tod in heiterem Feierkleid
aus einem Becher, sondern muss ihn nebst allen Erfindungen der
Grausamkeit am Kreuz und auf dem Scheiterhaufen durch-
kosten, und sie stellt in dem viel finstereren Kerker dieser Welt
ihre Untersuchungen über die Seele mit ihren Phädonen nach
den Anweisungen Gottes an. Der wahre Lehrmeister der Seele
ist ihr Schöpfer. Von ihm allein sollst du lernen, und wenn
nicht von ihm, dann von keinem Anderen; denn wer kann ent-
hüllen, was er bedeckt hat? Dort soll man fragen, wo man,
auch ohne Antwort zu erhalten, am sichersten geht. Es ist besser,
etwas durch Gott nicht zu wissen, weil er es nicht geoffenbart hat,
als durch einen Menschen zu wissen, weil er über werthlose
Muthmaassungen doch nicht hinauskommt."

„Wehe, wehe, du hast sie zerstört, die schöne Welt" —
so muss man ausrufen. Und mit welchen Mitteln zerstört! Wie
kreuzt sich in diesen Ausführungen die Ueberzeugung von der
unerreichten Höhe des Evangeliums mit abscheulicher Sophistik!
Hat Tertullian selbst an diese pfäffischen Ausführungen geglaubt,
war es ihm Ernst mit dieser Kritik des sterbenden Sokrates?
Ja und nein! Ernst war es ihm mit seiner Theorie, mit dem

Glauben, dass die Wahrheit ausschliesslich in der biblischen Offenbarung zu finden sei; aber er hat wider sein Wissen und sein Gewissen gezeugt, wenn er dieser Theorie zu Liebe die Thatsachen beugte und den Sokrates in den Staub zog. Lässt sich doch unschwer bemerken, dass bei Tertullian hinter der ungerechten Verurtheilung noch immer eine scheue Anerkennung unüberwindlich ruht. Der Mann, der einst das herrliche Büchlein „De testimonio animae naturaliter Christianae" geschrieben hat, vermochte es doch nicht über sich zu bringen, dem Sokrates zum zweiten Mal den Schierlingsbecher zu reichen. Ein Funke griechischer Auffassung lebte auch noch in ihm, jener Ueberzeugung von der Einheit der geistigen und der religiösen Function. Aber — wenn bereits Sokrates für die Wahrheit gestorben war, was blieb für Jesus Christus übrig? Mit Recht empfand Tertullian, dass hier etwas viel Höheres in die Geschichte eingetreten sei, aber er vermochte dieser Empfindung nur auf Kosten des Sokrates Ausdruck zu geben.

Doch — den letzten Schritt hat erst Augustin gethan, und zwar durch seine furchtbare Theorie, dass alle Tugenden der Heiden nur glänzende Laster gewesen seien. Erst diese Lehre tauchte Alles in dunkle Nacht, was das Alterthum Erhabenes und Grosses hervorgebracht hat. Aber — wie so oft in der Geschichte — eben wenn eine einseitige Betrachtung bis zur letzten Spitze durchgeführt ist, stellt sich der Umschlag und der Fortschritt in der Methode der Erkenntniss ein. Man kann die augustinische Theorie auch als den Anfang der Einsicht fassen, dass Religion etwas Anderes ist als ein Wissen, dass griechische Philosophie und Christenthum zwei specifisch verschiedene Grössen sind, dass daher jede für sich zu betrachten und nach verschiedenen Maassstäben zu würdigen ist. Das ist der volle Gegensatz zu der Meinung der griechischen Apologeten, beide gehörten einfach zusammen und die eine liesse sich aus der anderen deuten und erklären. Wohl giebt es eine letzte Betrachtung, nach welcher diese Auffassung ein Recht hat, aber zunächst bildete sie ein starkes Hemmniss für das Verständniss beider Grössen. Der, welcher sie auseinander gerissen hat, hat damit, ohne es zu wissen und zu wollen, der Erkenntniss einen Dienst geleistet. Auf dem abendländischen Boden, nicht auf dem griechischen, ist, freilich erst nach Generationen, die zutreffendere Erkenntniss des Christenthums und auch des Sokrates erwachsen, und heute wissen wir besser, als es irgend Jemand im zweiten Jahrhundert gewusst hat, was sie trennt und was sie verbindet. Wir nehmen Christus nicht mehr für die Philosophie in Anspruch und Sokrates nicht mehr für das Christenthum: wir erkennen, dass an die Höhe des Evangeliums nichts heranreicht; aber doch bezeugen wir mit Justin, dass auch in Sokrates der Logos gewaltet hat.

Ich bin am Schlusse, aber ein Doppeltes möchte ich Ihnen, meine Herren Commilitonen, noch aus Herz legen: erstlich, was Sie auch studiren mögen, vernachlässigen Sie die Geschichte nicht, die grosse Geschichte und die Ihrer Wissenschaft. Glauben Sie nicht, dass Sie Erkenntnisse einsammeln können, ohne sich mit den Persönlichkeiten innerlich zu berühren, denen man sie verdankt, und ohne den Weg zu kennen, auf dem sie gefunden worden sind. Keine höhere wissenschaftliche Erkenntniss ist eine blosse Thatsache: eine jede ist einmal erlebt worden, und an dem Erlebniss haftet ihr Bildungswerth. Wer sich damit begnügt, nur die Resultate sich anzueignen, gleicht dem Gärtner, der seinen Garten mit abgeschnittenen Blumen bepflanzt. Sodann aber — erkennen Sie an der Geschichte des Sokrates, was den wahrhaft grossen Mann macht und was von ihm bleibt. Nur der Theil seiner Philosophie ist geblieben, den er durch die That besiegelt hat, alles Andere ist vergessen. Auch an Sie stellt die Wissenschaft, zu der Sie berufen sind, nicht nur die Anforderung zu forschen und zu lernen, sondern lebendige Zeugen des Wahren und Guten zu werden, Männer, die da bereit sind, um dieser Güter willen jedes Opfer zu bringen. Der Dienst der Wahrheit ist Gottesdienst, und in diesem Sinne sollen Sie ihn treiben.

Nachweise.

Justin, Apol. I, 2. 5. 18. 46; II, 3. 7. 10.

Tatian, Orat. 3.

Athenagoras, Suppl. 31.

Theophilus Antioch., Ad Autolycum III, 2.

Die Christen bei Lucian, Peregr. Prot. 11 f.

Isidor, der Sohn des Basilides, bei Clemens Alex., Strom. VI, 6. 53.

Die Acten des römischen Märtyrers Apollonius 19. 38 ff.

Tertullian, Apol. 14. 22. 39. 46. Ad nat. I, 4. 10. De anima 1.

Hippolyt, Refut. I (Prooem.) 17. 18; VIII, 4.

Clemens Alexandrinus, Strom. I, 17, 83; I, 21, 133; II, 20, 120; II, 22, 131; IV, 3, 10; IV, 7, 52; IV, 12, 80; V, 14, 91. 95. 97. 108; VI, 2, 5.

Origenes, Contra Celsum I, 3. 17. 25. 64; II, 17. 41; III, 13. 25. 66. 67; IV, 39. 59. 62. 67. 68. 89. 97; V, 20. 21; VI, 8; VII, 6. 56; VIII, 8.

Minucius Felix, Octavius 26, 9; 38, 5.

Pseudo-Cyprian (Novatian), Quod idola dii non sint 6.

Pseudo-Clemens Rom., Homilien V, 18.

Dionysius Alex., De natura (Fragm. bei Routh, Reliq.[2] IV p. 417).

Gregorius Thaumaturgus, Lobrede auf Origenes 7. 11.

Die Acten des Märtyrers Pionius 16 f. (herausgeg. von v. Gebhardt).

Die Acten des Märtyrers Phileas (bei Ruinart p. 519 des Regensburger Nachdrucks).

Methodius, De resurr. I, 62.

Arnobius, Adv. nationes I, 40; V, 38.

Lactantius, Divin. instit. II, 3. 14; III, 3. 4. 6. 13. 17. 19. 20. 21. 28. 30; V,
14; VI, 17; VII, 2; Instit. Epitome 23. 26. 32. 35. De ira dei 1. 11.
Eusebius, Chronic. zu Olymp. 86, 3 u. 95, 2.

Celsus bei Orig. c. Cels. I, 3; VI, 12; VII, 58.
Cäcilius bei Minucius Felix, Octav. 5. 12; 13. 1.
Galen bei Abulfeda, Hist. Anteislamit. (p. 109 herausgeg. von Fleischer).
Marc Aurel, Meditat. XI, 3.

Vgl. F. Ch. Baur, Sokrates und Christus (Abhandl. herausgeg. v. Zeller 1876).
W. Windelband, Platon 1899. E. Brenning, Die Gestalt des Sokrates
in der Litteratur des vorigen Jahrhunderts (Bremer Festschrift zur
45. Versammlung deutscher Philologen und Schulmänner) 1899, S. 421
bis 481.

Zum ethischen

Lehrbegriff des Hirten des Hermas

von

Dr. Richard Schenk,

Realgymnasiallehrer.

———

Wissenschaftliche Beilage zum Jahresbericht

des

Realgymnasiums zu Aschersleben.

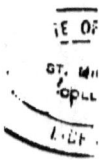

Zum ethischen Lehrbegriff des Hirten des Hermas.

Von Dr. Richard Schenk.

— — —

A. Das Menschenwesen.

§ 1. Der Mensch, das Ziel der irdischen Schöpfung[1]) und von Gott zur Herrschaft über alles kreatürliche Sein bestimmt[2]), ist nach der dichotomischen Anschauung des Hermas ein leiblich-geistiges Wesen. Der Leib, die σάρξ[3]), (seltener — als lebensvoller Organismus — σῶμα vis. III. 9, 3, 11, 4) ist die stoffliche Hülle, das Gefäss (σκεῦος) des πνεῦμα. Die ursprünglich physiologische Bedeutung des letzteren == Lebensprincip, wie sie sich noch häufig im N. T. findet[4]), ist dem Hermas fremd, denn auch der Satz: ἀμφότερα κοινά ἐστιν (sim. V. 7, 4) besagt nur, dass πνεῦμα und σάρξ zusammen erst den menschlichen Organismus ausmachen. An allen übrigen Stellen ist der Dualismus zwischen dem πνεῦμα als dem Geistig-Göttlichen des Menschen und dem Leibe als äusserer Erscheinung so schroff wie möglich[5]). Denn lezterer erscheint stets als der materielle und am Irdischen hängende Teil, während das πνεῦμα, sobald es das Geistige des Menschen bezeichnet, meist mit der Bemerkung erwähnt wird, es sei von Gott in die σάρξ eingepflanzt[6]), wie denn überhaupt jedes geistige Princip — das ist die allgemeinste

— — — — — —

[1]) ἕνεκα τὸν κόσμον ἔκτισα τοῦ ἀνθρώπου mand. XII, 4, 2. conf. vis. I, 1, 6. „Persae · in libris Iudaeorum et Christianorum sententia profertur omnia propter homines creata esse, licet sensu admodum vario ac diverso" Harnack.

[2]) πᾶσαν τὴν κτίσιν αὐτοῦ ὑπέταξε τῷ ἀνθρώπῳ, καὶ τὴν ἐξουσίαν πᾶσαν ἔδωκεν αὐτῷ τοῦ κατακυριεύειν τῶν ἐπὸ τὸν οὐρανὸν πάντων mand. XII, 4, 2, 3.

[3]) vis. III, 9, 3, 10, 7, mand. III, 1. IV, 1, 9, X, 2, 6, sim. V, 6, 5, 6, 7, 7, 1, 2, 3, 4. — In eigentlichem Sinne nur vis. III, 10, 4.

[4]) H. Cremer, Biblisch-theolog. Wörterbuch d. neutestam. Grüe. s v. — Lc. VIII, 55. Jak. II, 26.

[5]) Conf. sim. IX, 13, 5, 7.

[6]) Τὸ πνεῦμα, ὃ ὁ θεὸς κατῴκισεν ἐν τῇ σαρκὶ ταύτῃ mand. XII, 1. conf. ib. V, 1, 2, X, 2, 1.

1

Bedeutung von πνεῦμα im Hirten — von Gott, dem ewigen und alles wirkenden Weltgeiste, ausgehend gedacht wird (πᾶν γὰρ πνεῦμα ἀπὸ θεοῦ δοθέν κτλ. mand. XI, 5. — cf. XI, 17. 21), so dass auch mand. III. 1 kurzweg von dem κύριος ὁ ἐν σοὶ κατοικῶν geredet werden konnte.

Wesentlich anders bestimmt sich der Begriff der ψυχή. Sie ist das Substrat des persönlichen Lebens, ja als solches das individuelle Leben selbst, daher: τασσεινοῖ τὴν ἑαυτοῦ ψυχὴν καὶ βασανίζει mand. IV, 2. 2. cf. ib. VIII. 10. sim. VI. 1. 1. VII. 4. — In den bei weitem meisten Fällen steht sie für des Menschen ganze Persönlichkeit, sobald derselbe als religiöses, in freier Selbstentschliessung an die Gottheit sich wendendes Wesen hervorgehoben werden soll (sim. IX, 18, 5 mand. IX. 7. vis. I. 9. cf. mand. XI. 2 sim. VI. 2. 1. IX, 26, 3 IX, 28. 2).

καρδία, das im N. T. mit Bezug auf das Seelenleben des Menschen als Einheitspunkt des persönlichen Selbstbewusstseins und als Quelle aller Lebensäusserungen gefasst wird[1], hat diese Bedeutung bei Hermas nicht; denn διαλογίζεσθαι ἐν τῇ κ. (vis. I, 1. 2. III. 4. 3). διακρίνειν ἐν τῇ κ. (vis. I. 2. 2) sind dem hebräischen Idiom entlehnte Verbindungen, wie Harnack zu vis. I, 1,2 anmerkt, der Mr. 2. 6. 8. Lc. 3. 15. 5. 22 dazu vergleicht. Im Hirten ist es vielmehr der Ausgangspunkt aller Gefühlsäusserungen, wie des Schmerzes (mand. X. 2. 3. 3. 3. sim I. 1. 7), der Freude (mand. XII. 3. 4), der Reue (vis. III. 7. 2. 6. sim. V. 3. 5). Es ist der Sitz des Gefühlslebens überhaupt, einschliesslich des Begehrungsvermögens. In der κ. wurzelt alles wahre Gefühl des Menschen (sim. IX. 29, 1). An sie appelliert darum der gute Genius (mand. II. 2. 3. 3), wie sie, irregeleitet, dem bösen zugänglich ist (mand. VI. 2. 4) und zur Stätte schlimmer Untugenden werden kann. Alle leiblichen Begierden gehen von ihr aus (vis. I. 2. 4. Mand. IV. 1. 1. 2. 3. V. 2. 2. VI. 2. 5), ferner der Eigensinn (σκληροκαρδία vis. III. 7. 7), das unlautere Ansinnen (vis. I. 1. 8. sim. IX, 28, 5), die Verstocktheit (mand. IV. 2. 1), endlich auch die Verirrung, die dem Hermas als die schlimmste gilt, der religiöse Zweifel (διστάζειν mand. IX. 5. sim. V. 1, 5 vis. I. 1. 8) mit der Halbgläubigkeit (δωνυχία vis. II. 2. 4. sim. XII. 4, 4). — Umfassender ist der Gebrauch dieses Begriffes, sobald er als Mittelpunkt des religiös-sittlichen Lebens gefasst wird[2]. Die κ. soll auf den Herrn hoffen, für ihn leiden und das Leben hingeben (mand. XII. 5. 2. sim. IX. 28. 2). Stets soll sie auf ihn gerichtet sein (vis. III. 3, 4. 10. 9. mand. X. 1. 6. XII. 4. sim. V. 4. 3). Der Fromme öffnet sie ihm (vis. IV. 2. 4). Im Zusammenhange mit dieser Bedeutung wird von dem göttlichen Gesetze gesprochen, das in sie hinein gegeben ist (sim. VIII. 3, 3). Reinheit derselben ist daher Grundbedingung des Zuganges zu Gott (vis. III. 10. 8. IV, 2, 5 etc.). Wessen Herz rein ist, der nimmt Gott in sich auf (σεὸν εἰς τὴν κ. mand. XII. 4, 5). ja derselbe nimmt selbst Wohnung in ihm (mand. III. 5. XII, 4, 5).

§ 2. Der Dualismus zwischen dem gottgegebenen geistigen Principe und der σάρξ ist von fundamentaler Bedeutung für das Verständnis des dogmatischen und ethischen Standpunktes des Hirten. Jeder Mensch hat, so lange das πνεῦμα unentweiht ist (vgl. sim. V. 7. 1), die Fähigkeit zur absoluten Hingabe an Gott, zum völligen in und bei ihm Sein, — zur πίστις, die er erst durch Nachgiebigkeit gegen die Regungen seiner natürlichen Seite verliert. Vollbesitz der πίστις ist identisch mit religiös-sittlicher Vollkommenheit, ihr Schwinden gleichbedeutend mit der Sünde, — das kann als erster Grundgedanke der Hermas'schen Ethik gelten. Daher ist begreiflich auch — worauf bereits hier hingewiesen werden mag — die Wichtigkeit, welche der

---

[1] Delitzsch, System der bibl. Psych. S. 248.

[2] Daher die stehenden Verbindungen ἐξ ὅλης κ. (vis. III, 12, 3. 13, 4. IV, 2, 5. mand. V, 1, 8 etc.) — πιστεύειν (vis. I, 3, 2. II, 2, 4. sim. VII, 4), — ἐπιστρέφειν εἰς τὸν κύριον (mand. IX, 2. XII, 6, 2) —, δοκεῖν σοι τῇ (sim. VIII, 6, 2).

πίστις, von Hermas beigelegt wird. Sie ist ihm die Quelle alles Gottesbewusstseins, sein Inhalt und sein letzter Zweck. Darum steht sie an der Spitze seiner sämtlichen Lehren und bildet den Inhalt des ersten, vor allen anderen zu erfüllenden Mandates. Bei Gott allein ist Wahrheit. Der Weg zu dieser ist die πίστις. Darum sind die „Glaubensfesten" die, „welche die Wahrheit angezogen haben" (mand. XI, 4, 2), während die Verleugner für sie verloren sind, da mit dem Verlust der π. auch Trübung der religiösen Erkenntnis eintritt. Andererseits hat erst dessen π. die jede Probe bestehende Stärke, wer die durch das religiöse Bewusstsein empfundenen Wahrheiten auch objektiv zu erkennen strebt (πίστις, καὶ ἀπόδειξις, τίς τῷ πιστεύσαντι διὰ τὰ ἔργα III, 1, 2).

Sonach vollzieht sich in der π. zunächst theoretisch erkenntnismässige Aneignung und Durchdringung der religiösen Wahrheit, sie ist dem Hermas ausschliessliches religiöses Erkenntnisprincip. Doch ebenso energisch wird ihre Richtung auf das Praktische geltend gemacht. Sie giebt dem Menschen die Kraft, das gottgewollte Gute, die ἐργασίαι τοῦ θεοῦ (vis. 3, 4) zu üben, das „in die Herzen der Gläubigen gegebene Gesetz" (sim. III, 3, 3) zu erfüllen. — „Ist der nicht ein thörichter Erdensohn, der das Bewusstsein hat von der gottgegebenen Macht des Menschen über alle Kreatur und doch sich für zu schwach hält, die göttlichen Satzungen zu erfüllen (κατακρατεῖν)? — Ganz entschieden (zu beachten das asyndetisch antwortende δύναται) kann er wie über alles andere so auch der Gebote Herr sein, ja es giebt nichts Leichteres als diese, freilich nur für den, welcher den Herrn im Herzen hat etc." (mand. XII, 4, 2, 5).

§ 3. Der Mensch hat das göttliche Geschenk eines geisterfüllten Leibes und die Potenzialität, seine sittliche Natur den göttlichen Forderungen gemäss zu bestimmen, erhalten. Mit Vernunft und moralischer Kraft ausgestattet brauchte er nur nach möglichster Vollendung seiner gottebenbildlichen Anlage zu streben, um sich dadurch die völlige „Verklärung zum pneumatischen Leben" zu verdienen. Denn das war ja der Lohn, der ihm für seinen religiös-sittlichen Wandel auf dieser Erde nach göttlicher Weltordnung bestimmt war.

Dass es nämlich mit diesem Leben nicht zu Ende sei, dass vielmehr jeder Fromme ein unwandelbares und ewiges Dasein in sich trage und durch das Endgericht und den Untergang dieser Welt erst das wahre Leben in einer neuen Welt anhebt — diese eschatologische Anschauung entspricht völlig den theologischen und anthropologischen Voraussetzungen der H.'schen Ethik. Die Unsterblichkeit des Christenmenschen, dessen ganzer Lebensinhalt ja schon während seiner irdischen Existenz seine Beziehung zu Gott sein soll, wird, wenn auch ohne nähere Begründung, als zweifellos hingestellt[3]). Mit der ἐσχάτη ἡμέρα (vis. II, 2, 5), die nach ihrem Inhalt auch als παρουσία (sim. V, 5, 3) oder als κρίσις ἢ ἐπερχομένη (vis III, 9, 4) oder endlich als θλῖψις ἡ ἐπερχομένη μεγάλη (vis. IV, 3, 6) umschrieben wird, geht die materielle Schöpfung (κόσμος,[4]) oder αἰών[5]) infolge ihrer sündhaften Abgekehrtheit von Gott unter durch Blut und Feuer[6]) und

---

[1]) vis. III, 7, 1: ἀπὸ τῆς διψυχίας αὐτῶν ἀφίουσιν τὴν ὁδὸν αὐτῶν τὴν ἀληθινὴν δοκοῦντες οὖν βελτίονα ὁδὸν δύνασθαι εὑρεῖν, πλανῶνται καὶ ταλαιπωροῦσιν περιπατοῦντες ἐν ταῖς ἀνοδίαις· vgl. sim. IV, 7.

[2]) sim. VI, 2, 4. VIII, 9, 1.

[3]) βλέπε μήποτε ἀναβῇ ἐπὶ τὴν καρδίαν σου τὴν σάρκα σου ταύτην φθαρτὴν εἶναι sim. V, 7. 2.

[4]) vis. I, 3, 4. II, 4, 1. III, 13, 3. IV, 3, 2. 3. 4. mand. XII, 4, 2. sim. V, 5, 2. VIII, 3, 2. IX, 2, 1. 14, 5. 17, 1, 2, 25, 2.

[5]) vis. I, 1, 8. III, 6, 5. 6. mand. IX, 4. X, 1, 4. XI, 8. XII, 1, 2, 6, 5. sim. III, 1, 2, 3. V, 3, 6. VI, 1, 4. 2, 3. 3, 3. VII, 2. VIII, 11, 3.

[6]) vis. IV, 3, 3.

hebt an der αἰὼν ὁ ἐπερχόμενος (vis. IV, 3, 6), in dem die Auserwählten Gottes unbefleckt und rein wohnen werden (ib.). Ja dieser Seligkeitszustand in dem jenseitigen Reiche (μακάριοι ἔσονται sim. V, 3, 9), der den Heiligen nach Loslösung der Seele von allen Fesseln der Endlichkeit winkt, ist deren eigentliches Leben, die ζωὴ αἰώνιος (vis. III, 8, 4), genauer „das Leben bei Gott" (ζωὴ παρὰ τῷ θεῷ mand. VII, 5), das noch häufiger, um die unmittelbarste Gemeinschaft mit dem Höchsten, das vollständige Aufgehen in Gott auszudrücken, als ζῆν τῷ θεῷ (vgl. ἡ ζωὴ τοῦ κυρίου sim. VIII, 7, 6) bestimmt wird. Am Schlusse der meisten Mandate wird es den Gläubigen als Belohnung für einen gottwohlgefälligen irdischen Wandel in Aussicht gestellt. Sie sollen es erben[1]).

Diese eschatologische Anschauung schliesst von selbst die Vorstellung ein, dass für den wahren Christusbekenner die Erde eine fremde Stätte sei, nur zu vorübergehendem Aufenthalt und zur Vorbereitung für die Herrlichkeit des jenseitigen Lebens, des eigentlichen Heims (ἰδία πόλις sim. I, 2 im Gegensatz zur αὕτη ἡ πόλις) bestimmt. Zeitliche Güter sind deshalb etwas Fremdes (ἀλλότρια sim. I, 11), Wertloses gegenüber der ἰδία πολιτεύματα der sittlichen (ib.), die uns einen Platz im wahren Vaterlande gewährleisten. „Ihr wisst, dass ihr als Knechte Gottes auf fremder Stätte weilt; denn eure eigentliche Heimat ist weit entfernt von dieser hier. Seid ihr nun dazu ausersehen, dereinst in jene zu gelangen, warum erwerbt ihr denn hier Ländereien, kostbare Einrichtungen, Gebäude und Häuser, die nichtig sind? Wer nach dergleichen trachtet für diese Welt, der darf auch nicht erwarten, in sein eigentliches Vaterland zurückzukehren (ἐπανακάμψαι)" sim. I, 11.

B. Die Sünde.

§ 1. Dass die Aufgabe des Menschen, die eingepflanzten Keime sittlichen Könnens zu möglichster Gottähnlichkeit[2]) zu entwickeln, nicht erfüllt worden ist, das stellt unmittelbar fest durch die Thatsache der Sünde. So wenig klar das Problem vom Ursprung derselben behandelt wird, so darf doch soviel angenommen werden, dass dem Hermas der Begriff einer durch die Erzeugung fortgepflanzten ursprünglichen Neigung zum Bösen, welche der gesamten menschlichen Gattungsnatur zugleich als persönliche Schuld anhafte, ganz und gar fremd ist. Erbsünde kennt er nicht. Völliges Nichtkennen des Bösen ist die höchste Vollkommenheit christlichen Lebens, deren Abbild der Unschuldszustand der Kinder ist. Dieselben werden sündlos geboren[3]). Sie wissen nicht, was Sünde heisst. Darum sind sie wohlgefällig vor Gott und die Ersten bei ihm[4]).

Wenn nun die sittliche Beschaffenheit des Menschen im Wesentlichen dieselbe ist, wie sie ursprünglich war, wie ist die Entstehung der Sünde dann zu erklären? In stark mystischer Weise behandelt offenbar diese Frage das sechste Mandat. Gemäss dem für Hermas noch näher zu erweisenden Antagonismus eines göttlichen Reiches mit guten und eines dämonischen (oder diabolischen) mit bösen Engeln wird dort der Mensch als Schauplatz eines entscheidenden Kampfes zwischen dem himmlischen und dem oppositiven Principe dargestellt und eine Lehre vorgebracht, welche vielleicht auf alexandrinisch-jüdischen Ursprung zurückzuführen, jedenfalls aber aus des Hermas Buche von vielen Kirchenvätern, vor allem von Origenes aufgenommen

----

[1] vis. III, 8, 1.
[2] cf. sim. V, 7, 1.
[3] sim. IX, 29, 1. 24, 7. mand. II, 1.
[4] sim. IX, 29, 3.

ist[1]). Wir meinen die Lehre von den beiden Genien des Menschen, deren Bezeichnungen — ἄγγελος τῆς δικαιοσύνης und ἀ. τῆς πονηρίας,[2]) ihre Träger dem ethischen Gebiete zuweisen. Sie begleiten den Menschen durchs Leben. „Der der Gerechtigkeit ist sanft, bescheiden, milde und ruhig. Steigt der in des Menschen Herzen auf, so treibt er zu jeglichem Guten und jeder herrlichen Tugend. Ihm und seiner unmittelbaren Einwirkung soll der Mensch unbedingt vertrauen. — Der andere Genius ist voll Leidenschaft, Bitterkeit und Unverstand. Seine Werke sind böse und bringen des Herrn Knechte auf Abwege. Auch der Gläubigste, der ihm Gehör giebt, verfällt notwendig in Sünde. Umgekehrt, mag auch ein Mensch noch so verworfen sein, — hört er auf die Stimme des Engels der Gerechtigkeit, so muss er notwendig Gutes thun (ἐ͂ ἀνάγκης διὰ παντὸς ἀγαθόν τι ποιήσει)".

Näher begründet oder an einer anderen Stelle aufgenommen wird diese Lehre von den beiden Genien nicht. Hermas selbst ist sich über ihr Wirken offenbar wenig klar gewesen. Das zeigt schon die bedeutsame Scheu, dem guten Genius eine gleich innerliche Stellung zum guten Menschen und zu seinem sittlichen Verhalten anzuweisen wie dem bösen Genius zu dem sich ihm Hingebenden[3]).

Vor allem aber bleibt unklar ihre Beziehung zum sittlichen Wollen des Menschen. Ist dies ausschliesslich durch jene metaphysischen Potenzen bestimmt und also das Gute oder Schlechte, das vom Menschen ausgeht, thatgewordene Wesensäusserung des im gegebenen Falle dominierenden Genius, oder haben wir auch hier nur ein Beispiel der zu Dämonen verkörperten, sich beständig widerstreitenden menschlichen Neigungen, der guten wie der bösen? Im ersteren Falle wäre es nicht allein ein sehr bequemer Supranaturalismus, zur Lösung einer rein anthropologischen Frage zur Geisterwelt zu flüchten, — es wäre auch geradezu falsch. Denn undenkbar wäre der Erfolg eines rein äusseren Antriebes zum bösen Handeln, wenn nicht schon eine Empfänglichkeit, eine Anlage zur Sünde in der Menschennatur selbst vorhanden wäre (vgl. Jak. l, 13: „Niemand sage, wenn er versucht wird, dass er von Gott versucht werde. Denn Gott ist nicht ein Versucher zum Bösen. Er versuchet Niemand. Sondern ein Jeglicher wird versucht, wenn er von seiner eigenen Lust gereizet und gelocket wird. Danach, wenn die Lust empfangen hat, gebieret sie die Sünde[4])."

Dagegen findet die zweite Annahme eine gewichtige Stütze in dem durch zahlreiche Belege erweisbaren Dualismus zwischen dem Göttlich-Geistigen und der ungeistigen Substanz, der materiellen Welt (s. o.), der sich im Grossen darstellt als Antagonismus eines göttlichen und eines oppositiven, dämonischen Reiches, — im Kleinen, d. i. im Menschenwesen als Widerstreit des guten Princips des πνεῦμα mit dem bösen der sinnlichen σάρξ.

Auf der einen Seite vermittelt sich der Gottheit unendlich-mannigfaltiges Wirken in der Natur wie im Menschenleben durch eine Vielfältigkeit von Engelgeistern[5]), nicht bloss der sechs obersten[6]), sondern auch der ihnen untergebenen Myriaden. Doch alles, was über ihre Funktionen ausgesagt wird, hindert nicht anzunehmen, dass sie von H. nur als Personifikationen der

---

[1]) „Hanc pastoris doctrinam de duobus angelis multi patres receperunt; recentiores imprimis theologi Romani de veritate huius doctrinae disputavere." Harnack ad mand. VI. 2. 1.

[2]) mand. VI, 2. 1.

[3]) Th. Zahn, Der Hirt des Hermas, 1868. S. 269.

[4]) Das Beste hierüber bei O. Pfleiderer, Religionsphilosophie auf geschichtlicher Grundlage 1878, S. 538.

[5]) vgl. Zahn, a. a. O. S. 267 ff.

[6]) vis. I, 4, 1. 3. III, 1, 6. 4, 1. sim. IX, besonders 3. 6, 2. 12, 8.

im Menschen und in der Natur als Thätigkeiten wirksamen Ausflüsse der einheitlichen Kraft des allwaltenden göttlichen Geistes, des obersten Principes des Guten, angesehen werden. Dafür spricht die unbestimmte Gestalt und fliessende Individualität namentlich der bloss in den Grenzen der Naturwirkung sich haltenden (wie des Θηρί vis. IV, 2, 4, des ἄγγελος τῆς τιμωρίας sim. VI, 3, 2, VII, 1, 6, des ὁ, τοῦ προφητικοῦ πνεύματος mand. XI, 9), entschiedener aber noch die Schar der bald in die Sieben- bald in die Zwölfzahl gefassten Tugendgeister (δυνάμεις, oder ὀνόματα), welche — unter dem Bilde weiblicher Gestalten — die von H. so oft betonte Fülle der Gaben, der Wirkungen und des Wesens des einen[1] heiligen Geistes (daher ἅγια πνεύματα sim. IX, 13, 2) darstellen.

Ewig ist die Feindschaft dieses Reiches des Geistig-Guten und des κόσμος, der Welt in ihrem Gegensatz zu Gott, die deshalb kurzweg als ἀλλότρια (sim. 1, 2) bezeichnet wird. Ihre Eigenschaften und Wesensäusserungen verkörpert H. gleichfalls zu Geistern und Dämonen. Eine Mehrzahl böser Engel nimmt er, wie mittelbar aus der nachdrücklichen Aussage, der Racheengel gehöre zu den gerechten (sim. VI, 3, 2), folgt, als faktisch bestehend an, wenn er auch speziell nur den ἄγγελος τῆς τρυφῆς καὶ ἀπάτης (sim. VI, 1, 6) erwähnt. Am unzweideutigsten ist die Beziehung der bösen Dämonen zur Erde mand. IX, 10, wo von der διψυχία als einem ἐπίγειον πνεῦμα παρὰ τοῦ διαβόλου (im Gegensatz zur πίστις, welche ἄνωθεν παρὰ τοῦ κυρίου), desgleichen mand. XI, 17, wo von dem den falschen Propheten erfüllenden πνεῦμα ἐπίγειον καὶ κενόν die Rede ist.

Beide Stellen beweisen zugleich, dass alles, was kosmisch ist, als der Machtsphäre des Teufels angehörend gedacht wird. Wie sein Herrschaftsgebiet das gottfeindliche ist (ἀλλότρια), so erscheint er selbst ohne weiteren Zusatz als ἕτερος (sim. 1, 2), d. i. als Vertreter des bösen, widergöttlichen Principes. Er übt seine ἐξουσία über alles, was gottentfremdet ist (mand. XII, 5, 1, 6, 2, IV, 3, 4, sim. 1, 2), darum auch über das Kosmische im Menschen, die σάρξ. In seiner Verschlagenheit nützt er die natürliche Schwäche des Menschen aus, um an ihm seine Schlechtigkeit auszulassen[2], welche in der Erregung der ἐπιθυμία ἡ πονηρά (mand. XII, 2, 2) besteht.

Dass er aber in der That nichts anderes sein soll als Personifikation des auch in der materiellen Seite des Menschen sich geltend machenden Widergöttlichen, dafür sprechen noch andere Momente. Eine unbedingte Uebermacht zunächst über den Menschen wird ihm nicht zugeschrieben. „Es kann der Teufel bekämpfen, niederkämpfen kann er nicht (ἀντιπαλαῖσαι —

---

[1] Zusammen werden sie stets als Einheit gedacht und wie der Inbegriff der Kraft des heiligen Geistes so auch die Kraft des Gottessohnes, der der primäre Träger des heiligen Geistes ist, genannt sim. IX, 13, 16, (αὗται πᾶσαι δυνάμεις εἰσι τοῦ υἱοῦ τοῦ θεοῦ). Eben diese Kraft heisst dann heiliger Geist der Jungfrauen (cf. sim. 5, 6 mit c. 25), aber auch Geist des Gottessohnes (sim. IX, 24, 4). Positiv wird ihre unzertrennliche Einheit vis. III, 8, 3 dadurch hervorgehoben, dass jede folgende Gestalt zu der vorigen in engster Verwandtschaft als Tochter derselben erscheint, und dass alle, welche der Kirche angehören, wie den Namen des Sohnes Gottes so die (sämtlichen) Kräfte der Jungfrauen oder die (eine) Kraft derselben gehabt haben müssen (cf. sim. IX, 13). Ferner werden alle Zwölf sim. IX, 3, 5 mit dem Tragen jedes einzelnen Steines beschäftigt dargestellt; ib. 13, 2 ist es das eine einzige Gewand der Jungfrauen, das die in das Reich Gottes Eingehenden anlegen müssen, und endlich spricht ihre Aufstellung am Thore sowie die Einheitlichkeit ihrer Thätigkeit beim Einführen der Bausteine durch dieses am meisten gegen die Annahme einer realen Vielheit. Sie sind Faktoren, die durch ihre Vereinigung ein geschlossenes Ganze ausmachen. Darum wird auch auf ihre Zahl gar kein dogmatischer Wert gelegt und vis. III, 8 ganz dasselbe durch sieben den Turm tragende Weiber ausgeführt, deren Namen fast sämtlich unter den zwölf des neunten Gleichnisses wiederkehren (sim. IX, 3, ff.).

[2] ἔχει τὴν ἀσθένειαν τῶν ἀνθρώπων καὶ τὴν πολυπλοκίαν τοῦ διαβόλου ὅτι ποιήσει τι κακὸν τοῖς δούλοις τοῦ θεοῦ καὶ πονηρεύσεται εἰς αὐτούς; mand. IV, 3, 4. vgl. mand. IX, 9.

9

..... der Chiasmus ist beibehalten). Widersteht ihr ihm, so wird er besiegt und zu Schanden von euch fliehen. Geknechtet werden von ihm nur die Glaubensleeren; aber die Glaubensvollen widerstehen ihm kräftig (mand. XII, 5 sqq.). Sodann aber ist beachtenswert die Art, wie sein Wirken im Menschen vorgestellt wird. Mandat V, 2 wird der Langeren vor den verderblichen Folgen der ὀξυχολία als des ἐπιθυμία τινα gewarnt und die διψυχία (mand. IX, 9) ausdrücklich als des Teufels Tochter bezeichnet, wie mand. X, 1, 1 die λύπη, als die Schwester der διψυχία und der ὀξυχολία. Diese λύπη verdirbt mehr als alle anderen Geister (ἀφρὰ πάντα τὰ πνεύματα) den Menschen und schädigt (ἐκτρίβει) den heiligen Geist. Daher ist διψυχία nur eine andere Benennung für τινα. Die ἀπιστία und die διψυχία, und ein μέγα δαιμόνιον (sim. IX, 22, 3), gleichwie die gehässige Verleumdung (καταλαλία) ein unbezähmbarer Teufel (ἀκατάστατον δ. mand. II, 3). Erinnern wir überdies an die Gegenbilder der zwölf Tugendgeister (sim. IX, 13, 8), die unter dem Bilde von zwölf schwarzgekleideten Weibern auftretenden Lastergeister (sim. IX, 2, 5), so kann kein Zweifel sein: alle bösen Geister sind dem Hermas nichts als ideale Gebilde, die vielfachen, verkörpert gedachten Einwirkungen des einen bösen Weltprincips auf den Menschen, und, da derselbe zur Hälfte aus Kosmischem besteht, die personificierten sinnlich-bösen Regungen und Eigenschaften des letzteren selbst.

Eingehender vielleicht, als erwartet werden konnte, ist bei des Hermas dämonologischem Vorstellungskreise verweilt worden. Aber wir glauben annehmen zu dürfen, dass derselbe nicht bloss ein dogmatisches Interesse bietet. Nicht zu vermitteln ist die Kluft zwischen dem Reiche des Geistigen, dessen oberstes Princip Gott selbst ist, und der sinnlichen Substanz, deren Princip der Widergott, der Teufel ist. Der Gegensatz ist vornehmlich ein ethischer, nicht bloss ein natürlicher. Das wahrhaft Geistige ist göttlich und darum gut, alles Kosmische ist widergöttlich und darum böse. Und dieser Dualismus des Universums hat seine Parallele im Mikrokosmus des Menschenwesens. Gut ist der Mensch, so lange er die Neigungen der σάρξ überwindet und sein ganzes Sein in Gott findet, kurz die πίστις hat; aber er sündigt, sobald er der ihm anhaftenden natürlichen Schwäche, der ἀσθένεια (vgl. das Folgende), nachgiebt und damit das ihm anvertraute Vermächtnis des göttlichen Wahrheitsgeistes entheiligt[1]).

Der Hang zum Bösen ist demnach rein sinnlicher Natur, ist die in der irdischen Seite des Menschen wurzelnde sinnliche Begehrlichkeit, die ἐπιθυμία ματαία τοῦ κόσμου, τούτου (mand. XI, 8, XII, 6, 5, sim. VI, 2, 3, VII, 2, 1, VIII, 11, 3, vgl. bes. vis. I, 1, 8), eine Erschlaffung der moralischen Kraft gegenüber den Neigungen der Sinnenwelt (μαλακία vis. III, 12, 3), welche für den Augenblick freilich einen sinnlichen Genuss (τρυφή sim. VI, 5, 5[2]) verursacht, ein zuchtbewusstes, sittliches Handeln aber für die Folge unmöglich macht. Mit der Hingabe an den gottfeindlichen Kosmos verliert der Mensch allmählich die πίστις. Die anfängliche διψυχία[3]), die Ge-

---

[1]) ἀξετοῦσι τὸν κύριον καὶ γίνονται ἀποστερηταὶ τοῦ κυρίου, μὴ παραδιδοῦντες αὐτῷ τὴν παρακαταθήκην ἣν ἔλαβον. ἔλαβον γὰρ παρ' αὐτοῦ πνεῦμα ἄψευστον mand. III, 2.

[2]) Die allgemeine Definition: πᾶσα πρᾶξις τρυφή ἐστι τῷ ἀνθρώπῳ ὃ ἐὰν ἡδέως ποιῇ. Erst der nachdrückliche Zusatz βλαβερά unterscheidet die verwerfliche von der τρυφή; σώζουσα τοῖς ἀνθρώποις (σύμφορος τοῖς δούλοις Θοῦ Θεοῦ), der innerlichen Befriedigung über eine gute That.

[3]) „Am meisten charakterisieren des H. Vorstellungen vom Glauben die Bezeichnungen seines Gegenteils. Die innere Zerrissenheit und Zwiespältigkeit, welche nur unsere Vorfahren unter dem Worte „Zweifel" verstanden, und der griechisch redende Jude so unübersetzbar durch δίψυχος, διψυχεῖν, διψυχία malt, bildet bei Hermas stets den Gegensatz zum Glauben. Es wechseln mit den genannten Worten die wesentlich gleichbedeutenden διστάζειν, διχοστατεῖν, διακρίνειν ἐν τῇ καρδίᾳ; auch διαλογίζεσθαι (ἐν τῇ καρδίᾳ oder ohne dies) streift daran an." Zahn a. a. O. S. 170, 171.

teiltheit zwischen dem Göttlichen und dem Sinnlichen führt schliesslich zu der ἀπιστία, der völligen Abwendung (οἱ ἀπεσπασμένοι ἀπὸ τοῦ θεοῦ εἰς τέλος καὶ παραδεδωκότες ἑαυτοὺς ταῖς ἐπιθυμίαις τοῦ αἰῶνος τούτου . . . προσέθηκαν γὰρ ταῖς ἁμαρτίαις αὐτῶν sim. VI, 2, 31). Der allgemeinste Ausdruck des nunmehrigen Zustandes ist ἁμαρτία (cf. ἀποπλανᾶσθαι ἀπὸ τοῦ θεοῦ sim. VI. 3. 2 sqq.). Das Wort bezeichnet ganz farblos das gesamte sündliche Leben des Menschen, daher vis. I. 2. 1 der Zusatz τελεία zur Bezeichnung einer konkreten Erscheinungsform. Ein Hermas'sches ἅπαξ λεγόμενον ist ἁμάρτησις (vis. II, 2. 5), welches den Zustand der Abirrung besser noch als ἁμαρτία charakterisiert. Begrifflich verwandt ist das die einzelne Thatsünde bedeutende παράπτωμα mand. IV, 4, 4. IX. 7 (vgl. auch das steigernde παράβασις vis. II. 3. 1 und ἀκολασίας vis. III. 9, 1).

Gegenüber diesen das Verhältnis objektiv bezeichnenden Ausdrücken steht die Auffassung der Sünde als einer bewussten systematischen Verletzung göttlicher Normen. Mit der ἀκηδία, der stumpfen Gleichgültigkeit gegen dieselben (vis. III. 11. 3) beginnend. entwickelt sie sich zur ἀφροσύνη (sim. VI. 5. 2) — d. i. nicht etwa „Mangel an Einsicht", sondern das „Besserwissenwollen[1]) des Thoren" — und gipfelt schliesslich in der völligen Verstocktheit gegen alle besseren Regungen (σκληροκαρδία vis. III. 7. 6).

Alles das ist Entheiligung des von Gott in jedes Christenherz gegebenen πνεῦμα, eine ἀνομία (vis. II. 2. 2. III. 6. 1. 4. mand. IV. 1, 3. VIII. 3. X. 3. 2. sim. V. 5. 3. VII. 2. VIII. 10. 3), dann aber auch — objektiv — Uebertretung des vor Gott geltenden Rechtes, wie es die auf der Mitte zwischen abstrakter und konkreter Bedeutung stehende Substantivform τὸ ἄδικον (mand. VI. 1. 3) andeutet, während der Begriff der ἀδικία dem Hermas bemerkenswerter Weise fremd ist. Das Subjekt selbst erscheint als παράνομος (sim. VIII. 7. 6) oder als ἄνομος (sim. IX. 19. 1). — jenes, sofern es den göttlichen νόμος übertritt; dieses, sofern es sich desselben entäussert hat (conf. sim. VIII. 3. 8). Noch stärker als ἄχρηστός (sim. VIII. 7. 6 — ein ἅπ. λεγ. neben παράνομος) bezeichnet ἀποστάτης ihn als Abtrünnigen von Gott (vis. I. 1. 2. sim. VIII. 6. 4. XI. 19. 1. cf. vis. III. 7. 2). —

Der Aufgabe, nach höchster. gottähnlicher Vollkommenheit zu streben. ist der Mensch in Folge der Sünde nicht mehr gewachsen. Dieselbe wird daher gefasst als ein Zurückbleiben hinter dem Ziele der Gottebenbildlichkeit. als Defekt (ὑστέρημα vis. III. 2. 2). Noch stärker sind Benennungen wie „Unreinigkeit" (vis. III, 2, 2. mand. V. 1. 3). „Beflecknng" des guten geistigen Ich (μιασμός sim. V. 7. 2. 3. cf. sim. IX, 17, 5. mand. V. 1. 3. 6) oder des eigenen Fleisches (mand. IV. 1. 9. 2. 2), insbesondere aber als eine Störung der Harmonie des menschlichen leiblich-geistigen Organismus (s. o.); daher das Bild von der Krankheit. welche der Heilung bedarf (vis. I. 1. 9. 3. I. V. 7. 3. 4. VII. 4. VIII. 11. 3. sim. IX. 23. 5. 28. 5. mand. IV. 1. 11. XII. 6. 2).

Das sittlich Böse, sofern es sich empirisch im Wesen und Handeln des einzelnen Menschen darstellt, ist πονηρία. Das Konkretum τὸ πονηρόν (vis. I. 3. 1) ist gleichbedeutend mit πονηρὰ πραγματεία (vis. II. 3. 1). πονηρὸν πρᾶγμα sim. VII. 5 (αἰσχρὸν χρῆμα vis. I. 1. 7) und mit dem pluralisch gebrauchten πονηρία (sim. IX, 18. 3). Eigentümlich ist schliesslich, dass der Begriff „κακία" nur an einer Stelle (sim. IX. 29. 1. 3) begegnet und zwar synonym mit πονηρία. Viel geläufiger ist dem Hermas das gegenteilige ἀκακία vis. I. 2. 4. II. 3. 2. III. 8. 5. 7. III. 9. 1. sim. IX. 29. 3.

---

[1]) Ἡ ἀφροσύνη σου παραμονή ἐστι, καὶ οὐ θέλεις σου τὴν καρδίαν καθαρίσαι καὶ δουλεύειν τῷ θεῷ κτλ. vgl. vis. III. 7. 1.

§ 2. Die Art, wie Gottes sittliche Weltordnung gegen die widergöttliche Selbstbestimmung des Menschen reagiert, bezeichnet die allgemeine christliche Anschauung als Strafe. Sehen wir von den vom Racheengel verhängten ποικίλαι βάσανοι και τιμωρίαι ... (vis. VI. 3. 4 sqq. VI. 5. 4—7. sim. VII) ab, so kennt auch Hermas den Tod als Strafe in umfassendster Bedeutung, als unausbleibliche und ausnahmslose Consequenz der angewachsenen Sündhaftigkeit.[1] Doch ist ungewiss, ob er gerade das Absterben der leiblichen Natur des Menschen in diesem Sinne verstanden habe; denn die Hinweise vis. I. 1. 9 und mand. IV. 1. 2 sind zu allgemein gehalten, als dass sich ein Beweis darauf gründen liesse. Desto genauer werden die einzelnen Stadien des geistigen Todes gezeichnet. Gewährt nur der Glaube den Vollbesitz alles Geistigen, so muss folgerichtig durch die Sünde, die ja mit der ἀπιστία koincident ist, dem Menschen die Quelle alles geistigen Lebens, die allein bei Gott ist (s. o.), abgeschnitten werden. Zuvorderst die unmittelbarste und nie ausbleibende Consequenz der widergöttlichen Selbstbestimmung ist das innere Gericht der πονηρά συνείδησις (mand. III. 4), in welchem der Mensch den Zwiespalt seiner Freiheit mit dem göttlichen Willen des Guten als Selbstverurteilung schmerzlich empfindet[2]. Sie äussert sich in krankhafter Leidenschaftlichkeit (ὀξυχολία[3]), die mit unwiderstehlicher Kraft (τῇ ἑαυτῆς ἐνεργείᾳ) ergreift und von der Gerechtigkeit wegtreibt (mand. V. 2. 1). Mit dem Seelenfrieden des Menschen ist es vorbei. Er verzweifelt an sich selbst und an seinem Leben (vis. I. 1. 9. sim. IX, 26. mand. XII. 6. 2).

Als Folge der ὀξυχολία wird mand. V. 2. 4 auch die ἀφροσύνη hingestellt. Gegenüber der δύναμις καθαρά des Frommen (sim. IV. 7) trübt sich dem Sünder die Erkenntnis Gottes und seiner Wahrheit (sim. IV. 7. vis. II. 3, 1). Er wird blind gegen dessen Kundgebungen (ἀποτερφθῆναι ἀπὸ τῆς διανοίας τῆς ἀγαθῆς mand. V. 2. 7). Endlich auch der Wille des Menschen büsst in dem nunmehrigen Zustande seine Spannkraft mehr und mehr ein (ἀσθενέστερα vis. III. 11. 3). Die Sünde ist eine Macht über ihn geworden, die ihn wider besseres Wollen zum Bösen treibt. Den verschlagenen Einflüsterungen (πολυπλοκία) des Teufels (mand. IV. 3. 4) widersteht er immer weniger, das Schuldbewusstsein erdrückt ihn (sim. IX. 28. 6. mand. XII. 6. 1), er verzichtet von selbst auf sein Leben (s. o.) — kurz, er stirbt (sim. IX. 28. 6), da er jede Aussicht auf μετάνοια verloren hat (vis. III. 6); er erleidet den ewigen Tod. Er wird „die grosse Trübsal, die da kommen soll," nicht überstehen (vis. II. 2. 7), und der αἰὼν ὁ ἐρχόμενος wird für ihn ein χειμών sein, während er für die Gerechten ein ewig lächelnder Lenz (θέρος) ist. „Sie (die Sünder) sind abgestorben, sind ohne Früchte in jener Welt, wo sie wie Holz verbrennen werden, da ihre Handlungen schlecht gewesen sind in diesem Leben" (sim. IV. 2. 3. 1).

C. Die Erneuerung.

Musste die Annahme einer allgemeinen, lediglich durch den adamitischen Fall herbeigeführten moralischen Unvollkommenheit des Menschen von vornherein für den Hirten abgewiesen werden, so dürfte anderseits nach der versuchten Darstellung der Entstehung der Sünde ein

---

[1] οἱ ἀπεσπασμένοι ἀπὸ τοῦ θεοῦ εἰς τέλος καὶ παραδεδωκότες ἑαυτοὺς ταῖς ἐπιθυμίαις τοῦ αἰῶνος τούτου, ἐν τούτοις οὖν μετάνοια ζωῆς οὐκ ἔστιν, προσέθηκαν γὰρ ταῖς ἁμαρτίαις αὐτῶν ... τῶν τοιούτων οὖν ὁ θάνατός ἐστιν sim. VI, 2, 3. ἐν τοῖς διχοστάταις καὶ παρανομίαις θάνατος sim. VIII, 7, 6. vgl. sim. VI, 5, 7. VIII, 6, 6. 7, 3. 6. 8, 5. 9, 4. 10, 3. 18, 2.

[2] mand. V, 1, 3. 6. 7. V, 2, 1. 4. 8. VI, 2, 5. X, 1, 1. 2. X, 2, 3. 4. sim. IX, 15, 3. cf. mand. X, 2, 3. V, 2, 7. VI, 2, 4. sim. VI, 15, 3.

[3] ἀκαταστατεῖ ἐν πάσῃ πράξει αὐτοῦ mand. V, 2, 7.

alle wahrhaft sittlichen Motive negierender Indeterminismus ebenso entschieden auszuschliessen sein. Nichts im ganzen Buche deutet an, dass Hermas die Wahlfreiheit des Menschen darin erblicke, aus leerer, vager Willkür heraus sich zum Guten oder Bösen zu wenden. Im Gegenteil — alles spricht dafür, dass alles Wollen seinen ganz bestimmten Inhalt haben und dass das sittliche Leben in der stetigen Fortentwicklung des jedem Individuum eingepflanzten Keimes, der gottgegebenen Potenzialität zum Thun des Guten, bestehen soll. Nur darum wird mit so grossem Nachdruck auf den in den Menschen gelegten göttlichen Wahrheitsgeist[1], das in die Herzen der Gläubigen gegebene Gottesgesetz[2]) und die Kraft des Menschen, der Gebote Herr zu sein[3]), hingewiesen. Dazu treten als noch stärkere Beweismomente die Auffassung der Sünde als der Naturbeschaffenheit des Fleischesmenschen, ihr Werdeprocess, da sie als eine in zunehmender Progression aus unscheinbaren Anfängen heranwachsende Macht[4]) gedacht wird, die Allgemeinheit, die ihr als einem allen Menschen mehr oder weniger anhaftenden Gebrechen zukommen soll, schliesslich — und das ist das Wichtigste — die so stark betonte Notwendigkeit der Wiedergeburt.

Deutlich werden zwei Seiten derselben unterschieden. Da dem Menschenwesen eine sittliche Erneuerung seiner selbst aus eigener Kraftanstrengung unmöglich ist, so reicht zunächst der „Herzenskenner, der alles voraus weiss" (καρδιογνώστης καὶ πάντα προγιγνώσκων), in seiner versöhnenden, erbarmungsreichen Liebe, in dem allumfassenden und harmonischen Willen seiner ewigen Güte (πολυευσπλαγχνία[5]) die rettende Hand. Er gewährt den Berufenen die Möglichkeit der Busse (ἔχει μετάνοιαν), indem er ihnen den Bussengel sendet (mand. IV, 3, 4). Sein Wille ist die alleinige Causalität des neuen Lebens, er ist der objektive Grund der Wiedergeburt. Aber dieser von oben ausgehenden Heilsveranstaltung, dieser Bewegung Gottes zum Menschen muss auch das Sichhingeben des Menschen zu Gott, muss die spontane, im religiösen Gemüte sich vollziehende durchgreifende Veränderung, der innergeistige Prozess der subjektiven Erneuerung, entsprechen. Danach bestimmt sich im Wesentlichen der Gang der folgenden Auseinandersetzung.

1. Die objektive Seite der Erneuerung.

§ 1. Der Heilsakt Gottes, welcher das Primitive in der Entwicklung des neuen Lebens bezeichnet und der bereits im N. T. als ein Neumachen[6]) gefasst wird, ist auch ein Hauptprincip der sittlichen Neuschöpfung im Hirten. Die Erneuerung oder Verjüngung des Menschen[7])

[1]) mand. III, 12.
[2]) sim. VIII, 3, 3.
[3]) mand. XII, 4, 2. 5.
[4]) vgl. mand. XII, 6, 1.
[5]) sim. VIII, 6, 1. Aehnliche Bildungen sind πολυσπλαγχνία vis. I, 3, 2. II, 2, 8. IV, 2, 3. mand. IX, 2 (das Adjektivum πολύσπλαγχνος mand. IV, 3, 5. sim. V, 7, 4. vgl. ἄσπλαγχνος sim. VI, 3, 2. σπλαγχνίζεσθαι ἐπί τινα mand. IV, 3, 5. IX, 3. sim. VI, 3, 2. VII, 4. VIII, 6, 3. 11, 1. IX, 14, 3. vis. III, 12, 3. σπλάγχνον ἔχειν ἐπί τινα sim. IX, 24, 2), ferner das in einigen codd. für πολυσπλαγχνία gebotene εὐσπλαγχνία (vis. II, 2, 8. mand. IX, 2), während das bereits angedeutete σπλάγχνον (sim. IX, 24, 2), das im Gegensatze zum neutestamentlichen Sprachgebrauche bei Hermas nur im Singular vorkommt, lediglich vom liebreichen Erbarmen der Menschen unter einander gebraucht wird.
[6]) Hebr. VI, 6. Col. III, 10. Röm. XII, 2. Tit. III, 8. Eph. IV, 23.
[7]) ἀνακαίνωσις, τῶν πνευμάτων vis. III, 8, 9 (vgl. Röm. XII, 2: μεταμορφοῦσθαι τῇ ἀνακαινώσει τοῦ νοός. Tit. III, 5: ἔσωσεν ἡμᾶς διὰ τοῦ λουτροῦ παλιγγενεσίας καὶ ἀνακαινώσεως πνεύματος ἁγίου. Hebr. VI, 6: ἀνακαινίζειν εἰς μετάνοιαν) ἀνανέωσις vis. III, 13, 2. sim. VI, 2, 4. ἀνανεοῦσθαι vis. III, 11, 3. 12, 2. 3. 13, 2. sim. IX, 14, 3 (vgl. Col. III, 10. Eph. IV, 23).

hat zunächst ihren objektiven Grund in dem Menschöpfer Gott selbst. Deutlich wird dies unmittelbar aus dem göttlichen Akte der Sündenheilung[1], welcher der bisherige Zustand als eine schwere Krankheit vorausgeht. sim. V, 7, 3 wird nach dem kurzen Hinweise, dass eine Befleckung des Fleisches die des Geistes nach sich ziehe, die Frage aufgeworfen, wie Jemand, der ohne Kenntnis des neuverkündeten göttlichen Wortes sich einer Befleckung schuldig gemacht habe, des Heiles teilhaftig werden könne, und die Antwort lautet: Für die früheren, aus Unkenntnis begangenen Sünden kann Gott allein Heilung gewähren, denn „sein ist jegliche Macht". Genau derselbe Gedanke kehrt wieder sim. VIII. 11. 3. mand. XII. 6. 3 und fast wörtlich mand. IV. 1. 11 (vgl. noch vis. I, 1, 9).

In einer von dem üblichen, oft pedantisch-lehrhaften Tone durchaus abweichenden, fast poetischen Sprache wird diese Gnadenthat Gottes, dessen Langmut die menschliche Untreue überdauere, und der durch seinen heiligen Geist in den Herzen die Kraft eines neuen Lebens wirke, vis. III. 12. 2 ff. gepriesen: „Wenn ein Greis, der um seiner Schwäche und Armut willen an sich verzweifelnd auf nichts anderes wartet als auf seinen letzten Lebenstag, plötzlich vernimmt, dass ihm eine Erbschaft zugefallen ist, so steht er auf, und seine grosse Freude erweckt in ihm neue Kraft. Er liegt nun nicht mehr darnieder, sondern sein durch frühere Leiden geschwächter Geist verjüngt sich, — er zeigt sich als Mann. So ist es auch mit euch, als ihr die Offenbarung hörtet, die der Herr euch gegeben. Denn er hat sich über euch erbarmt, eure Geister verjüngt und eure Schwachheit von euch gethan, dass ihr fest wurdet und erstarktet im Glauben —". Und gleich darauf cp. 13. 2 ff. in einem andern Bilde: „Wie wenn ein Betrübter, dem eine gute Botschaft kommt, sogleich sein Leid vergisst und nur Sinn hat für die vernommene Botschaft, so dass er fortan sich stärkt zum Bessern[2] und sein Geist ob der widerfahrenen Freude sich verjüngt —, so habt auch ihr eine Erneuerung eurer Geister empfangen, da ihr dieses Gute gesehen habt". — Dass nun aber wie von jeher so immerfort von Gott selbst die Möglichkeit zur Bekehrung geboten werde, daran wird sim. VIII. 1. 1 ff. vom Engel mit Nachdruck erinnert: „Gehe hin, und sage allen, dass sie Busse thun, und sie werden Gott leben. Denn der Herr voller Erbarmen (σπλαγχνισθεις, πασι δουναι) hat mich ausgeschickt, allen die (Möglichkeit zur) Busse zu geben, obwohl einige wegen ihrer Handlungen nicht dessen würdig sind u. s. w.". So weit geht die göttliche Langmut, dass — ein beständig wiederkehrender Gedanke des H. — das Ende noch aufgeschoben ist, damit alle Zeit zur Busse haben, und eine Pause (ἀναχή) im Bau eintritt, damit möglichst viele in den Turm aufgenommen werden können[3], ja das ganze Buch schliesst mit der eindringlichen Mahnung: „facite igitur opera bona, quicumque accepistis a domino, ne dum tardatis facere, consummetur structura turris. Propter vos enim intermissum est opus aedificationis eius: nisi festinetis igitur facere recte, consummabitur turris et excludemini". Dabei zeugt es für den universalen Standpunkt des Hirten, dass er einen Unterschied von Juden und Heiden nicht kennt[4]. „Als Einteilungsgrund der Menschheit werden

---

[1] ἰασις sim. V, 7, 3. mand. IV, 1, 11. XII, 6, 2. sim, VIII, 11, 3. vgl. vis. I, 1, 9. II, 3, 2. sim. V. 7, 3, 4. mand. V, 2, 4.

[2] D. h. „dass es fortan besser mit ihm geht" (ἰσχυροποιειται λοιπον εις το αγαθον). Zahn (a. a. O. S. 290. A. 2) erklärt: „in erfreulicher Weise", Lipsius (Zeitschrift für wiss. Theol. 1865. S. 300), dem Harnack folgt: „gekräftigt wird für das Gute". Allein weist nicht der folgende Parallelismus (ανανεουται αυτου το πνευμα δια την χαραν) lediglich auf die gebesserte Gemütsstimmung des vorher so Betrübten hin?

[3] sim. IX, 14, 2.

[4] sim. IX, 17, 2.

2*

nicht nationale Verschiedenheiten, sondern die Unterschiede persönlicher Individualität, Charakter-
eigentümlichkeit, Denkweise und Gesinnung", welche den grösseren oder geringeren Anteil am
Heile begründen könnten, geltend gemacht. An sich sind alle gleichmässig berechtigt und be-
rufen: „Alle Völker, die unter dem Himmel wohnen, sind, sobald sie hören und glauben, im
Namen des Sohnes berufen. Nachdem sie das Siegel empfangen, hatten sie ein Denken, einen
Sinn: eins war ihr Glaube und eins ihre Liebe" sim. IX, 17, 4.

§ 2. Der Schwerpunkt der göttlichen Heilswohlthat liegt auch für Hermas in der
Sendung des Sohnes, doch wird nur an einer einzigen Stelle, nämlich im fünften Gleichnisse,
dessen geschichtliche Erscheinung im Zusammenhang behandelt: Der Besitzer eines Ackers macht
einen Teil desselben zu einem Weinberg, übergiebt diesen einem auserlesenen, treuen Knechte
mit dem Auftrage, ihn ganz mit einem Zaun von Pfählen zu umschliessen, verspricht ihm für
treuliche Befolgung seines Befehles die Freiheit und reist über Land. Während dieser Reise
erfüllt der Knecht nicht nur seinen Auftrag, sondern rauft auch das wuchernde Unkraut aus
und gräbt den Weinberg um. Zurückgekehrt beruft der Besitzer voller Freuden über die
Treue des Knechtes, der noch mehr gethan, als wozu ihn das Gebot verpflichtete, seinen Sohn
und seine Freunde zu einer Beratung, in der er vorschlägt, den Knecht nicht bloss freizulassen,
sondern auch zum Miterben seines Sohnes zu machen. Dieser Vorschlag findet allgemeine Zustimmung. Als nach einigen Tagen der Herr ein Mahl veranstaltet und dem Knechte reichlich
Speise sendet, da giebt derselbe einen neuen Beweis seiner über das Pflichtmässige hinaus-
gehenden Treue. Er nimmt nur, was gerade genug ist, und verteilt das Uebrige an seine Mit-
knechte, die voll dankbarer Freude den Herrn um eine noch grössere Gunstbezeugung für ihn
bitten. Erfreut ruft der Herr seine Freunde zu einer zweiten Beratung zusammen, worin der
Beschluss, den Knecht zum Miterben zu machen, erneuert wird.

Auf die Parabel lässt der Verfasser selbst zwei Deutungen folgen: Nach der einen ist
das vorbildliche Fasten Christi als ein spezielles Beispiel genommen, um den allgemeinen Lehr-
inhalt zu veranschaulichen, dass ein wahrhaft christlich-sittliches Verhalten sich nicht an das
vom Gesetzesbuchstaben gerade Geforderte bindet, sondern sich in selbstaufopfernder Liebe zu
Gott und zu den Brüdern bethätigt. Nach der andern Deutung, welche die Allegorie erklären
soll, ist der Acker diese Welt. Der Herr desselben ist der, welcher alles geschaffen, geordnet
und mit Lebenskraft erfüllt hat, nämlich Gott. Der Sohn ist der heilige Geist[1]. Das wird

---

[1] Dass der heilige Geist „Sohn" genannt wird, hat gar nichts Auffallendes, denn er ist es ja nur im
Gleichnisse, während in der Deutung, auf die es allein ankommt, der Knecht der Sohn Gottes ist (vgl. J. A.
Dorner, Entwicklungsgeschichte der Lehre von der Person Christi I, S. 201). Nur letzteres, nämlich die Bezeichnung Christi als eines δοῦλος, sowie die damit congruente Unterordnung unter den heiligen Geist, ja unter
die obersten Engel, die Freunde und Berater Gottes, könnte Bedenken erregen. Allein es handelt sich hier
um die Menschwerdung Christi, seine irdische Existenz und Wirksamkeit, die σάρξ, welche Gott zur Vollendung
seiner Gemeinde ausgewählt hat. Um dem Volke das Gesetz zu geben, erscheint er als Knecht, als eine zur
besonderen Wohnung des heiligen Geistes auserwählte gottgehorsame Menschennatur (vgl. Zahn a. a. O.
S. 257 ff.). Als dieser Mensch wirkte er durch seinen heiligen Lebenswandel zum Vorbild für alle Christen,
tilgt er, belehrend und reinigend, die Sünden der Gemeinde; kurz, vollzieht er das Lebenswerk der Erlösung.
Aber der Knechteszustand, in welchem er unter den Engeln stand, endet um so herrlicher durch die Erhöhung
der σάρξ, des ganzen Menschen Jesus (wovon der in Christo präexistente Sohn Gottes wohl zu unterscheiden
ist, da der nicht erhöht zu werden brauchte) zum συγκληρονόμος des heiligen Geistes. Er fährt hinunter zur
Hölle samt den Lehrern und Aposteln, welche das Evangelium nun denen verkünden, die da schlafen (sim. IX,
16, 5). Ein zweites Moment der Erhöhung ist die Versetzung in die himmlische Wohnung, die nichts anderes
ist als die Erhebung zur Göttlichkeit, zur μεγάλη ἐξουσία καὶ κυριότης.

sowohl direkt ausgesprochen als auch klar erkannt aus dem ganzen Zusammenhange. Übrigens hat auch eine rationelle Textkritik diesen Satz, der merkwürdiger Weise in hps. pal. aeth. fehlt, mit Recht festgehalten. vgl. Hilgenfeld und Harnack z. d. St.) Der Knecht ist der Sohn Gottes, welcher für die Menschheit geduldet hat, nämlich Christus. — Die Weinstöcke sind das Volk, das Gott gepflanzt und seinem Sohne übergeben hat. Die Pfähle sind die Engel, die vom Herrn bestellt sind, sein Volk zusammenzuhalten und zu bewahren. Das ausgeraufte Unkraut sind die Sünden der Knechte Gottes, die der Gottessohn unter vielen Leiden getilgt hat. „Er reinigte die Sünden des Volkes durch sein vieles Leiden und seine grosse Pein (πολλὰ παθὼν, καὶ πολλοὺς κόπους, ἠντλησας), und wies ihnen die Pfade des Lebens (τῷ παθεῖν, τ. ζωῆς)."

Die Annahme nun, Christus sei die Bezeichnung τῶ τοῦ θεοῦ als „Ertrag eines Lebenswerkes zu teil geworden," d. h., der vom heiligen Geist erfüllte geschichtliche Christus sei mit dem präexistenten Geiste erst durch diese Erhöhung zu persönlicher Einheit verbunden, ist unhaltbar. Das θεῖ in συγκληρονόμος statuiert keine engere persönliche Beziehung zwischen dem heiligen Geist und dem nun erhöhten Knechte als das θεῖ in συγκοπιάσας und συνδουλεύσας, welches von dem irdischen Lebenswandel gilt (Zahn a. a. O. S. 256). — Der Leib Christi war als Knecht dem heiligen Geiste untergeordnet. Und weil dieser Körper in Gott wohlgefälliger Weise gewandelt war und durch die Verbindung mit dem heiligen Geiste, ohne diesen je zu beflecken, alle Leiden kräftig überwunden hatte, „da rief Gott den Sohn und die guten Engel herbei, damit auch diesem Körper, der dem heiligen Geiste ohne Tadel gedient hatte, eine bleibende Stätte zu teil werde, und damit es nicht aussähe, als sollte ihm der Lohn seines Dienstes vorenthalten werden" sim. V. 6. — Er war schon „Sohn Gottes", als er vom Vater beauftragt wurde, dem Volke das Gesetz zu geben.

Legen wir daher den gebührenden Nachdruck auf das Gottessohnes Erscheinen im Fleisch und sein irdisches Wirken, wodurch allein seine Unterordnung unter den heiligen Geist und die Engel bedingt war, so ergiebt sich bis jetzt für uns nichts gegen die hypostatische Unterscheidung des Sohnes Gottes vom heiligen Geiste.

Anderseits hat die Bezeichnung des τῶ τοῦ θεοῦ als ἅγιον πνεῦμα (ἐκτίσε τὸ πνεῦμα ὁ τῶν τοῦ θεοῦ ἐστιν sim. IX, 1, 1) zu mannigfachen Bedenken und Erörterungen Anlass gegeben. Sohn und heiliger Geist, hat man gesagt, seien von H. nicht bestimmt unterschieden (Baur), vielmehr identificiere er beide ebensowohl wie diesen spiritus mit dem trinitarischen heiligen Geist. Versuchen wir, uns auch jene Bezeichnung richtig zu denken.

Jegliches geistige Princip geht nach H. (vgl oben S. 4) von Gott aus (mand. XI 21, 5, 17). Als solches, Gott allein Eigenendes (daher θεῖον πνεῦμα mand. XI, 5, 9, 12, 21, πνεῦμα τῆς θεότητος, mand. XI, 5, 10, 14) steht das πνεῦμα dem Menschen als eine selbständige geistige Macht gegenüber (δύναμις πνεύματος θεῖον mand. XI, 2, 5, oder δύναμις τῆς θεότητος ib.). Ja nach diesem ihm ureigenen π. wird mand. XI, 9 Gott geradezu als θεῖον πνεῦμα bezeichnet, wie es aus demselben Grunde bereits im N. T. geschieht (ὁ δὲ κύριος τὸ πνεῦμα ἐστιν sagt Paulus 2. Cor. III, 17, 18). Dem von Gott kommenden Geiste werden als solchem naturgemäss die Gott zukommenden Eigenschaften beigelegt. Er ist „der heilige Geist" (mand. V, 1, 3, XI, 9, sim. VI, 5, 6, XI, 1, 2, 25, 2, XI, 8, 9), der „Geist der Wahrheit" (mand. III, 4) oder der „untrügliche" (mand. III, 2), endlich der „erhabene und wahre" (mand. III, 4). Dieses πνεῦμα existiert auch vor aller Welt (πρῶτον) und hat die ganze Schöpfung mitgeschaffen (sim. V, 6, 5). Gott lässt es in mannigfacher Form sich wirksam erweisen. Am gewöhnlichsten stellen sich die vielfachen Ausflüsse des einen π. als selbständige, der körperlichen Hülle entkleidete, rein geistige Wesen dar, durch welche sich alle Gotteswirkungen vollziehen sollen. Und eben deshalb konnte in der vielumstrittenen Stelle von Gott selbst so vor allem der Sohn „heiliger Geist" genannt werden. Haben wir doch an der Heraushebung sogar abstrakter Begriffe (s. o.) zu πνεῦμα gesehen, wie weit gerade dieses Wort der Neigung des H., möglichst zu personificieren, dienstbar sein muss. Aber auch der Sinn der fraglichen Stelle ist für den unbefangenen Interpreten klar genug. Das Pronomen mit dem Artikel zeigt deutlich, dass nicht „der heilige Geist", d. h. der trinitarische gemeint sein kann, sondern der Geist, der soeben mit H. geredet hat. — Von einer Identität des heiligen Geistes mit dem Sohne Gottes ist sonach keine Rede, und es kann sich für uns nur darum handeln, festzustellen, wie sich H. das Verhältnis des Sohnes einerseits zum Vater, anderseits zum heiligen Geist gedacht hat.

Betreffs des ersten Punktes ist zuvörderst von hohem Interesse der Name, welcher Christus beigelegt wird. Das Wort „Jesus" wird nie erwähnt, ebensowenig „Christus". Letzteres ist nur in der Bezeichnung

indem er ihnen das Gesetz gab, das er vom Vater bekommen. Und Gott pflanzte den vor aller Zeit existierenden heiligen Geist in die σάρξ (den Menschen Jesus). In dieser wohnte er, und sie diente ihm gar trefflich in unschuldigem und reinem Wandel (καλῶς; ἐν σεμνότητι καὶ ἁγνείᾳ πορευθεῖσα), ohne ihn im Geringsten zu beflecken. In Bravheit und Heiligkeit waltete sie ihres Amtes (πάντει παρόντι καλῶς, καὶ ἁγνῶς), litt und arbeitete allezeit zusammen mit dem heiligen Geist und zeigte sich kräftig und männlich (ἰσχυρῶς καὶ ἀνδρείως ἀναστραφεῖσαι). Und Gott gefiel solch ein Wandel. Er nahm seinen Sohn zum Mitberater, auf dass auch dieser, der dem Geiste tadellos gedient, eine Behausung fände". — Die Speisen, die der Herr dem Knechte sendet, sind die Gebote, die Gott seinem Volke durch seinen Sohn gab. Die Freunde

seiner Bekenner, welche gleichfalls nirgends „Christen" genannt werden, angedeutet (τὸ ὄνομα φοροῦντες τοῦ υἱοῦ τοῦ Θεοῦ sim. IX, 14, 5. cf. ib. 28, 5. 12. 8). An den bei weitem meisten Stellen heisst er ὁ υἱὸς τοῦ Θεοῦ (vis. II, 2, 8. sim. V, 7, 2. 3. 5. 6, 1. 2. 4. VIII, 11, 1. IX, 1, 1. 12, 1. 6. 13, 2. 5. 15, 4. 16, 5. 17, 1. 18, 4. 21, 1). dazu einmal, in der wichtigen Stelle sim. VIII, 3, 2, ohne Artikel υἱὸς Θεοῦ, während sim. V, 6, 7. IX, 13, 3 der Genetiv sich aus dem unmittelbar Vorhergehenden von selbst ergiebt. Nun ist vielfach bestritten worden, dass H. auch den Sohn „κύριος" genannt habe —, eine Bezeichnung, welche freilich Gott selbst vornehmlich zukommt. Aber wie sollte denn z. B. vis. III, 7, 3 (θέλοντες βαπτισθῆναι εἰς τὸ ὄνομα τοῦ κυρίου), wo das Wort in Beziehung zur Taufe gesetzt ist, erklärt werden, da doch schon Stellen wie Act. II, 38. VIII, 16. XIX, 5. Gal. III, 27 zur Evidenz beweisen, dass „die christliche Kirche nie auf den Namen des Schöpfers getauft, wohl aber von jeher die Taufe auf den dreifachen Namen der Kürze halber eine Taufe auf den Namen Jesu oder des Herrn" genannt hat?

Die Koordination der Ausdrücke sim. IX, 28, 2: πιστεύοντες ὑπὲρ τοῦ ὀνόματος τοῦ υἱοῦ τοῦ Θεοῦ plomini (L. L.) . . . . ἔπαθον, διὰ τὸ ὄνομα τοῦ υἱοῦ τοῦ Θεοῦ . . . . πάσχοντες ἕνεκεν τοῦ ὀνόματος (propter nomen domini L.[2]) τοῦτο τὸ ὄνομα βαστάζετε . . . . πεπόνθατε ἕνεκεν τοῦ ὀνόματος κυρίου ergiebt ebenfalls, dass der Sohn Gottes von H. mit Bewusstsein „κύριος" genannt werde. Ist er doch auch der Herr des Turmes, welchen die Kirche vorstellt (sim. IX, 5, 3. 6. 12, 8. 7. 1. 9, 4), der Gebieter seines Volkes (sim. V, 6, 4. IX, 18, 4), der Hirt seiner Herde, nämlich der Christenheit (sim. IX, 31 sqq.). Wir werden daher nicht fehl gehen, wenn wir nach dem Vorgange Zahn's und Harnack's sim. IX, 23, 1 (τί ὁ Θεός, καὶ ὁ κύριος, ἦμιν ὁ πάντων κρατέων καὶ ἔχων πάσης τῆς κτίσεως αὐτοῦ τὴν ἐξουσίαν) wegen des Artikels vor κύριος dieses von ὁ Θεός trennen. „Mag man αὐτοῦ auf Gott beziehen, was ich hier und sim. IX, 2. p. 125, 12 vorziehe, oder auf den Sohn, was hier wie dort möglich ist, — das angegebene Herrschaftsgebiet des κύριος geht nicht über das sonst dem Sohne zugeschriebene hinaus" (Zahn, a. a. O. S. 157). Und sollte schliesslich vis. II, 2, 8, wo Gott bei seinem Sohne schwört, dass die ihren Herrn Verleugnenden das Leben verwirkt haben, unter dem κύριος ein anderer Gegenstand der Verleugnung zu verstehen sein, als eben der Sohn? Geht doch anderseits aus sim. IX, 16, 7 (διὰ τούτων οὖν ἐζωοποιήθησαν καὶ ἐπέγνωσαν τὸ ὄνομα τοῦ υἱοῦ τοῦ Θεοῦ) mit völliger Klarheit hervor, dass dem H. Leben und den Sohn Gottes Bekennen identisch ist (vgl. Lipsius in Zeitschrift f. wiss. Theol. 1869 S. 252 ff., 1865, S. 276. Zahn, Jahrb. für deutsche Theol. 1870 S. 193 bei Harnack z. d. St.).

Dann wird auch gewiss, dass alles, was Christ heisst, seinen Namen trägt sim. IX, 14, 5. 28, 5. 12, 8. (gleichwie Israel den Namen Jahve trägt Deuter. 28, 10. 2 Chron. 7, 11. Jerem. 14, 9[2]), wie auf der andern Seite ihm viele unnütz werden, da sie ihn verleugnen (sim. XI, 26, 4), ja ihn lästern (sim. IX, 19, 3). Die echten Christen leiden für ihn ts. die vielen Belege sim. IX, 28, 2 ff. u. v. a.), und wenn auch zuweilen vom einfachen Märtyrertum um Gottes (sim. IX, 28, 5) oder Gottes Namen (vis. III, 3) willen geredet wird, so ist doch sicher, dass H. unter dem Martyrium κατ' ἐξοχὴν das christliche d. h. das für Christus den Herrn geleistete versteht. Der Sohn Gottes also wird von H. entweder ὁ υἱὸς τοῦ Θεοῦ oder κύριος genannt, wobei wir natürlich von Umschreibungen absehen mit ὄνομα (τὸ ὄνομα τοῦ υἱοῦ τοῦ Θεοῦ sim. IX, 12, 4. 13, 3. 7. 14, 5 sqq. 8. 15, 2. 16, 7. 28, 2. 3. τὸ ὄνομα τοῦ κυρίου vis. III, 5, 2. 7, 3. sim. IX, 28, 2, 6, einfach ὄνομα sim. IX, 28, 4) oder mit ἀνήρ, wie er sim. IX, 12 als der ἔνδοξος, ἀνὴρ μέγας ἀνὴρ erscheint, welcher mit den sechs erhabenen Engeln den Turm besichtigt und die Bausteine prüft.

Und was ist der dogmatische Ertrag dieser Auseinandersetzung? Dass Christus von H. mit klarem Bewusstsein als übermenschliches, göttliches Wesen vorgestellt wird, und dass die Bezeichnung κύριος gerade für den Sohn gewählt ist, um ihn nach seinem eminenten Herrenverhältnis als die vom Menschen

und Berater des Herrn des Weinberges sind die zuerst erschaffenen obersten Engel, welche samt dem heiligen Geist, der zuvor gewesen ist, die ganze Welt geschaffen und von Gott eine dazu erwählte menschliche Natur zum Wohnsitz erhalten hat, zu Mitrichtern über das irdische Werk des Sohnes Gottes von Gott bestellt sind.

Den einzelnen Momenten der Knechtesthätigkeit im Gleichnisse (φυτεύειν, σκάπτειν, τοὺς ἐθανάτους ὅρους, cf. Harnack z. d. St.) entsprechend, wird somit Christi Aufgabe als eine dreifache gefasst: Bewahrung des Gottesvolkes unter dem Beistand der Engel, Reinigung desselben von den Sünden durch das mit dem Tode besiegelte Leiden und Mitteilung des Gesetzes an die Gläubigen.

unterschiedene, das christliche Leben begründende Macht hervorzuheben. Dafür sprechen noch mehr die über seine Person aufgestellten Bestimmungen wie die ihm beigelegten Funktionen.

Existierend vor aller Natur (πλεῖστος τῆς κτίσεως . . . πρωτεύτερος, sim IX, 12, 2), also ewig, war er der Mitberater Gottes bei der Schöpfung (ib.). Die ganze Schöpfung wird durch ihn getragen (sim. IX, 17, 5). Im Besonderen ist er ein Grundstein (θεμέλιον) geworden für alle, die seinen Namen tragen (ib.). — Seine ganze Macht hat er vom Vater (sim. V, 6. IX, 23, 4), aber sie ist ihm eigentümlich geworden auch nach der letzteren Stelle, wo, wie wir bereits gesehen, die Scheidung des ὁ υἱός von ὁ κύριος, ἐμοῦ (ὁ κύριος τῶν κτισμάτων) durch den Artikel postuliert wird. Durch des Sohnes Wort ist auch die Kirche gegründet (sim. IX, 13), so dass er dasteht nicht wie ein Knecht, sondern in gewaltiger Kraft und Herrschaft (sim. V, 6, 1). „Du siehst, dass er selbst Herr ist des Volkes, nachdem er die ganze Macht von seinem Vater bekommen" (ib.).

Weiter kann gefragt werden: Existiert nach Hermas dieser Unterschied des Sohnes vom Vater bereits vor der ersten Menschwerdung, oder, wie die Ebioniten annehmen, erst nachher? Die Antwort musste notwendig in ersterem Sinn ausfallen schon wegen der Ausdrücklichkeit, mit der Hermas dem Sohne Mitwirkung bei der Schöpfung und dauernde Teilnahme an der Erhaltung des Geschaffenen (vgl. sim. IX, 14) beilegt. Aber noch mehr: Der Sohn ist der alte Fels und das neue Thor (sim. IX, 12, 1), weil der Sohn Gottes zwar alter ist als alle Kreatur, so dass er auch dem Vater Mitberater bei der Schöpfung war; das Thor aber ist neu, „weil er am Ende der Tage offenbar wurde, auf dass die zum Heil Bestimmten durch jenes eingehen in das Reich Gottes" (ib.). Stärker als durch diese Worte konnte die persönliche Identität des Sohnes Gottes nach seiner vorweltlichen Existenz und seiner endgeschichtlichen Offenbarung schwerlich betont werden (vgl. Zahn a. a. O. S. 259). Und weiter (v. 4): „In das Reich Gottes kann Niemand eingehen, der nicht den Namen seines Sohnes annimmt." — „Der Name des Sohnes ist gross und unfassbar und trägt die ganze Welt" (sim. IX, 14, 5. 6). Durch den ersten Gedanken, dass er dem Vater Mitberater bei der Schöpfung war, wie durch den zuletzt angeführten, dass er die ganze Schöpfung trage, widerlegt sich gleichzeitig die Annahme einer bloss idealen Präexistenz (vgl. Zahn a. a. O. S. 260). Das schwerwiegendste Argument endlich für die nach unserer Ansicht bei H. vorliegende Anschauung von Christi Person bietet vis II, 2, 8. Unmöglich konnte H. Gott bei seinem Sohne schwören lassen, wenn er nicht beide mit völliger Klarheit persönlich von einander unterschied. Ohne daher in die Worte des Textes mehr hineinzulegen, als wirklich darin liegt, kann behauptet werden, dass H. sich den Sohn Gottes nicht allein als präexistentes, über alle Kreatur hoch erhabenes göttliches Wesen, sondern auch in bestimmter hypostatischer Unterscheidung von Gott und zwar vor seiner Menschwerdung gedacht habe. Aber auch eine Identifikation des heiligen Geistes mit dem präexistenten Sohn Gottes — im Sinne einer adoptianischen Christologie — müssen wir nach dem Erörterten für unerweislich halten. Das fünfte Gleichnis giebt uns den Schlüssel zum Verständnis des Verhältnisses beider: Der offenbarende Gott hat den heiligen Geist über den Menschen Jesus ausgegossen, damit dieser Kraft hätte zur Erfüllung seiner erhabenen Aufgabe, eine göttliche Norm, nach der er sein Thun bestimmen könnte, und einen unerschütterlichen Halt, durch welchen ihm die Erreichung seines Zieles gesichert würde.

Somit kann das Ergebnis unserer christologischen und trinitarischen Betrachtungen nur eine Koncession an die feste Einheitlichkeit auch dieser so vielfach gedeuteten Anschauungen des Hermas sein: Christus ist Gottes Sohn, der beim Vater von Ewigkeit an gewesen ist und sein wird. Aber er ist auch wahrer Mensch. Als solcher unterscheidet er sich von allen andern Menschen nicht allein dadurch, dass der präexistente Gottessohn in ihm zur Erscheinung gekommen ist, sondern auch dadurch, dass der heilige Geist, da er in absoluter Heiligkeit und Reinheit lebte, voll und ganz in ihm gewohnt hat.

Was dies für ein Gesetz sei, darüber müsste jedem Unbefangenen die vom Hirten selbst gegebene Deutung des ersten Aktes des achten Gleichnisses hinreichenden Aufschluss geben. Der die ganze Erde überschattende Baum, unter dessen Zweigen sich eine zahllose Menge gesammelt hat, ist das in die ganze Welt hinein gegebene Gesetz Gottes[1]. Dieses Gesetz aber ist der bis an die Enden der Erde gepredigte Gottessohn (c. 3). Die unter dem Schatten des Baumes Versammelten sind diejenigen, welche diese Predigt gehört und an den Sohn Gottes geglaubt haben. Die Ausbreitung der Zweige des Baumes bedeutet die Verbreitung des Gesetzes in die ganze Welt, und diese vollzieht sich durch die Predigt vom Sohne Gottes.

Man sollte meinen, dass der Satz, Christus selbst, seine geschichtliche Erscheinung und Persönlichkeit, sei ausschliessliches Gesetz der christlichen Welt, vom Verfasser unzweideutig genug ausgesprochen würde. Und doch hat man in seinen Worten ganz besondere Geheimnisse entdecken wollen. Wie man da Wurzeln der katholischen Unterscheidung von einer höheren und niederen Sittlichkeit (s. u.) zu finden vermeinte, wo eine nüchterne Betrachtung der Hermas'schen Gedankenbezüge nichts als natürliche Stadien christlich-sittlicher Ausbildung sehen kann, so war man auch schnell bei der Hand, die Abirrung der katholischen Kirche zur Auffassung der christlichen Lehre als eines Gesetzes auf den Hirten zurückzuführen. Es bedurfte nach unserem Dafürhalten gar nicht des längeren Nachweises von Zahn, dass jene irrtümliche Anschauung den Mittelpunkt eines ganz andern, der apostolischen Literatur widersprechenden Gedankenkreises bildet, dessen Eigentümlichkeit in der übertriebenen Betonung der Worte und Lehren Christi vor seiner Person und seinem Werke und in der damit zusammenhängenden Auffassung seiner Aussprüche als Gebote besteht. Nirgends findet sich ein thatsächlicher Anhalt dafür, dass Hermas in den Herrenworten als solchen den wesentlichen Inhalt der kirchengründenden Predigt erblicke. Gebote Jesu werden überhaupt nicht erwähnt. Der Gedanke des fünften Gleichnisses[2], dass Gott durch seinen Sohn seinem Volke Gebote gegeben habe, gehört, wie noch gezeigt werden wird, am allerwenigsten hierher, und sim. IX, 14, 5 zwingt uns nicht, unter den ἐ ἐντολαὶ αὐτοῦ gerade die vom Sohne Gottes gegebenen zu verstehen.

Auch die Mutmassung, der Satz des ersten Gleichnisses sei ein flüchtig hingeworfener Gedanke ohne tiefere dogmatische Bedeutung, entbehrt jeder näheren Begründung! Besässen wir ausser ihm nichts, woraus für das Verständniss der Hermas'schen Anschauung von der sittlichen Neuschöpfung etwas erschlossen werden könnte, wir müssten schon aus dem entschiedenen, feierlich-pathetischen Tone, mit dem er ausgesprochen wird, ersehen, dass die fraglichen Worte ganz besondere Beachtung beanspruchen, ohne Abschwächung und ohne Missdeutung. Nun steht aber jener Satz nicht allein. Im selben Kapitel (v. 5) wird von den Gläubigen gesprochen, die „dem Gesetze wohlgefallen haben."[3] Man kann von der bildlich-verschwommenen Redeweise des Hermas zuweilen wenig erbaut sein, aber in solchem Zusammenhange mit dem Gesetze etwas anderes als den geschichtlichen Sohn Gottes selbst zu bezeichnen — das wäre eine Verschrobenheit des Ausdrucks, wie sie dem Hermas nimmermehr zugetraut werden darf.

---

[1] τὸ δένδρον τοῦτο τὸ μέγα τὸ σκεπάζον πεδία καὶ ὄρη καὶ πᾶσαν τὴν γῆν, νόμος θεοῦ ἐστιν ὁ δοθεὶς εἰς ὅλον τὸν κόσμον. ὁ δὲ νόμος οὗτος, υἱὸς θεοῦ ἐστι κηρυχθεὶς εἰς τὰ πέρατα τῆς γῆς, οἱ δὲ ὑπὸ τὴν σκέπην λαοὶ ὄντες, οἱ ἀκούσαντες τοῦ κηρύγματος καὶ πιστεύσαντες εἰς αὐτόν.

[2] sim. V, 5, 3.

[3] ὅσοι ἤδη εὐηρέστησαν τῷ νόμῳ καὶ τετηρήκασιν αὐτόν, ἐπὶ τὴν ἰδίαν ἐξουσίαν ἔχει αὐτούς. Zahn stellt dazu treffend in Parallele vis. III, 1, 9: τῶν ἤδη εὐηρεστηκότων τῷ θεῷ.

Auch was weiter vom Gesetze gesagt wird[1], verträgt schwerlich eine andere als persönliche Fassung desselben. Wir sehen ganz davon ab, ob sich in einer Formel, wie „das Gesetz verleugnen", die eigentliche Bedeutung nur sprachlich irgend wie rechtfertigen liesse. Aber ein wunderliches, unverzeihliches Herumspringen mit Begriffen müsste man es nennen, wenn eine mit Emphase gegebene Definition bereits im unmittelbar Folgenden wieder aufgegeben wird. Denken wir dagegen den Sohn Gottes selbst als das Persönliche, dem seine Bekenner wohlgefallen, für den sie leiden, und den sie im schlimmsten Falle verleugnen, dann schwindet alle Künstelei der Auslegung. Gerade die Häufung solcher Ausdrücke an dieser Stelle muss Beweis dafür sein, dass der ganze Zusammenhang von dem Gesetzesbegriffe beherrscht ist, wie ihn der Eingang des Kapitels bestimmt.

Kurz, dass Hermas das christliche Lebensgesetz mit der Person des Sohnes Gottes selbst identificire, darf billig als Thatsache gelten. Wir gehen noch einen Schritt weiter und behaupten, dass mit diesem Ergebnis auch der Angelpunkt der ethischen Gesamtanschauung des Hirten gefunden ist.

Zur Begründung dessen gehen wir auf den moralischen Lehrzweck der fünften Parabel zurück. Die Worte: δοὺς αὐτοῖς τὸν νόμον ὃν ἔλαβε παρὰ τοῦ πατρὸς αὐτοῦ (5, 3) sind unleugbar das Korrelat zu den vorhergehenden: τὰ ἐδέσματα ἃ ἔλαβεν παρὰ τοῦ δεσπότου, ἐν ἐντολαί εἰσιν ἃς ἔδωκε τῷ λαῷ αὐτοῦ διὰ τοῦ υἱοῦ αὐτοῦ (5, 3). νόμος ist der Kollektivbegriff, das Einzelne in sich Begreifende. Von diesen letzteren ist eins exemplificirend herausgehoben, um die ἐντολή „auf einen möglichst kurzen Ausdruck zu bringen". Der Gottessohn hatte zu vollbringen: nach der Parabel die Einzäunung des Weinberges und seine Abschliessung von dem übrigen Acker, nach der Deutung die Absonderung der in der Entwicklung begriffenen christlichen Kirche von der übrigen Menschheit. Aber die Lösung dieser speziellen Aufgabe verschwindet hinsichtlich ihrer Bedeutung ganz und gar hinter dem Thun dessen, was an sich nicht befohlen war. Die über das göttliche Einzelgebot hinausgehende Selbstaufopferung bildet den alles beherrschenden Mittelpunkt des Wirkens Christi. Er hatte eine an ihn gestellte Forderung erfüllt und doch durch die schlechthin vollkommene Weise, wie er sie erfüllt, alle Gesetzmässigkeit aufgehoben. Und eben dies ist das neue, hoch über die Schranken des mosaischen Buchstabendienstes sich erhebende Gesetz der freien Liebesübung, nicht unähnlich dem vom Erlöser selbst mit so beredten Worten ans Herz gelegten neuen Gebote des Johannesevangeliums: „Ein neu Gebot gebe ich euch, dass ihr euch unter einander liebet, wie ich euch geliebet habe, auf dass auch ihr einander lieb habet" (XIII, 34). Etwas aber als Gesetz bezeichnen, was genau genommen sein Gegenteil ist, das ist keine gewagtere Antithese, als wenn Paulus (Röm. III, 27) von einem νόμος πίστεως spricht. Obschon πίστις und νόμος nach des Apostels eigener Ansicht[2] sich ausschliessen, so fasst er doch gerade hier, um den Juden auch das Stichwort des Gesetzes, auf das sie sich steifen, zu entreissen, die π. selbst als νόμος auf. — Das neue Gesetz hat der Gottessohn nicht in abstracto gelehrt. Durch sein ganzes Leben, sein Leiden und Sterben hat er es bethätigt. Sein ganzes Wesen ist in ihm aufgegangen. Er ist die ideale, aller empirischen

---

[1] Οὗτοι ἀντεπάλαισαν τῷ διαβόλῳ καὶ κατεπάλαισαν αὐτόν, ἐστεφανωμένοι εἰσίν· οὗτοί εἰσιν οἱ ὑπὲρ τοῦ νόμου παθόντες. οἱ δὲ ἕτεροι καὶ αὐτοὶ χλωρὰς τὰς ῥάβδους ἐπιδεδωκότες καὶ παραφυάδας ἐχούσας, καρπὸν δὲ μὴ ἐχούσας, οἱ ὑπὲρ τοῦ νόμου θλιβέντες, μὴ παθόντες δὲ μηδὲ ἀρνησάμενοι τὸν νόμον αὐτῶν.

[2] Gal. III, 12.

Beschränktheit enthobene Repräsentation des neuen christlichen Lebensprincipes, das personificierte Symbol unendlicher, alles leistender Liebe[1].

Nun erst kann auch recht verstanden werden, was von dem Gesetz — in engstem Anschluss an die Definition desselben als des Sohnes Gottes — verkündet wird, es sei in die Herzen der Gläubigen gegeben[2]. „Dieser das achte Gleichnis beherrschende Gedanke ist der Grund, warum überhaupt der Sohn Gottes hier und nur hier als das Gesetz Gottes bezeichnet und gerade eine Weide als Sinnbild gewählt wurde. Das zähe Leben dieses Baumes, der die ihm geraubten Zweige rasch wieder ersetzt, und dessen Zweige bei geringer Feuchtigkeit bald ein selbständiges Leben führen können, wird wiederholt hervorgehoben (c. 2. c. 6), weil dadurch, freilich vermöge einer Steigerung über den natürlichen Vorgang hinaus, die ganze Vorstellung bedingt ist. Nicht ein Teil, dessen Fehlen die Ganzheit des Baumes zerstörte, und welcher selbst ein Unvollständiges bliebe, sondern ein Absenker des „lebenslustigen Baumes" wird jedem Einzelnen zu Teil. Dadurch wird der Sohn Gottes den Einzelnen, was er seiner Bestimmung nach allen ist. Also nicht ein Gebot oder eine Summe solcher wird dem Gemüt der Gläubigen eingeprägt, oder gar äusserlich der Glauben wirkenden Predigt angefügt, sondern der Sohn Gottes, welcher vermittelst der Predigt, gleichsam in der Form der Predigt, bis an die Grenzen der Erde getragen wird, wird den Herzen der an ihn Glaubenden als lebendige Kraft und Gesetz ihres Lebens eingepflanzt[3]."

Die gottmenschliche Heilandsperson das Gesetz und die Kraft, das ausschliesslich bestimmende wie sittlich wiederbelebende Princip der an ihn Glaubenden — mit diesem Ergebnis schliessen wir unsere Betrachtung der Hermas'schen Lehranschauung vom objektiven Elemente der menschlichen Wiedergeburt. Im Nachfolgenden wird auf die unmittelbare Bedeutung hinzuweisen sein, welche jenes Zwiefache in Christi Person und Werk für die Spontaneität, die ganze innere Lebensänderung des erneuerten Menschen haben soll.

II. Die subjektive Erneuerung.

§ 1. Die durch den objektiven Gnadenakt gebotene Möglichkeit, zu einem neuen, Gott wohlgefälligen Leben zu gelangen, wird als dringende Verpflichtung hingestellt. Schleunige Umkehr ist die von jedem zu fordernde Gegenleistung; aber diese Umkehr muss auch durchgreifend sein. „Nur die werden wieder ganz und gar jung (ὁλοτελεῖς τέοι) und gefestigt (τεθεμελιωμένοι), die von ganzem Herzen Busse thun", vis. III. 13. 4. Es ist diese Stelle ausser anderen[4] ein Beleg dafür, dass der vom Menschen auf dem Grunde der göttlichen Wirksamkeit durch das eigene Wollen vorgenommene sittliche Veränderung im Wesentlichen als μετάνοια bestimmt wird. Ihre Verkündigung bildet den Hauptinhalt des Buches[5]. Der Sinn soll wieder zu Gott gelenkt werden. Vor allem in theoretischer Beziehung. Der Reuige muss inne werden, was er Böses vor dem Herrn gethan[6]. Und das ist „eine grosse

---

[1] Vgl. Justinus (dial. c. Tryph. c. 11, p. 228 B.): αἰώνιός τε ἡμῖν νόμος καὶ τελευταῖος ὁ χριστὸς, ἐδόθη καὶ ἡ διαθήκη πιστή, μεθ' ἣν οὐ νόμος, οὐ πρόσταγμα, οὐκ ἐντολή, c. 43, p. 261 C: Χριστόν, ὅστις καὶ αἰώνιος νόμος καὶ καινὴ διαθήκη τῷ παντὶ κόσμῳ ἐκηρύσσετο.

[2] sim. VIII, 3. 3.

[3] Zahn a. a. S. 151.

[4] vis. I. 3. 2. mand. V, 17. XII, 6. 1. sim. VII, 4.

[5] Man könnte es eine Busspredigt nennen, vgl. Zahn a. a. O. S. 135 und 327.

[6] Συνῆκε ὁ ἁμαρτήσας, ὅτι πεποίηκεν τὸ πονηρὸν ἔμπροσθεν τοῦ κυρίου, καὶ ἀναβαίνει ἐπὶ τὴν καρδίαν αὐτοῦ ἡ πρᾶξις, ἣν ἔπραξεν mand. IV, 2, 2.

Einsicht"[1]). Doch mit diesem Bewusstsein allein soll es nicht gethan sein. Zu vollkommener Busse wird für erforderlich gehalten Unmut und Herzeleid (λύπη) über das bisherige Thun, besonders aber Brechen des geistlichen Hochmuts, das in der Selbsterniedrigung des Menschen vor Gott (vis. III, 1, 9) besteht. Die innere Umkehr soll mit Schmerzen verbunden sein (ταπεινοῦν ἐαυτὸν ... ἐργαζ... σαι ... μand. IV, 2, 2), sogar das Weinen wird nicht ausbleiben dürfen (vis. III, 3, 2). Die Sünde muss eben gebüsst werden, wie das nachste Gleichnis veranschaulicht: Ein junger, munterer Hirt in prächtiger Kleidung (der τρυφή, σπατάλη και ἀπάτη) weidet eine Herde Schafe, die Sünder. Sie werden von jenem verführt und zu Grunde gerichtet, teils zum Tode, teils zum Verderben (καταφθορά)[2]. Ersterer — der Tod — wird den munter springenden Schafen zu Teil, d. i. den Sündern, die endgiltig ... vgl. vis. III 7, 2, sim. VIII, 6, 2) von Gott abgekehrt sind ... s. o. S. 11) und ganz ergeben den Lüsten dieser Welt. In ihnen ist keine μετάνοια ζωῆς[3], d. h. Reue, die eine ζωή erwirkt. Denn sie haben weiter gesündigt (προσέθηκαν ταῖς ἀμαρτίαις) und den Namen Gottes gelästert. Solcher ist der Tod.

Hingegen die an einem Orte für sich grasenden Schafe haben wohl den Verführungen und Verirrungen nachgegeben, aber den Herrn haben sie nicht gelästert. Sie sind der Wahrheit verlustig geworden[4]; aber in ihnen ist: ἐλπίς μετανοίας, ἐν ᾗ δύναται ζῆσαι. Der Verlust giebt Hoffnung auf Erneuerung (ἀνακαινισμός, τιμή), während der Tod ewige Verdammnis zur Folge hat.

Die letztgenannten Schafe werden nun von einem grimmigen, mit Ziegenfellen bekleideten Hirten in Empfang genommen. Der treibt sie an einen rauhen Bergesabhang, wo sie sich in Dornen und Disteln verwickeln und zudem vom Hirten selbst, der sie ohne Rast und Ruh bald hierhin bald dorthin treibt, arge Pein leiden. Dieser Hirt ist der Strafengel (τιμωρία, τιμωρός, cf. S. 11). Er nimmt die von Gott Abirrenden und in den Lüsten dieser Welt Dahinwandelnden in Empfang und bestraft sie, wie sie es verdienen, mit schrecklichen und mannigfaltigen Strafen (τιμωρίαι) und Züchtigungen (βάσανοι). Sie bestehen in ζημίαι, in ... d. i. materiellem Mangel, in ἀσθένειαι ποικίλαι d. h. Krankheiten, in jeder Art von Selbstentzweiung (ἀκαταστασίαι)[5], endlich in Demütigungen seitens Unwürdiger und vielen andern Widerwärtigkeiten (ὕβρεις).

„Sind sie nun durch jegliche Art von Trübsal hindurchgegangen, so werden sie dem Engel übergeben zu guter Erziehung und gefestigt im Glauben des Herrn, so dass sie die übrigen Tage ihres Lebens dem Herrn von Herzen dienen; denn nun ist ihnen zum Bewusstsein gekommen ihr sündhaftes Wesen, aber auch die grosse Güte Gottes, der ein gerechter Richter ist und jedem gerecht nach seinen Thaten vergilt".

Auch nach Abstreifung der bildlichen Hülle ergiebt sich soviel für den Standpunkt des Hermas, dass er eine Busse ohne tief eingreifende, gewaltsame Umkehr des inneren Menschen

---

[1]) ἐξ οὗ δοκεῖ σοι αὐτὸ τοῦτο τὸ μετανοῆσαι σύνεσίν εἶναι· τὸ μετανοῆσαι σύνεσίς ἐστιν μεγάλη ib.

[2]) Non est „defectio", sed „morum perversio" Harnack a. h. l.

[3]) Das erläuternde ἐν ᾗ δύνανται ζῆσαι folgt v. 4.

[4]) Genauer der Text: κατεφθαρμένοι ἀπὸ τῆς ἀληθείας, was die lateinische Uebersetzung mit „defecerunt a veritate" wiedergiebt.

[5]) Die Erklärung folgt sofort: πολλοὶ γὰρ ἀκαταστατοῦντες ταῖς βουλαῖς αὐτῶν ἐπιβάλλονται πολλά, καὶ οὐδὲν αὐτοῖς ὅλως προχωρεῖ.

3*

für nicht vollständig hält. In diesem Sinne wird auch die Qualität der μετάνοια, welche die Sündenvergebung erwirken kann, sim. VII, 4 erörtert: Τὸν οὖν μετανοούντων δοκεῖς τὰς ἁμαρτίας ἀφίεσθαι; οὐ παντελῶς. ἀλλὰ δεῖ τὸν μετανοοῦντα βασανίσαι τὴν ἑαυτοῦ ψυχὴν καὶ ταπεινοφρονῆσαι ἐν πάσῃ πράξει αὐτοῦ ἰσχυρῶς καὶ θλιβῆναι ἐν πάσαις θλίψεσι ποικίλαις. καὶ ἐὰν ὑπενέγκῃ τὰς θλίψεις τὰς ἐπερχομένας αὐτῷ, πάντως σπλαγχνισθήσεται ὁ τὰ πάντα κτίσας καὶ ἐνδυναμώσας καὶ ἴασίν τινα δώσει αὐτῷ. Nur wer die bilderreiche und darum oft starke Farben auftragende Sprache unseres Buches verkennt, vermöchte wie im sechsten Gleichnisse so auch in dieser Stelle eine Trübung der evangelischen Grundgedanken von der Sündenvergebung. die „initia perversae illius ecclesiasticae disciplinae. quam postea Romani late excoluerunt"[1]. zu finden. Der Ton, mit dem jene Forderungen ausgesprochen sind, steht im vollen Einklange zu dem Ernste. von dem das ganze Buch erfüllt ist. und dem jede um der Schwachheit des Fleisches willen geübte Konnivenz widerstrebt. Nach des Hermas Anschauung ist lediglich die tiefschmerzliche Empfindung des Sündenelends und die daraus resultierende Selbstdemütigung gemeint. aus denen eine wahrhafte Erneuerung und Heiligung erwachsen soll. Erst auf dem Grunde des Sündenbewusstseins und der aufrichtigen Selbsterniedrigung hat der Mensch die Thaten zu vollziehen. welche die eigentlich entscheidenden sind im Processe der Wiedergeburt. Von diesen kann jedoch nicht gehandelt werden. ohne dass eines von der μετάνοια unzertrennlichen. integrierenden Momentes gedacht ist.

§ 2. Die μετάνοια ist nach dem Hirten wie die Neuschöpfung überhaupt undenkbar ohne die Taufe. das äussere Symbol der Aufnahme in ein neues Leben. Sie ist der reinigende und kräftigende Akt der Bundschliessung[2]) zwischen dem Menschen und dem „im Christusgeist der Gemeinde offenbar und wirksam gewordenen Gott", das Siegel[3]) (σφραγίς sim. IX, 16, 2, sigillum sim. IX. 31. 1. 4.) des Sohnes Gottes „auf die geglaubte Predigt" (σφραγίς τοῦ κηρύγματος sim. IX. 16. 5).

Mit grösserem Nachdruck konnte ihre Bedeutung im Zusammenhange mit der Neugestaltung des christlichen Lebens und der Heilsnotwendigkeit der Erscheinung des Gottessohnes kaum dargelegt werden[4]), als dies sim. IX, 16. 2 sqq. geschieht (voraus geht die Beschreibung des Turmbaues): „Die zum Bau zu verwendenden Steine mussten durch Wasser hindurch gehen, damit sie zum Leben erweckt wurden (ζωοποιηθῶσιν). Denn sie konnten nicht anders in das Reich Gottes kommen. bevor sie nicht abgelegt das Totsein (νέκρωσιν) ihres vorigen Lebens. Es haben nun auch diejenigen. die da schlafen, das Siegel des Sohnes Gottes empfangen und sind darum in das Reich Gottes gekommen. Denn so lange der Mensch den Namen des Gottes nicht trägt, ist er ein Toter; wenn er aber das Siegel empfängt, legt er ab das Totsein und erhält wieder Leben. Das Siegel nun ist das Wasser, in dieses steigen sie hinein als Tote und kommen heraus als Lebende. — Ja auch die Apostel und Lehrer. die den Namen des Sohnes Gottes gepredigt haben und die entschlafen sind in der Kraft und dem Glauben an den Sohn Gottes. die haben es auch gepredigt den vorher Entschlafenen und haben

---

[1]) Harnack ad sim. VII, 4.

[2]) Harnack ad mand. IV, 3, 1: Baptismo non solum peccatorum remissionem donari, sed etiam foedus gratiae cum deo perpetuo mansurum feriri.

[3]) vgl. Zahn a. a. O. S. 154. Zu dem Ausdruck selbst bemerkt Harnack in der Note zu sim. VIII, 6, 3: Paenitentia restituit gratiam baptismi. In sim. VIII igitur vox σφραγίς significat 1) baptismum, 2) restitutionem baptismi vera paenitentia adquirendam, 3) una cum alba veste et corona signum triumphale perfectorum.

[4]) Zahn a. a. O. S. 165.

ihnen das Siegel der Predigt gegeben[1]). Sie sind — bereits lebend — mit ihnen in das Wasser hinabgestiegen und wiederum lebend heraufgekommen, wogegen jene vorher Entschlafenen als Tote hinabgestiegen sind, um als Lebende heraufzukommen."

Also die Taufe ist das Mittel der Erweckung zum neuen Leben. Das heilbringende Eingehen zu Gott durch die einzige Thür, welche der Sohn Gottes ist, ist ohne die Annahme seines Namens in der Taufe nicht möglich. Sogar die Entschlafenen bedürfen derselben, um den Sünde und Tod überwindenden Geist Christi zu erhalten und dadurch in ein neues, wahrhaftes Leben einzugehen. Dieser fundamentalen Wichtigkeit der Taufe entspricht es auch, dass die Kirche wie „τῷ ῥήματι τοῦ παντοκράτορος καὶ ἐνδόξου ὀνόματος"[2]) begründet, so auf Wasser gebaut gedacht wird (vis. III, 3, 5), dass sie Vergebung aller bis dahin begangenen Sünden erwirkt[3]), endlich dass alle unter dem Himmel wohnenden Völker, sobald sie das Siegel empfangen haben, ein Glaube und eine Liebe werden (vis. III, 3, 5). Der Satz „der Menschen Leben ist durch Wasser gerettet und wird (immerdar) gerettet werden" (ib.) ist der prägnanteste Ausdruck für die Bedeutung, welche ihr im Hirten beigelegt wird.

Zweierlei sieht der Hirte, wie deutlich erkennbar, in dem Taufakte gewirkt. Negativ wird durch ihn der Bruch mit dem bisherigen Sündenzustande besiegelt, positiv wird dem

---

[1]) Οὗτοι οἱ ἀπόστολοι καὶ οἱ διδάσκαλοι οἱ κηρύξαντες, τὸ ὄνομα τοῦ υἱοῦ τοῦ θεοῦ, κοιμηθέντες ἐν δυνάμει καὶ πίστει τοῦ υἱοῦ τοῦ θεοῦ ἐκήρυξαν καὶ τοῖς προκεκοιμημένοις, καὶ αὐτοὶ ἔδωκαν αὐτοῖς τὴν σφραγῖδα τοῦ κηρύγματος. sim. IX, 16, 5. „Unde H. hoc theologumenon sumpserit, nescimus. Zahnius nos ad Hebr. XII, 22 sq. XI, 39 sq. delegavit, sed mihi non persuasit. I. Pet. 3, 19. 4. 6. respici non debet. — Nescio an excepto Clemente Alexandrino, qui verba Hermae transscripsit (Stromm. II, 9, 44 p. 452. VI, 6, 45. 46. p. 764) quisquam in ecclesia theologumenon illud, apostolos ad inferos descendisse, uti baptismum justis darent, exceperit; immo confessi sunt patres posterioris temporis, unum Christum illuc descendisse. De Joanne baptista solo usque ad saeculum tertium similia referuntur". Harnack.

[2]) Zahn (a. a. O. S. 195 und 144, Anmerkung) fasst den citierten Ausdruck als „Predigt vom Sohne Gottes" mit Beziehung auf c. 7, 8 (μετέλαβον τοῦ ῥήματος τοῦ δικαίου), wo ῥῆμα „christliche Predigt" bezeichnen soll. „Der Grund aber, warum dieser sonst nie gebrauchte, immer durch andere ersetzte Ausdruck hier angewendet wird, liegt darin, dass in diesem Teil des Buches wiederholt die Kirchengründung mit der Weltschöpfung verglichen wird, in der Beschreibung der lezteren aber das Wort ῥῆμα eine feste Stelle hat". Zu dieser, von Harnack bereits mit einem „speciosius quam verius!" abgewiesenen, mit Gründen widerlegten Erklärung ist zu bemerken: Allerdings kommt ὄνομα bei Hermas in der Bedeutung ὄνομα Χριστοῦ oder Χριστός (s. o. S. 16, Anmkg.) vor. Aber ῥῆμα bedeutet weder an irgend einer Stelle im Neuen Testament (auch nicht Röm. X, 8, — s. Cremer, Lexikon der neutestam. Graec. S. 207) — „Predigt", noch im Hirten des Hermas, geschweige denn in derartiger Verbindung mit dem gen. obj. — ῥῆμα ist stets „Gottes Wort" wie in der analogen Stelle vis. I, 3, 4: τῷ ἰσχυρῷ ῥήματι ἔπηξας τὸν οὐρανὸν καὶ θεμελιώσας τὴν γῆν ἐπὶ ὑδάτων. Auch ist in der von Zahn angezogenen Stelle vis. III, 7, 6 (Harnack a. h. l.: „scil. si vitam juste instituerint") eine andere Auffassung schon wegen des in v. 3 vorangehenden Parallelismus (ὅταν αὐτοῖς ἔλθῃ εἰς μνίαν ἡ ἁγνότης τῆς ἀληθείας) unmöglich. Ist es nun mindestens künstlich, einen „sonst nie gebrauchten Ausdruck" als Stütze für eine so sehr abweichende Auffassung zu gebrauchen, so widerlegt sich dieselbe auch durch den Zusammenhang. Es folgen die Worte: κρατεῖται δὲ ἐπὸ τῆς ἀοράτου δυνάμεως τοῦ δεσπότου. Der Turm wird begründet durch des allmächtigen Gottes Wort und beherrscht von seiner unsichtbaren Macht, — diese klare Kongruenz der Glieder wird durch das Hineintragen der menschlichen Predigt völlig zerstört. Dass hier allein Gottes wahrhaftiges Wort gemeint sein kann, zeigt schliesslich c. 4, 3: ταῦτα πάντα ἐστὶν ἀληθῆ. Diese Worte sind eine Rekapitulation der in Rede stehenden.

[3]) mand. IV, 3, 1: ὅτι ἑτέρα μετάνοια οὐκ ἔστιν εἰ μὴ ἐκείνη, ὅτε εἰς ὕδωρ κατέβημεν καὶ ἐλάβομεν ἄφεσιν ἁμαρτιῶν ἡμῶν τῶν προτέρων.

Menschen die Gewissheit gegeben, dass das Heil der Gottesgemeinschaft volle Realität geworden sei durch den in der Gemeinde unmittelbar lebenden und wirkenden Geist Christi, dem er sich nur aufzuschliessen und hinzugeben hat, um seine ganze Heilsfülle an sich zu erfahren.

Damit ist bereits das andere, tiefinnerliche Element der spontanen Erneuerung angedeutet. Ist die Taufe der unmittelbare und allgemeine Ausdruck der Glaubenszuversicht, dass Christi Geist in allen zum christlichen Gemeinschaftskreise Gehörigen als objektive Macht, als neuschöpferisches Leben gegenwärtig sei, so erwächst für den Getauften die Verpflichtung, die zugleich seiner sittlichen Freiheit Spielraum gewährt, den ihm so entgegenkommenden göttlichen Geist sich anzueignen und erkennend und wollend sich in ihn hineinzuleben. Der Cultusakt der Taufe ist zunächst das Unterpfand der principiellen Neuschöpfung, die durch die innere Teilnahme des Menschen selbst zu einer vollständigen werden muss. Seine Aufgabe ist es fortan, den ihm objektiv mitgeteilten Christusgeist in seinem neuen subjektiven Geistesleben zu verwirklichen.

§ 3. Worin das subjektive Wesensmoment des neuen Lebensstandes gegenüber der objektiv heilsursächlichen Bedeutung Christi bestehen soll, das kann zunächst aus dem gefolgert werden, was über die Natur des Menschen, die Vorbedingungen seiner sittlichen Vollkommenheit und die Ursachen wie das Wesen seiner sündigen Abweichung bereits erörtert worden ist. Wenn ausgeführt wurde (S. 2 und 3), dass die höchste Vollendung des religiösen Lebens in dem Vollbesitze der πίστις als der absoluten Hingabe an Gott zu erblicken sei, so wurde gleichzeitig auf die doppelte Bedeutung jenes Begriffes hingewiesen. Sie war ebensosehr alleiniges Princip der theoretischen Gotteserkenntnis wie des praktischen Verhaltens. Die Möglichkeit, dass jemand sich des göttlichen Heilswillens klar bewusst sei, ohne ihn zum ausschliesslichen Bestimmungsgrunde seines ganzen Thuns zu machen, ist nach der Anschauung des Hermas unannehmbar. Noch schärfer tritt diese enge Beziehung zwischen dem religiösen Erkennen und dem sittlichen Handeln in dem gegenteiligen Begriffe der ἀπιστία (resp. διψυχία) hervor. Vis. III. 10, 9 [ὁ διστάζων ἑαυτὸν ἀπιστεῖ, ἵνα[?] πιστεύει καὶ τὸ μὴ ἔχειν τὴν καρδίαν ἑαυτὸν πρὸς τὸν κύριον] steht das „den Herrn nicht im Herzen Haben" gleichwertig neben dem „Unverständig sein". Der Verlust der Einsicht in das von Gott Gewollte hat zur unmittelbaren Folge die Abirrung des sittlichen Denkens und Handelns. Und das ist eben die Sünde. — Auf der andern Seite kann die μετάνοια, welche als „die grosse Einsicht" bezeichnet wird, ihrem ganzen Wesen nach nichts als Wiedergewinnung der πίστις[1]) sein: Rückkehr zu klarer Erkenntnis des göttlichen Liebesratschlusses und Realisierung derselben durch ein erneutes Heiligungsstreben. Ein direkter Hinweis auf diesen Thatbestand liegt zweifellos vis. III. 12, 3 vor, wo das Wiedererstarken im Glauben als notwendige Folge der Geistererneuerung angesehen wird[2]).

Die volle Bedeutung aber der πίστις für das neugeschaffene Leben erkennen wir erst im Zusammenhange mit der Heilserscheinung Christi. Wenn es feststeht, dass dieser selbst als Gesetz und Kraft in den Herzen der an ihn Glaubenden gegenwärtig sei (vgl. S. 18 ff.), so darf von einer äusseren Einwirkung, wie sie doch beim blossen Anhören seiner Gebote und Lehren möglich wäre, keine Rede sein. Ein wirkliches Einwohnen im Menschen kann nur so verstanden werden, dass derselbe Christi Leben und Werk in seinem eigenen Personleben gleichsam fort-

---

¹) Zahn a. a. O. S. 185: Die Busse, welche wesentlich eine Wiederbelebung des ermatteten Glaubens ist . . . . — Vgl. vis. III, 12, 3.

²) Ἀνειλήσατο τὰ πνεύματα ὑμῶν, καὶ ἀπέδωκε τὰς μαλακίας ὑμῶν, καὶ προσῆλθεν ὑμῖν ἰσχυρότης καὶ ἐνεδυναμώθητε ἐν τῇ πίστει.

setzt, dass die Aneignung der in Christus erschienenen Gnade Gottes in eine selbstthätige und kontinuierliche Nachbildung Christi, in eine beständige und kräftige Reproduktion seiner sittlich-geistigen Persönlichkeit seitens des erneuerten Subjekts übergeht. Es ist des Gottessohnes fort-geführtes Leben selbst - in Wahrheit ein gottmenschliches - die auf dem Grunde der gött-lichen Gnadenwirkung fortan vom Menschen gelebt wird. Und eben jene menschliche Selbst-thätigkeit, durch welche sich das Vorhandensein des neugeschaffenen Lebens, die Einsenkung des Christusgeistes in die Herzen bewähren soll, bezeichnet Hermas mit dem Worte πίστις.[1] Sie ist ihm die innerste und umfassendste Geistesthat des zur Gotteskindschaft Wiedererhobenen, der unmittelbare und untrügliche Ausdruck einer schlechthin neuen religiös-sittlichen Aktivität.

Wie weit hiernach der Glaubensbegriff des Hermas von einem bloss theoretischen Für-wahrhalten, einem thatlosen Wissen um Gott und göttliche Dinge entfernt ist, dürfte einleuchten. Die Thatsache, dass neben Gott auch Christus selbst als Gegenstand der πίστις,[2] genannt wird, spricht gleichfalls dafür. Sie ist die reine Selbsthingabe an Christus, mit welchem sich das durch Wort und Geist ergriffene Subjekt zur Gemeinschaft des neuen Lebens zusammenschliesst. Aber es finden sich auch genug der positiven Hinweise auf die grundlegende Bedeutung des Glaubens als der neuen Lebensnorm und Lebenspotenz. Obenan steht in dieser Beziehung das erste Mandat. Der Glaube an die Einheit, Unendlichkeit und Schöpferkraft Gottes erscheint als vornehmste, ja einzige, alle anderen in sich schliessende Pflicht[3]). Aber die unmittelbar folgenden Worte[4]) lassen erkennen, dass er nicht bloss eine Zustimmung zu den Glaubens-lehren bedeutet. Nicht eine dogmatische Katechese wird gegeben, sondern die Tendenz des durch seine Kürze um so eindringlicheren Mandates ist eine eminent praktische. Die πίστις soll als die höchste ethische That hingestellt werden, deren der Mensch überhaupt fähig ist. Ebenso wird vis. I, 3, 4, wo nach der richtigen Bemerkung Harnacks das ἐν σεαυτῇ πίστει zu τηρήσαι zu ziehen ist, ein Gott wohlgefälliges Halten seiner Gebote von dem Glaubensstand des neuen Sub-jekts abhängig gemacht. Und wenn es sim. IX, 16, 5 von den Aposteln heisst, sie hätten den verstorbenen Gerechten des alten Bundes den Namen des Sohnes Gottes verkündigt und seien dann ἐν δυνάμει καὶ πίστει τοῦ υἱοῦ τοῦ θεοῦ gestorben, so beweist die Art selbst, wie beide Begriffe verbunden sind — durch ἐν δεῖ statt ἐν δυνάμει τῆς πίστεως τ. υ. τ. θ. —, dass die Kraft, auch im Tode lebendig zu bleiben und ihre Thätigkeit im Jenseits fortzusetzen, mit dem Glauben selbst identificirt wird. Die bündigste Begriffsbestimmung desselben schliesslich findet sich mand. IX, 7, wo er als die von Gott dem Herrn selbst kommende Macht (ἡ ἰσχυρὰ καὶ δυνατή) gepriesen wird, welche alles verheisse und alles leiste (πάντα ἐπαγγέλλεται, πάντα τελοῖ). — Aus alle dem ergibt sich, was als Rekapitulation des bisher in dieser Richtung Gesagten dient, dass bei Hermas die πίστις, als innerste und centrale Geistesthat des vom Christusgeist erfüllten Subjekts, Grundpflicht und Grundkraft alles sittlichen Ver-haltens ist, und wir wissen uns daher in völliger Uebereinstimmung mit Zahn, wenn er sagt: „Hermas kennt keinen christlichen Glauben (vorher ist von dem technischen Gebrauche des

---

[1]) vis. III, 12, 3 (siehe S. 24 Anmerkung 2).

[2]) sim. IX, 16, 5: Κοιμηθέντες ἐν δυνάμει καὶ πίστει τοῦ υἱοῦ τοῦ θεοῦ ἐκήρυξαν.

[3]) Πρῶτον πάντων πίστευσον ὅτι εἷς ἐστιν ὁ θεός, ὁ τὰ πάντα κτίσας καὶ καταρτίσας, καὶ ποιήσας ἐκ τοῦ μὴ ὄντος εἰς τὸ εἶναι τὰ πάντα, καὶ πάντα χωρῶν, μόνος δὲ ἀχώρητος ὤν.

[4]) Πίστευσον οὖν αὐτῷ καὶ φοβήθητι αὐτόν, φοβηθεὶς δὲ ἐγκράτευσαι. ταῦτα φύλασσε καὶ ἀποβαλεῖς πᾶσαν πονηρίαν ἀπὸ σεαυτοῦ καὶ ἐνδύσῃ πᾶσαν ἀρετὴν δικαιοσύνης, καὶ ζήσῃ τῷ θεῷ, ἐὰν φυλάξῃς τὴν ἐντολὴν ταύτην.

Wortes die Rede gewesen), der nicht das ganze Leben bestimmte, und lässt keine sittliche Forderung gelten, welche nicht im Gebot des Glaubens principiell gegeben wäre und durch dessen Bewährung erfüllt würde". Und weiter (a. a. O. S. 172): „Dieser Glaube, dessen Inhalt selbstverständlich nach der Taufe kein anderer ist als vorher, nämlich als der durch die Predigt vom Sohne Gottes geweckten, nimmt nicht bloss deshalb, weil thatsächlich das Gläubigwerden der Beginn des christlichen Lebens ist, in allen Aufzählungen den ersten Platz, einen müssigen Ehrenplatz ein, sondern er ist das triebkräftige Princip alles christlichen Verhaltens. Schon das wäre eine Abschwächung des Gedankens, welcher bildlich dadurch ausgedrückt wird, dass die πίστις die Mutter der übrigen Tugenden ist, wenn man diese als Wirkungen jener bezeichnen wollte, welche dann, nachdem sie hervorgebracht sind, ein selbständiges Leben führen und selbständigen Wert behaupten könnten".

§ 4. Mit notwendiger Konsequenz ergiebt sich aus dem so festgestellten Begriffe der πίστις, deren Verhältnis zu der weiteren Entwicklung des neuen Lebensstandes, insbesondere zu den Werken. Die wesentlichsten hier in Betracht kommenden Momente sind in Verbindung mit der Frage, ob für Hermas die Anfänge der Lehre von einer höheren und einer niederen Sittlichkeit anzunehmen sind, bereits an anderer Stelle[1]) behandelt worden. Es genüge daher, kurz auf die Resultate dieser Specialuntersuchung zurückzukommen.

Der normative Gang der subjektiven Erneuerung zerfällt nach dem ethischen Standpunkte des Hirten in zwei Stadien. Das erste, negativen Charakters, ist wesentlich ein Befreiungsakt. Er besteht im Aufgeben des alten, sündigen Lebens, in der Abkehr vom Bösen und im Meiden des Bösen. Das zweite Stadium ist der Ausdruck der neugewonnenen religiös-sittlichen Energie. Es besteht im reichlichen Thun des Guten. Die erste Aufgabe der πίστις, die notwendige Vorstufe zu wahrhaft sittlicher Vollkommenheit, besteht in dem Aufhören mit der Sünde (οὐκέτι ἁμαρτάνειν ταῖς ἁμαρτίαις mand. IV, 3 7), in dem Sichenthalten von bösen Handlungen[2]) oder Begierden (ἀπέχεσθαι τῆς ἐπιθυμίας sim. IX, 14, 1), in dem Reinigen des Herzens von allem Bösen[3]). Erst nach siegreicher Ueberwindung aller sündigen Triebe[4]) kann sich die ethische Kraft der πίστις nach ihrer andern Seite umfassend bewähren. In der freien Bethätigung der empfangenen Fülle des neuen Lebens, in der zur vollen Aktualität gelangten Glaubenspotenz liegt der Schwerpunkt des sittlichen Processes der Wiedergeburt.

Wie die πίστις das Grundmotiv und die Lebensquelle alles sittlichen Thuns, so ist umgekehrt dieses in aller seiner empirischen Mannigfaltigkeit nichts als aktualisierter Glaube. Am treffendsten wird dieses Verhältnis durch die Verbindung ἐργάζεσθαι τὰ ἔργα τῆς πίστεως sim. VIII, 9, 1 (noch bündiger ἐργάζεσθαι . . . . τὴν πίστιν mand. XII, 3, 1) ausgedrückt, ja mand. VIII, 9 erscheint er selbst (πρῶτον πάντων πίστις) geradezu als ἔργον. Dass aber das christliche Leben, gegenüber dem indifferenten Freisein von Sünde, erst durch werkfreudiges Handeln, als das sicherste Kriterium der Glaubensstärke, zu einer wahrhaft sittlichen Leistung wird, dafür können zum Zeugnis dienen Stellen wie mand. IV, 2, 2: οὐκέτι ἐργάζεται τὰ πονηρά, ἀλλά

---

[1]) In dem Aufsatze: „Zur angeblichen Lehre des Hirten des Hermas vom überschüssigen Verdienst" in dem Augusthefte (Jahrgang 1885) der „Zeitschrift für kirchliche Wissenschaft und kirchliches Leben", herausgegeben von Luthardt.

[2]) Πάντων τῶν πονηρῶν ἔργων ἀπέχεσθαι vis. III, 8, 4.

[3]) vis. III, 10, 8. sim. VII, 2. mand. IX, 4, 7. XI, 4. XII, 6, 5. sim. V, 3, 6.

[4]) Πάντων τῶν πονηρῶν ἔργων κατακυριεύσεις mand. V, 1, 1. κατισχύειν πάσης πονηρίας vis. II, 3, 2. mand. XII, 5, 2. sim. VIII, 3, 6.

τὸ ἀγαθὸν πολιτεύω, ἐργάζεται (conf. mand. V, 1, 1: πάντων τῶν πατέρων ἔργων ἐντιαχρημένως καὶ ἐργάσῃ πᾶσαν δικαιοσύνην), sodann die eindringliche Paränese: ἐργάζου τὸ ἀγαθὸν mand. VI, 4 und vor allem mand. VIII, 5 sqq., wo die Enthaltung (ἐγκρατεύεσθαι) von bösen Handlungen, dem κλέμμα, ψεῦδο, κτλ., die von jedem verlangt werden müssen, als Vorstufe geschieden wird von der positiven Glaubensbethätigung: ἃ δὲ δεῖ σε μὴ ἐγκρατεύεσθαι, ἀλλὰ ποιεῖν, ἄκουε· τὸ ἀγαθὸν μὴ ἐγκρατεύου, ἀλλὰ ποίει αὐτό v. 7, worauf aufgezählt werden τῶν ἀγαθῶν τὰ ἔργα, ἅ σε δεῖ ἐργάζεσθαι καὶ μὴ ἐγκρατεύεσθαι, welche zum seligen Leben verhelfen sollen. Selbst die vielumstrittene Stelle sim. V, 3, 2 muss als Beweis dafür dienen, dass nur die in Werke umgesetzte πίστις, zu einer wirklich sittlichen Leistung wird. Das τὰς ἐντολὰς τοῦ θεοῦ φυλάσσειν ist eine blosse Legalität, welche den Christen auf halbem Wege seiner ethischen Ausbildung stehen lässt. Erst das ποιεῖν τι ἀγαθὸν ἐατιν, τὴ ἐντολῃ τοῦ θεοῦ (v. 3), die προθυμία τῆς ἀγαθοποιήσεως, (v. 4) zeigt die Intensität der wiedergewonnenen moralischen Energie, die πίστις in ihrer vollen schöpferischen Kraft. Daher darf mand. I, welches das ἀποβαλεῖν πᾶσαν πονηρίαν scharf von dem ἐνδύσασθαι πᾶσαν ἀρετὴν δικαιοσύνης, scheidet, auch was die Succession der spontanen Erneuerung anlangt, als Thema der Hermas'schen Ethik gelten.

Nach diesen Voraussetzungen sind die Stellen zu erklären, welche man als Beweismittel für das Vorhandensein der Anfänge einer doppelten Ethik hat benutzen wollen. Mandat V, 1. 2 spricht die sittliche Erlaubtheit der Wiederverehelichung aus, preist dagegen den Witwenstand als etwas bei Gott grössere Ehre Einbringendes (ἐὰν δὲ ἐφ' ἑαυτῇ μείνῃ τι., περισσοτέραν ἑαυτῷ τιμὴν καὶ μεγάλην δόξαν περιποιεῖται πρὸς τὸν κύριον). Allein das Heiraten ist als ein οὐχ ἁμαρτάνειν etwas Indifferentes, vor dem der Witwenstand — wohl wegen des τηρεῖν τὴν ἁγνείαν καὶ τὴν σεμνότητα (ib.) — als positive Leistung den Vorzug hat. Als Parallele hierzu wurde 1. Cor. VII. 8. 34—39 [1]) angegeben. Wenn der Apostel dem γαμεῖν τι., das an sich keine Sünde, vielmehr etwas Lobenswertes (καλῶς ποιεῖ ib. v. 38) sei, das Nichtheiraten als etwas Besseres (κρεῖττον v. 40), ja Seligeres (v. 40) gegenüberstellt, so enthält sein Lehrtropus eben so wenig wie der des Hermas die Unterscheidung einer höheren und einer niederen Sittlichkeit. Die paulinische Antithese hat einen rein praktischen Grund. Den Verheirateten lenken nicht allein die aus der Ehe erwachsenden Sorgen von dem Christo zu widmenden Dienste jedenfalls ab (v. 32—34), er wird auch bei dem baldigst zu erwartenden Abschluss des Weltdaseins, dem eine Menge von Drangsalen und Nöten vorangeht, viel härter betroffen werden als der Ledige, der sich in aller Ruhe und mit ungeteilter Hingabe vorbereiten kann (v. 26. 28. 29. 35). Wenn trotzdem die Ehe gestattet wird, so ist dies eine dem Sinne Christi immerhin am meisten entsprechende Kapitulation mit den natürlichen Verhältnissen. — Aus demselben Gesichtspunkt, wie das Heiraten, ist das Martyrium zu beurteilen. Zwar wird von allen Christen verlangt, dass sie nötigenfalls den Tod für den Namen des Herrn nicht scheuen; ja wer ihn verleugnet, kann nicht selig werden (sim. IX, 26. 5. 6). Und doch haben diejenigen, welche Trübsal oder Tod um das ihnen eingepflanzte Gesetz gelitten haben, einen gewissen Ehrenvorrang (δόξαν τινά) vor denen, die es zwar unverletzt gehalten haben, aber zu einem Martyrium nicht gekommen sind (vgl. sim. VIII, 3. 6 fg.). Und wenn in der längeren, das Martyrium behandelnden Stelle sim. IX, 28. 1 fg. (bes. v. 6) den διστάζοντες περὶ ἀρνήσεως, ἢ

---

[1]) λέγω δὲ τοῖς ἀγάμοις καὶ ταῖς χήραις, καλὸν αὐτοῖς, ἐὰν μείνωσιν ὡς κἀγώ. εἰ δὲ οὐκ ἐγκρατεύονται, γαμησάτωσαν· κρεῖττον γάρ ἐστιν γαμῆσαι ἢ πυροῦσθαι.

4

ὁμολογοῦντος das Leiden um Gotteswillen als eine besonders verdienstliche, ja grosse That[1]) gepriesen wird, so ist ganz unzweifelhaft, dass das reale Märtyrertum dem Hermas mehr gilt, als die bloss negative, potenzielle Bereitwilligkeit, im gegebenen Falle den Tod zu leiden. Mag nun aber auch, wie Zahn will, der das gemeine Mass überschreitende sittliche Wert des Martyriums durch göttliche Fügung herbeigeführt erscheinen und die in jenem bewiesene Probe nur durch die grössere Schwere der Probe, auf welche Gott sie gestellt hat, eine grössere als die der treuen Christen überhaupt sein: die Thatsache, wie Zahn selbst zugiebt, bleibt bestehen, dass durch das aktuelle Martyrium ein Vorzug (δόξα τις) begründet wird.

In den Vordergrund der Argumente, welche zum Erweise der dem Hermas „geläufigen" Ansicht von dem überschüssigen Verdienste dienen sollten, hat man die das Fasten betreffenden Worte sim. V. 3, 3 gestellt[2]). Doch gerade diese halten wir für am besten geeignet, um das zwischen πίστις und ἔργα bestehende innere Verhältnis klarzustellen und das Missverständnis abzuwehren, als ob Hermas einer toten Werkthätigkeit das Wort redete. Wenn aus dem Glauben als Quelle die guten Werke von selbst fliessen, so kann umgekehrt nur die Werkthätigkeit als wahrhaft christlich gelten, deren alleiniger Bestimmungsgrund der Glaube ist; und eben die auf das Fasten sich beziehenden Auslassungen heben wie keine andere Stelle die Bedeutungslosigkeit eines äusserlichen, zur Schau gestellten Thuns hervor. Vis. II. 2, 1. III, 1, 2[3]) erscheint die νηστεία nur als Mittel zum höheren Zweck, nämlich zum Gebet, und wird auch vis. III. 10. 6. 7 als solches empfohlen (daher sim. V. 1, 1 fg. in Verbindung mit dem εὐχαριστεῖν). Mit den schärfsten Ausdrücken[4]) wird das herkömmliche inhaltslose Kasteien, das für die Gerechtigkeit nichts austrage, verurteilt. Nur auf die Qualität der Leistung soll es ankommen, wie im einzelnen von v. 6 ab erläutert wird. Ja die Forderungen, die an die νηστεία gestellt werden, damit sie eine τελεία werde oder eine μεγάλη καὶ δεκτὴ τῷ Θεῷ (sim. V. 1, 5), eine λιοι καλή (sim. V. 3, 5), eine λειτουργία καλή (sim. V. 3, 8) treten dermassen in den Vordergrund, dass das Fasten selbst vollständig zurücktritt. Sim. V. 1, 4 fg. ist, entsprechend den Entwicklungsstadien der subjektiven Erneuerung überhaupt, eine doppelte Aufgabe gestellt: die negative, bestehend im φυλάξαι τὴν νηστείαν προκειμένην τῶν ἐντολῶν und eine positive, die, mit dem zurückweisenden ἀντιθέσεις τὰ γεγραμμένα eingeleitet, die Leistungen angiebt, die dem Einzelnen nach diesen γεγραμμένα „dem unabhängig von der Willkür gesetzten Masse der Pflicht" (Zahn, a. a. O. S. 177, A. 6) noch übrig bleiben: Der Fastende soll an dem Fastentage nur Brot und Wasser geniessen und den Geldbetrag für die Speise, deren er sich enthält, den Witwen, Waisen und Bedürftigen zuwenden und, was die Hauptsache ist, mit rechter Demut: οὕτω ταπεινοφρονήσεις ἵν᾽ ἐκ τῆς ταπεινοφροσύνης σου ὁ εἰληφὼς ἐμπλήσῃ τὴν ἑαυτοῦ ψυχὴν καὶ εὔξεται ὑπὲρ σοῦ πρὸς τὸν κύριον. Ein solches Fasten allein (ἐὰν οὕτω τελέσῃς τὴν νηστείαν κτλ.) wird ein Gott wohlgefälliges Opfer sein: θυσία δεκτὴ παρὰ τῷ Θεῷ. Und wenn schliesslich

---

[1]) δοκεῖτε γὰρ ἔργον μέγα πεποιηκέναι, ἐάν τις ὑμῶν διὰ τὸν Θεὸν πάθῃ.

[2]) Τὰς ἐντολὰς τοῦ κυρίου φύλασσε, καὶ ἔσῃ εὐάρεστος τῷ Θεῷ καὶ ἐγγραφήσῃ εἰς τὸν ἀριθμὸν τῶν φυλασσόντων τὰς ἐντολὰς αὐτοῦ· ἐὰν δέ τι ἀγαθὸν ποιήσῃς ἐκτὸς τῆς ἐντολῆς τοῦ Θεοῦ, σεαυτῷ περιποιήσῃ δόξαν περισσοτέραν, καὶ ἔσῃ ἐνδοξότερος παρὰ τῷ Θεῷ οὗ ἔμελλες εἶναι.

[3]) „Zur angeblichen Lehre des Hirten des Hermas etc." a. a. O. S. 142 fg.

[4]) Ὁ Θεὸς οὐ βούλεται τοιαύτην νηστείαν ματαίαν· οὕτω γὰρ νηστεύων τῷ Θεῷ οὐδὲν ἐργάσῃ τῇ δικαιοσύνῃ — οὐκ οἴδατε νηστεῦσαι τῷ κυρίῳ οὐδέ ἐστιν νηστεία ἡ ἀνωφελὴς ἣν νηστεύετε αὐτῷ sim. V, 1, 3. 4.

sim. VII, 7, 6 ausdrücklich das Ansinnen abgewiesen wird, ob so in der äusserlichen Werkthätigkeit an sich, ein besonderes Verdienst zuzuschreiben, so darf nicht länger bezweifelt werden, dass das ganze Fasten nach Hermas nur Wert hat bei einem reinen, von echtem Glauben durchdrungenen Lebenswandel. Im übrigen ist es nur von principieller, nicht von materieller Bedeutung: es dient als Anlass zur Erörterung einer fundamentalen Frage, es ist ein spezielles Beispiel, um daran die Wechselbeziehung zwischen πίστις und ἔργα zu veranschaulichen.

D. Die Rechtfertigung und die Heiligung.

War im Vorigen die Notwendigkeit der Bethätigung des Glaubens durch Werke als des zweiten Stadiums der sittlichen Ausbildung erwiesen, so fragt sich naturgemäss, welches das Ziel sei, dem jene nach Ansicht des Hirten unzertrennliche Einheit von Glaube und Werken zustrebt. Dieses Ziel ist die Rechtfertigung[1]) und weiterhin die Heiligung, wie vis. III, 9, 1 angiebt: ἵνα ἱκανῶς ἱλάρωσθε ἐν πᾶσῃ ἀπλότητι καὶ ἀκακίᾳ καὶ ἁγνότητι διὰ τὸ ἔλεος τοῦ κυρίου τοῦ ἐφ᾽ ἡμᾶς, ὑπομείναντος τὴν δικαιοσύνην, ἵνα δικαιωθῇ καὶ ἁγιασθῇ ἀπὸ πάσης πονηρίας καὶ ἀπὸ πάσης σκολιότητος. Nach diesem Wortlaut ist die Rechtfertigung ein Gnadenakt des ewig gerechten Gottes, nach mand. V, 1, 7 (δικαιοσύνη γὰρ πᾶσα καὶ ἵνα τοῦ σεμνοτάτου ἀγγέλου) vermittelt durch den σεμνότατος ἄγγελος. Näheres findet sich über die Rechtfertigung nicht, nur wird mand. V, 1, 7 von der subjektiven Bedingung des Bussthuns, an welche sie geknüpft ist, geredet; nicht viel anders heisst es auch sim. IX, 33, 3: cumque vidisset dominus bonam atque puram esse paenitentiam eorum et posse eos in ea permanere, jussit priora peccata eorum deleri, haec enim formae peccata erant eorum, et exaequata sunt, ne apparerent, während das pluralische Konkretum δικαιώματα τοῦ κυρίου mand. XII, 6, 4 wohl die vielfachen Beweise göttlicher Rechtfertigung bedeuten soll. — Auf die Rechtfertigung endlich bezieht sich auch offenbar sim. V, 7, 1: τὴν σάρκα σου ταύτην φύλασσε καθαρὰν καὶ ἀμίαντον, ἵνα τὸ πνεῦμα τὸ κατοικοῦν ἐν αὐτῇ μαρτυρήσῃ αὐτῇ καὶ δικαιωθῇ σου ἡ σάρξ, so seltsam der Ausdruck scheinen mag. Weitere Angaben über Rechtfertigung und Heiligung, falls nicht letztere mand. V, 1, 7 (καὶ πάντες, δὲ ἀφίσταται ἀπ᾽ αὐτῆς, ὅσοι ἂν μετανοήσωσιν ἐξ ὅλης τῆς καρδίας αὐτῶν· μετ᾽ αὐτῶν γὰρ ἔσομαι καὶ συντηρήσω αὐτούς) charakterisiert ist, suchen wir vergebens, denn „erst wer den Hirten als Fundgrube dogmatischer Beweisstellen missbrauchen würde, könnte aus dem irreführenden Ausdruck eine Lehre von Stufen der Sündenvergebung, d. h. der Rechtfertigung entwickeln, welche nicht nur dem Geist des ganzen Buchs, sondern auch dem Anlass und Zweck des siebenten Gleichnisses widerspräche" (Zahn a. a. O. S. 337).

E. Das christliche Leben in seiner empirischen Gestaltung.

Es muss mit besonderem Nachdruck darauf hingewiesen werden, dass die Schrift des Hermas ausgesprochen praktische Zwecke verfolgt. Der Widerspruch zwischen dem wahren Wesen der Kirche und ihrer derzeitigen Erscheinung, die Abwege ihrer

---

[1]) „δικαιοσύνη primum locum habet". Harnack.

— 30 —

Leiter[1]) die Glaubenslosigkeit und der Weltlichkeitssinn einzelner Glieder[2]), alles das musste, blieb es ungerügt, für den ganzen Kirchenorganismus verhängnisvoll werden. Diese Schäden deckt Hermas schonungslos auf, er will die Heilmittel der allgemeinen Erkrankung angeben und Hoffnung auf Genesung und Vollendung erwecken, soweit dies noch möglich ist. Hierdurch erklären sich die vielfachen, unmittelbaren Beziehungen des Buches auf besondere Erscheinungen christlichen Lebens und die ihm eigene Fülle ethischen Gehaltes. Der speziellen Paränesen finden sich nicht übermässig viele, desto eindringlicher ist der Ton, mit dem sie gegeben werden. Die Verirrungen Einzelner, symptomatisch für die sittliche Erkrankung der Gesamtheit, haben den Hirten überzeugt, dass der richtige Weg überhaupt verlassen ist. Darum sein das ganze Buch durchklingender Ruf: Thut Busse. Und diese besteht einzig in der Umkehr zur πίστις, dem untrüglichen Leitstern in allen Fragen des Lebens. Der ganze Mensch soll umkehren, aber nicht bloss mit seiner Gesinnung, wie die zweite Hälfte des griechischen Wortes könnte vermuten lassen, also durch die bloss negative Erfüllung des ihm kund gewordenen, göttlichen Willens, sondern in neuem, werkfreudigem Thun, in welches der Glaube umgesetzt sein soll. Demnach ist der Gesichtspunkt, unter den der Hirte das christliche Verhalten stellt, vornehmlich der einer sittlichen Leistung, deren treibendes Motiv wie ausschliesslicher Inhalt der thatkräftige Glaube ist. Und dass ihm ohne diesen Inhalt alle Werkthätigkeit etwas Aeusserliches, nichts weniger als vor Gott Verdienstliches ist, das zeigt uns seine Verurteilung der hergebrachten Art des Fastens (s. o.) — Dass ebenso für das christliche Leben in seiner empirischen Gestaltung, dessen Grundzüge der Verfasser zeichnet, wie im besonderen für die einzelnen Tugenden, in der es gleichsam konkrete Gestalt annimmt, der Glaube normativer Bestimmungsgrund sein soll, daran erinnert ausdrucksvoll gleich das erste Mandat: „Vertraue Gott und fürchte ihn, und in dieser Furcht übe Selbstbeherrschung (ἐγκράτειαι). Dies halte fest, so wirst du jegliche Schlechtigkeit von dir werfen und anziehen jede Tugend der Gerechtigkeit" (πᾶσαν ἀρετὴν δικαιοσύνης) vgl. mand. VI. 1. 1. vis. II, 3, 2, III. 8, 5. Bei der Aufzählung der Christentugenden steht die πίστις stets voran. Sie ist die höhere Einheit, in der die Mannigfaltigkeit des christlichen Lebens aufgeht, und aus der — wieder in praktischer, auf unmittelbares sinnliches Verständnis hinwirkenden Weise — alle anderen Tugenden hervorgehend gedacht werden. Ueberhaupt ist die Reihenfolge, in der dieselben aufgezählt werden, ziemlich konstant. Es folgen zunächst πίστις, ἐγκράτεια, ἁπλότης in der dritten Vision, den Mandaten, von denen 7 der Besprechung je einer gewidmet sind, sowie im neunten Gleichnis, nur dass in letzterem die ἀκακία und die μακροθυμία nach der ἐγκράτεια genannt werden. Die Hauptabweichung besteht

---

[1]) Besonders sind es die Rangstreitigkeiten der Vorsteher, welche zu Ausstellungen veranlassen, daher vis. III, 10, 7 das Erstreben der Kathedra geradezu den falschen Propheten zugeschrieben wird: „Nun sage ich euch, den Vorstehern und Aeltesten (προηγουμένης τῆς ἐκκλησίας καὶ τοῖς πρωτοκαθεδρίταις), zeigt euch nicht den Giftmischern (φαρμακοῖς) ähnlich. Die Giftmischer tragen ihre Gifte in den Büchsen, ihr aber euer Gift und Geifer (ἰός) im Herzen. Ihr seid verstockt und wollt eure Herzen nicht reinigen noch einmütig sein, auf dass ihr Erbarmen findet vor dem grossen König. Sehet zu, dass nicht diese Zwistigkeiten euch des ewigen Lebens berauben! Wie wollt ihr die Auserwählten des Herrn unterweisen, wenn ihr selbst keine Unterweisung (παιδεία) beweist? Unterweiset euch einander und haltet Frieden unter euch, damit ich auch mit gutem Wissen hintreten kann vor den Vater und Rechenschaft ablegen für euch alle eurem Herrn".

[2]) Vis. III, 11 (ὑμεῖς μαλακισθέντες ἀπὸ τῶν βιωτικῶν πραγμάτων παρεδώκατε ἑαυτοὺς εἰς τὰς ἀκηδίας, καὶ οὐκ ἐπερίψατε ἑαυτῶν τὰς μερίμνας ἐπὶ τὸν κύριον· ἀλλὰ ἐθραύσθη ὑμῶν ἡ διάνοια, καὶ ἐπαλαιώθητε ταῖς λύπαις ὑμῶν). sim. IX, 14 sq. Zahn a. a. O. S. 292.

in der Zahl. Das Gleichnis hat die Zwölfzahl. Ausser den beiden bereits genannten sind ihm eigentümlich die ἱλαρότης, die σύνεσις (offenbar identisch mit der ἐπιστήμη der Vision) und die ὁμόνοια. In den Mandaten wird speziell gehandelt von der πίστις (φόβος, — ziemlich derselbe Begriff —), ἐγκράτεια, ἁπλότης, ἀλήθεια, ἀγνεία, μακροθυμία. Jedenfalls ist ersichtlich, dass die Aufeinanderfolge bestimmt ist durch die Wichtigkeit. Von grösster Bedeutung sind zunächst die drei ersten, denn sie beziehen sich auf das Verhältnis zu Gott. Ohne sie zu besitzen, ist echt christliches Leben undenkbar. Obenan steht aus bereits angegebenen Gründen der „in das Herz gegebene νόμος", die πίστις. Bedeutsam führt sodann das zweite Mandat fort mit der Empfehlung der allgemeinsten praktischen Christentugend, der ἁπλότης, eines spezifisch Hermas'schen Begriffes[1]). Gegenüber der mit δίψυχία sim. VIII, 2, 2. 10, 2 und διψυχία bezeichneten innerlichen Zerrissenheit, der sündhaften Geteiltheit zwischen der Welt und Gott drückt es die gläubige Einfalt des Gott allein gehörenden Christen aus, weshalb sie nach vis. I, 2, 4 und vis. II, 3. III, 9, 1 identisch ist mit der ἀκακία μεγάλη und an der mittleren Stelle mit πολλή ἐγκράτεια, an der dritten mit der σεμνότης (vgl. vis. III, 1, 9). Nach vis. III, 8. 5. 7. mand. II, 7 ist sie Tochter der Ἐγκράτεια. Die demnächst folgenden Tugenden sollen in kraftvoller (δύναμις) Werkfreudigkeit (ἱλαρότης), in gottwohlgefälliger Gesinnung (ἀλήθεια), in der Fertigkeit des Glaubensgehorsams (σύνεσις), in praktischer, die Absichten Gottes klar erkennender Verständigkeit (ἐπιστήμη), — wozu sich sich noch die nur mand. VIII, 9 als Cardinaltugend erwähnte ἐπιστήμη gesellt, — das Leben des einzelnen Christen zieren, der durch sein Beispiel dahin streben soll, dass die schönen Gemeindetugenden der gegenseitigen μακροθυμία, ὁμόνοια und ἀγάπη wieder blühen und die Gemeinde ein Muster einmütigen Zusammenhaltens sei wie vordem, dass sie sei ἐν πνεῦμα καὶ ἓν σῶμα καὶ ἓν ἔνδυμα· τὰ γὰρ αὐτὰ ἐφρόνουν καὶ δικαιοσύνην εἰργάζοντο (sim. IX, 13, 7. 5) vgl. sim. IX, 17, 4.

Dass von den einzelnen Seiten christlichen Lebens das rechte Verhalten zu Gott als fundamental für die übrigen angesehen wird, ist teils durch Entwicklung und Anlage der Hermas'schen Ethik klargelegt, teils an sich zweifellos durch die überaus häufigen direkten Hinweise des Buches selbst. Bezüglich der letzteren mag nur erwähnt werden, dass die Tugend der ἀλήθεια (mand. III) wie der μακροθυμία (mand. V, 1 sqq.) als Wirkungen des heiligen Geistes betrachtet werden und daher jeder Verstoss gegen sie als Entweihung des letzteren gefasst wird.

Unermüdlich ist der Hirte in der Aufforderung zu unbedingter, ausschliesslicher Hingabe an Gott. Mit dem diese bezeichnenden Ausdruck πίστις wechselt der Begriff des φόβος „unter dem er nicht sowohl Furcht vor Gottes Zorn und Strafe als vielmehr im Unterschied von der aller Kreatur eigenen passiven Scheu vor Gott das in der Erfüllung seines Willens sich thatkräftig erweisende Denken an Gott als den einzigen Herrn, welches alle andere Furcht austreibt, versteht (mand. VII. XII, 6). Sie ist eine Waffenrüstung, mit welcher man den todbringenden Lüsten widerstehn kann (mand. XII, 2). Es ist der weite alttestamentliche Begriff, welchen Hermas mit φόβος τοῦ κυρίου ausdrückt, der Glaube mit Einschluss seiner Bethätigung oder doch in seiner Richtung auf's Handeln. Man liest daher von der Gottesfurcht gelegentlich ganz das, was vom Glauben (mand. X, 1 sqq.), sie kann auch wieder hinter diesen zurücktreten[2])". Das Verhältnis des Christen zu Gott soll das eines Dienenden (δουλεύων) sein. Dasselbe bedeutet λειτουργεῖν (mand. V, 1, 2. 3. sim. VIII, 6. IX, 27, 3). Dieser Dienst soll geschehen ἀμέμπτως (vis. IV, 2, 5. sim. V, 6, 7) oder ὀρθῶς κατὰ τὸ θέλημα αὐτοῦ (mand. XII, 6. 2),

---

[1]) Harnack ad mand. II, 1.
[2]) Zahn a. a. O. S. 173. 174.

καλῶς ἐν σεμνότητι καὶ ἁγνείᾳ (sim. V, 6, 5). ἐν καθαρᾷ καρδίᾳ (sim. VI, 3, 6, VII, 6); ἐξ ὅλης καρδίας (sim. VIII, 6, 2). Das setzt voraus, dass er ihn "in sein Herz aufnehmen" und stets im Herzen haben soll. — Näher wird das Rechte dieses Gottesdienstes im allgemeinen definiert als die allseitige Erfüllung des göttlichen Willens, die im Bewahren seiner Satzungen (τηρεῖν νόμιμα legitima vis. I, 3, 4), im Befolgen seiner Gebote (κατορθοῦσθαι ἐν τῇ εὐπρέπει τοῦ κυρίου vis. III, 5, 3), kurz im rechten Wandel vor ihm (πορεύεσθαι ἐν τῇ εὐπρέπει τοῦ κυρίου) besteht. Die Erfüllung dieser Hauptpflicht schliesst alle anderen in sich. Wahre Hingabe an Gott kann nicht gedacht werden ohne aufrichtiges Vertrauen in alle seine Fügungen, das ihm das Herz öffnet (vis. IV, 2, 4), alle Sorgen auf ihn wirft (ib. und vis. III, 11, 3, vgl. Zahn u. a. O. S, 428, der diese Redewendung übrigens für einen Nachweis wirklicher Bezüge zwischen dem Hirten und dem ersten Petrusbrief hält). Doch das sicherste Kriterium solchen Vertrauens ist das Hinstreben zu Gott (κολλᾶσθαι τῷ θεῷ mand. X, 6), welches sich äussert im Gebet, der "am meisten geistigen Form der Gottesverehrung[1]". Dem Wesen und Wirken desselben ist das neunte Mandat gewidmet. Das wahre Gebet soll ἀδιστάκτως (v. 2, 4, 6.) geschehen. Vorhergehen muss ihm gänzliches Ablegen der διψυχία. Das mit der Herzensreinigung unzertrennliche Anziehen der πίστις (v. 7), die Hoffnung auf Gott (mand. XII, 5) garantieren denn auch des Gebetes Erfolg: ἀπολήψῃ πάντα καὶ ἀπὸ πάντων τῶν αἰτημάτων σου ἀνυστερήτως ἔσῃ (v. 4, 6, s. bes. v. 3). Und wenn die Erfüllung der Bitte auf sich warten lässt, darf dies keinen Anlass zur Kleingläubigkeit geben, "denn jedenfalls ist eine Versuchung oder ein Vergehen, von dem du nichts weisst, der Grund dafür, dass du das Erbetene langsamer erhältst" v. 7.

Die umfassendste Erfüllung von Gottes Willen ist die δικαιοσύνη, ein Wort, das an allen hierhergehörigen Stellen (z. B. vis. II, 2, 7, 3, 3. mand. XII, 3, 1. sim. VIII, 10, 3 - nicht viel anders mand. VIII, 9) weiter nichts bedeutet als "Rechtschaffenheit vor Gott". — Diese soll der Christ in seinem Verhalten zum Nächsten wie zur ganzen Gemeinde bethätigen, daher stets die prägnant substantivische Verbindung: ἐργάζεσθαι τὴν δικαιοσύνην vis. II, 2, 7, 3, 3. mand. XII, 3, 1. sim. VIII, 10, 3, vgl. vis. III, 8. An sich selbst soll er Selbstzucht üben, an sich die höchsten sittlichen Forderungen stellen, vor allem sein ganzes Wesen soll wahrhaftig sein, als Träger des in ihn gelegten göttlichen Vermächtnisses des πνεῦμα ἀληθινόν (vgl. Seite 9). "Liebe die Wahrheit und nur Wahrheit (πᾶσα ἀλήθεια) soll aus deinem Munde kommen, damit der Geist, welchen Gott in dies Fleisch gepflanzt, als wahr erfunden werde bei allen Menschen, und so der Herr verherrlicht werde, der in dir wohnt. Denn der Herr ist wahrhaft in jedem Worte, und bei ihm ist kein Falsch. Die nun lügen, die entehren Gott und zeigen sich als Betrüger (ἀποστερηταί) des Herrn, da sie ihm nicht das anvertraute Kleinod wieder zustellen, welches sie empfangen. Denn sie haben von ihm einen untrüglichen Geist bekommen". Selbstzucht soll ferner geübt werden in leiblichen Genüssen. Es passt zu der ethischen Grundstimmung des Hirten, dass die Unterlassung jener Uebung als eines für die sittliche Vervollkommnung hochwichtigen Faktors der Sünde gleichgestellt wird (sim. V, 7, 2). Das gilt

---

[1] Mannigfach sind die Bezeichnungen dieses Begriffs bei Hermas. Die feierliche ἔντευξις (mand. V, 1, 5, X, 3, 2, 3) steigt zu Gott empor (ἀναβαίνει ἐπὶ τὸν θεόν an beiden Stellen), XI, 9 (ἔντευξις γίνεται πρὸς τὸν θεὸν τῆς συναγωγῆς), dgl. ib. 14, sim. II, 5, 6, wo es neben ἐξομολόγησις steht: "es hat grosse Macht bei Gott" ib. (vgl. ib. 7: ἐργάζεσθαι τὴν ἔντευξιν). — Andere Ausdrücke sind: προσευχή vis. I, 1 2 (προσεύχεσθαι vis. I, 1, 9), ἐρωτᾶν und — mit Bezug auf einen bestimmten Inhalt — δεῖσθαι vis. III, 1, 2 desgleichen — ebenfalls stets in Beziehung auf ein konkretes Objekt — αἰτεῖσθαι παρὰ τοῦ θεοῦ mand. IX, 1 sqq.

zunächst vom Essen und Trinken. Unter ἐγκράτεια ist wohl Selbstzucht in diesem Punkte zu verstehen. Unmässigkeit hierin, an sich schon nach vis. III. 9. mand. VIII. 3 (μέθυσος οἰνοφλυγ-, τρυφή ποικίλ. ἐπιθυμίαι πολλαί . . .) unverträglich mit den Pflichten des wohlhabenden Christen gegenüber dem Darbenden, wird als etwas Eitles, Thörichtes, ja Todbringendes (mand. XII. 2. 1 sqq.) hingestellt. Aber noch weit mehr ist die sexuelle Tugend der ἁγνεία resp. σεμνότης als Postulat eines Gott wohlgefälligen praktischen Wandels anzusehen, wenn wir auch nicht soweit gehen[1]), in der vielgedeuteten Stelle sim. IX. 10. 11 eine Anempfehlung künstlich asketischer Uebung zu finden[2]). Schwachheit jedenfalls in diesem Punkte ist nach mand. IV. 1. 1 eine μεγάλη ἁμαρτία. Reinhaltung der Ehe ist eine der ersten christlichen Pflichten (mand. VIII. 3 und XII. 2). „Die zweimalige Versicherung (mand. IV. 4), dass derjenige, welcher die zweite Ehe eingeht, nicht sündige, ist mit dem Ratschlag, sie dennoch nicht einzugehen, kaum anders zu vereinigen und letzteres nicht anders zu erklären, als durch ein unbestimmtes Gefühl von der auch dem Tode trotzenden Unauflöslichkeit der Ehe" (Zahn l. c. pag. 182; übrigens ist zu vergleichen unsere obige Ausführung S. 27). Aeusserst streng sind die Ansichten des Buches über tadelloses Verhalten der Gatten. Im Interesse desselben wird Scheidung des Mannes vom ehebrecherischen Weibe gefordert (mand. IV. 1. 5), da er sich sonst der μοιχεία gleichfalls schuldig machen würde. Aus genanntem Grunde geschieden, darf er sich nie wieder verheiraten (ib. v. 6), wohl aber ist es grosse Sünde, die reuige Ehebrecherin nicht in Versöhnlichkeit wieder anzunehmen. Der so streng geforderten Reinhaltung der Ehe entspricht die Mannigfaltigkeit der auf das Familienleben, insbesondere die Kindererziehung gehenden Paräncsen (vgl. παιδεύσῃς, ἐν τῇ παιδείᾳ δικαίᾳ vis. II. 3. 1). Wie streng von den Pflichten der Kinder gegen die Eltern gedacht wird, zeigt die Zusammenstellung: τὸν πατέρα σου τὸν ἀπαρνησάμενα τι, τὸν κύριον σου κτ. ἑαυ, τοὺς γονεῖς αὐτοῦ ἐπιτρέψῃ vis. I. 3. 1 und: ἐβλάστηραν τι, τὸν θεὸν καὶ ἐβλακφύμησαν τι, τὸν κύριον καὶ προδώκασαν τοὺς γονεῖς αὐτῶν ἐν πονηρίᾳ μεγάλῃ vis. II. 2. 2. — Aber weit stärker noch wird das umgekehrte Pflichtverhältnis betont. Der Hausvater ist verantwortlich für den Ton, der in der Familie herrscht, zu welcher nach ihm sim. V. 3. 7 offenbar auch das Gesinde gehört. So wird vis. I. 3. 2 als Grund des göttlichen Zornes gegen Hermas dessen Nachgiebigkeit gegen sein Haus angegeben. Und vis. II. 3. 1 (μεγάλας θλίψεις ἔφερες ἰδιωτικὰς διὰ τὰς παραβάσεις, τοῦ οἴκου σου ὅτι οὐκ ἐμέλησεν σοι περὶ αὐτῶν), sowie sim. VII. 2 wird Hermas um die Sünden der Seinen willen hart gestraft. Aber ebensosehr leidet unter seiner Untüchtigkeit die Familie selbst: ἐὰν ταύτας (sc. ἐντολὰς) μὴ φυλάξῃς, ἀλλὰ παρενθυμηθῇς, οὐχ ἕξεις σωτηρίαν, οὔτε τὰ τέκνα σου οὔτε ὁ οἶκος σου, ἐπεὶ ἤδη σεαυτῷ κέκρικας τοῦ μὴ δικασθῆναι etc. mand. XII. 3. 9. Anderseits wird sim. V. 3. 9 und ib. VIII. 6 auf den Segen hingewiesen, den wahrhaft ernste Fürsorge für den sittlichen Zustand des Hauses zur Folge hat. Die Summe der Pflichten des Familienvaters bezeichnet der prägnante Ausdruck „ἐκτρωποποιεῖν τὸν οἶκον" vis. I. 3. 2. welcher vis. III. 9. 1 mit ἐκτρέφειν ἐν πολλῇ ἁπλότητι καὶ ἀκακίᾳ καὶ σεμνότητι umschrieben ist und vis. I. 3. 2 näher erklärt wird: „Gleich wie der Erzschmied durch Hämmern (σφυροκοπῶν) die Arbeit zu Ende führt, welche er vorhat, so kämpft auch das tägliche Wort, sofern es gerecht ist, alle Sündhaftigkeit nieder. Lass nicht ab, die Kinder zum Guten zu ermahnen. Denn ich weiss, dass, wenn sie von ganzem Herzen Busse thun, sie eingetragen werden in die Bücher des Lebens mit den Heiligen" (ib. v 2). Dass göttliche Wort soll allen mitgeteilt werden, den Kindern

---

[1]) Zahn gegen Hefele a. a. O. S. 180.
[2]) vgl. Zahn's Ausführungen a. o. St.

wie der Gattin vis. II, 2, 3. und alle Familienglieder sollen vereint an ihrer sittlich-christlichen Ausbildung arbeiten (sim. V, 3, 7 und sim. VIII, 6. 7).

Betreffs des Lebens der Christen untereinander, das mand. VIII, 10 nach den verschiedensten Seiten betrachtet wird, lassen sich ebenfalls, dem oben ausführlich entwickelten Gesichtspunkte entsprechend, deutlich zwei Stufen unterscheiden. Beide fasst die Aufforderung vis. III, 9. 2: εἰρηνεύετε ἐν ἑαυτοῖς καὶ ἐπισκέπτεσθε ἀλλήλους καὶ ἀντιλαμβάνεσθε ἀλλήλων (vgl. zu letzterem ib. v. 10: παιδεύετε ἀλλήλους καὶ εἰρηνεύετε ἐν ἑαυτοῖς) bündig zusammen. Die erstere, negativer Natur, lässt sich kurz charakterisieren als Bekämpfung der ὀξυχολία und Uebung in der μακροθυμία, wie mand. V, 2, 8: ἔνδυσαι τὴν μακροθυμίαν καὶ ἀντίστα τῇ ὀξυχολίᾳ ergiebt. Wahrhafte Erneuerung ist nach mand V, 2, 3 ohne die μακροθυμία undenkbar. — das Gesamtleben zeigt bereits bedenkliche Schäden gerade in diesem Punkte, und da ferner das ganze Buch ausgesprochen praktische Ziele verfolgt, so ist ersichtlich, weshalb das Wesen jener Christentugend wie das ihres Gegensatzes so oft und so nachdrücklich dargestellt wird. Heben wir Einiges aus dem fünften Mandate heraus: „Zeige dich langmütig und verständig, so wirst du siegen über alles Schlechte und lauter Gerechtigkeit üben. Denn so lange du langmütig bist, so lange bleibt der heilige Geist, der in dir wohnt (vgl. mand. XI, 1). rein und wird nicht zurückgedrängt (verdunkelt vgl. mand. X, 1, 4) von einem anderen bösen Geist, vielmehr wird er sich freuen, guten Raum zur Wohnung zu haben und wird frohlocken mit dem Gefässe, in welchem er wohnt, ja er wird dann Gott dienen in Heiterkeit, da er die Fülle des Lebens in sich hat. Kommt aber der Aerger (ὀξυχολία) hinzu, dann fühlt sich der heilige Geist, der doch feiner Natur ist, beengt (στενοχωρεῖται), da er keine reine Stätte (mehr) hat, und strebt dieselbe zu verlassen. Denn er wird erstickt (πνίγεται) von dem schlechten Geiste, da er keinen Raum hat dem Herrn zu dienen, wie er will. Wohnt doch in der Langmut der Herr, im Aerger wohnt der Teufel. — Die Langmut ist süsser als Honig und wohlgefällig dem Herrn, und er wohnt in ihr". Es folgt demnächst eine ausführliche Schilderung der verhängnisvollen Wirkungen des Aergers, als dessen Geschwister im zehnten Mandat die λύπη, die stumpfsinnige Teilnahmlosigkeit, und die διψυχία genannt werden. Denen, die voll sind im Glauben (πλήρεις ἐν τῇ πίστει 2. 1). kann er nichts anhaben; denn die Kraft des Herrn ist mit ihnen. Seine verderblichen Wirkungen äussert er vielmehr an den Leeren und Halbgläubigen. In deren Herz fällt er ein (παρεμβάλλει ἑαυτόν ......); um ein Nichts (ἐκ τοῦ μηδενός) erbittern sich ein Mann oder ein Weib —, um der Bedürfnisse dieses Lebens (βιωτικῶν πραγμάτων) willen, um Speise, um kleinliche Rede (μικρολογίας), um einen Freund, um Geben oder Nehmen — und dergleichen mehr, alles Dinge, die thöricht, inhaltlos und unzuträglich sind den Knechten Gottes. Der Aerger (v. 4) ist dumm, leichtfertig und thöricht. Demnächst aus dem Unverstand erzeugt sich Verbitterung, aus der Verbitterung Leidenschaft, aus der Leidenschaft Jähzorn, aus dem Jähzorn Feindseligkeit. Endlich diese — das Resultat (σύστασις ἐκ) vieler Uebel — erweist sich als grosse und unheilbare Sünde (ἁμαρτία μεγάλη καὶ ἀνίατος). Dagegen die Langmut ist gross und stark: sie hat festen und kraftvollen Bestand in sich selbst; reichlich zufrieden (εὐρυχωρία ἐν πλατυσμῷ μεγάλῳ), heiter, voll Zuversicht, sorglos — preist sie den Gegner zu jeder Stunde, hat sie nichts Bitteres in sich und hört nie auf, sanft und ruhig zu sein". — Im engsten Zusammenhange mit dem Preise der Langmut und der Verdammung des Aergers steht die überaus scharfe Warnung vor dem schlimmen Gebrauche des Wortes, der καταλαλιά, dem ἀκατάστατον δαιμόνιον, μηδέποτε εἰρηνεῦον, ἀλλὰ πάντοτε ἐν διχοστασίαις κατοικοῦν mand. II. 2. — Sim. IX. 15. 3 wird sie neben ἀφροσύνη und ἁπλῶς unter den Lastergeistern genannt und mand. VIII. 3 auf gleiche Stufe mit den ἔργα πάντων πονηρότατα ἐν τῇ ζωῇ τῶν ἀνθρώπων,

der Lüge, der Heuchelei, der Rachsucht und jeglicher Lästerung gestellt, wie ja auch sim. VI,
5, 4 der Verleumder gleich nach dem Ehebrecher und Trunkenbold (vgl. sim. VIII 7. 2. IX. 26. 7)
kommt. „Vor allen Dingen verleumde Niemanden, noch leihe Gehör dem Verleumder, sonst
machst du dich als Hörer gleichfalls schuldig der Verleumdungssünde. Denn so du es glaubst,
bist du ein Widersacher gegen deinen Bruder. Böse ist die Verleumdung, ein unbezähmbarer
Teufel, der nie Frieden hat, sondern dessen Element die Zwietracht ist." Noch genauer wird
die μακροθυμία nach ihren Wesensäusserungen mand. VIII, 10 bestimmt: ακεσ.......,
ησύχιον εἶναι, ἐνθύμησιν γίνεσθαι πάντων ανθρωπων, ἀδιάφορον ἐν .... ἐπὶ ....,
ἀμνησίκακον εἶναι. Dieselbe Stelle zählt auch das positiv in genannter Beziehung von jedem
erneuerten Christen zu Forderude auf: „Den Witwen behülflich sein, für die Waisen und Bedürftigen
sorgen, die Knechte Gottes aus Bedrängnissen befreien, gastfrei (φιλόξενοι) sein — erweist sich
doch in der Gastfreiheit ganz besonders Gelegenheit zum Gutesthun —, die Alten ehren, die des
Glaubens verlustig Gegangenen nicht von sich weisen, sondern sie belehren und mit gutem
Mute erfüllen, die Sünder zurechtweisen, die Schuldner und Armen nicht drücken, und alles
dem Aehnliche". Mildthätigkeit gegen die Bedürftigen ist die erste praktische Pflicht des
Christen, denn sie ist zugleich eine Pflicht gegen Gott, den Geber aller Güter (mand. II, 5).
der will, dass allen Menschen geholfen werde: „der Herr hat euch zu dem Zweck reich gemacht, dass ihr ihm diese Dienste leistet: nämlich das ἀγοράζειν τὰς θλίσουσας, χηδσ.... δεσατι
εστε καὶ χήρας καὶ ὀρφανοὺς ἐπισκέπτεσθαι καὶ μη παραβλέπειν αὐτούς. Es ist das keine der
Willkür überlassene λειτουργία, sondern eine mit dem Besitz selbst jedem Christen aufgetragene
διακονία mand. II, 6. sim. I, 9. II, 7. IX, 27, 2 (anders mand. XII, 3, 2. sim. X, 2, 4 X. 4. I). —
eine notwendige Folge des Glaubens, der Gottesfurcht und der Liebe (vgl. Zahn a. a. O. S. 178).
Im dringenden Tone erfolgt die Aufforderung zur Mildthätigkeit: „Ihr, die ihr mehr habt
(ὑπερέχοντες), suchet auf die Hungrigen, so lange der Turm noch nicht vollendet ist. Denn ist
er vollendet, so wollet ihr Gutes thun, und dann habt ihr keinen Raum (mehr) dazu. Sehet zu,
ihr, die ihr in eurem Reichtume schwelget, dass die Armen nimmer klagen, deren Seufzen auf-
steigt zu dem Herrn, dass ihr samt euren Gütern ausgeschlossen werdet von der Thür des
Turmes" vgl. sim. IX, 26, 2 und sim. I, 8, wo von dem Kaufen betrübter Seelen — ein
Oxymoron, da das Zusammenscharren irdischer Besitztümer dem gegenüber gestellt ist —
näher gehandelt wird. Auch die Art zu geben wird in einer stark an neutestamentliche
Mahnungen erinnernden Stelle behandelt: Thue Gutes, und von dem Ertrage deiner Arbeit,
welchen Gott dir verleiht, gieb allen Bedürftigen ohne Schmälen (ἁπλῶς) und besinne dich nicht,
wem du geben sollst oder wem nicht. Allen gieb, denn Gott will, dass allen gegeben werde
von seinen Gütern. Die da nehmen, sollen ja Gott Rechenschaft darüber ablegen, warum und
zu welchem Zwecke sie empfangen haben. Denn wer ohne Schmälen giebt, der wird Gott leben
(mand. II, 4 sqq. vgl. sim. IX, 26. 2.).

Berichtigungen:

Seite 16 Zeile 5 v. u. l. ἔνδοξος statt ἐνδοξος.
„ 18 „ 20 v. o. l. Gebote statt Gebete.
„ 18 „ 24 v. o. l. Gebote statt Gebete.
„ 18 „ 2 v. u. l. ἐξουσίαν statt ἐξουσίαν.
„ 28 „ 8 v. u. l. ἐγγραφήσῃ statt ἐγγραφήσῃ.

PROGRAMM

WODURCH

ZUR FEIER DES GEBURTSFESTES

SEINER KŒNIGLICHEN HOHEIT

UNSERES DURCHLAUCHTIGSTEN GROSSHERZOGS

FRIEDRICH

IM NAMEN DES

ACADEMISCHEN SENATES

DIE ANGEHŒRIGEN DER

ALBERT-LUDWIGS-UNIVERSITÆT

EINLADET

DER GEGENWÆRTIGE PRORECTOR

Dr. FRIEDRICH WŒRTER.

INHALT:

PROSPER VON AQUITANIEN UEBER GNADE UND FREIHEIT.

FREIBURG 1867.

UNIVERSITÆTS-BUCHDRUCKEREI VON H. M. POPPEN & SOHN.

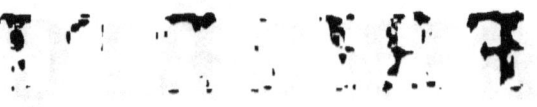

Wiederum kehret der freudige Tag, an welchem die Vorsehung *unsern durchlauchtigsten Grossherzog* in's Dasein gerufen und zum *Fürsten* des Landes bestimmt hat. Denselben festlich zu begehen, mahnet uns mehr als ein Grund.

Zunächst ist es das Verhältniss zwischen Fürst und Volk an sich, welches uns auffordert, gegen *unsern gnädigsten Landesherrn* an *Seinem* Wiegenfeste die Gefühle der ehrfurchtsvollsten Treue und Ergebenheit öffentlich auszusprechen.

Doch keineswegs ist es das blosse autoritative Gebot der kalten Pflicht, das uns zu dieser solennen Kundgebung bestimmt. Ein freies, dem Herzen entstammendes und eben desshalb höheres, reineres und zarteres Motiv legt uns dieselbe nahe und macht sie uns zu einem wahren Bedürfnisse: *die Liebe* und *Dankbarkeit* heissen uns diesen frohen Tag festlich feiern. Denn unsere Manifestation treuer Anhänglichkeit gilt einem Fürsten, in dessen Brust ein edles und warmes Herz für *Sein* Volk schlägt und welcher den innigsten Antheil an den Geschicken desselben nimmt; einem Fürsten, dessen Streben unablässig darauf gerichtet ist, die im Staate gelegenen Güter immer mehr zur Entwicklung zu bringen und allen *Seinen* Unterthanen zu erschliessen und dadurch die Wohlfahrt *Seines* Landes zu fördern.

Aber ausserdem macht noch eine speciellere Beziehung gerade unserer Universität die freudige Feier des Geburtsfestes *unseres allgeliebten Grossherzogs* zu einer theuern Angelegenheit. In *Ihm* verehrt die *Alberto-Ludoviciana* Freiburgs ihren **Rector magnificentissimus,** als welcher *Er*, im Bewusstsein von der Bedeutung und der Macht der Wissenschaft, die wohlwollendsten Gesinnungen gegen dieselbe hegt und sie auch stets durch die That bewährt.

Wie könnten wir aber einem solchen Fürsten, dem das Wohl *Seines* Landes und die Blüthe der von *Ihm* beschützten Hochschule die Freude und Wonne *Seines* Herzens ist, an *Seinem* Geburtstage unsere Liebe, Treue, Anhänglichkeit und Dankbarkeit auf eine bessere und aufrichtigere Weise an den Tag legen als dadurch, dass wir für *Sein* und *Seines* Hauses Heil unsere Blicke himmelwärts, von wo jede gute Gabe, jedes vollkommene Geschenk kommt, richten, und zu demjenigen welcher der Vater des Lichtes ist, in dessen Hand wie Wasserbäche das Herz der Fürsten ist und der es leiten kann wohin er will, beten, und bitten, Gott möge *Ihn* auch fernerhin in seinen heiligen Schutz nehmen und *Ihm* in der Ausübung *Seines* ebenso schwierigen als erhabenen Regentenberufes fortan mit des Himmels Licht und Kraft beistehen.

Lasset uns daher Alle, Lehrer, Lernende und Angehörige unserer Universität, die urchristliche Sitte für den Fürsten zu beten übend, in das herrliche Gotteshaus unserer freundlichen Zähringerstadt eintreten und auf den Altar des Allerhöchsten das innig-fromme Gebet niederlegen:

Gott segne, schütze und erhalte unsern

geliebten Landesherrn

Friedrich,

den erhabenen Rector unserer Hochschule,

und

das ganze durchlauchtigste Grossherzogliche Haus!

Prosper von Aquitanien

über

Gnade und Freiheit.

Ein Beitrag

zur Geschichte des Dogma's im fünften Jahrhundert.

Von

Dr. Friedrich Wörter,

ord. Professor der Theologie zu Freiburg.

Die positive Lehre von der Gnade, welche der hl. Augustinus im dogmatischen Kampfe gegen den Pelagianismus entwickelte, fand bekanntlich selbst bei solchen, die sonst Gegner dieser Häresie waren, Widerspruch, weil sie der Meinung waren, dieselbe vertrage sich nicht mit der Freiheit des menschlichen Willens. Im Interesse der letzteren glaubten daher Manche, das von ihm aufgestellte Verhältniss der Gnade zum Willen umkehren zu sollen, und schrieben diesem die Initiative in dem Heilsprocesse zu. So bezeichnete V i t a l i s zu Carthago die Zustimmung zu der Predigt des Evangeliums, d. h. den Glauben lediglich als Sache des Willens und nahm nur die darauf folgenden Werke als Geschenke der Gnade an.[1] Einige M ö n c h e in der C o n g r e g a t i o n zu A d r u m e t deuteten die von Augustin in dem Briefe an den römischen Presbyter und nachmaligen Papst S i x t u s gerichtete Widerlegung des pelagianischen Satzes, dass die Gnade auf Verdienst hin ertheilt werde, dahin, als ob die Gnade, wenn sie ohne vorangehendes Verdienst ertheilt werde, die Willensfreiheit aufhebe und Gott am Tage des Gerichtes daher auch nicht einem Jeden nach seinen Werken vergelten werde.[2] Ein anderer Theil

---

[1] Augustin. ep. 217, 1. 29.
[2] Epp. 244. 225.

der genannten Mönche zog aus dem Dogma von der gratia sine ullo
merito data die praktische Folgerung, dass ihre Oberen behufs der
Erfüllung der von ihnen gegebenen sittlichen Vorschriften für sie nur um
die Gnade zu bitten, nicht aber sie im Falle der Nichtbefolgung derselben
zu bestrafen hätten.[1] Diese Opposition hatte jedoch nur sporadischen
Charakter; auch waren die Opponenten zu Adrumet, denen ihr eigener Abt
Rusticität und Unwissenheit zum Vorwurf macht, nicht von der geistigen
Bildung, dass ihr Widerspruch von besonderer Wichtigkeit gewesen wäre.

Ungleich bedeutender war die Bewegung, welche von vielen Mönchen
(servi Christi, wie Prosper sie nennt) in Massilien und der Umgegend, woher
sie auch kurzweg Massilienser genannt werden, ausging. Ihr Widerspruch
bezog sich zunächst auf Augustins Prädestinationstheorie, bei welcher die
menschliche Freiheit nicht mehr bestehe.[2] Doch war der Widerspruch
anfangs kein hartnäckiger. Die fraglichen Mönche wollten zunächst die
Ursache dieser Differenz lieber ihrer schweren und langsamen Fassungskraft
zuschreiben als das etwa Nichtverstandene tadeln; einige von ihnen waren
entschlossen, bei Augustin selbst um eine lichtvollere und verständlichere
Darstellung des intricaten und dunkeln Lehrpunktes nachzusuchen. Noch
ehe dies geschah, erschien unverhofft, aber zur rechten Stunde die zweite
Schrift Augustin's an die Adrumetiner: de correptione et gratia. Prosper

---

[1] De correption. et grat. c. II. III. — Ep. Valentin. ad Aug. (inter
Augustin epp. 226)

[2] Ep. Prosper. ad Augustin. n. 2. (S. Prosperi opp. omnia. Ed.
Paris. 1711.)

war der Meinung, durch dieses Büchlein, welches die in Frage kommenden Lehrpunkte vollständig und erschöpfend behandle, würden sofort alle Widerreden verstummen. Diese Erwartung traf jedoch nur bei denjenigen zu, welche schon vorher der augustinischen Lehre günstig gestimmt waren: dagegen der andere und, wie es scheint, ungleich grössere Theil fühlte sich nur noch mehr abgestossen, da die in der erwähnten Schrift vorgetragene Lehre ihnen zu schroff erschien. Ja selbst solche, welche bisher dem grossen Kirchenvater anhingen, wie Hilarius, Bischof von Arles, wurden ihm jetzt abgeneigt und entfremdet; und über die anfangs mit Schüchternheit und Zweifel aufgenommene Lehre der Massilienser waren sie nunmehr entschieden.

Was die positive Lehre all' dieser Gegner betrifft, so glaubten sie die von ihnen durch Augustinus für gefährdet, ja für verletzt gehaltene Willensfreiheit dadurch zu retten, dass sie den unbeschränkten Heils-universalismus vortrugen und den wirklichen Vollzug dieses göttlichen Willens am Einzelnen von der Präscienz um das sittliche Verhalten des letzteren abhängig machten; denn so war der Anfang der Aneignung des Heiles in Christo in den Willen des Menschen gelegt.[1]) Je fasslicher und klarer diese Lehre dem gemeinen Verstande scheint und je grösser das Ansehen derer war, von denen sie vorgetragen wurde, — denn sie zeichneten sich nicht blos durch sittenreinen Wandel aus, sondern einige von ihnen bekleideten selbst hohe kirchliche Würden, — desto leichteren Eingang fand sie bei der Mehrzahl der Gläubigen. Missbilligten Manche dieselbe auch,

---

[1]) Ep. Prosper. ad Augustin. n 3—6.

so schwiegen sie doch dazu; die Reverenz vor der Auctorität hielt sie von
dem an sich berechtigten Widerspruch ab. Nur wenige unerschrockene
Freunde der vollkommenen und unversehrten Gnade (pauci perfectae
gratiae intrepidi amatores) hatten den Muth, Opposition zu erheben.
Indessen scheint dieselbe wie nicht an Zahl so auch nicht qualitativ
von Bedeutung gewesen zu sein. Und doch hielten die Anhänger der
augustinischen Lehre eine siegreiche Polemik gegen ihre Gegner für ein
dringendes Bedürfniss. Insbesondere waren Prosper von Aquitanien
und ein gewisser Hilarius sowohl wegen der Glaubensfeindlichkeit als
wegen der Schädlichkeit der semipelagianischen Lehre für die ächte und
wahre christliche Sittlichkeit dieser Ueberzeugung. Aber als Laien mochten
sie, um nicht die den Gegnern nach kirchlicher Observanz schuldige
Hochachtung zu verletzen, den Kampf nicht selbst aufnehmen.[1] In dieser
Noth wandten sich beide, und zwar jeder in einem eigenen Schreiben, an
den hl. Augustinus, als den in damaliger Zeit vorzüglichsten Lehrer
der Gnade, wie Prosper ihn feiert, und ersuchten ihn um geeignete Belehrung.
Die Wünsche Prospers bezogen sich namentlich auf folgende Punkte.
a. Augustinus möge die Grösse der Gefahr nachweisen, welche die Lehre
der Massilienser für den christlichen Glauben habe. b. Sollte er darthun,
dass die Gnade als vorausgehende und mitwirkende kein Hinderniss für die
Freiheit des menschlichen Willens sei. c. Sei zu zeigen, wie die in dem
Prädestinationsbegriffe enthaltenen Momente der Präscienz und Prädestination

---

[1] Ep. Prosper. ad Augustin. 7. — Ep. Hilari. ad Augustin. n. 9.

sich zu einander verhalten.¹) d. Endlich verlangte Prosper gegenüber der Behauptung der Massilienser, dass die augustinische Lehre vom ewigen Heilsrathschluss Gottes praktisch schädlich sei, und dass sie selbst dann, wenn sie die Wahrheit für sich hatte, verschwiegen werden müsste, den Nachweis, dass die Predigt des orthodoxen Prädestinationsdogmas von keinem Nachtheil für das sittliche Leben sei.

Augustin entsprach diesen Wünschen Prospers und Hilarius in den beiden Schriften de praedestinatione Sanctorum und de dono perseverantiae. Allein je geschärfter in ihnen die Gnadenlehre gegen den abgeschwächten und gemilderten Pelagianismus der Massilienser vorgetragen ist, desto schroffer und härter schien sie diesen letzteren und desto weniger erreichten bei ihnen beide Bücher ihren Zweck. Vielmehr behaupteten sie jetzt erst recht entschieden, dass Augustins Lehre von der Gnade, durch welche wir Christen sind, eine incorrecte sei. Sie thaten dies zugleich in einer Weise, welche einer Verunglimpfung des Namens des grossen Kirchenvaters gleichkam.

----

¹) Ep. Prosper. ad Augustin n 8: Tum utrum praescientia Dei ita secundum propositum maneat, ut ea ipsa quae sunt proposita, sint accipienda praescita: an per genera caussarum et species personarum ista varientur; ut quia diversae sunt vocationes, in his qui nihil operaturi salvantur, quasi solum Dei propositum videatur exsistere; in his autem qui aliquid boni acturi sunt, per praescientiam possit stare propositum: an vero uniformiter, licet dividi praescientia a proposito temporali distinctione non possit, praescientia tamen quodam ordine sit subnixa proposito: et sicut nihil sit quorumcumque negotiorum quod non scientia divina praevenerit; ita nihil sit boni, quod in nostram participationem non Deo auctore defluxerit.

Augustin war inzwischen in die ewige Heimath eingegangen und konnte sich nicht mehr selbst gegen die wider ihn und seine Lehre vorgebrachten Calumnien vertheidigen. Es musste daher die Pietät seiner Schüler ins Mittel treten und das Andenken ihres angegriffenen Meisters retten und wahren. Dieser Ehrenpflicht unterzog sich Prosper von Aquitanien, welcher, obwohl Laic, derselben in einer Weise genügte, die dem Schüler wie dem Lehrer zur Ehre gereicht. Prosper fühlte sich hiezu aber auch noch aus andern Gründen aufgefordert. Die Lehre der Massilienser hatte auf dem Stadium der Entwickelung, in dem sie sich jetzt befand, ihren Grund nicht mehr wie anfangs in der tarditas ingenii noch in der temeritas judicii, sondern sie hatte den Charakter einer absichtlichen Opposition gegen die augustinische. Die von dem Bischofe von Hippo gegen den Pelagianismus entwickelte Gnadenlehre ist aber mit geringer Beschränkung die kirchliche. Die Bekämpfung dieser antiaugustinischen Bewegung war daher nur die Vertheidigung des Glaubens der Kirche, welche als solche eine Pflicht war, weil jedes weitere Gewährenlassen der Massilienser den Schein erweckt und begünstigt hätte, als ob der Pelagianismus, in welchem ihre Doctrin wurzelt, und mit welchem sie ihrem innersten Kerne nach eins ist, von der Kirche mit Unrecht anathematisirt worden sei.[1]

Prosper führte die Vertheidigung der augustinisch-kirchlichen Lehre in mehrern zum Theil durch ganz specielle Veranlassung hervorgerufenen Schriften, welche wir als bekannt voraussetzen dürfen und nicht besonders namhaft machen. Was die in ihnen niedergelegte **Lehre** betrifft, welche

---

[1] Prosp. ad Rufin. III. XVIII — Lib. contra collator. I XXI.

Gegenstand der folgenden Darstellung sein soll, so lasst sich dieselbe nicht ohne den Gegensatz, in welchem er sie entwickelt hat, darlegen. Da es sich jedoch hier mehr um eine positive Aufstellung derselben handelt, so werden wir ihre Antithese nicht in extenso, sondern nur in so weit mittheilen, als es für unseren Zweck unerlässlich erscheint.

Obgleich die Lehre der Massilienser geschichtlich ihren Ausgangspunkt von der augustinischen Prädestinationstheorie genommen hat, so sieht der Aquitanier doch nicht die letzterer von ihnen entgegengesetzte als das centrale Dogma des Pelagianismus, resp. des Semipelagianismus an: vielmehr bezeichnet er den Satz von der Ertheilung der Gnade Gottes nach dem sittlichen Verdienst des Menschen als die Wurzel, aus welcher alle übrigen pelagianischen Lehren hervorgingen[1]). Die Genesis dieser These gibt Prosper also an. Zuerst wollten die Pelagianer der menschlichen Natur eine so grosse Gesundheit (Heiligkeit) zuschreiben, dass sie durch den freien Willen allein das Reich Gottes erlangen könne, indem sie durch den Beistand ihrer creatürlichen Beschaffenheit schon so vollständig unterstützt werde, dass sie, weil von Natur im Besitze vernünftiger Erkenntniss, mit Leichtigkeit das Gute wähle und das Böse vermeide, und meinten, dass, weil die Werke des Willens nach beiden Seiten frei seien,

---

[1]) Ep. ad Rufin. I, 1, 2: Sed insinuanda prius sanctitati tuae est qualitas quaestionis, de qua ista nascuntur: quo tibi magis pateat falsitas obloquentium; et videas, quam lucem quibus tenebris conentur obducere .... Ex his tamen una est blasphemia nequissimum et subtilissimum germen aliarum, qua dicunt, gratiam Dei secundum merita hominum dari.

denen, welche böse sind, zum Guten nicht das Vermögen (facultatem) sondern nur der Wille (studium) fehle[1]). Diese Lehre, bemerkt er weiter, sei als unkatholisch verworfen worden, weil sie auf der mit der gesunden Lehre im Widerspruche stehenden Ansicht beruhe, als ob die ganze Gerechtigkeit des Menschen in seiner natürlichen Geradheit und Fähigkeit gründe. In Folge hievon hätten die Pelagianer sich sodann zu dem Bekenntniss der Nothwendigkeit der Gnade Gottes für den Menschen zu dem Anfange des Guten, sowie zu dem Fortschreiten und Verharren darin verstanden[2]). Allein es ist kaum glaublich, dass fragliche Häretiker, welche zuerst den exclusivsten Naturalismus behaupteten, mit der nachher angenommenen, ihrem Wortlaute nach allerdings correcten Formel den wahren christlichen und kirchlichen Sinn verbanden. Und in der That verstanden sie dieselbe in völlig ungenügender Weise. Sie bekannten sich nämlich, wie Prosper weiter erörtert, zur Nothwendigkeit der Gnade nur insoferne, als sie Lehrerin des freien Willens ist, und sich durch Ermahnungen, durch Gesetz und Lehre, durch Betrachtung der Creatur, durch Wunder und von aussen kommende Schrecken seiner Entscheidung darbietet, so dass Jeder zufolge der Bewegung seines eigenen Willens, wenn er sucht, findet ; wenn er verlangt, empfängt ; wenn er anklopft, Eintritt erhält. Sie begründeten dies durch die nächste Wirkung der berufenden Gnade. Da nämlich letztere zuerst unser Willensvermögen zur Thätigkeit aufrufe, so sei die Gnade nichts Anderes, als Gesetz, Prophet,

---

[1]) Ibid. Nr 2.

[2]) Ibid. Cum ergo totam justitiam hominis ex naturali vellent rectitudine ac possibilitate subsistere etc.

Lehrer, und sei es ihr als solcher in Bezug auf alle Menschen in der ganzen Welt darum zu thun, dass alle, welche glauben wollen und welche glauben, die Rechtfertigung durch das Verdienst des Glaubens und des guten Willens empfangen[1]). Wie man hieraus sieht, verstanden sie unter der Gnade nur die äussere des Gesetzes und der Lehre; und der Fortschritt, den sie durch die Correctur ihrer anfänglichen Lehre machten, besteht lediglich in dem Aufgeben des puren Naturalismus und in der Annahme der äusseren Offenbarungsökonomie, deren innere Wirkung auf den menschlichen Willen und Geist überhaupt eine blos moralische ist, welche als solche von dem Verhalten des letzteren abhängt. Mit Recht verurtheilt daher Prosper diese Gnadenlehre durch die Schlussfolgerung: So wird die Gnade Gottes auf das Verdienst der Menschen hin ertheilt, und auf diese Weise ist die Gnade nicht Gnade, weil, wenn sie zur Vergeltung für Verdienste ertheilt wird, und nicht selbst Schöpferin des Guten (creatrix bonorum) ist, vergeblich Gnade genannt wird[2]).

Vorstehende Gnadenlehre ist die streng pelagianische. Vielfach verschieden davon, aber, wie sich zeigen wird, dem Principe und den

---

[1]) Ibid. II. 3.

[2]) Ibid. — De ingrat. 323—334. 383—400 945 - 973. In der obigen Mittheilung Prosper's, welche von einer inneren Gnade im pelagianischen Systeme überhaupt nichts erwähnt, erblicken wir einen weiteren Beweis für unsere anderwärts (Pelagianismus. Freib. 1866 S. 371—375) aufgestellte Behauptung, dass der Pelagianismus, so häufig auch das Gegentheil angenommen wird, selbst von der inneren Gnade der Erleuchtung nichts wisse.

Consequenzen nach mit ihr gleich ist die Lehre, welche Cassian, der bedeutendste Vertreter der Massilienser, in seinen Collationen, namentlich in der dreizehnten derselben (de protectione Dei), aufgestellt hat[1]). Im Gegensatze zur Lehre der Pelagianer, welche nur von äusserer Gnade wissen wollen, behauptet Cassian auf Grund von Jac. 1,7 die innere Gnade, und zwar nicht etwa blos in Bezug auf den Verstand, sondern auch auf den Willen. Was aber das ursächliche Verhältniss dieser innerlich im Menschen wirkenden Gnade zu seinem Willen des Näheren betrifft, so hält Cassian vor Allem an der dogmatischen Ueberzeugung von der universellen Nothwendigkeit derselben zur Fortsetzung und Vollendung des Heilswerkes fest. Anders jedoch bestimmt er das fragliche Verhältniss in Bezug auf den Heilsanfang. In der Meinung nämlich, dass, wenn man die Gnade ebenso ausschliesslich als nothwendige Causalität des guten Willens in seinem Anfange begreife, die Freiheit des Willens in Frage gestellt werde, weil eine solche Behauptung auf der Voraussetzung beruhe, als ob dem Menschen vor und ohne die Gnade, d. h. im adamitischen Zustande der Erbsünde keine Willensfreiheit mehr zukomme, nahm er den Anfang des guten Willens als Werk der Gnade nur in denjenigen an, welche sich zum Heile verneinend verhalten und es nicht aus sich wollen, wogegen er bei allen jenen, welche das Heil aus sich wollen und es selbsteigen anfangen, der Gnade nur die Fortsetzung und Vollendung des so begonnenen Guten zuschrieb.

Welche geschichtliche Stellung Cassian mit diesen Bestimmungen zum

---

[1] Opp. omnia. Ed. Lips. 1733 p. 421—448.

Dogma einnahm, ist klar; offenbar bewegte er sich in der Mitte zwischen der pelagianischen und augustinisch-kirchlichen Lehre; denn weder mit den Pelagianern, welche in allen Menschen alle gute Werke durch den freien Willen anfangen lassen, stimmte er völlig überein, noch mit den Katholiken, welche lehren, dass nicht blos die guten Werke, sondern auch die Gedanken und die Willensgeneigtheit zum Guten in Allem den Anfang aus Gott nehmen.

Diese Lehre Cassian's ist es nun zunächst, welche Prosper einer ausführlichen Kritik unterzieht.

Cassian hatte seine vermittelnde Aufstellung über das Verhältniss der Gnade zum freien Willen vor Allem positiv durch die hl. Schrift zu beweisen gesucht, welche in vielen Stellen ebenso den freien Willen als den anfangenden Factor im Heilsprocesse bezeichne, wie sie in andern diese Initiative der Gnade zuschreibe. So mache der Herr bei Matth. 11,28 die Erquickung der Mühseligen durch ihn abhängig von dem vorangehenden Verhalten des freien Willens, und nach Apg. 10,2 habe Cornelius mit spontanem Willen zuerst Gott gefürchtet, zu ihm gebetet u. s. w., und erst darauf und dafür sei ihm das Geschenk der Regeneration ertheilt worden[1]). Röm. 7,18 bezeuge der Apostel, dass der gute Wille aus sich selbst hervorgehe, indem er sage: Das Wollen liegt mir nahe, aber das Gute zu vollbringen finde ich nicht[2]).

Diese Beweisführung erklärt nun aber Prosper für eine nichtige, einmal

---

[1]) Ep. ad Rufin. c. V. VI.
[2]) Contra collator. c. IV, 2.

weil sie zum grossen Theile auf einer falschen Interpretation der angerufenen Stellen beruhe, indem letztere, selbst einzeln und für sich genommen, das nicht besagten, was Cassian in ihnen zu finden glaube. Sodann aber ständen ihr eine reichliche Zahl von Stellen entgegen, welche unwiderleglich die entgegengesetzte Verhältnissbestimmung der Gnade zum Willen enthielten. Zwar übersehe Cassian dieselben nicht, aber er vindicire ihnen nur particuläre Geltung, und setze sie zu den zuerst erwähnten Stellen in ein ausschliessendes Verhältniss. Eine solche Erklärung sei aber nicht nur einseitig, sondern geradezu falsch, weil sie gegen den hermeneutischen Grundsatz verstosse, wornach Bibelstellen, welche einzeln und für sich genommen sich gegensätzlich zu einander verhalten, einheitlich zu interpretiren seien [1]). Wenn es also in der Schrift heisse, Gott bewirke in uns selbst das Wollen des Guten, so könne es nicht zugleich wahr sein, dass der Wille des Menschen auch aus sich ohne Gnade das Heil anzufangen vermöge, so sehr nach manchen Stellen eine solche Lehre den Schein für sich haben möge [2]), müsse es vielmehr unbedingte und allgemeine Regel des Glaubens sein, dass Gott in

[1]) Ep. ad. Rufin. c. V: Asserunt quidem haec (sc. ex largitate quidem gratiae, sed aliquo vel boni operis, vel bonae voluntatis merito praecedente venisse) quibusdam sanctarum scripturarum testimoniis, sed non rationabiliter adsumtis. Ad defensionem enim alicujus definitionis ea promenda sunt, quae altri intellectui, a quo videtur definitio dissonare, non cedant, et eam regulam, cui sunt aptata, non deserant.

[2]) Contra collator. IV. 2.

jedem Menschen das Heil auch in seinem allerersten Anfange wirke, und dass Keiner es aus sich beginnen könne[1]).

Nicht nur die Bibel, auch die kirchliche Tradition glaubten die Massilienser für sich zu haben. Augustins Lehre, meinten sie, stehe im Widerspruch mit der Meinung der Väter und dem Sinne der Kirche[2]). Zwar bezogen sie diesen Einwand zunächst auf seine Prädestinationstheorie; aber derselbe gilt ebenso auch seiner Lehre von dem einheitlichen Zusammenwirken der Gnade mit dem freien Willen, weil sie zu der ersteren in einem bedingenden Verhältnisse steht. In der That ist nun der Prädestinationsbegriff Augustins nicht der der Väter vor ihm, und scheint die Geschichte für die Lehre der Massilienser zu sprechen. Allein dieser Schein verschwindet bei einer näheren Betrachtung der Sachlage. Die Massilienser übersahen, dass die beiderseitigen an sich differirenden Anschauungen über den ewigen Heilsrathschluss Gottes in Bezug auf die einzelnen Menschen sich in zu verschiedenen geschichtlichen Gegensätzen bewegen, als dass sich ein eigentlicher Widerspruch zwischen ihnen behaupten liesse. Die voraugustinischen Väter tragen ihre Lehre im ausdrücklichen Gegensatze zu den gnostischen und fatalistischen, d. h. die Willensfreiheit leugnenden Häresieen vor; Augustin aber hat den die Freiheit zwar lehrenden, aber zugleich die Gnade entweder ganz oder ihre unbedingte Wirksamkeit leugnenden Pelagianismus

--- --- --- --- ---

[1]) Ibid. VII. VIII. IX. 1.

[2]) Prosp. op. ad Augustin. 2: contrarium putant patrum opinioni et ecclesiastico sensui, quidquid in eis (sc. in scriptis adversus Pelagianos haereticos) de vocatione electorum secundum Dei propositum disputasti.

sich gegenüber. Mit Recht beruft sich daher Prosper auf das von P. Cälestinus in seinem Schreiben an mehrere Bischöfe Galliens dem Augustinus ausgestellte Zeugniss über die Treue seiner Lehre, wornach er immer in kirchlicher Gemeinschaft gewesen und einstimmig unter die besten Lehrer der Kirche gerechnet worden sei[1]. Dieses Autoritätsargument suchte jedoch einer der Massilienser durch die Erklärung zu entkräften, dass, da in dem angerufenen päpstlichen Schreiben die Schriften Augustins nicht namentlich erwähnt seien, Cälestins Lob sich nur auf Augustins frühere, keineswegs aber auf seine jüngsten Schriften (nämlich über die Prädestination der Heiligen und über das Geschenk der Beharrung) beziehe, eine Behauptung, welche zugleich die andere in sich schliesst, dass die dogmatische Ueberzeugung des grossen Kirchenvaters sich nicht gleich geblieben, sondern in den späteren Zeiten wesentlichen Wandlungen unterworfen gewesen sei. Prosper ermangelte nicht diese maligna interpretatio, wie er sie nennt, zu widerlegen. Gesetzt, entgegnet er, die in den fraglichen letzten antipelagianischen Schriften Augustins enthaltene Lehre steht nicht im Einklange mit dem kirchlichen Alterthume, so mag derjenige, welcher

---

[1] Contra collator. XXI, 2 Cälestin's bezügliche Worte (c. II.) lauten: Augustinum sanctae recordationis virum, pro vita sua atque meritis, in nostra communione semper habuimus, nec umquam hunc sinistrae suspicionis saltem rumor adspersit; quem tantae scientiae olim fuisse meminimus, ut inter magistros optimos etiam a meis semper decessoribus haberetur. Bene ergo de eo omnes in commune senserunt, utpote qui ubique cunctis et amori fuerit et honori.

eine so übelwollende Interpretation in Umlauf zu setzen sucht, selbst mit Uebergehung der Schriften, in welchen Augustinus seit Anfang seines Episcopates noch lange vor dem Auftreten der Feinde der Gnade sich für die Gnade aussprach, die früheren antipelagianischen Schriften desselben lesen. Weht in diesen derselbe Geist der Lehre, und findet sich in ihnen dieselbe Lehrweise (praedicationis forma), so mögen die Calumnianten erkennen, wie überflüssig der Einwand ist, des Cälestins Zeugniss gelte nicht speciell und ausdrücklich den Büchern, deren Lehrnorm in allen übrigen gelobt wird. Apostolica enim sedes, fährt Prosper fort, quod a praecognitis sibi non discrepat, cum praecognitis probat, et quod judicio jungit, laude non dividit. Diejenigen also, welche die zuletzt herausgegebenen Schriften Augustins zurückweisen, mögen den früheren beipflichten und den zu Gunsten der Gnade früher verfassten ihre Zustimmung geben. Allein das thuen sie nicht: denn sie wissen wohl, dass alle gegen die Pelagianer gerichtet sind und dass sie ihnen zur Entkräftung der späteren gar nichts nützen können, wenn sie zugeben, dass in den ... en die Wahrheit enthalten sei[1]).

Hatte Prosper in dem Bisherigen dargethan, dass Cassians Lehre aller positiven Stützen entbehre und geschichtlich unhaltbar sei, so wies er im weiteren Verfolge nach, dass dieselbe eine logisch widerspruchsvolle und dogmatisch falsche sei. Cassian hatte behauptet, wie es ein Irrthum sei, dem augustinischen Gnadenbegriffe zu huldigen, weil er die Freiheit des Menschen aufhebe, so sei auch die pelagianische Vorstellung von der Willensfreiheit falsch, weil sie die Gnade ganz verneine. Keiner von beiden

---

[1]) Ibid. XXI, 3.

Theorieen durfe man daher anhängen, wenn man sich nicht in Irrthümer verstricken wolle; und nur indem man beiden Anschauungen zugleich folge und das aus ihnen gezogene Mittel annehme, sei man davor geschützt [1]). Cassians positive Ansicht ist hiernach nur ein Gemisch aus den sich gegenseitig ausschliessenden Gegensätzen des Pelagianismus und Augustinismus. Nicht mit Unrecht bezeichnete sie daher Prosper als ein informe nescio quid tertium et utrique parti inconveniens [2]); als solche aber ist sie ihm logisch eine innerlich widerspruchsvolle. Aus zwei Uebeln, bemerkt Prosper, kann nicht Ein Gut entstehen; zwei Fehler erzeugen nicht Eine Tugend, und zwei Irrthümer machen zusammen nicht die Eine Wahrheit aus. Ja so wenig ist dies der Fall, dass ein solches Unterfangen nur die Corruption der Wahrheit zur Folge haben kann. Denn die Mischung zweier sich entgegengesetzter Dinge ist nur der Abfall vom Besseren, weil, wenn die Tugend das Laster in sich aufnimmt, nicht eine Entfernung von dem Laster, sondern von der Tugend stattfindet. Wenn die Katholiken also annehmen, was die Pelagianer behaupten, und die Pelagianer das recipiren, woran die Katholiken festhalten, werden jene nicht katholisch, sondern letztere, was ferne sei, Pelagianer [3]).

Auf's Materielle aber angesehen enthält Cassians thörichter Versuch, den Irrthum durch den Irrthum, die Krankheit durch die Krankheit zu heilen, eine Reihe anderer Widersprüche. Zunächst verstösst Cassian, was die Wirksamkeit der Gnade betrifft, gegen ihre Conformität. Indem er nämlich

[1]) Collation. XIII. 11.
[2]) Contra collator. III. 1. XIX. fünfte Definition.
[3]) Contra collator. V. 1. 2. XVIII. 2. XIX. fünfte Definition.

behauptet, dass Einige das Heil aus sich anfangen, in Andern aber die Gnade diesen Anfang bewirke, scheidet er die an sich eine erlösungsbedürftige Menschheit in zwei Theile, von denen jeder anders, der eine durch die (vorangehende) Gnade, der andere durch den dieser vorangehenden Act des freien Willens, d. h. durch das Gesetz und die Natur gerechtfertigt und beseligt wird[1]). Christus, der eine Erlöser der Menschheit, verhält sich darnach zu den einen anders als zu den andern: zu denen, in welchen die Gnade den Heilswillen in seinem ersten Anfange bewirkt, als eigentlicher Erlöser, salvator; zu jenen aber, welche das Heil aus sich wollen und anfangen, und in denen die Gnade es nur fortführt und vollendet, blos als susceptor, d. h. als Vergelter durch Aufnahme in sein Reich auf Grund vorangehender Verdienste. Consequent führt diese Christum in seinem Verhältniss zur Menschheit theilende Behauptung auf die Auflösung der Kirche, wie sie der Eine Leib Christi ist, ist also ein Angriff auf die Einheit der Kirche. Durch deine Definition, folgert Prosper mit Recht, constituirst du die Einheit der Glieder des Leibes Christi durch zweierlei Gläubige, und in der Einen Kirche herrscht zwischen ihnen, was ihr Verhältniss zu Christus betrifft, Verschiedenheit, während in Wahrheit Christus sich als Erlöser zu Allen in der Kirche gleich verhält[2]).

Aber auch nach einer andern Seite noch erweist sich Cassians vermittelnde Lehre als eine widerspruchsvolle. Nimmt man nämlich die Behauptung, dass in Vielen, welche und weil sie nicht wollen, die Gnade

---

[1]) Contra collator. III. 1.
[2]) Ibid. XVIII. 2. 3.

das Heil anfange, als particuläre, wie sie dies wenigstens factisch ist, so verfällt Cassian gerade derjenigen Vorstellung von der Wirksamkeit der Gnade auf den Willen, welcher er durch seine Aufstellung entgehen will. In der Absicht, Gnade und Freiheit in ihrem Zusammenwirken zur rechten Einheit zu vermitteln, sagt er: Während Einige aus sich nach dem Heile verlangen und suchen, zieht der Herr durch seine Gnade diejenigen, welche ihm widerstehen, wider ihren Willen (inviti) zum Heile[1]). Dazu bemerkt Prosper treffend: Nach dieser Definition gelangen also Viele zur Gnade ohne Gnade, und die Geneigtheit (affectum), nach ihr zu verlangen, sie zu suchen, an der Thüre des Heiles anzuklopfen, haben Einige vermöge der Wachsamkeit ihres freien Willens, während derselbe in andern so von Gott abgewendet und blind ist, dass er durch keine Ermahnungen zum Guten zurückgerufen werden kann, wenn er nicht durch die Gewalt der ihn ziehenden Gnade widerwillig geleitet wird. Als ob nicht durch das ganze Werk der vielgestaltigen Gnade in den Herzen Aller dies bewirkt werde, dass sie aus Nichtwollenden Wollende werden; oder als ob Einer von denen, welche schon Gebrauch von der Vernunft machen, den Glauben mit dem Willen allein annehmen könnte. Daher ist es ebenso ungereimt, zu sagen, dass Einer nach der Theilnahme an der Gnade wider Willen strebe, als zu behaupten, dass Einer dazu gelange, ohne dass er durch Gottes Geist getrieben werde[2]). Die Gnade nöthigt Keinen gegen seinen Willen, sondern sie macht aus dem, der nicht will, einen wollenden[3]).

---

[1]) Collation. XIII, 9.

[2]) Contra collator. II, 4, VII, 3.

[3]) Ibid. III, 1: Deus hominem vocatum ad Filium trahit (Joh. 6,44); non resistentem invitumque compellit, sed ex invito volentem facit.

Leistet Cassians Gnadenlehre in der genannten Beziehung des Guten zu viel, indem sie die Wirksamkeit der Gnade auf den Willen so überspannt, dass dessen Freiheit aufgehoben erscheint, so bietet sie in einer andern wiederum zu wenig, indem sie die Freiheit des Willens überspannend die wahre Gnadenthätigkeit verletzt. Wenn nämlich die Gnade auch in Manchen dem Willen zuvorkommt und selbst den allerersten Heilsanfang wirkt, so ist es nicht desshalb, weil sie das Heil nicht aus sich anfangen können, da ja andere ohne Gnade aus sich darnach verlangen, sondern lediglich weil sie nicht wollen. Das Heil selbsteigen zu beginnen, steht vielmehr ebenso bei ihnen, wenn sie nur wollen. Die zuvorkommende Gnade ist ihnen sonach nicht ein eigentliches Bedürfniss, sondern hat für sie blos die Bedeutung eines erleichternden und schneller zum Ziele führenden Beistandes. Wenn das, sagt Prosper, was den Einen Gott verleiht, von den Andern durch ihr eigenes Vermögen erlangt werden kann, so bedürfen wir in einigen Dingen nur desshalb der Unterstützung, damit durch die Gnade leichter gethan werde, was durch die Natur nicht unmöglich war [1]). Kann der Mensch durch das natürliche Vermögen des freien Willens einen so schweren Kampf siegreich bestehen (wie Cassian dies von Job behauptet hatte), so darf man nicht zweifeln, dass die Wirkungen des guten Willens in leichtern Dingen viel leichter sind; aber so fällt man in

---

et quibuslibet modis infidelitatem resistentis inclinat. ut cor audientis obediendi in se delectatione generata ibi surgat. ubi premebatur etc. Conf. XIX. sechste Definition.

[1]) Contra collator. XI. 2: et ideo in aliquibus oporteat nos adjuvari. ut possibilius fiat per gratiam. quod non erat impossibile per naturam.

die Grube der verurtheilten Ansicht, wornach behauptet wird, dass desshalb
uns die Gnade der Rechtfertigung ertheilt werde, damit wir das, was uns
durch den freien Willen zu thun befohlen ist, durch die Gnade leichter
erfüllen können, als ob, wenn auch die Gnade nicht ertheilt würde, wir
zwar nicht leicht, doch ohne sie die göttlichen Gebote zu erfüllen vermöchten,
während doch der Herr von den Früchten seiner Gebote redend (Joh. 25,
57) nicht sagte, ohne mich könnt ihr das Gute schwieriger thuen, sondern,
ohne mich könnt ihr nichts thuen[1]).

Der Begriff der erleichternden Gnade lässt, wie so eben gezeigt, die
Möglichkeit der Heilswirksamkeit des Menschen aus sich selbst zu. Indem
nun Cassian diese Möglichkeit als Wirklichkeit annimmt durch die Behauptung,
dass Manche anfangen das Gute zu wollen, und von Sünde und
Irrthum sich zu entfernen wünschen, dass aber die Gnade Gottes diesen
Willensentschluss zur That fortführe und vollende, tritt die seiner Vorstellung
von der erleichternden Gnade zu Grunde liegende irrige Verhältnissbestimmung
in ihrer ganzen Blösse hervor. Beginnt nämlich der Mensch den Heilsprocess
aus sich, und führt die Gnade das so Begonnene blos fort, wenn auch bis
zur Vollendung, so wird sie, die Gnade, nach Verdienst ertheilt. Cassian
hatte behauptet, man dürfe sämmtliche Verdienste der Heiligen nicht so
auf Gott beziehen, dass der menschlichen Natur nur das, was böse und
verkehrt sei, zugeschrieben werde[2]). Evidenter und bestimmter, entgegnet
hierauf Prosper, konnte in dieser Definition das nicht ausgedrückt werden,

---

[1]) Ibid. XV. 4. — De ingrat. 505—521.
[2]) Collation. XIII. 12.

was auch Pelagius und Calestius lehren, nämlich dass die Gnade nach unseren Verdiensten und nicht ad singulos actus ertheilt werde.[1]) Cassian hatte ferner mit Bezug auf Matth. 8, 8 gelehrt, dass dem Hauptmann für seinen Glauben kein Lob und Verdienst gebührt hatte, wenn Christus in ihm dem, was er selbst geschenkt hatte, den Vorzug gegeben hatte[2]). Durch diese kurze Schlussfolgerung, bemerkt Prosper, bestätigst du fast das ganze pelagianische Dogma[3]). Zwar verwahrt sich der Massilienser gegen eine solche Deutung seiner Lehre und stellt in Abrede, dass er mit den Pelagianern, welche das Ganze dem freien Willen zuschreiben, die Ertheilung der Gnade Gottes nach dem Verdienste eines Jeden behaupten wolle[4]). Aber mit Recht äussert Prosper seine Verwunderung darüber, dass Cassian nicht einsehe, oder meine, andere sehen es nicht ein, wie er sich selbst mit seinen eigenen Worten verurtheile. Denn wenn der Hauptmann keinen durch die Gnade geschenkten, sondern einen selbsteigenen Glauben hatte, und in Folge hievon durch die Gnade für seine Anfänge nichts empfing, so lag in eben diesem Glauben die Ursache seines Lobes und Verdienstes, was beides er nicht gehabt hätte, wenn das, wofür ihm Lob

---

[1]) Contra Collator. XI. 2.

[2]) Collation. XIII. 14.

[3]) Contra Collator. XVI. 1. — Ep. ad Rufin. IV: miserrimus eorum (morum) usus est, cum ex naturali putantur facultate prodisse: aut ex largitate quidem gratiae, sed aliquo vel boni operis, vel bonae voluntatis merito praecedente venisse.

[4]) Collation. XIII. 16.

und Verdienst gebührte, der Herr geschenkt hätte[1]). Mit den letzteren Worten gibt Prosper den Grund an, warum er Cassian des pelagianischen Satzes von der Gnade nach Verdienst zeihe: nämlich weil er den rein aus sich erfolgenden, also natürlichen Willen als den Act bezeichne, um dessen willen die diesen Anfang fortsetzende und vollendende Gnade ertheilt werde. Wenn der Herr, sagt Prosper, denjenigen das Heil gibt, die aus sich darnach verlangen: und wenn er denen, die aus sich anklopfen, die Thüre öffnet, so lehrt man, dass Viele zur Gnade ohne Gnade gelangen, und dass Manche diesen affectus petendi, quaerendi, pulsandi von der Wachsamkeit ihres eigenen freien Willens haben . . . . Merkst du aber nicht, dass du hiemit in jenen verurtheilten Satz gerathest, zu dem du dich mit oder ohne Willen consequent verstehen musst, nämlich dass die Gnade Gottes nach unsern Verdiensten ertheilt werde, indem du lehrst, es gehe ein bestimmtes gutes Werk von den Menschen selber voraus, wegen dessen sie die Gnade erlangen? Denn man kann den Glauben des Bittenden, die Frömmigkeit des Suchenden und die Inständigkeit des Anklopfenden nicht für völlig verdienstlos halten, besonders da (nach dir) alle solche empfangen, finden und eintreten sollen[2]). Dass dies keine blosse Consequenzenmacherei von Seite Prospers ist, ergibt sich unwiderleglich aus Cassians Behauptung, dass wie bei den Einen das Erbarmen Gottes der Grund ihres guten Willens sei, so bei den Andern der Anfang des guten Willens der Grund der Erbarmung

_____

[1]) Contra Collator. XVII.
[2]) Ibid. II, 4. III, 1.

Gottes über sie (durch Ertheilung der fortsetzenden und vollendenden Gnade) sei[1]).

Da Prosper, wie schon erwähnt, in dem Satze von der Ertheilung der Gnade auf vorangehendes Verdienst hin die centrale Lehre im pelagianischen Systeme, die Wurzel erblickt, aus welcher alle andern Thesen hervorgehen, so ist dies ganz besonders der Punkt, an welchem der Aquitanier den Hebel seiner kritischen Untersuchungen über Cassian's Ansicht ansetzt. Um aber diese Kritik darlegen und würdigen zu können, handelt es sich vor allem um den Sinn, welchen er mit dem incriminirten Lehrsatze verbindet. Prosper bezeichnet zuerst den Willensact als einen meritorischen, welcher der Grund und die Ursache sei, warum der Mensch die Gnade erlange[2]), so dass die Ertheilung der Gnade auf Verdienst hin ein Act der Vergeltung sei, in welchem Gott mit der Gnade als etwas Schuldigem für den vorangehenden guten Willen belohne. Da nach Cassian dieser meritorische Act des Willens rein aus dessen natürlichem Vermögen hervorgeht, mithin ein n a t ü r l i c h e r ist, Prosper aber nur jene Acte für verdienstlich hält, welche durch die Gnade im Willen hervorgerufen werden[3]), so macht er jenem den Vorwurf,

---

[1]) Collation. XIII, 11. Contra collator. V. 1: In uno constituis eos qui dicunt, i d e o nostri misereri Deum, quia ex n o b i s praebita sint b o n a e initia v o l u n t a t i s: significans sine dubio Pelagiani dogmatis sectatores, qui dicunt, gratiam Dei secundum merita nostra dari etc.

[2]) Contra collator. III, 1: aliquid praecedere boni operis ex ipsis hominibus, p r o p t e r q u o d gratiam consequantur.

[3]) Ibid. XIV. 1: et nos liberum arbitrium ideo dicimus, bonae voluntatis affectum fideique principium operante gratia concepisse.

dass er dem Menschen so viel vor der Gnade, d. h. ohne sie zuschreibe, als er nur durch die Gnade habe, und dadurch den aus sich anfangenden Act des Willens den Wirkungen der Gnade, d. h. den rein natürlichen Willensact dem übernatürlichen an Werth und Bedeutung gleichsetze. Anfangs hattest du, bemerkt Prosper gegen Cassian, die Bestimmung aufgestellt, dass die Anfänge weder der heiligen Gedanken noch des frommen Willens noch der guten Handlungen aus uns seien, sondern dass durch die Ein- hauchung Gottes und durch die Hilfe seiner Gnade alles Gute in uns erzeugt und zur Fortsetzung und Vollendung geführt werde; aber gleich darauf fingst du an, den Geschenken der Gnade die conatus liberi arbitrii gleich zu setzen (aequare), so dass nach deiner Behauptung der Mensch die Anfänge, welche du zuerst Gott zugeschrieben hattest, von sich selbst haben kann[1]. So legte Cassian dem aus sich beginnenden oder natürlichen Acte des Willens dieselbe Qualität bei, wie sie nur der durch die Gnade erzeugte Act desselben besitzt. Warum, fragt Prosper seinen Gegner, schreibst du das, was du in dem Verlangenden, Suchenden und Anklopfenden bewunderst, nicht ebenderselben Gnade zu, welche sehnlich begehrt wird? Du siehst die guten Bestrebungen (conatus), die frommen Bemühungen, und bezweifelst, dass sie Gottes Geschenke seien? Wohl mag das Werk der Gnade verborgen sein, so lange der eingepflanzte

ut per haec quae illi nullo merito praeeunte donata sunt, ea quae operaturo sunt promissa mereatur; ab illo semper petens posse aliquid boni facere, qui ait Joh. 15, 5: Sine me nihil potestis facere.

[1] Ibid. XIV. 2.

Glaube im geheimen Gedanken eingeschlossen ist; allein wenn das flehentliche Bitten, das emsige Suchen und das häufige Anklopfen zum Vorschein kommt, warum erkennst du nicht an der Beschaffenheit des Werkes die Unterstützung dessen, welcher es hervorruft?[1])

Die so eben erörterte Verhältnissbestimmung schliesst aber zugleich folgende in sich. Wenn der Mensch sein Heil aus sich zu wirken anfangt, und wenn ihm sodann um desswillen die zur Fortsetzung und Vollendung nothwendige Gnade ertheilt wird, so besteht die Aufgabe der Gnade lediglich in der Entwicklung des vom Menschen selbsteigen Begonnenen und als solchen Unvollkommenen, d. h. des Natürlichen zur Vollkommenheit und Vollendung. Der Gegenstand des so sich vollziehenden Heilsprocesses ist die der menschlichen Natur und ihren Kräften entsprechende, also natürliche Bestimmung, und nur der Modus ihrer Verwirklichung ist mit Bezug auf die Momente der Fortsetzung und Vollendung ein übernatürlicher. Diese unwahre Vorstellung, wornach das neue gottwohlgefällige Leben nicht aus einem neuen Principe durch Wiedergeburt, sondern aus der Natur, also dem alten Zustande hervorgehen und durch die sodann hinzutretende Gnade blos entfaltet werden soll, hebt Prosper sehr bestimmt hervor. Cassian will, schreibt er, dass es viele selbsteigene Verdienste der Menschen gebe, welche nicht durch das Geschenk der Gnade übertragen worden sind, so dass

.

---

[1]) lbid. II. 5.: Latuerit opus gratiae. donec fides insita cogitationis claudebatur arcano: at ubi supplex oratio. ubi diligens inquisitio. ubi apparet crebra pulsatio. quare non ex qualitate operis subministrationem intelligis incitantis?

ihnen zur Mehrung der natürlichen Reichthümer (ad augendas naturales divitias) gewisse Geschenke von Oben als schuldige gebühren¹). Ausführlicher spricht er sich hierüber aus, wenn er sagt: Nach Cassian sprossen aus den jeder Seele von Natur innewohnenden Saamen der Tugenden bestimmte Keime von Verdiensten, welche der Gnade Gottes vorangehen, auf; der Geist aber, welcher reich an solchen Tugendsaamen ist und Gebrauch macht von dem Vermögen, das er besitzt, bedarf der Unterstützung durch die Gnade nur dazu, dass er den Gipfel der Tugenden erreiche, deren Anfänge ihm innewohnen sollen. Nach Cassian wird also die menschliche Seele in der Weise zum Tempel Gottes erbaut, dass sie nicht das Fundament empfängt, ausser welchem Niemand ein anderes legen kann und welches Jesus Christus ist (1 Kor. 3, 11). Wann aber wird dieses Fundament begonnen, ausser wenn der Glaube im Herzen des Hörers erzeugt wird? War dieser aber natürlich in ihm, so wurde hier nicht etwas angefangen, sondern überbaut (superstructum). Ohne Grund wurde daher derjenige als ein Ungläubiger angesehen, welcher den Glauben besass, bevor er glaubte. Dieses lässt sich aber auch von den Anfängen der anderen Tugenden behaupten, welche, weil sie sind, die Gnade mehren, nicht aber weil sie fehlen, schenken muss²). Dass diese Folgerung Prospers richtig ist, ergibt sich nicht blos aus der Sache selbst, sondern wird auch von Cassian selbst bestätigt, welcher auf das präciseste der Gnade als Aufgabe die Verwirklichung der an sich natürlichen Bestimmung des Menschen zu ihrer

¹) Contra collator. XI, 2. — De ingratis 261 — 270.
²) Ibid. XIII, 1. Conf. ep. ad Rufin. c. VII, 8. IX, 10.

vollkommenen Actualität zuschreibt, wenn er unter Bezugnahme auf 1 Kor.
3, 6. 7. sagt: Jeder Seele sind durch die Wohlthat des Schöpfers die
Saamen der Tugenden von Natur eingepflanzt. Aber wenn dieselben nicht
durch Hilfe Gottes entwickelt werden, können sie nicht zur Vollkommenheit
gedeihen[1]).

Um den Sinn der Bestimmung der gratia secundum meritum data
vollständig kennen zu lernen, bedarf es nur noch der Frage nach dem
Umfange, welchen Cassian ihr gibt. Nach den seitherigen Erörterungen
bezieht sich dieselbe nur auf einen Theil der Menschheit und hat sie nur
particuläre Geltung. Während Einige das Heil aus sich zu wirken anfangen,
heisst es ja, beginnt dasselbe in Andern die Gnade. Man sieht aber
sogleich, dass diese Bestimmung zunächst nur eine factische ist. Ob aber
auch eine principielle? Wenn ein Theil das Heil mit selbsteigenem Willen
beginnt, warum soll der andere, obwohl in ihm die Gnade als zuvorkommende
wirkt, es nicht auch können, wenn er nur will? Erinnern wir uns noch,
dass, wie oben (S. 21.) erwähnt worden ist, die von Cassian zugegebene
gratia praeveniens in den Betreffenden nur ein auxilium quo possibilius
s. facilius fit ist, so kann darüber, dass die von ihm zunächst als particuläre
behauptete Bestimmung über die Ertheilung der Gnade auf vorangehendes
Verdienst hin principiell eine allgemeine sei, kein Zweifel obwalten. In
der That sagt Cassian selbst zu 3 Kön. 8, 17: Es war weder David
allein gegeben, das Gute aus sich selbst zu denken, noch ist es uns

.

---

[1]) Collation. XIII, 12. — Contra collator. XIII, 1.

versagt, natürlich (naturaliter) eine Einsicht in das Gute oder einen guten Gedanken zu haben [1]).

Ebendesshalb weil die von Cassian zunächst nur in Bezug auf einen Theil behauptete Möglichkeit des Heilsanfangs durch den menschlichen Willen allein im Grunde von jedem Menschen gilt, setzte ihm Prosper den Satz entgegen, dass kein Einziger das Heil aus sich anzufangen vermöge, und dass daher die zuvorkommende Gnade nicht etwa blos eine bedingte und particuläre, sondern eine unbedingte, allgemeine Nothwendigkeit sei. Indem er diese These zu begründen sucht, legt er seine positive Ansicht über Gnade dar.

Die Bestimmung, dass der Mensch aus sich das gottgefällige Gute wenigstens anzufangen im Stande sei, erklärt Prosper schon desshalb für falsch, weil sie das wahre Verhältniss Gottes als des Absoluten und Unendlichen zum Menschen als einem creatürlichen und endlichen Wesen verkenne. Niemand, sagt er, ist gut, als Gott allein (Luc. 18,19). Wie kann daher Etwas gut sein, was nicht den Guten zum Urheber hat?[2]) Wie aber der Mensch wegen der Creatürlichkeit seines Wesens in seiner Tugend hinsichtlich ihres Ursprunges durch Gott den Urguten bedingt ist, so ist er es aus demselben Grunde auch bezüglich der Art und Weise, wie er gut wird, resp. ist. Während nämlich in Gott als dem Absoluten und Ewigen die Tugend oder richtiger das Gute von vornenherein substantiellen Charakter hat und zu seiner Natur gehört, Gott also wesenhaft gut ist, ist der Mensch

---

[1]) Collation. XIII. 12. — Contra collator. XII. 1.
[2]) Contra collator. XII. 1.

gut dadurch, dass er an dem Urguten participirt und so Tugend hat. Die Tugend, sagt Prosper, ist vor Allem Gott, bei welchem Tugend haben nichts anders heisst, als die Tugend selber sein[1]). Die vernünftige Seele des Menschen aber ist nicht die Tugend selber, sondern blos die Wohnstätte der Tugend. Durch Antheilnahme nämlich an der Weisheit, Gerechtigkeit und Barmherzigkeit sind wir weder die Weisheit, noch die Gerechtigkeit und Barmherzigkeit, sondern weise, gerecht, barmherzig[2]). Lässt man nun, argumentirt Prosper weiter, den Menschen die Tugend aus sich wenn auch nur anfangen, so erscheint hiebei Gott als bloser Zuschauer (spectator) oder Zeuge[3]), d. h. wird seine Absolutheit in Bezug auf die Tugend im Menschen beschränkt und, so weit dies geschieht, das Verhältniss zwischen Gott und Mensch deistisch-dualistisch gefasst. Wie sehr in der That Cassian in dieser Gottes- und Weltanschauung befangen ist, ergibt sich daraus, dass er, wie ihm der Scharfblick des Aquitaniers gleichfalls vorwirft, die Erhaltung, den sogen. concursus Dei naturalis leugnet[4]).

---

[1]) Ibid. XIII. 1: Virtus namque principaliter Deus est: cui non aliud est habere virtutem, quam esse virtutem.

[2]) Ibid. n. 2.

[3]) Ibid. XV. 4. XIX. zehnte Definition. — De ingratis 366 seqq. 410—440.

[4]) Ibid. XV, 1: . . . nunc vero remoto longius Deo et a sustentatione hominis separato, tantam libero arbitrio potentiam tribuis, ut non solum amissionem multiplicium facultatum et totius simul familiae ac necessitudinum acerbissimum finem constanter aequanimiterque suscipiat (sc. Job), sed ipsius quoque corporis proprii ineffabiles cruciatus proposito nudae voluntatis evincat.

Erweist sich gedachte Verhältnissbestimmung Cassians schon als irrig, wenn der Mensch in seiner reinen Creatürlichkeit aufgefasst wird, so muss dies noch mehr der Fall sein im Hinblicke auf den dermaligen religiös ethischen Zustand seiner Natur. Die Lehre, dass der Mensch sein Heil ohne Gnade Gottes, wenn zwar auch nicht fortsetzen und vollenden, so doch wenigstens anfangen könne, beruht nach Prosper auf der (von Cassian auch urkundlich ausgesprochenen) Voraussetzung, dass der Wille in Adams Nachkommen zu allem Guten ebenso frei, weil ebenso unversehrt sei, wie er es in ihrem Stammvater vor der Sünde gewesen[1]), und dass ihm selbst im adamitischen Zustande die Freiheit in jener Beschaffenheit zukomme, vermöge welcher er ebenso viel Liebe zum Guten aus sich habe, als er aus sich Neigung besitze, die Gnade zu verschmähen[2]).

Hieraus ist ersichtlich, dass die Grundlage der Cassian'schen Lehre der Pelagianismus ist. Unleugbar wurzelt sie in demselben Naturalismus wie letzterer, und hält an demselben indifferentistischen, äquilibristischen Freiheitsbegriff fest[3]). Mit vollstem Rechte charakterisirte daher Prosper die Massilienser als reliquiae Pelagianae pravitatis[4]), und bemerkte er

---

[1]) Contra collator. IX. 5. XIV. 2. XX.

[2]) Ibid. XIII. 6: Itane libera est ista libertas. ut quantum ex se habeat fastidii ut negligat gratiam Dei. tantum ex se habeat delectationis ut diligat?

[3]) De ingrat. 127—155. 336—374. 690. 691. — Vergl. hierüber meine Schrift: der Pelagianismus u. s. w. Freib. 1860. S. 213—227. S. 338 ff.

[4]) Ep. ad Augustin. n. 7.

insbesondere gegen Cassian, dass seine dogmatische Ansicht nur auf Consequenzen treiben könne, welche Lehren des Pelagianismus, namentlich nach der Auffassung desselben durch Julian, seien[1]), und dass er mit seiner Polemik gegen Augustinus lediglich die bereits erstickte Asche dieser Häresie wieder anzufachen suche[2]).

Wegen dieses inneren Zusammenhanges zwischen pelagianischer und Cassian'scher Lehre war Prosper der Ueberzeugung, dass, da erstere schon kirchlich verurtheilt sei, zur Widerlegung der letzteren die Berufung auf die Autorität der betreffenden Concilien genüge[3]), und dass es an sich eines neuen Kampfes gegen dieselbe nicht bedürfe, indem man ja keinen neuen, bisher unbekannten Feind vor sich habe[4]) Hielt es darnach Prosper überhaupt noch für zweckmässig, Cassian mit theologischen Gründen zu widerlegen, so konnten es nur solche sein, deren man sich schon gegen die Pelagianer bedient hatte. Und in der That sind die von ihm geltend gemachten Argumente im Grunde nur die aus Augustin entnommenen antipelagianischen.

Die Unmöglichkeit des Heilsanfanges durch den menschlichen Willen für sich beweist Prosper aus der kirchlichen Lehre von der Erbsünde. In

---

[1]) Contra collator. XXI, 1: Nec enim possunt alia dicere, quam quae damnatorum querelis et procacissimi Juliani sunt vulgata convitiis. Paria sunt unius seminis germina, et quod latebat in radicibus, manifestatur in fructibus. — De ingrat. 479—505.

[2]) De ingratis 127—131. — Contra collator. VI.

[3]) Contra collator. XXI, 4.

[4]) Ibid. 1.

5

der näheren Ausführung dieses Argumentes geht er aber von der Lehre vom Urzustande des Menschen aus, auf welcher das Dogma von der Erbsünde als seiner Voraussetzung beruht.

Der erste Mensch, schreibt er in diesem Betreffe, ist unzweifelhaft recht und ohne allen Fehler erschaffen worden und empfing einen freien Willen von der Beschaffenheit, dass er, wenn er Gott, welcher ihn unterstützte, nicht verliess, in den naturaliter empfangenen Gütern verharren konnte, weil er wollte und durch das Verdienst der freiwilligen Verharrung zu einer solchen Seligkeit zu gelangen vermochte, dass er ins Schlimmere weder fallen wollte noch konnte[1]. Diesen Urzustand des Menschen nennt Prosper anderwärts Unschuld, welche er, wie auch schon aus der so eben mitgetheilten Stelle hervorgeht, als etwas Natürliches auffasst[2]. Dass er jedoch mit diesem Prädicate die ursprüngliche Unschuld nicht als etwas der menschlichen Natur an sich schon Zukommendes angesehen wissen will, dass sie ihm vielmehr nach ihrer Qualität etwas Uebernatürliches und durch Gnade Hervorgerufenes ist, ergibt sich nicht blos aus seiner obenerwähnten Lehre, dass während Gott substantiell und Kraft seiner Natur gut sei, der Mensch es nur durch Participation am Urguten werde, sondern aus seiner ganzen Polemik gegen Cassian. Aber Prosper leugnet auch geradezu und ausdrücklich den natürlichen Charakter des Urzustandes, wenn er von den Geschenken desselben sagt, man dürfe nicht meinen, diese Geschenke seien so aus Gott, dass,

---

[1] Contra collator. IX. 3. — De ingratis 575—592.
[2] Ep. ad Rufin. VIII.

weil er der Urheber unserer Natur sei, er dieselben auch mittelst der Schöpfung schon ertheilt zu haben scheine[1]). Wenn er gleichwohl den Unschuldszustand des ersten Menschen einen naturlichen nennt, so ist es lediglich desshalb, weil der Mensch in und mit der Schöpfung seiner Natur in denselben versetzt wurde, gerade wie auch die Schrift Eph. 2, 3 uns Kinder des Zornes von Natur nennt, nicht als ob die Erbsünde zu unserer Natur gehörte, sondern weil die menschliche Natur in und mit dem Moment ihrer Entstehung davon inficirt wird[2]).

Durch denselben freien Willen, fährt Prosper fort, durch welchen der Mensch so lange er wollte gut blieb, wich er von dem ihm vorgelegten Gesetze ab und scheute sich nicht vor der ihm angedrohten Strafe des Todes, da er Gott verliess und dem Teufel folgte, rebellisch ward gegen Gott, seinen Erhalter, und gehorsam gegen seinen Feind und Mörder. Diese Uebertretung hatte nun den Verlust all' derjenigen Güter in Adam zur Folge,

---

[1]) Responsion. ad capitul. Gallor. VIII.
[2]) Zu Eph. 2, 3 bemerkt Prosper in seiner Expositio in Psalm. 102 (pag. 375): Eramus natura filii irae. sicut et ceteri. non ex conditione Dei sed ex judicio. Et ideo natura filii irae dicimur, quia ita ipsis nostris principiis insedit. ut ab illa. praeter Dominum nostrum Jesum Christum, nullius hominis natura sit libera. — Vergl. auch Frassen, Scotus academic. Tom V. tract. III disp. I a. 1 q. I. Ed. Venet. 1744. p. 35. 36. wo der von P. Cälestin in seinem Schreiben an die gallischen Bischöfe gebrauchte nämliche Ausdruck (naturalis possibilitas et innocentia c. IV.) ebenso erklärt wird.

die er durch die Gnade besass. Zuerst verlor er den Glauben, sodann die Enthaltsamkeit und die Liebe, wurde der Weisheit und der Erkenntniss beraubt, und ward rath- und kraftlos; ja nicht einmal die Furcht blieb ihm übrig, so dass er sich noch aus Furcht vor der Strafe vor dem Verbotenen gehütet hätte, indem er sich der Liebe zur Gerechtigkeit enthielt. Der freie Wille also, d. h. das spontane Verlangen nach einer ihm gefallenden Sache richtete, nachdem er den Gebrauch der empfangenen Güter verschmähte, und da der Schutz seines Glückes für ihn kein Interesse mehr hatte, seine unsinnige Begierde auf die Bethätigung in der Sünde, sog das Gift aller Laster ein, und machte die ganze Natur des Menschen von seiner Unmässigkeit trunken[1]). In einer andern Stelle beschreibt Prosper die Wirkung der Sünde auf Adam an der Hand des Satzes, dass die Erkenntniss des Menschen von sich nicht besser als sein eigenes Selbst sein könne, also: Was Adam besass, verlor er, indem er nach dem gelüstete, was er nicht empfangen hatte. . . . Damals besass er die Erkenntniss des Guten, als er das gute und heilige Gebot Gott treu in seinem Herzen bewahrte, und war er gerecht, da er in dem Bilde seines Schöpfers verblieb und seines Gesetzes nicht vergass. Nachdem er aber sich, d. i. das Bild und den Tempel Gottes an seinen Verführer verkauft hatte, verlor er die Erkenntniss des Guten, weil er das gute Gewissen verlor. Die Gerechtigkeit wurde von der Ungerechtigkeit verscheucht, die Demuth von dem Hochmuth vernichtet, die Enthaltsamkeit von der Begierlichkeit verdrängt; der Unglaube raubte den Glauben, und die

---

[1]) Contra collator. IX. 3.

Knechtschaft nahm die Freiheit hinweg, und kein Theil der Tugenden
konnte mehr da zurückbleiben, wohin eine so grosse Schaar von Lastern
eingedrungen war[1].)

Diese Folgen der Sünde Adams sind nun aber auch auf seine
Nachkommen übergegangen. Da nämlich im ersten Menschen die Natur
aller Menschen miterschaffen ist[2]), so ist in ihm die Nachfolge sämmtlicher
Generationen verdammt[3]). Mit Ambrosius lehrt Prosper: Es war Adam und in
ihm waren wir alle; es fiel Adam, und in ihm fielen Alle[4]). In Adam
haben Alle gesündigt, und Alles was jener verloren, haben diese verloren[5]).
So sind alle todt, blind und gottlos; nach dem Verlust der ursprünglichen
Unschuld durch die Sünde war der Mensch verbannt und verloren, und
ohne Ziel wandelnd gerieth er in immer tiefere Irrthümer. Durch die
adamitsche Sünde hat daher alle menschliche Natur sich eine solche
Schwäche zugezogen, dass Keiner mehr das Gute thuen kann[6]).

Cassian hatte behauptet, man dürfe nicht glauben, als ob Gott den
Menschen so geschaffen habe, dass er niemals das Gute wolle oder könne,
und liess damit gegen die augustinische Lehre von der Erbsünde den

---

[1]) Ibid. IX, 5.
[2]) Ibid. n. 3.
[3]) Ad Ruffin. VII.
[4]) Contra collator. IX, 3: Fuit ergo Adam. et in illo fuimus omnes;
    periit Adam. et in illo perierunt omnes. — Ambros. in Luc.
    VII. 234.
[5]) Contra collator. IX, 3. — De ingrat. 575—592. 852—862
[6]) Ep. ad Ruffin. VII VIII. X.

Vorwurf durchblicken, dass die nach ihr auf der menschlichen Natur liegende Schwachheit von dem Schöpfer herrühre und dass der Mensch sich dieselbe nicht durch die Schuld seiner Sünde zugezogen habe. Wer also meint, entgegnet Prosper hierauf, die Lehre, der freie Wille sei durch die Sünde geblendet worden (obcaecatum esse), führe diese Blendung consequent auf den Urheber der Natur selbst zurück, will uns bereden, dass in Adams Nachkommen der freie Wille so gesund sei, als er es in Adam vor der Sünde gewesen, was nach unserm Dafürhalten dem katholischen Glauben hinlänglich fremd ist. Denn was ist durch die Sünde verletzt worden, wenn nicht das verletzt worden ist, woher die Sünde stammt? Man müsste nur behaupten, dass auf Adams Nachkommen die Strafe, nicht aber die Schuld übergegangen sei: allein dies wäre eine durchaus falsche Behauptung, welche eben desshalb vielleicht nicht aufgestellt wird. Denn es steht im Widerspruch mit der Gerechtigkeit Gottes, dass er die von der Uebertretung Freien mit den Schuldigen verdammt wissen wollte. Offenbar ist also da Schuld, wo die Strafe nicht verborgen ist, und die Gemeinschaft mit der Sünde wird durch die Theilnahme an der Strafe bewiesen, so dass was zum menschlichen Elend gehört, nicht von der Einrichtung des Schöpfers, sondern von der Vergeltung des Richters herrührt [1]).

In diesem Begriffe der Erbsünde, wornach sie in eigentlicher Sünde und Schuld besteht, hat es also seinen Grund, dass Adams Nachkommen ebenso wenig mehr etwas Gutes thuen können, als ihr Stammvater im Stande

---

[1]) Contra collator. IX. 4.

(idoneus) war, jenes Gute zu wählen und zu begehren, dessen er sich freiwillig beraubte; denn der Mensch vermag nicht ebenso, wie er ohne Antrieb Gottes fallen konnte, auch wieder aufzustehen, ohne dass Gott ihn aufrichtet[1]). Von den Todten, sagt Prosper wörtlich, kommt durchaus kein gutes Werk, und von den Gottlosen schlechthin keine Gerechtigkeit[2]). Es fehlt ihnen allen eben das Vermögen (facultas) zum Guten, das durch die Sünde verloren gegangen ist. Für das richtige Verständniss der Gnadenlehre Prospers ist es von Wichtigkeit, den näheren Sinn dieses Satzes kennen zu lernen. Cassian hatte sich zum positiven Beweise für die Wahrheit seiner Lehre, dass der Mensch nach Adams Fall weder die Erkenntniss des Guten noch den freien Willen als Vermögen des Guten verloren habe, auf Röm. 2,14 berufen. Prosper glaubte ihm aber diese Beweisstelle durch folgende Erklärung entziehen zu können. Entweder redet der Apostel von den aus der Vorhaut Berufenen, welche, da sie dem Herrn ferne waren, ihm nahe gebracht wurden durch den Glauben an ihn, und welche der Herr mit den Juden zu sich aufnahm, so dass die Scheidewand der Feindschaft zwischen Juden und Heiden niedergerissen und in einem neuen Menschen der Friede geschaffen wurde, — und dann ist der Sinn, dass sie, die Heidenchristen, das Gesetz in seiner Vollkommenheit und die Werke der Liebe von Natur (naturaliter) erfüllen, nämlich nach Reformirung und Wiedererneuerung ihrer Natur[3]). Oder aber Paulus meint diejenigen,

---

[1]) Ibid. IX, 3.

[2]) Ibid. X, 2.

[3]) Ibid: si, inquam, de his Apostolus loquitur, in quorum cordibus Deus
   digito suo, id est, spiritu sancto scribit novum testamentum, ut legis

welche, der christlichen Gnade ferne, Einiges, was Aehnlichkeit mit den
Geboten des Gesetzes hat, nach eigenem Gutdünken festsetzten, von der
Einsicht geleitet, dass die Moralität der Staaten und die Eintracht der
Völker nicht anders erhalten werden könne, als wenn sowohl für die guten
Thaten Belohnungen, als für die Vergehen Strafen festgesetzt würden. Bei
dieser Annahme muss aber behauptet werden, dass solche Weisheit, wiewohl
sie aus den Ueberresten der von Gott geschaffenen Natur herrührt, doch nicht
rechtfertigt, weil sie dem Geschlechte nur zum zeitlichen Leben von Nutzen
ist [1]. Der Gedanke, welcher dieser letzteren Erklärung zu Grunde liegt, ist
von Prosper an einer andern Stelle mit unzweideutiger Klarheit ausgesprochen.
Cassian hatte zur Begründung seiner These, dass der Gnade die Mehrung
und Steigerung des vom Menschen begonnenen Guten zukomme, behauptet,
jeder Seele wohnten durch die Wohlthat des Schöpfers von Natur die Tugendsaamen inne. Dagegen bemerkt Prosper: Wenn jeder Seele unzweifelhaft
Tugendsaamen von Natur einwohnen, so hat Adam allein gesündigt, und in
seiner Sünde hat Niemand gesündigt; in keinen Sünden sind wir empfangen,
und in keinen Vergehen haben uns unsere Mütter geboren; wir waren nicht
von Natur Kinder des Zornes, noch fanden wir uns unter der Gewalt der
Finsterniss; vielmehr wurden wir, wenn in uns von Natur die Tugenden

---

plenitudinem et opera caritatis naturaliter exsequantur, refor-
mata scilicet renovataque natura, quid hinc superbissimi
sensus novitas adjuvatur, cum reconciliatio inimicorum non possit
nisi gratiae mediatoris adscribi?

[1] Ibid 3.

blieben, als Kinder des Friedens und des Lichtes geboren. Ferne sei von den Seelen der Frommen die hinterlistige Täuschung solch' einer trügerischen Lehre. Die Tugenden können mit den Lastern nicht zusammenwohnen. Die Saamen der Tugenden, welche durch die Wohlthat des Schopfers eingepflanzt worden sind, sind durch die Uebertretung des Stammvaters zerstört (eversa), und man kann sie nur haben durch Wiederherstellung desjenigen, der sie gegeben hatte[1]).

In Verbindung mit der Behauptung, der Seele seien von Natur die Tugendsaamen eingepflanzt, steht die andere, dass dem Menschen der freie Wille als possibilitas boni von Natur innewohne. Das letztere suchte Cassian theils biblisch durch Berufung auf solche alttestamentliche Stellen zu beweisen, in denen die Propheten die Juden Taube und Blinde schelten, indem damit gesagt sei, dass sie ex facultate naturae sowohl ihre Ohren zum Hören, als ihre Augen zum Sehen öffnen könnten. Dessgleichen berief er sich auf die Väter, z. B. auf den Pastor des Hermas, nach dem es in des Menschen Willen stehe, zu wählen wem er folgen wolle. Prosper bestreitet und widerlegt die Beweiskraft beider Argumente. Während er das Zeugniss aus dem Pastor ein testimonium nullius auctoritatis nennt[2]), sagt er über die biblische Begründung: Jetzt schreibt Cassian dem freien Willen nicht allein den Willen, sondern auch die Möglichkeit (possibilitatem) des Guten zu, als ob desshalb von ihnen, den Juden, Einsicht verlangt

---

[1]) Ibid. XIII. 1. 2.
[2]) Ibid. XIII. 1. 6.

und Gerechtigkeit gefordert werde, weil sie dieselbe ohne Geschenke
Gottes aus den Gütern der Natur hervorbringen könnten. Dies wird aber
dem Menschen desshalb befohlen, damit er aus dem Gebote selbst, durch das
ihm gesagt wird, was er empfangen hat, erkenne, dass er das Empfangene
durch seine Schuld verloren habe, und dass es desshalb keine ungerechte
Forderung an ihn sei, weil er zur Leistung dessen, was er soll, untüchtig
ist (idoneus non est), da er vielmehr vom tödtenden Buchstaben seine
Zuflucht zum belebenden Geiste nehmen und das Vermögen, das er nicht
in der Natur findet, bei der Gnade suchen soll [)].

Nach diesen sehr bestimmt lautenden Erklärungen spricht Prosper dem
unter der adamitischen Sünde stehenden Menschen nicht etwa blos die
Möglichkeit des durch die Gnade vollziehbaren, d. i. übernatürlichen,
sondern selbst auch des natürlichen Guten ab. Der Grund hievon ist,
weil er den Unterschied zwischen dem Guten, dessen Princip die Gnade ist,
und dem Guten, welches dem Menschen kraft seiner Natur möglich ist, nicht
kennt, sondern alles Gute in Adam ausschliesslich und unterschiedslos durch
den supranaturalen Factor zu Stande kommen lässt. Und in der That
bei dieser Annahme verliert der Mensch mit der Gnade in Folge der
Sünde die Möglichkeit für das sittlich Gute überhaupt. Wenn Prosper
daher sagt, dass, wenn in uns die Tugenden von Natur verblieben, wir
nicht Kinder des Zornes von Natur wären und nicht unter der Gewalt der
Finsterniss ständen, sondern als Kinder des Friedens und des Lichtes geboren

----

[)] Ibid XI. 1.

würden[1]), so lässt sich dies ebenso gut umkehren und sagen Weil wir Kinder des Zornes von Natur sind, ist uns auch keine natürliche Tugend möglich und besitzen wir den freien Willen für das sittlich Gute selbst innerhalb der natürlichen Ordnung nicht mehr. Zwar heisst es an einem andern Orte scheinbar correcter: Wenn die Nachkommen Adams in jenen Tugenden von Natur handelten, in denen Adam vor der Sünde (d. h. in den durch Gnade vermittelten, übernatürlichen) sich befand, so waren sie nicht Kinder des Zornes von Natur, noch der Gnade des Erlösers bedürftig, weil sie nicht vergeblich gut wären und nicht der Belohnung der Gerechtigkeit verlustig gingen[2]). Allein der Sinn dieser Stelle kann kein anderer als der in der vorigen sein, weil eben Prospers Bestimmung des Verhältnisses der Gnade zur gefallenen Natur des Menschen auf einer incorrecten Ansicht über das Verhältniss der Gnade zur Natur an sich beruht.

Aus diesen Erörterungen über die Erbsünde und ihre Folgen für den Menschen in ethischer Beziehung ergibt sich unwiderleglich, dass Prospers Argumentation gegen Cassians Lehre, der Mensch könne aus sich das Gute beginnen, wogegen es die Gnade fortsetze und vollende, resp. gegen die Lehre von der gratia secundum meritum data dahin lautet, die Gnade könne nicht nach Verdienst ertheilt werden, nicht etwa weil der dieser Ertheilung vorangehende aus sich erfolgende, natürliche Act des Willens als solcher nicht von der (ihm nur durch die Gnade zukommenden) Qualität sei, dass

---

[1]) Ibid. XIII, 1.
[2]) Ibid. IX, 3.

er der Grund der Ertheilung der nachfolgenden Gnade sein könnte, sondern weil dem unter der adamitischen Sünde stehenden Menschen überhaupt kein auch nur auf das natürliche Gute gehender Willensact möglich sei, indem ihm hiezu das entsprechende Vermögen fehle.

Bestätigt wird diese unsere Erklärung durch die Angabe Prospers über den Werth und die Bedeutung der Sittlichkeit der ausserhalb der Offenbarung stehenden Menschheit, d. h. durch seine Ansicht über die heidnischen Tugenden, worauf sich indessen ebenso auf das Bestimmteste schliessen liesse, auch wenn er sich über diesen Punkt nicht selbst so klar und ausführlich ausgesprochen hätte, als er es gethan hat. Prosper lehrt, dass die menschliche Natur, so tief auch das Verderben in sie durch Adams Sünde eingedrungen sei, doch weder ihrer Substanz, noch ihres Willens beraubt worden sei, sondern eben nur des Lichtes und der Zierde der Tugenden entbehre[1]). Die menschliche Natur ist ihm nur befleckt, aber nicht ausgetilgt[2]). Der Mensch ist daher im gefallenen Zustande noch mancher Werke fähig, die an sich lobenswerth sind, aber das ewige Leben nicht erwerben können. Die Substanz der menschlichen Natur, sagt er, deren Schöpfer Gott ist, bleibt auch nach der Uebertretung, es bleibt ihre Gestalt, es bleibt das Leben, das Gefühl und die Vernunft, sowie die übrigen Güter des Leibes und der Seele, welche auch den Bösen und Lasterhaften nicht fehlen; aber

---

[1]) Contra collator. IX, 3.
[2]) Ibid. X, 3.

sie hat in all' dem, was zwar das sterbliche Leben zieren, aber nicht das ewige verleihen kann, nicht die Perception des wahren Guten. Denn es ist nicht unbekannt, wie wenig die griechischen Schulen, die römische Beredsamkeit, und die Untersuchung der ganzen Welt es in Betreff der Auffindung des höchsten Gutes ungeachtet der angestrengtesten Studien der ausgezeichnetsten Geister zu Etwas brachten, ausser dass sie in ihren Gedanken nichtig wurden und sich das thörichte Herz derer verdunkelte, welche in der Erkenntniss der Wahrheit sich ihrer eigenen Leitung überliessen[1]). Die in Frage stehenden löblichen Werke können daher nur für das zeitliche Leben Werth haben. Was blieb dem Menschen, fragt Prosper, nach dem Verluste der Güter, durch welche er zur ewigen und unverlierbaren Unvergänglichkeit des Körpers und der Seele gelangen konnte, noch zurück, ausser was Bezug auf das zeitliche Leben (temporalem vitam) hat, welches ganz der Verdammung und Strafe verfallen ist?[2]) In der richtigen Erkenntniss, dass sich die Moralität der Staaten und die Eintracht der Völker nur durch Belohnung der guten Thaten und durch Bestrafung der Vergehen aufrecht erhalten lasse, haben die der Gnade Christi ferne stehenden Gesetzgeber nach ihrer Einsicht gewisse Gesetze, welche mit den legalen Geboten Aehnlichkeit haben (quaedam ad similitudinem legalium mandatorum), aufgestellt. Wer möchte zweifeln, dass diese Weisheit dem Menschengeschlecht zum Nutzen des zeitlichen Lebens dient? Stammt sie doch aus den Reliquien der von Gott

---

[1]) Ibid. XII, 4.
[2]) Ibid. IX, 3.

erschaffenen Natur! Denn wenn die angeborene Kraft der vernünftigen Seele
nichts mehr in Bezug auf die Ordnung der irdischen Angelegenheiten
vermöchte, so wäre die Natur nicht blos verdorben, sondern vernichtet.
Aber, fügt Prosper sogleich hinzu, so viel die menschliche Natur in den
ausgezeichnetsten Künsten und in allen Disciplinen menschlicher Erudition
vermag, so kann sie doch nicht aus sich gerechtfertigt werden. Der Grund
hievon ist, nicht nur weil die Natur an sich keines rechtfertigenden Werkes
fähig ist, sondern weil sie durch die Sünde verdorben ist, in Folge dessen
sie von ihren Gütern einen schlechten Gebrauch macht, so dass sie durch
sie, weil ohne Verehrung des wahren Gottes, der Irreligiosität und Unlauterkeit
überwiesen und gerade durch das angeklagt wird, worin sie ihre Vertheidigung
zu finden glaubt[1]). Wir dürfen nicht glauben, dass in den natürlichen
Schätzen die Anfänge der Tugenden seien, weil sich vieles Lobenswerthe
auch in den Geistern der Gottlosen vorfindet; zwar geht dasselbe aus ihrer
Natur hervor, aber weil sie von dem, der die Natur geschaffen hat, abgewichen
sind, kann es keine Tugend sein. Denn nur was durch das Licht erleuchtet
worden ist, ist Licht; was des Lichtes entbehrt, ist Nacht. Denn die
Weisheit dieser Welt ist bei Gott Thorheit (1 Kor. 3, 19). Und so ist
Sünde, was für Tugend gehalten wird, da ja auch Thorheit ist, was man
für Weisheit hält[2]). Mit Bezug auf Röm. 14, 23 nach der Exegese, was
nicht aus dem Glauben ist, ist Sünde, sagt Prosper: Die Gerechtigkeit der

---

[1]) Ibid. X. 3.
[2]) Ibid. XIII. 5.

Ungläubigen ist keine Gerechtigkeit, weil die Natur ohne Gnade befleckt ist[1]). Anderswo bezeichnet er unter Berufung auf 1 Kor. 13, 1 ff. den Mangel der Liebe, die nur Ausfluss der Gnade sei, als Grund, warum die heidnische Tugend dies nicht in Wahrheit sei. Der Apostel, schreibt er, bezeugt daselbst, dass auch noch so grosser Glaube, noch so grosse Wissenschaft, Tugend und Anstrengung Nichts nützen. Zwar kann sich im Menschen vieles Lobenswürdige und Bewunderungswerthe finden, was ohne das Mark der Liebe zwar Aehnlichkeit mit der Frömmigkeit hat, aber nicht deren Wirklichkeit besitzt[2]). Wer diese Tugenden der auf sich selbst gestellten Natur gleichwohl für wahre hält, lässt sich sonach nur durch den äusseren Schein täuschen. Ich halte dafür, dass der sich durch die Aehnlichkeit mit der Wirklichkeit täuschen lässt und durch den äusseren Schein der falschen Tugenden irrt, welcher meint, die Güter, welche man nur durch Gottes Gnade haben kann, fänden sich auch in den Seelen der Gottlosen und zwar desshalb, weil viele von ihnen Anhänger der Gerechtigkeit, Mässigkeit, Enthaltsamkeit und des Wohlwollens seien, — Tugenden, welche sie zwar alle nicht vergeblich noch ohne Nutzen besitzen, von denen sie vielmehr in diesem Leben viel Ehre und Ruhm erlangen; aber weil sie in solchen Bestrebungen nicht Gott, sondern dem Teufel dienen, so beziehen sie sich, obgleich sie von dem eitlen Lob zeitlichen Lohn haben, doch nicht auf die

---

[1]) Ad Rufin. VII: justitiam infidelium non esse justitiam; quia sordet natura sine gratia.
[2]) Ibid. VIII.

Wirklichkeit und Wahrheit der beseligenden Tugenden. Und so ist es sonnenklar, dass in den Seelen der Gottlosen keine Tugend wohnt, sondern alle ihre Werke unrein und befleckt sind, weil sie keine geistige sondern nur sinnliche, keine himmlische sondern irdische, keine christliche sondern teuflische, keine vom Vater des Lichtes, sondern vom Fürsten der Finsterniss stammende Weisheit besitzen; indem sie selbst das was sie nicht hätten, wenn Gott es ihnen nicht gäbe, demjenigen unterwerfen, welcher zuerst von Gott abgefallen ist [1]).

Aus der durch die Sünde in den Menschen gekommenen Unfähigkeit, das Gute von sich aus zu wollen, und die Aneignung des Heiles in Christo zu beginnen, schliesst Prosper, wenn es überhaupt zu diesem Processe kommen soll, auf die Nothwendigkeit eines anderen neuen Princips, durch welches der Mensch neu geschaffen und wiedergeboren und ihm so die verloren gegangene Fähigkeit für das Gute wieder zu Theil wird. Die Geschenke, sagt er, welche der Mensch ursprünglich von Gott empfangen hat, stammen von diesem nicht so, dass er sie, weil er Urheber unserer Natur ist, durch die Schöpfung schon übertragen hätte. Zwar gab er dem Menschen anfangs die Fähigkeit heiliger Gedanken und Worte und guter Willensacte; aber wir alle haben sie in Adam verloren, indem wir Alle gesündigt haben. Desshalb bedürfen wir der Erneuerung in Christo durch eine andere Schöpfung, durch ein anderes Princip, in welchem (in Christo) wir eine neue Creatur, ein neues Geschöpf sind, und durch den uns, weil wir kein vorangehendes Verdienst sondern nur viele Schuld haben, gegeben wird, dass wir aus

---

[1]) Contra collator. XIII. 3. — De ingrat. 401—409. 875—888.

Gefässen des Zornes Gefässe der Barmherzigkeit sind[1]). Erst wenn von
unserm Herzen die durch die Sünde in es eingedrungene eisige Kälte durch
die südliche Gluth heiligen Feuers gewichen[2]), und seine Härte in Weichheit
aufgelöst worden ist[3]), und erst wenn wir, die wir im adamitischen Zustande
nichts wahrhaft Gutes vermögen, einen n e u e n Willen empfangen haben[4]),
sind wir im Stande, das Gute zu wollen und zu thuen. Als das schöpferische
Princip, welches diese Erneuerung des Menschen bewirkt und genannte
Umwandlung in ihm hervorruft, bezeichnet er nun die von o b e n kommende
G n a d e. Der Mensch, sagt er diesfalls, ist nicht im Stande, aus sich das
zu thuen, was das Gesetz von ihm verlangt; von dem tödtenden Buchstaben
muss er daher seine Zuflucht zu dem belebenden Geiste nehmen u n d d i e
F ä h i g k e i t, welche er nicht in der N a t u r findet, bei der G n a d e
s u c h e n[5]). Alles, sagt er anderswo, was sich auf das religiöse Leben

---

[1]) Respons. ad capitul. Gallor. VII.

[2]) Contra collator. XIII, 6: Itane illum vetustae infidelitatis glacialem
rigorem nullus meridiani caloris spiritus relaxavit et torpor mentis
obstrictae de suo algore concaluit; et dicente Domino (Luc. 12. 45):
I g n e m v e n i m i t t e r e i n t e r r a m, nulla ad cor frigidum scintilla
pervenit, et cinis mortuus a semetipso in flammam caritatis exarsit?
Nihil tale in istis gratiae amatoribus factus est, quale illi experti
sunt, qui dicebant: Luc. 24. 32 etc.

[3]) Ad Rufin. XV.

[4]) Ibid. V.

[5]) Contra collator. XI, 1. . . . . ad reddendum quod debet idoneus
non est: sed a litera occidente confugiat ad spiritum vivificantem.

7

bezieht, haben wir nicht durch die Natur, welche verderbt ist, sondern wir empfangen es· von der Gnade, durch welche die Natur wiederhergestellt wird¹). Wie sehr die Gnade, um nur glauben zu können, Bedürfniss für den Menschen sei, zeigt Prosper an dem Beispiel Petri, der auf seine eigene Kraft vertrauend den Herrn verleugnet habe und in seinem Glauben erst befestigt worden sei, nachdem sein Meister für ihn gebetet hatte, dass sein Glaube nicht wanke²). Nur unter der Voraussetzung also kann der Mensch die allerersten Heilsacte setzen und können diese als seine eigenen bezeichnet werden, dass er bereits von Gott die Fähigkeit zu guten Willensbestrebungen (bonorum conatuum facultatem) empfangen hat, und dass deren Saamen auf ihren Urheber zurückgeführt werden³).

Die Möglichkeit der Wiederherstellung der menschlichen Natur durch die Gnade erblickt Prosper in der ihr auch im sündigen Zustand noch verbliebenen Substanz, so wie in dem ihr noch zukommenden

---

et facultatem quam non invenit in natura, quaerat ex gratia. — Wiewohl Prosper die Gnade, was ihr inneres Wesen betrifft, im Unterschied von der Natur als übernatürlich bezeichnet, so kennt er doch diesen Ausdruck noch nicht; er gebraucht dafür supernus, z. B. ad Rufin. XVII: Quicunque ergo his virtutibus student atque inhaerent, non sua sed superna sapientia illustrati sunt. — Contra collator. XV: superna protectione circumtegi.

¹) Ibid. XIII, 5.
²) Ad Rufin. X.
³) Contra collator. II, 1.

Willen[1]). Die Tugendsaamen, sagt er, welche durch die Wohlthat des Schöpfers eingepflanzt, aber durch die Sünde des Stammvaters zerstört worden sind, kann man nur haben, wenn sie derjenige restituirt, welcher sie gegeben hatte. Denn die menschliche Natur ist für ihren (von ihrem) Schöpfer reformabel und für diejenigen Güter, welche sie besass, empfänglich, so dass sie durch den Mittler Gottes und der Menschen, den Menschen Christus Jesus gerade vermöge dessen, was ihr noch zurückgeblieben ist, wieder erlangen kann, was sie verloren hat. Es verblieb ihr aber die vernünftige Seele, welche zwar nicht die Tugend selber, aber doch die Wohnstätte der Tugend ist. . . . Die Güter der verschiedenen Tugenden können daher, obgleich unser vernünftiges Wesen von Lastern occupirt und in den Tempel Gottes durch unsere Uebertretung der unreine Geist eingedrungen ist, doch wieder in ipsum rationale confluere durch denjenigen, welcher den Geist dieser Welt aus uns verscheucht und jenen Geist gibt, der aus Gott ist[2]).

Aus Prospers Begründung der Nothwendigkeit der Gnade durch den von der adamitischen Sündhaftigkeit hergenommenen Nachweis der Unmöglichkeit, dass der Mensch aus sich das Gute wenigstens anfangen könne, folgt nun, dass, worauf seine ganze Argumentation hinzielt und worauf es ihm besonders

--

[1]) Contra collator. IX. 3: Naturae enim humanae in illa universalis praevaricationis ruina nec substantia erepta est, nec voluntas. — X. 3: Si enim nec ad ista terrena ordinanda rationalis animi vigeret ingenium, non vitiata esset, sed exstincta natura.

[2]) Ibid. XIII. 2.

ankam, im Processe der Aneignung des Heils die Gnade im Menschen auch die leisesten Anfänge des Guten bewirkt, und dass sie also ohne alles vorausgehende Verdienst des Willens ertheilt wird. Wenn Todte belebt werden, sagt Prosper in diesem Zusammenhang, wenn Blinde erleuchtet, Gottlose gerechtfertigt werden, so mögen sie als ihr Leben, Licht und als ihre Gerechtigkeit Jesum Christum bekennen; und wer sich rühmt, rühme sich im Herrn (1 Kor. 1, 31), und nicht in sich; denn da er gottlos, blind und todt war, empfing er von seinem Erlöser umsonst sowohl die Gerechtigkeit, als das Licht und Leben. Denn nicht handelte er gerecht und wurde sodann seine Gerechtigkeit vermehrt; noch nahte er sich zuerst Gott und wurde sodann in diesem Laufen befestigt; ebensowenig liebte er Gott und wurde seine Liebe zur Flamme angefacht, sondern da er ohne Glauben und in Folge hievon gottlos war, empfing er den Geist des Glaubens und wurde er gerecht gemacht[1]. Der durch den Verlust der ursprünglichen Unschuld verbannte und verlorene, ohne bestimmte Lebensbahn wandelnde und in immer tiefere Irrthümer gerathende Mensch wurde (von Gott) gesucht und gefunden und wieder zurückgebracht, und auf den Weg, welcher die Wahrheit und das Leben ist, geführt und von der Liebe zu Gott, welcher ihn zuerst liebte, ohne dass er ihn liebte, entzündet[2]. Keiner wurde des so grossen und unaussprechlichen Gutes der wahren Frömmigkeit für würdig erfunden,

---

[1] Ad Rufin. VII.
[2] Ibid. VIII.

sondern jeder, der von Gott erwählt worden ist, wurde würdig gemacht. Welche immer also Gottes Gnade rechtfertigt, die macht sie nicht aus Guten zu Besseren, sondern aus Bösen zu Guten, um sie nachher im Verfolge aus Guten zu Bessern zu machen[1]). In den allen diesen Stellen zu Grunde liegenden Gedanken, dass unsere Bekehrung zu Gott nicht aus uns, sondern aus Gott sei[2]), und dass unsere Rechtfertigung ganz Werk der Gnade sei, geht Prosper concret ein dadurch, dass er die allerersten Heilsacte des menschlichen Willens, welche die Gnade erzeugt, einzeln nachweist. Der Lehre Cassians gegenüber, dass der Mensch zwar die Gesundheit nicht durch sich selbst erlangen könne, dass er aber von sich selbst die Sehnsucht nach der Gesundheit habe, ja dass er nur durch seinen Willen zum Arzte komme, und dass dieses Kommen selbst nicht auch Sache des Arztes sei, hält er entgegen: Als ob die Seele nicht selbst krank sei, und gesund sich nach Hilfe für ihren Körper umsehe. Nun aber ist der ganze Mensch durch sie und mit ihr in die Tiefe seines Elendes gerathen, wo zu liegen es sie, bevor sie vom Arzte Kenntniss von ihrem Unglücke erhält, ergötzt, indem sie stets ihre Irrthümer liebt, und Falsches statt Wahres umfasst. Ihr erstes Heil besteht darin, dass sie anfängt sich selbst zu missfallen und ihre alte Schwachheit zu hassen; das zweite aber besteht darin, dass sie sich nach Gesundung sehnt und weiss, von wem sie geheilt werden kann. Dies geht ihrer Heilung so voraus, dass es ihr von jenem, welcher ihre

---

[1]) Ibid. IX.
[2]) Ibid. VI.

Krankheit zu heilen Willens ist, eingepflanzt wird, damit es nicht scheint, als sei sie durch ihr Verdienst, und nicht durch Gnade geheilt worden[1]). Cassian hatte sich für seine Ansicht, dass der Mensch selbsteigen das Heil zu wirken anfange, auf Röm. 7, 18 berufen. Aber, entgegnet Prosper, derselbe Apostel lehre auch, dass wir nicht im Stande seien, etwas von uns als aus uns selbst zu denken, sondern unsere Tüchtigkeit sei aus Gott (2 Kor. 3, 5); und dass Gott es sei, der in uns sowohl das Wollen als das Vollbringen nach Wohlgefallen bewirke (Phil. 2, 13). In letzteren Stellen und in ersterer könne nun der Apostel nicht mit sich selbst im Widerspruch stehen. Auch das gute Wollen sei also von der Gnade geschenkt; nur fänden wir nicht sogleich auch das Thuen, wenn nicht auf unser Bitten, Suchen und Anklopfen derjenige, welcher die Sehnsucht ertheilt, den Effect gewähre. Röm. 7, 18 sei nämlich von dem schon unter der Gnade stehenden Menschen gesagt, welcher zwar am Gesetze Gottes nach dem innern Menschen Freude habe, aber in seinen Gliedern ein anderes Gesetz erblicke, das dem Gesetze seines Geistes widerspreche und ihn im Gesetze der Sünde gefangen halte, und welcher, obgleich er die Kenntniss des rechten Wollens empfangen, doch in sich nicht die Kraft vorfinde, das was er will zu thuen, bis er nach dem guten Willen den er empfangen hat, die Kraft der Tugend finde, welche er sucht[2]).

Erst jetzt vermag der Mensch, nachdem er in den Besitz der rein

---

[1]) Contra collator. IV. 1.
[2]) Contra collator. IV. 2.

unverdienten Gnade gekommen, verdienstlich zu wirken[1]), und ist eine Mehrung des von der Gnade Christi in ihm begonnenen Guten durch die Bemühung seines freien Willens möglich. Doch bedarf er auch hiezu der Gnade, ohne welche er im Guten ebenso wenig fortschreiten und verharren, als es anfangen kann[2]). Um im Reiche Gottes verharren zu können, genugt dem Menschen die Gnade, die es anfangs in ihm gewirkt hat, nicht; er muss das Verharren von da empfangen, woher er auch die Gerechtigkeit empfangen hat[3]). Seine Lehre zusammenfassend fragt daher Prosper: Welche Tugend oder Frömmigkeit wäre ausgenommen, welche nicht aus dem Borne der Gnade hervorflösse, wenn von Anfang bis zu Ende sowohl der Beginn als die Vollendung des guten Werkes Gott zukommt?[4]). Uebrigens fasst sich Prosper selbstverständlich bezüglich des Nachweises der Nothwendigkeit der Gnade zur Fortsetzung und Vollendung des Guten kürzer, da ja dieser

----

[1]) Ibid. XIV, 1.

[2]) Respons. ad capitul. Gallor. VI: Iustificatus itaque homo. id est. ex impio pius factus, nullo praecedente bono merito, accipit donum. quo dono adquirat et meritum: ut quod in illo inchoatum est per gratiam Christi. etiam per industriam liberi augeatur arbitrii: numquam remoto adjutorio Dei, sine quo nec proficere. nec permanere in bono quisquam potest.

[3]) Ad Rufin. IX: ubi autem ipsum (sc. liberum arbitrium) illuminavit misericordia Christi, erutum est a regno diaboli, et factum est regnum Dei; in quo ut permanere possit. ne ea quidem facultate sufficit sibi. nisi inde accipiat perseverantiam, unde accepit industriam (all. justitiam).

[4]) Contra collator. XVI, 2.

Punkt von den Semipelagianern zugegeben war; die Lehre von dem donum perseverantiae aber verbindet er mit jener von der Prädestination, mit welcher sie auch zunächst zusammenhängt.

Was das Wesen der Gnade und die Art ihrer Wirksamkeit betrifft, so scheint sich Prosper der physischen Ansicht hierüber zuzuneigen, wenn er Cassian gegenüber, welcher die facultas boni in der menschlichen Natur gelegen sein lässt, behauptet, dass der Mensch dieselbe nur durch die Gnade habe. Aber fehlt für eine solche Behauptung bei ihm schon ihre Voraussetzung, nämlich die naturalis facultas liberi arbitrii, so charakterisirt er an zahlreichen Stellen die Mittheilung der Gnade an den Menschen als Inspiration oder Einhauchung[1]), und dem entsprechend die Wirkung der Gnade auf den Willen als affectus[2]) oder auch als delectatio[3]), zufolge welcher der Mensch im Stande ist, die auf das gute gehende Bewegung anzufangen. Zwar sagt Prosper, dass der freie Wille diesen affectus bonae voluntatis und den Anfang des Glaubens operante gratia empfange; allein sogleich fügt er bei, dass der Wille zufolge jenes von der Gnade herrührenden affectus das posse aliquid boni facere habe[4]). Wie ferne Prosper der fraglichen Auffassung der Gnadenwirksamkeit steht, ergibt sich aus seiner ausführlichen Angabe über die Art und Weise, wie nach Joh. 6, 44 der Vater nicht blos Einige, wie Cassian wollte, sondern Alle zieht, die zum

---

[1]) Ibid. II. 3 V, 2. XII. 2. XIV, 2.
[2]) Ad Rufin. XV. Contra collator. II, 4. III. 1. VII. 2. XII. 2.
[3]) Contra collator. XIII. 6. XVIII. 3.
[4]) Ibid. XIV. 1.

Sohne kommen. Zu Gott, sagt er, zieht die Betrachtung der Elemente, und die wohl geordnete Schönheit all' dessen, was in ihnen ist. Das Unsichtbare nämlich von ihm wird seit Schöpfung der Welt durch das, was geschaffen ist, denkend geschaut. Es ziehen die Verkündiger seiner Werke; die Seele des Zuhörers entflammen diejenigen, welche das Lob Gottes, seine Macht und seine wunderbaren Thaten erzählen. Es zieht die Furcht, die Freude, die Sehnsucht und die Ergötzung. Und wer könnte genau erkennen oder erzählen, durch welche Affecte die Heimsuchung Gottes die menschliche Seele führt, so dass sie dem nachgeht, was sie floh; das liebt, was sie hasste; nach dem hungert, was sie verschmähte; und plötzlich durch wunderbare Umwandlung ihr offenbar wird, was ihr vorher verschlossen war; süss ist, was bitter, und klar, was dunkel war?[1])

Mit dem Nachweis, dass die Gnade ausschliesslich ohne alles vorangehende Verdienst des menschlichen Willens, vielmehr diesem zuvorkommend ertheilt werde, war, so ausführlich und siegreich ihn Prosper auch erbracht hatte, doch dem Semipelagianismus gegenüber noch nicht alle Schwierigkeit beseitigt. Cassian war nämlich der Ansicht, dass, wenn die Gnade auch den Anfang des guten Willens zu wirken habe, weil der Wille dies schlechterdings nicht vermöge, die menschliche Freiheit vernichtet sei, und hatte im Interesse der letzteren das Verhältniss zwischen beiden Factoren dahin bestimmt, dass der Wille (wenn er will) der Gnade vorangehe, und dass diese jenem nur zur Fortführung und Vollendung des Guten

---

[1]) Contra collator. VII. 2.

8

nothwendig sei. Je entschiedener nun Prosper an dem Dogma von der
vorangehenden, den Willen zubereitenden Gnade festhielt, und je weniger
auch er die Freiheit angetastet wissen wollte, desto mehr war es seine
Aufgabe zu zeigen, dass durch diese Verhältnissbestimmung die Willensfreiheit
durchaus nicht in Frage gestellt werde. In der That suchte er diesen
Einwurf wiederholt zurückzuweisen, obwohl er ihn für ungereimt hielt.
Die läppische Einwendung, sagt er, dass der freie Wille aufgehoben werde,
wenn sowohl der Anfang als der Fortgang und das Verharren im Guten
bis zum Ende als Geschenke Gottes angesehen werden, bringt uns nicht in
Verwirrung. Denn die Unterstützungen der göttlichen Gnade sind nur
Befestigungsmittel des menschlichen Willens. Mit Willen beten wir, und
doch sandte Gott den Geist in unsere Herzen, welcher ausruft: Abba,
Vater (Gal. 4, 6). Mit Willen reden wir, und doch wenn wir fromme
Reden führen, sind nicht wir es, welche reden, sondern ist es der Geist
unseres Vaters, der in uns redet (Matth. 10, 20). Wollend wirken wir unser Heil,
und doch ist es Gott, welcher dieses Wollen und Wirken selbst in uns
bewirkt (Phil. 2, 13). Wollend lieben wir Gott und den Nächsten, und
doch ist die Liebe aus Gott, ausgegossen in unsere Herzen durch den hl.
Geist, der uns gegeben worden ist (Röm. 5, 5). Dasselbe bekennen wir
vom Glauben, von der Ertragung der Leiden, von der ehelichen Keuschheit,
von der jungfräulichen Enthaltsamkeit und von allen Tugenden ohne Ausnahme.
Denn wenn sie uns nicht geschenkt wären, fänden sie sich nicht in uns:
und was den dem Menschen von Natur gegebenen freien Willen betrifft,
so bleibt derselbe wohl in der Natur, aber mit veränderter Qualität und
Beschaffenheit durch den Mittler Gottes und der Menschen, den Menschen
Christus Jesus, welcher selbst den Willen von dem, was er in verkehrter

Weise wollte, abwendet und in das was für ihn gut wäre zu wollen, umwandelt, auf dass er, nachdem er mit Lust erfüllt, durch Glauben gereinigt, durch Hoffnung aufgerichtet, von Liebe entzündet worden, die freie Knechtschaft übernehme und die knechtische Freiheit ablege[1]). Durch diese Regel des kirchlichen Glaubens (sc. dass die zuvorkommende Gnade jeden erst gut macht) wird keinem von den Menschen der Wille genommen: denn die Kraft der Gnade bewirkt in dem Willen nicht, dass er nicht ist, sondern dass er aus einem bösen ein guter und aus einem ungläubigen ein gläubiger ist, und dass er, der aus sich selbst Finsterniss war, Licht in dem Herrn wird; was todt war, wird belebt, was darniederlag wird aufgerichtet, was verloren war, wird gefunden. Wir glauben, dass dies durchaus in allen Menschen, welche von der Macht der Sünde befreit und in das Reich des Sohnes der Liebe Gottes versetzt werden, ohne Ausnahme jeglicher Person, die Gnade des Erlösers bewirke[2]). Wenn einer über die jammervollen Eitelkeiten und den trügerischen Unsinnigkeiten erröthend einsieht, dass all' das nur Finsterniss und Tod sei, was er seither als Licht und Leben umfasste, und sich ihm zu entziehen sucht, so ist diese Bekehrung nicht von ihm, wiewohl sie nicht ohne ihn ist; noch erhebt er sich mit eigener Kraft zu den Anfängen des Heiles, sondern das bewirkt die geheime und mächtige Gnade Gottes, welche die Asche der irdischen Meinungen und der todten Werke beseitigt und das Feuer des verschütteten Herzens anfacht und in diesem die Flamme der Sehnsucht nach der Wahrheit entzündet, nicht um

---

[1]) Contra collator. XVIII. 3.
[2]) Ibid. VIII. 3.

den Menschen wider seinen Willen (invitum) zu unterjochen, sondern um ihn nach der Unterwerfung begierig zu machen, noch um ihn ohne sein Wissen zu ziehen, sondern um ihm, indem er es weiss und folgt, vorauszugehen. Der freie Wille nämlich, den Gott mit dem Menschen selbst erschaffen hat und der bleibt, wird von den Eitelkeiten und Begierden, in welche er durch Geringschätzung des Gesetzes Gottes gerathen ist, nicht von sich, sondern von dem Schöpfer umgewandelt, so dass alles, was in ihm zum Besseren wiederhergestellt wird, nicht ohne den, der gesund gemacht wird, aber auch und nur von dem ist der heilt, dessen neue Creatur und neues Geschöpf wir sind, geschaffen in Christo Jesu in guten Werken, welche Gott zubereitet hat, damit wir in ihnen wandeln[1]). Es ist, heisst es an einem andern Orte, keine Gefahr für den freien Willen von der Gnade vorhanden, noch wird der Wille aufgehoben, wenn in ihm das gute Wollen erzeugt wird. Denn wenn man ihn desshalb nicht für den unsrigen halten darf, weil er von der Gnade gebildet, geleitet, geordnet und geweiht wird, so werden die Kinder Gottes, welche vom Geiste Gottes getrieben werden, der Freiheit beraubt; verlieren sie die Kraft (vigorem) der vernünftigen Seele und gehen jeglichen Lobes der freiwilligen Hingebung verlustig, sie, welchen der Geist der Weisheit und des Verstandes, des Rathes und der Stärke, der Kenntniss und der Frömmigkeit und der Furcht Gottes gegeben wird[2]). Die Gnade, sagt Prosper endlich, welche die Menschen nicht aus schon guten zu bessern, sondern aus bösen zu guten erst macht, hebt den

---

[1]) Contra collator. XII. 4.
[2]) Ibid. VI. — De ingrat. 593—615. 973—995.

freien Willen nicht auf, sondern macht ihn frei, welcher, so lange er ohne Gott allein war, todt für die Gerechtigkeit war und der Sünde lebte, sobald ihn aber die Barmherzigkeit Christi erleuchtet hatte, vom Reiche des Teufels befreit und ein Angehöriger des Reiches Gottes wurde[1]).

Nach diesen Ausführungen soll also die zuvorkommende oder in ihrer Wirksamkeit unbedingte Gnade die Freiheit des Willens desshalb nicht beeinträchtigen, weil sie letzteren ja wahrhaft frei mache. Es ist jedoch leicht ersichtlich, dass dieses von Augustin entlehnte Argument nicht zutrifft. Die Frage ist nicht, ob der Wille durch die Gnade sittlich frei werde, sondern ob er dies, wenn ihre Wirksamkeit eine zuvorkommende ist, nicht auf Kosten seiner Wahlfreiheit werde. Die unbedingte Art der auf die sittliche, reale Freiheit als Ziel gehenden Wirksamkeit der Gnade schien Cassian und seinen Anhängern unvereinbar mit der dem Willen zukommenden Wahlfreiheit zu sein, eine Behauptung, die sie um so mehr aussprechen zu sollen glaubten, als nach ihnen schon die Begründung der Gnade als zuvorkommender durch die Erbsünde auf einer Leugnung der formalen Willensfreiheit beruhte.

Die Lehre von der Gnade führte Prosper auf die Prädestinationsfrage, welche nicht nur mit jener innerlich zusammenhängt, sondern auch geschichtlich den Ausgangspunkt des Semipelagianismus bildet. In dieser Beziehung muss indessen bei dem Aquitanier unterschieden werden. Dem pelagianischen Naturalismus gegenüber, welcher die Möglichkeit der Beseligung

[1]) Ad Rufin. IX.

auch ausserhalb der christlichen Offenbarung annimmt, und in diesem Sinne behauptet, dass unbedingt alle Menschen selig werden können, lehrt Prosper zunächst, dass, da nur die Gnade Christi selig zu machen vermöge, bei Gott auch nur eine gewisse und bestimmte Zahl (certus apud Deum definitusque numerus) aus der ganzen Menschheit, nämlich jener Theil, welcher nach göttlichem Willen auf christlichem Gebiete sich finde, zum ewigen Leben vorausbestimmt sei. Niemand anderer, sagt er, wird zur Theilnahme an der Erbschaft Christi gelangen als wer vor Gründung der Welt ausgewählt und vorausbestimmt und vorausgewusst worden ist, nach der Vorausbestimmung dessen, welcher Alles nach dem Rathschlusse seines Willens bestimmt (Eph. 1, 11)[1]). Zur Begründung dieser Behauptung berief sich Prosper zunächst auf eine Reihe von Bibelstellen, welche die Erlangung des Heiles von der Predigt des Evangeliums Christi und dem Glauben daran abhängig machen[2]). Der Behauptung von der Möglichkeit des Heiles ohne und vor Christus hält er jene Stellen, wie Apostelgesch. 14, 14, entgegen, wornach unzählige Tausende von Menschen ihren Irrthümern und Gottlosigkeiten überlassen ohne alle Kenntniss des wahren Gottes ins Verderben gingen. Wahrlich, fügt er bei, hätte ihnen entweder die natürliche Erkenntniss oder der Gebrauch der Wohlthaten Gottes zur Ergreifung des ewigen Heiles hinreichend sein können, so würde uns auch in heutiger Zeit noch die vernünftige Betrachtung und die Beschaffenheit des Klimas (temperies aëris), sowie der Reichthum der Früchte und Nahrungsmittel beseligen, da wir ja

---

[1]) Ad Rufin. XV.
[2]) Ibid. XIV. XV.

durch den besseren Gebrauch der Natur unseren Schopfer wegen seiner
täglichen Geschenke verehren würden[1]). Es ist von selbst klar, welche
weitere Folge die in Frage stehende Ansicht des strengen Pelagianismus
über die Möglichkeit der Beseligung Aller für das Christenthum haben
müsste. Ist Christus dem Menschen in Sachen seines Heiles nicht nothwendig,
kann dieser vielmehr ohne jenen durch die Natur allein zu demselben
gelangen, was ihm der Erlöser bietet, so sinkt das Christenthum, so sehr
es auch in seiner Wirklichkeit angenommen wird, offenbar zu etwas rein
Zufälligem herab. Mit Recht war daher für Prosper die Leugnung der
particulären Prädestination zur Seligkeit im bezeichneten Sinne nur ein
Widerspruch gegen die Gnade selbst[2]). Einen besonderen Beweis dafür,
dass nicht die Natur sondern die Gnade Christi es sei, welche die Menschen
ethisch von einander unterscheide, nahm Prosper von jenen Kleinen her,
welche zur Taufe gelangen und bald nachher aus diesem Leben hinweg-
genommen in den Genuss der ewigen Seligkeit eintreten, während eine
unzählige Menge Kinder von ebenderselben Natur und geschöpflichen
Beschaffenheit ohne Widergeburt wegsterbe und ohne Zweifel keinen Antheil
am Reiche Gottes habe. Welcher Unterschied von Verdiensten, fragt er,
konnte zwischen den geretteten und nicht geretteten Kindern stattfinden?
Was hat jene ins Reich Gottes eingeführt, bei denen weder vorausgehende
noch nachfolgende Frömmigkeit, weder Gehorsam noch sonst eine Willens-

[1]) Ibid. XI.

[2]) Ibid. XI: Quod quidem tam impium est negare. quam ipsi gratiae
contraire.

verschiedenheit ausgewählt wird? Und was hat letztere vom Reiche Gottes ausgeschlossen? Wenn es auf das Verdienst ankömmt, so verdiente nicht der eine Theil beseligt, sondern verdienten beide verdammt zu werden, weil, nachdem alle durch Adams Uebertretung darniederliegen, auch alle der untadelhaften Gerechtigkeit verfallen blieben, wenn nicht die barmherzige Gnade einige von ihnen aufnähme[1]).

Verschieden von diesem Prädestinationsbegriffe ist der von Prosper gegen die Semipelaginner geltend gemachte. Diese nämlich behaupteten wohl die Nothwendigkeit des Christenthums zur Beseligung des Menschen, lehrten aber, dass, weil die Versöhnung in Christo ausnahmslos für Alle sei, auch Alle selig werden können, in Wirklichkeit aber nur jene es werden, welche wollen. Diejenigen nun, von welchen Gott solches von Ewigkeit vorausgesehen, habe er auf ewig zur Seligkeit vorausbestimmt; und die Prädestination sei daher die von Gott auf Grund seiner Präscienz um das sittliche Verhalten der Menschen vollzogene ewige Vorausbestimmung derselben zur Seligkeit[2]). Hiernach ist das die Menschen von einander religiös ethisch unterscheidende Princip ihr eigener Wille, und unzertrennlich von der Behauptung des unbedingt allgemeinen Heilsrathschlusses, ja nur eine Folge hievon ist die Lehre von der Ertheilung der Gnade auf vorangehendes Verdienst hin. Um dem zu entgehen und die unbedingte Wirksamkeit der Gnade zu wahren, griff Prosper auf den augustinischen Begriff der Prädestination zurück und fasste diese als particuläre: nur wenn

[1]) Ad Rufin. XII. XIII. — De ingratis 616—647.
[2]) Prosper. epist. ad Augustin. n. 3.

ein Theil der sündigen Masse der Menschheit von Gott zur Seligkeit vorausbestimmt sei, sei auch die das Heil bis zum Ende wirkende Gnade wahrhaft unbedingt[1]). In diesem particularistischen Sinne erklärt er die bekannte universalistisch lautende Stelle 1 Tim. 2, 4. Die allmächtige Güte Gottes, meint er, beselige und führe alle jene zur Erkenntniss der Wahrheit, welche eben nach seinem Willen selig und zur Erkenntniss der Wahrheit gelangen sollen, weil ohne dass er rufe, lehre und beselige, Keiner komme, Keiner unterrichtet und beseligt werde, und weil es kein Volk auf Erden gebe, aus welchem nicht viele beseligt würden[2]). Zwar scheint Prosper den Heilsuniversalismus zu lehren, wenn er auf den Einwurf, dass nach dem augustinischen Prädestinationsbegriff Gott nicht Alle selig haben wolle, selbst wenn Alle wollten, erwidert, man müsse mit voller Aufrichtigkeit glauben und bekennen, dass es Gottes Wille sei, alle Menschen zu beseligen, wie auch aus dem in allen Kirchen beobachteten, auf apostolischem Gebote beruhenden Gebrauche, für alle Menschen zu beten, erhelle[3]). Aber je unzweideutiger Prosper anderwärts eine particuläre Prädestination zum Heile lehrt, desto mehr muss man doch fragen, ob diese seine Worte nicht etwa blos universalistisch klingen?. Wenn Prosper die Möglichkeit zugibt, dass, wie Vincentius gegen den augustinischen Prädestinationsbegriff einwarf, Gott nicht Alle selig haben wolle, selbst wenn Alle es werden wollten, indem ja Gott selbst jene beselige, von denen man nicht sagen könne, dass sie

---

[1]) Respons. ad capitul. Gallor. VIII.
[2]) Ad Rufin. XIII. XV.
[3]) Respons. ad capitul. objection. Vincentianar. c. II.

9

selig werden wollen, aber um diesem semipelagianischen Einwurfe die Härte
zu benehmen, sich auf unerforschbare Gründe in Gott beruft, und wenn er
sodann von dieser Unterscheidung absehend (remota hac discretione) den
aufrichtigen Glauben an die Beseligung Aller durch den göttlichen Willen
verlangt, so steht dieser universalistische Heilswille Gottes zu dem in Folge
unerforschlicher Gründe sich nur particulär verwirklichenden doch in einem
zu ausschliessenden Gegensatze, als dass er es im ernstlichen Sinne sein
könnte; anderseits aber kann das Gebet der Kirche für Alle, und nicht blos
für diejenigen, welche prädestinirt sind, um Beseligung nur stattfinden, weil
wir eben nicht wissen, wer auserwählt ist, und kann desshalb nur ein frommer
Wunsch sein, dessen Nichterfüllung ihren Grund in den unerforschlichen
Gerichten Gottes hat.

Für die wahre Universalität des göttlichen Heilswillens bei Prosper scheint
auch zu sprechen, was er auf den Einwurf gegen die augustinische Fassung
der Prädestination, dass nach ihr Christus nicht für alle gestorben sei,
erwidert, nämlich dass, wiewohl Christus nur für diejenigen eigentlich
gestorben sei, denen sein Tod durch Zueignung der in ihm gegebenen
Gnade in der Wiedergeburt nütze, doch mit Recht gelehrt werde, der
Erlöser habe den Versöhnungstod für die ganze Welt gelitten, weil er die
eine und gemeinsame Natur aller Menschen, und weil er sie wegen der
einen Sache Aller, nämlich des gemeinsamen Verderbens Aller in und durch
Adam angenommen habe[1]). Allein bei genauerer Betrachtung bewegt sich

---

[1]) Respons. ad capitul. Gallor. IX. — Respons. ad capitul. objection.
Vincentianar. 1.

Prosper auch mit diesen Worten nur in Abstractionen, wornach sich der Heilsparticularismus der Wirklichkeit zu dem behaupteten Universalismus der Möglichkeit nach rein gegensätzlich verhält. Ist der Grund oder die Veranlassung der Annahme der allen Menschen gemeinsamen wahren Natur durch den Logos die durch die Sünde Adams hervorgerufene Sündhaftigkeit Aller, und erstreckt sich insoferne der Tod Christi, wie behauptet wird, auf Alle, wie kann dann letzterer dies, d. i. Tod für Alle in Wahrheit auch nur der Möglichkeit nach noch sein, wenn die in ihm gegebene Gnade zufolge particulärer Prädestination nur einer bestimmten Zahl von Menschen zu Theil wird? Freilich ist zuzugeben, dass, da der Tod des Herrn ein wirksamer für den einen Theil der Menschheit ist, er es auch für den andern Theil, welcher sich in derselben causa perditionis ab Adamo wie jener befindet, sein könnte, wenn Gott wollte. Aber diese Möglichkeit ist doch nur eine abstracte, bei welcher der Universalismus eigentlich in demselben Augenblicke, wo er behauptet wird, wieder zurückgenommen erscheint. Wenn dem nicht so wäre und Prosper in Wahrheit den Heils-universalismus lehrte, wie könnte er sagen, dass aus den Worten des Herrn bei Matth. 11, 21. 22 und bei Luc. 10, 13 erhelle, nicht allein die Syrier und Sidonier, sondern auch Chorazin und Bethsaida hätten sich bekehren und aus Ungläubigen Gläubige werden können, wenn Gott in ihnen dies hätte bewirken wollen?[1]). Und wie konnte er sonst sagen, dass Gott alle Menschen beseligen wolle, weil er aus der ganzen Welt die ganze Welt auserwähle und aus allen Menschen alle Menschen als seine

---

[1]) Respons. ad excerpt. Genuens. VIII.

Kinder annehme?[1]) Durch all' seine Entgegnung und Vertheidigung auf und gegen die Angriffe der Semipelagianer hat daher Prosper nicht, so sehr es auch den Anschein haben mag, den Heilsuniversalismus gelehrt, sondern nur die der augustinischen Gnadenlehre von jenen angedichteten Härten des Prädestinatianismus zurückgewiesen[2]).

Beide Prädestinationsbegriffe, der antipelagianische und antisemipelagianische, wie sehr sie sich von einander unterscheiden, kommen doch darin überein, dass sie den Heilsparticularismus lehren; ausserdem wurzeln sie, wie ihr Gegensatz, in einer und derselben Grundanschauung. Desshalb entwickelt und begründet Prosper dieselben, indem er die dagegen vorgebrachten Einwendungen seiner Gegner widerlegt, nicht so fast nach ihrem Unterschiede als vielmehr nach ihrem gemeinsamen und einheitlichen Charakter.

Die particuläre Fassung der Prädestination zog Augustinus von semipelagianischer Seite zuerst den Vorwurf zu, dass er die Präscienz mit der Prädestination identificire und so eine zweifache Vorausbestimmung zur Seligkeit und zur Verdammung lehre[3]). Dem entgegen bemerkt Prosper, dass es nur eine Prädestination und zwar zum Heile gebe, weil nur das Gute Gegenstand des positiven Willensactes Gottes sein könne. In diesen

---

[1]) Sentent. sup. VIII zu den respons. ad capitul. Gallor.
[2]) Ibid: Item qui dicit, quod non omnes homines velit Deus salvos fieri, sed certum numerum praedestinatorum, durius loquitur quam loquendum est de altitudine inscrutabilis gratiae Dei etc.
[3]) Respons. ad capitul. Gallor. XII. XV.

Begriff nimmt Prosper als weiteres Moment die Prascienz auf, wie sie sich auf das göttliche Thuen bezieht. Ganz in Uebereinstimmung mit seinem Lehrer[1]) sagt er gegenüber dem die ewige Erwählung zur Seligkeit von dem göttlichen Vorauswissen um den selbsteigenen Glauben des Menschen abhängig machenden semipelagianischen Begriffe: Wir bekennen mit frommem Glauben, dass Gott unwandelbar vorausgewusst habe, welchen er den Glauben schenken oder welche er seinem Sohne geben werde, damit er von ihnen keinen verliere; und dass er, wenn er dies vorauswusste, auch seine Wohlthaten vorauserkannte, durch welche er uns zu befreien würdigt: und dass hierin die Prädestination bestehe, nämlich in der Vorauserkenntniss und Zubereitung der Gnade Gottes, durch welche sie (die Prädestinirten) auf das Gewisseste erlöst werden[2]).

Was aber die Reprobation oder die ewige Ausschliessung aller andern in der Prädestination nicht Begriffenen anlangt, so führt Prosper dieselbe lediglich auf die Präscienz Gottes um das sittliche Verhalten derselben zurück: weder will sie Gott positiv condemnirt haben, noch ist ihre Nicht-prädestination der Grund, warum sie sündigen und ins Verderben gehen, sondern weil Gott ihre Sünden voraussieht, prädestinirt er sie nicht zur Seligkeit. Dasselbe gilt von denjenigen, welche zwar die Regeneration empfangen, aber wieder abfallen. Dass sehr viele, replicirt Prosper den

---

[1]) De dono perseverant. XIV: Haec est praedestinatio sanctorum, nihil aliud: praescientia scilicet et praeparatio beneficiorum Dei, quibus certissime liberantur, quicumque liberantur.

[2]) Respons. ad excerpt. Genuens. VIII.

Galliern, von der Heiligkeit zur Unlauterkeit, von der Gerechtigkeit zur Ungerechtigkeit, vom Glauben zum Unglauben übergehen, ist nicht zu bezweifeln, und dass auf solche die Prädestination der Kinder Gottes und Miterben Christi sich nicht beziehe, ist vollkommen gewiss. Obgleich nun solche Sünder abgefallen sind, ohne wieder zur Besserung zurückzukehren, so haben sie doch desshalb keine Nothwendigkeit zu Grunde zu gehen, weil sie nicht prädestinirt sind; vielmehr sind sie desshalb nicht prädestinirt, weil Gott von ihnen vorausgesehen hat, dass sie solche durch freiwillige Uebertretung sein werden[1]). Dass von den in Christo Jesu Wiedergeborenen, heisst es an einer andern Stelle, Einige den Glauben und die frommen Sitten verlassen und von Gott abfallen und abgewendet von ihm in einem gottlosen Leben endigen, wird leider durch viele Beispiele bestätigt. Aber ihren Fall desshalb Gott zuzuschreiben, ist eine masslose Verkehrtheit: als ob er desshalb der Anstifter und Urheber ihres Falles sei, weil er von ihnen vorausgesehen, dass sie mit ihrem eigenen Willen fallen werden, und desshalb sie von den Söhnen des Verderbens durch keine Prädestination ausgeschieden habe[2]). Weil sie als Fallende vorausgewusst sind, sind sie nicht vorausbestimmt. Sie wären aber vorausbestimmt, wenn sie zurückkehren und in Heiligkeit und Wahrheit verbleiben würden. Und desshalb ist die Prädestination Gottes für Viele die Ursache, warum sie stehen, für Keinen aber der Grund zu fallen[3]). Auch der infallible Charakter der göttlichen

[1]) Respons. ad capitul. Gallor. III.
[2]) Ibid. VII.
[3]) Respons. ad capitul. objection. Vincentianar. XII.

Präscienz legt Niemanden die Nothwendigkeit oder den Willen zu sündigen auf[1]).

Unleugbar hat Prosper durch diese nachdrückliche Hervorhebung des von seinem Meister selbst schon festgehaltenen Unterschiedes zwischen Prädestination und Reprobation die von den Semipelagianern gegen Augustinus ausgesprochenen, auf eigentlichen Prädestinatianismus lautenden Einwürfe zurückgewiesen; aber ebenso gewiss ist, dass doch noch eine Reihe von wichtigen Bedenken und Schwierigkeiten fortbesteht. Um nur bei den von den Semipelagianern erwähnten stehen zu bleiben, so ist es freilich nicht wahr, dass nach Augustins Prädestinationslehre die von Gott Berufenen nicht in gleicher Weise berufen seien, sondern die einen, damit sie glaubten, die andern, damit sie nicht glaubten, so dass die Berufung für die einen die Ursache des Unglaubens wie für die andern die Ursache des Glaubens wäre[2]); allein der Vorwurf der ungleichen Berufung gilt doch insoferne, als Gott die zum Zustandekommen des Glaubens und zum Verharren darin nothwendige Gnade den einen durch Nichtprädestination entzieht, während er sie den andern gibt. Zwar bedient sich auch Prosper des von Augustin gebrauchten Argumentes, dass alle diejenigen, welche die Gnade von dem allgemeinen Verderben des Menschengeschlechts nicht ausgenommen habe und welche desshalb nicht selig würden, nach gerechtem Gerichte nicht ausgenommen seien und nicht unschuldig zu Grunde gingen, und dass sich

---

[1]) Ibid. XIII.
[2]) Respons. ad capitul. Gallor. V.

Keiner wegen dieses Verfahrens über Gott beklagen könne, der ja Keinen zu beseligen brauchte und Alle ins Verderben gehen lassen könnte. Allein dasselbe widerlegt obigen Einwurf nicht. Denn mit dem Nachweis, dass die particuläre Prädestination keine Ungerechtigkeit Gottes gegen die Nichtprädestinirten in sich schliesse, ist die Ungleichheit seines Verfahrens gegen die Menschheit in Sachen ihres Heiles noch keineswegs gerechtfertigt.

Nach den Semipelagianern ist der Begriff der zuvorkommenden Gnade an sich schon unverträglich mit der Freiheit des menschlichen Willens. Noch mehr musste nach ihnen dies der Fall sein, wenn, wie dies von Prosper nach dem Vorgange Augustins geschah, die Gnade im Interesse ihrer Unbedingtheit als particuläre aufgefasst und ihre absolute Wirksamkeit von der particulären Prädestination abhängig gemacht wird. In der That behaupteten sie, dass eine solche Gnade der Freiheit des Willens keinen Raum lasse. Prosper nennt diese Behauptung eine thörichte und unbesonnene und glaubt sie als solche durch folgende Worte nachzuweisen. Obgleich in den die Taufe hindurchgehenden Kleinen auf das Klarste kein Werk und kein Verlangen ihres Willens existirt, und die Meisten, welche zwar den Gebrauch des freien Willens haben, aber von Gott abgewendet sind und ein Leben in Lastern führen, die erlösende Wiedergeburt bei ihrem letzten Lebenshauche heiligt, so finden wir doch, wenn wir diesen Theil der Kinder Gottes, welcher für die Werke der Frömmigkeit aufbewahrt wird, mit frommem Sinn betrachten, dass in ihnen der freie Wille nicht aufgehoben, sondern wiedergeboren ist, welcher, da er allein und sich selbst überlassen war, sich nur zu seinem Verderben bewegte. Denn er selbst hatte sich geblendet und vermochte sich nicht selbst zu erleuchten. Nun aber ist eben dieser

Wille umgewandelt und nicht zerstört (conversum est, non eversum), und es ist ihm gegeben anders zu wollen, anders zu denken, anders zu handeln und seine Unverletztheit nicht sich sondern dem Arzte zuzuschreiben, weil er noch keine so vollkommene Gesundheit besitzt, dass das was ihm geschadet hatte, jetzt nicht mehr schaden könnte oder er sich von dem Ungesunden durch seine eigenen Kräfte zu enthalten vermöchte. Demzufolge ist der Mensch, welcher mit freiem Willen böse war, auch bei freiem Willen gut gemacht worden: aber während er durch sich böse war, ward er durch Gott gut gemacht, welcher ihn in jene ursprüngliche Ehre (in illum initialem honorem) durch einen andern Anfang derart umbildete, dass er ihm nicht blos die Schuld des bösen Willens und Thuens nachliess, sondern auch das gute Wollen und Thuen sowie das Verharren darin verlieh [1]). Wie man sieht, enthält diese Stelle nur dasselbe Argument, dessen sich Prosper zur Widerlegung des von der Freiheit des Willens hergenommenen Einwurfes gegen die zuvorkommende Wirksamkeit der Gnade bediente. Allein wenn das Argument, wie früher gezeigt wurde (S. 61), schon diesen Zweck nicht erreicht, wie vermag es darzuthuen, dass die mit Ausschluss aller übrigen nur an einen Theil der Menschen geschenkte zuvorkommende Gnade die Willensfreiheit nicht beeinträchtige?

Eine ähnliche Bewandtniss hat es mit der augustinischen Lehre von der Reprobation. Indem dieselbe auf die Präscienz gegründet ist, fallen auch bezüglich ihr die dagegen erhobenen, gleichfalls auf Prädestinatianismus lautenden Einwürfe dahin. Es ist völlig unberechtigt zu sagen, dass nach

---

[1]) Ep. ad Rufin. XVII.

ihr Gott einen Theil der Menschen nicht zur ewigen Seligkeit sondern Unseligkeit geschaffen habe. Gott ist, wie Prosper entgegnet, lediglich Urheber der Natur, welche an sich gut und in Allen die gleiche ist; die Sünde, um welcher Willen die Reprobation erfolgt, hat sich die menschliche Natur erst n a c h der Schöpfung in Adam wegen dessen verkehrten Freiheitsgebrauches zugezogen[1]). Ebensowenig lässt sich behaupten, dass Gott in den Reprobirten die Sünde positiv wirke; ausdrücklich bemerkt Prosper, dass Gott sich zu der Sünde des Menschen nur durch seinen z u l a s s e n d e n Willen verhalte[2]). Gleichwohl bleiben nicht unerhebliche Schwierigkeiten zurück. Lässt sich schon der Begriff der Reprobation als schlechthiniger Ausschluss eines Theiles der Menschheit vom Heile um der adamitischen Sünde willen, wie bereits oben erwähnt ist, nicht rechtfertigen, so entsteht insbesondere, wenn die persönlichen Sünden als Gegenstand der die Verwerfung begründenden Präscienz ins Auge gefasst werden, die Frage, ob in der That die Willensfreiheit so gewahrt ist, wie Prosper uns versichert? Wird nur ein Theil der Menschheit zum Heile prädestinirt, und wird der andere in dem adamitischen Zustande belassen, so steht es nach Prospers Begriffe von der Erbsünde so wie nach jenem von der Gnade gar nicht in dem f r e i e n Willen des vorneherein vom Heile ausgeschiedenen persönlichen Menschen, zu sündigen oder nicht, und von f r e i w i l l i g e n Sünden, welche Gegenstand der Präscienz sein könnten, lässt sich ernstlich nicht mehr reden;

---

[1]) Respons. ad capitul. Gallor. XIII. — Sentent. super XIII — Ibid. c. I. — Respons. ad capitul. objection. Vincentianar. III.

[2]) Respons. ad excerpt. Genuens. VII.

denn seine eigenen Sünden können es nur noch insoferne sein, als es eben
sein Wille ist, der sie thut. So aber ist die Präscienz, auf welche die
Reprobation sich stützen soll, nur die Vorauserkenntniss, dass der Mensch,
weil von der Gnade ausgeschlossen, actuell sündigen und desshalb nicht
selig sein werde; das heisst, es ist die Präscienz bezüglich der persönlichen
Sünden durch das den Menschen von der Gnade ausschliessende ewige
Willensdecret Gottes bedingt, und begründet nicht die Reprobation, sondern
ist von letzterer bedingt.

Derselbe Mangel trifft Prospers Erklärung bezüglich jener, welche
in Christo zwar regenerirt werden, nachher aber wieder abfallen und in's
ewige Verderben gehen. Da sowohl die Prädestination als Reprobation nach
ihm unwandelbare, unabänderliche ewige Acte Gottes sind und der Unterschied
beider ein fester und durchaus kein fliessender auch nur in Bezug auf ein
Individuum ist, so sollte man meinen, dass ihre Ausführung in der Zeit an
den Betreffenden sofort bei ihrem Eintritte in diese Wirklichkeit durch die
continuirliche Wirksamkeit der Gnade und durch ihre immerwährende
Entziehung stattfinde. Wie jedoch die Erfahrung darthuet, fängt die Gnade in
Vielen erst später das Heil zu wirken an, wogegen sie in Andern gleich anfangs
wirksam erscheint, endlich aber diesen wieder entzogen wird, so dass sie
in's ewige Verderben gehen. Wie kömmt dies nun? Bezüglich der ersteren
Erscheinung gibt Prosper die Erklärung, dass Gott den Menschen desshalb
längere Zeit in der Sünde fortwandeln lasse und ihn erst später davon
zurückrufe, damit das Werk seiner Gnade desto mehr verherrlicht werde[1]).

---

[1]) Ep ad Rufin. IV: Ego quidem etiam hoc de divitiis misericordiae
Dei spero, quod quos nunc libero falli arbitrio suo, et ab humilitatis

Rücksichtlich der nach empfangener Begnadigung Gefallenen wendeten die Massilienser ein, dass nach der augustinischen Fassung der Prädestination in ihnen, als nicht zum ewigen Leben Prädestinirten, die Taufe die Erbsünde nicht hinwegnehme. Darauf nun entgegnet Prosper, dass in ihnen als Getauften die adamitische Sünde völlig getilgt und nicht mehr vorhanden sei, und dass dieselben daher, wenn sie wiederum sündigen, nicht zurück in die nachgelassene Erbsünde, sondern in ihre eigenen persönlichen Sünden fallen, und dass diese der Grund seien, warum sie niemals vom ewigen Verderben ausgeschieden worden seien, indem Gott diese ihre freiwilligen Sünden nach der Taufe in seiner untrüglichen Präscienz von Ewigkeit voraussehe[1]). Gewiss hat Prosper Recht, wenn er sagt, dass nach augustinischer Lehre nicht die Erbsünde, welche zufolge der Taufe nicht mehr existire, sondern die persönliche Sünde der Grund der Verwerfung der gefallenen Wiedergeborenen sei; allein gleichwohl sieht man nicht ein, wie die nach der Taufe von ihnen begangenen Sünden als freiwillige ihre Verwerfung

---

via patitur evagari, non usquequaque neque in finem sit intelligentia fraudaturus: sed hunc ipsum in longinquiora progressum, ideo ab eo tardius revocari, ut opus gratiae ejus majore gloria celebretur, cum sibi etiam adversantium corda subdiderit, quibus de virtutum studio exortum est periculum et de morum probitate discrimen. Non quia quisquam carere his debeat: sed quia miserrimus eorum usus est, cum ex naturali putantur facultate prodisse; aut ex largitate quidem gratiae, sed aliquo vel boni operis, vel bonae voluntatis merito praecedente venisse.

[1]) Respons. ad capitul. Gallor. II.

verursachen, wenn sie von vorneherein durch den ewigen Willensbeschluss Gottes von dem Heile ausgeschlossen sind. Da Prosper so wenig als Augustin den Unterschied zwischen vorhergehendem (allgemeinem) und nachfolgendem (concret particulärem) Heilswillen Gottes kennt, so sollte. man vielmehr meinen dass, weil dieselben nicht prädestinirt sind, sie nur eine Zeit lang Wiedergeborene bleiben und sodann der Sünde verfallen.

Aus diesen wenigen und kurzen kritischen Bemerkungen ergibt sich, dass der von Prosper vertheidigte Prädestinations- und Reprobationsbegriff auf Consequenzen führt, die er selber nicht zugegeben haben will, und seine betreffende Anschauung unverträglich mit dogmatischen Lehren ist, die er zum Theil selbst ausdrücklich anerkennt. Prosper beruft sich hierwegen wie sein Lehrer auf das Geheimnissvolle, welches die Frage nach dem ewigen Verhalten des göttlichen Willens zu dem Heile des Menschen an sich habe[1]. Und in der That hat er im Allgemeinen mit dieser Appellation Recht. Je weniger es uns gelingt, die absolute Wirksamkeit der göttlichen Gnade in ihrer Einheit mit der Freiheit des menschlichen Willens zu begreifen und zu erklären, desto weniger lässt sich auch die beregte Frage in den reinen Begriff auflösen. Nicht mit Unrecht bemerkte daher Prosper über die Prädestinationstheorie der Semipelagianer, dass sie schon desshalb falsch sei, weil sie (im Widerspruche mit dem Worte des Apostels Röm. 11, 33) die an sich unerforschlichen Gerichte und Wege Gottes für erforschbar halte und das Geheimniss durch seine Auflösung preisgebe[2]. Allein

[1] Respons. ad capitul. Gallor. VIII. — De ingratis 659 — 766.
[2] Ibid.

Seite 64 Linie 13 von oben lies a u c h statt a u f.

www.ingramcontent.com/pod-product-compliance
Lightning Source LLC
Chambersburg PA
CBHW030633030726
47497CB00006B/1769